우리
베란다에서
만나요

2

우리
베란다에서
만나요

2

김주희 장편소설

위즈덤하우스

차례

1
토마토 빌라 501호

"아유고 벽화? 이게 뭐지?"

성수는 휴대폰 화면에 얼굴을 가까이 가져갔다.

뜬금없는 말이었다. 성수는 다채와의 대화 중에 놓친 것이 있는지, 앞에서부터 다시 읽어 내려왔다. 대부분 단답형이던 대답이 어느 순간 끊겼다. 한동안 아무런 대답을 하지 않던 그녀가 갑자기 답을 하기 시작한 건 이틀 전이었다.

성수는 그녀가 드디어 마음을 열었다며 뛸 듯이 기뻐했다. 그가 보낸 메시지에는 그런 감정이 고스란히 묻어 있었다. 하지만 이후의 대화를 읽어 내려가다 보니 위화감이 느껴졌다.

'어투가 달라.'

다채가 쓰지 않는 단어들이 군데군데 보였다. 경주에 가게 된 것을 축하해줄 리도 없었다. 반어적 표현이라기엔 뒤따르는 말이 너무 이상했다.

   - 소실된 아유고 벽화가 발굴됐다는 말을 들었어. 곡창지대와 하늘이 정교하게 그려진 벽화인데, 가게 되면 확인해줘.

   성수는 컴퓨터 앞에 앉아 '아유고 벽화'를 검색했다. 하지만 관련 내용은 한 줄도 나오지 않았다. 다시 휴대폰을 집어 든 그는 주아와 이채가 있는 단체 대화방에 질문을 던졌다.

   - 아유고 벽화 아는 사람 손.

   먼저 확인한 주아가 답했다.

   - 처음 듣는데.

   위화감은 점점 부피를 키웠다.

   성수는 다채와의 대화창을 다시 불러왔다. 다채에게 직접 물어보면 될 일이었지만, 선뜻 그럴 수 없었다. 알 수 없는 불안이 그의 행동을 저지했다.

   '뭐지? 왜 이렇게 불안한 거야.'

   그 순간, 성수의 눈에 이질적인 단어가 들어왔다. 선명하게 떠오른 그 단어는 성수의 뇌리에 박혀버렸다.

   '소실된'

   유물은 유일하다. 소실된 유물은 재발굴될 수 없다. 소실된 유물을 되살릴 수 있는 유일한 방법은 '복원'뿐이다. 그러니 이미 소실된 '아유고 벽화'라는 유물이 다시 발굴되는 일은 있을 수 없었다.

   성수는 머리카락이 쭈뼛 서는 느낌을 받았다.

다채는 완벽에 가까운 문법을 구사하는 사람이었다. 평소 쓰는 문장에서 오탈자조차 본 적이 없었다.

복원사는 사물의 본질에 다가서는 직업이다. 유물이 가진 이야기에 귀 기울여 원래의 모습을 찾아가는 것이다. 어디서 만들었는지, 누가 만들었는지, 누가 사용했는지 등에 따라 유물이 가진 이야기는 달라진다. 모든 것에는 이유가 있다.

그러니 이건, 의도된 오류였다. 이런 이야기를 보낸 이유도 있을 터였다.

또 다른 단어 하나가 눈에 들어왔다.

'아유고.'

의도적으로 이런 문장을 만들어냈다면, '아유고'라는 단어가 가진 의미는 그 이유여야 했다.

兒 아이 아, 我 나 아, 亞 버금 아, 雅 맑을 아, 阿 언덕 아······.

그는 '아'라는 음을 가진 129개의 한자와 '유'라는 음을 가진 498개의 한자, '고'라는 음을 가진 244개의 한자를 모두 인쇄했다. 그중에서 당장 떠올릴 수 없는 어려운 한자는 빨간 펜으로 그어 제외했다.

조합할 수 있는 경우의 수가 너무 많았다. 하지만 빠트림 없이 조합해 나갔다. 어순을 무시하고, 직역해보기도 했다. 퍼즐을 맞춰가는 과정은 박물관 복도의 불이 모두 꺼진 다음에도 계속되었다.

A4용지에 인쇄된 한자를 조합하던 손이 어느 순간 멈췄다.

'我有庫, 나는 창고에 있다.'

불안이 절정에 다다랐다. 그의 시선이 휴대폰을 향해 움직였다.

"누나가 아니야?"

찬물을 뒤집어쓴 것처럼 등골이 오싹했다.

'아유고'가 의미하는 것이 그런 뜻이라면 그녀는 자신이 처한 상황을 알리고 있는 것이었다.

성수는 가설을 검증하기 위해 다음 문장으로 넘어갔다. 곡창지대와 하늘이 정교하게 그려져 있다는 부분이었다. 하지만 아무리 고민해 봐도 의미를 알 수가 없었다.

우리나라는 강원도의 일부 산간지방을 제외하고 대부분 벼농사를 짓는 평야가 분포되어 있었다. 특정 지역을 가리킨다고 보기엔 범위가 너무 넓었다.

'이천?'

쌀로 유명한 곳을 생각한다면 그나마 유력한 곳이었다.

'그럼 하늘은 뭐지?'

성수는 하늘과 관련이 있는 곡창지대를 추려내기 시작했다. 쉴 새 없이 메모하면서도 이 모든 게 기우이길 바랐다. 다채를 다시 만나서 이런 일이 있었다고 말했을 때, 그녀가 어이없어하며 핀잔을 주었으면 좋겠다고 생각했다.

그는 곡창지대 목록을 다시 훑어보았다.

'힌트가 필요해.'

고민 끝에 대화창에 새 메시지를 띄웠다.

- 누나 뭐 해?

- 네 생각.

모든 게 확실해지고 말았다.

성수는 대화창 너머에서 그녀 행세를 하는 그림자를 노려보았다. 농락당했다. 허탈함이 파도처럼 밀려왔다. 하지만 허탈함은 곧 두려움으로 뒤바뀌었다.

자판을 터치하는 손가락에 저절로 힘이 들어갔다.

- 통했네. 나도 지금 누나 생각하고 있는데. 모처럼 날씨가 좋아서 밤하늘을 보고 있어. 누나는 지금 뭘 보고 있어?

- 여긴 딱히, 교회가 보이네.

교회. 한 가지 힌트를 더 얻어냈다.

○ ○ ○

이채가 공 작가를 이끌고 간 곳은 시계탑 공원이었다. 행선지가 의아했지만, 공 작가는 조용히 그녀를 따라 움직였다.

공원 관리사무소 안으로 들어서자 앉아 있던 직원이 고개를 들었다. 이채는 데스크에 인삼 드링크 박스를 올려놓으며, 그를 향해 고개 숙여 인사했다.

"안녕하세요. 이것 좀 드시고 하세요."

직원은 바로 이채를 알아보았다.

"어? 얼마 전에 소매치기당한 아가씨네. 범인은 잡았소?"

공원 관리사무소를 방문하는 민원인은 많지 않았다. 일주일에 한두 명쯤 방문하는 게 고작이었는데, 대부분은 미아 찾기 방송을 부탁하는 용건이었다. 그러니 며칠 전에 있었던 이채의 소매치기 사건은 공원에서 발생한 몇 안 되는 중범죄 중 하나였다.

"아뇨. 아직. 저 전화로 부탁했던 CCTV 영상 말인데요."

"그게 아가씨였어? 찾아놓긴 했는데, 좀 이상한 점이 있긴 합디다. 일단 아가씨가 보고 신고를 할지 결정하는 게 좋을 것 같으니 이리로 와 봐요."

"네. 감사합니다."

이채는 직원을 따라 안쪽으로 들어갔다. 공 작가 역시 조용히 뒤따랐다. 안쪽에 마련된 공간에는 커다란 모니터가 설치되어 있었다.

분할된 화면을 통해서 공원 곳곳의 실시간 상황을 고스란히 볼 수 있었는데, 직원이 마우스를 몇 번 클릭하자 새 영상이 전체화면 으로 떠올랐다.

화면 속의 등장인물을 확인한 이채는 마른침을 삼켰다. 처음에 는 시큰둥하게 서 있던 공 작가도 영상 속에 나타난 인물을 보고는 주먹을 쥐었다.

영상은 공원의 어느 한 지점을 비추고 있었다.

벤치에 앉아 있던 여자가 곁으로 다가온 스냅백의 남자를 보고 어색하게 인사했다. 남자는 손에 들고 온 테이크아웃 커피 두 잔 중 한 잔을 그녀에게 건네고 옆에 나란히 앉았다. 두 사람은 한동안 어떤 이야기를 주고받았다.

내용을 알고 있던 이채는 영상 속의 다채를 보고도 크게 놀라지 않았다. 도하가 보여주었던 서류에도 해당 영상의 스크린 샷이 첨부되어 있었다.

하지만 공 작가는 상당히 놀란 눈치였다. 그는 한 손으로 연거푸 마른세수를 했다. 영상 속에 등장한 남자가 류하였기 때문이다. 스냅백을 눌러 썼다곤 하지만 얼굴을 알아보지 못할 정도는 아니었다.

그의 불안은 이어지는 영상으로 인해 가중되었다. 다채의 몸이 옆으로 스르륵 넘어갔고, 류하가 그녀를 안아 든 채 화면 밖으로 사라진 것이다.

영상을 멈춘 직원이 말했다.

"다른 CCTV 화면을 찾아보긴 했는데, 중간중간 끊겨 있어요. 동쪽 출구 쪽으로 나간 것 같기는 한데, 나가는 모습은 찾지 못했지 뭐요. 경찰에 신고할 거면 말해요. 영상들은 모두 따로 빼놓을 테니까."

"제가 좀 더 알아보고 요청할게요. 감사했습니다."

공손하게 인사한 그녀는 그대로 관리사무실 밖으로 나왔다. 뒤따라 나온 공 작가는 아무런 말이 없었다.

어둠이 내린 공원에 한차례 시원한 바람이 불었다. 조명 빛에 반사된 나뭇잎들이 이리저리 흔들렸다. 산책하거나 운동을 하는 사람들도 더러 보였다.

흰 강아지를 데리고 산책하던 여자가 두 사람의 앞을 지나쳐 갔다. 이채는 목줄에 이끌려 종종거리는 흰 강아지의 움직임을 주시하다가 입을 열었다.

"술 한잔하러 갈래요?"

그는 아무런 대답도 하지 않았다.

"가요. 근처에 조용한 데가 있어요."

이채가 앞장서자, 그도 따라 걸었다. 조금 전 보았던 흰 강아지와 다를 게 없었다. 어디로 향하는지도 모른 채, 그녀가 이끄는 대로 따라갈 수밖에 없었다.

상가거리로 나온 그녀가 선택한 곳은 아담한 선술집이었다. 대여섯 개의 테이블이 전부인 선술집은 손님이 많지 않았다.

이채는 구석진 자리에 앉았다. 그녀가 추천 메뉴라고 표시된 안주와 소주를 주문했다. 맞은편에 앉은 공 작가가 입을 열지 않았기 때문에, 이채가 먼저 운을 띄워야 했다.

"이미 눈치챘겠지만, 공류하가 데려간 여자가 제 언니예요."

"……"

너무 놀라, 할 말을 잃은 걸까.

"충격, 받았어요?"

공 작가는 또 한차례 마른세수를 하고, 이채의 눈을 빤히 들여다보았다.

"영상을 보여준 이유가 뭐지?"

"내가, 공류하를 찾아야만 하는 이유를 설명한 거예요."

대화는 소주와 안주를 들고 온 점원으로 인해 잠시 끊어졌다.

"인정해. 의심할 만해."

결국, 그에게서 원하는 답을 이끌어냈다. 크게 심호흡한 이채는 심경을 토로했다.

"공류하가 범인이든 범인이 아니든, 난 그를 찾아야 해요. 그날 이후 언니가 사라진 건 사실이니까요. 오늘 우리가 본 영상이 언니의 마지막이에요."

"왜 경찰에 신고하지 않은 거지?"

"사정이 있어요. 그리고 경찰은 믿을 수 없어요."

경찰을 끌어들였다가 자칫 류하를 자극해서 다채의 죽음을 앞당길 수도 있었다. 그리고 경찰은 3년 후에도 류하에 대한 단서를 찾지 못하고 있었다.

"내가 돕지 않는다면?"

"혼자 찾아야죠."

공 작가는 신음을 흘렸다.

"……상황은 이해해. 그래도 류하는 아니야. 다른 이유가 있을 거야."

"의심을 강요할 생각은 없어요. 하지만 이대로는 누가 봐도 공류하가 유력 용의자예요. 원한다면 다른 증거도 보여줄 수 있어요. 공작가님이 동생을 믿는다면, 누명을 벗겨주기 위해서 협력하는 건 어때요?"

다른 증거가 또 있다는 말에 공 작가는 항복할 수밖에 없었다.

"내가 어떻게 돕길 바라는 거지?"

"공류하는 지금 아파트에 없어요. 어디서 지내는지를 알아내고 싶어요."

"생각해둔 방법은?"

"공류하한테서 메시지가 왔다고 했죠? 작가님이 그를 불러내주세요."

"다음엔?"

"뒤를 따라가볼 생각이에요."

"미행?"

"네."

공 작가는 턱을 쓸며 시선을 떨궜다. 생각할 시간이 필요해 보이는 모습이었다. 이채는 대답을 재촉하는 대신 선술집을 둘러보았다.

사람들이 삼삼오오 모여 담소를 나누고 있는 소박한 공간을 부유하던 시선이 테이블 위로 향했다. 조금 전부터 소주병이 신경 쓰이던 참이었다. 라벨지에 인쇄된 나예희의 얼굴이 환하게 웃고 있었다.

이채는 라벨지가 벽을 보도록 소주병을 돌려놓았다.

"저, 화장실 좀 다녀올게요."

작은 규모의 선술집엔 화장실이 따로 없었다. 주인에게 물었더니 복도 밖 공용화장실을 사용해야 한다며 비밀번호를 알려 주었다.

비밀번호라고 해 봐야 '0000'이었지만.

혼자 남겨진 공 작가는 곧 결심을 굳혔다. 애초에 선택의 여지는 없었다. 그는 신경질적으로 소주병 뚜껑을 땄다. 그리고 자신의 잔에 술을 채워 단숨에 비워냈다. 두 번째 잔, 세 번째 잔도 연이어 들이켰다. 머리에 오른 열을 식히고 보니, 이채가 자리를 비운 지 꽤 되었다는 생각이 들었다. 소주병은 어느새 텅 비어 있었다.

시각을 확인하니 그녀가 자리를 벗어난 지 20여 분이 지난 상태였다. 휴대폰을 꺼내 그녀에게 전화를 걸었다. 그러자 테이블 구석에 놓인 그녀의 휴대폰에서 빛이 새어 나왔다. 비 오는 날 처음 만났을 때처럼, 그녀의 휴대폰에 '공도하 작가님'이라는 발신인이 표시되었다.

이상한 일이지만, 봄날 같은 그 벨소리가 스산하게 들렸다.

과거가 또 바뀌었다. 변화의 폭이 커서 견디기 힘든 통증이 밀려왔다. 현관문을 붙잡고 비틀거리던 도하가 집 안쪽으로 쓰러졌다.

과거가 바뀐 뒤에 그 내용을 확인하는 과정이 돌로 머리를 내리치는 것 같은 느낌이라면, 실시간으로 바뀌는 과거를 체득하는 건 도끼로 머리를 쪼개는 것 같은 느낌이었다.

이채의 한마디가 공 작가의 마음을 움직이면, 그만큼 도하의 현재가 요동쳤다.

기듯이 현관을 벗어난 그는 거실 바닥에 누웠다. 통증은 점차 잦아들었지만, 몸이 나른해져서인지 일어나고 싶지 않았다.

도하는 천장을 응시하며 바뀐 내용을 곱씹어 보았다. 기억을 갈무리하고 눈을 감았을 때였다. 소파 테이블 위에 올려놓은 휴대폰이 시끄럽게 울어대기 시작했다. 무거운 몸을 일으킨 도하가 휴대폰을 귀에 가져다 댔다.

"한국 최고의 정보 상인! 세계로 뻗어 나가는 빠름빠름빠름 강랜입니다. 공도하 고객님 안녕하세요."

경망스러움이 절정에 달한 목소리였다.

"성과가 있었나 봅니다."

"고객님. 정이채를 납치한 일당의 흔적을 찾았습니다."

일당? 그 말은 류하가 아니거나, 공범이 있거나 아니면 고용관계일 수 있다는 뜻이었다. 이로써 이채의 위험은 더욱 예측 불가능한 것이 되었다.

"계속해보세요."

"확실히 전문가의 솜씨입니다. 동종 업계 중 한 곳이 유력합니다. 저희끼리만 알아볼 수 있는 흔적 같은 게 있어서요."

"흔적, 말입니까?"

"네. 흔적을 통해서 어느 단체가 정이채를 납치했었는지 확인했습니다. 누구에게 인계한 것인지 확인하는 데는 시간이 조금 더 걸릴 것 같습니다."

"어떤 단체입니까."

랜이 가져온 정보는 이채 납치 사건의 실마리를 푸는 데 중요한 열쇠였다.

"죄송합니다만 고객님. 업계 불문율입니다. 이런 경우에는 손발의 허물은 덮어줍니다. 중요한 건 머리, 그러니까 의뢰자 아니겠습니까. 납치를 의뢰했던 사람을 찾으면 알려드리겠습니다."

"그냥 어디인지 알고 싶을 뿐입니다. 사건 초기에 내가 몇 곳에 같은 의뢰를 넣었던 건 알고 있을 겁니다. 혹시 그중 한 곳은 아닐까 해서요. 물론 그렇다 해도 별다른 행동은 하지 않을 겁니다. 랜의 말대로 '손과 발'일 뿐이니까요."

"그게 업계 불문율이라……."

"궁금증을 해결하는 데 한 장을 드리죠. 세금계산서 보내세요. 다시 말하지만, 어떤 행동도 하지 않겠습니다."

잠시 대화가 끊겼다.

"TOP입니다. 이름은 들어보셨을 겁니다. 2년 전쯤 핵심 인력이 독립해서 나간 이후로 업계에서 신뢰도가 바닥을 쳤습니다. 오늘만 사는 것처럼 일하는 놈들이죠. 정보 출처를 공개하지 않겠다는 약속과 함께 적절한 보상을 주면 의뢰자 정보를 내어줄 만한 곳입니다."

도하는 머릿속에 'TOP'이라는 이름을 각인하고 당부했다.

"정이채 씨의 생사는 꼭 확인하고 싶습니다."

"오늘이 실종으로부터 딱 3년입니다. 생존해 있을 가능성이 희박하다는 건 염두에 두셔야 합니다. 일단 최선을 다해보겠습니다."

"방금, 뭐라고 했습니까."

"생존 가능성이 희박하다는 건 어쩔 수 없는 사실입니다."

랜의 목소리에서 곤란함이 묻어났다.

"아니. 그전에."

"딱 3년이요?"

"정이채 씨의 실종은······."

"3년 전 오늘이지 않습니까. 5월 17일이요. 깜박하셨나 봅니다."

도하는 눈앞이 깜깜해지는 기분이었다. 불길한 예감이 목을 조여왔다.

"······어디서, 어디서 납치된 거죠?"

"선술집 화장실 아닙니까. 고객님께서 함께 계셨습니다만."

과거가 또 바뀌었다. 조금 전 월지 밖으로 나가서 확인했을 때만 해도 일어나지 않았던 일이다. 불과 몇 분 사이에 이채의 납치 시점이 앞당겨진 것이다.

이어지는 도하의 말에서 다급함이 묻어났다.

"납치 경로를 파악해놓은 게 있습니까?"

"네. 일전에 보내드렸는데요."

"다시, 다시 보내주세요. 지금 바로요."

"네. 바로 전송해드리겠습니다. 빠름빠름빠름 강랜이 언제나 고객님과 함께할 테니 걱정하지 마십시오. 그럼!"

도하의 심장이 거세게 뛰었다. 이채가 위험했다. 그는 현관문 밖으로 뛰어나갔다. 그리고 파도처럼 밀려드는 통증을 참으며 변화된 과거를 확인했다.

'선술집.'

황급히 베란다를 넘은 그는 이채의 집으로 들어갔다.

언제나 그렇듯 베란다 문은 잠겨 있지 않았다. 도하는 책상에 앉아 그녀의 노트북을 켰다. 과거와 연락할 유일한 방법은 이채의 방과 연결된 인터넷뿐이었다. 포털에 접속하여 회원 가입 버튼을 눌렀다. 새로운 이메일 계정을 만드는 페이지가 화면 가득 떠올랐다.

○ ○ ○

'왜 안 오는 거지.'

공 작가는 조금씩 걱정되기 시작했다. 화장실에 간다며 나선 그
녀가 20분째 돌아오지 않고 있었다.

'뭘 하는 거야.'

조금 더 기다려보기로 마음먹은 그는 휴대폰으로 막 올라온 기
사를 확인했다. 특별한 내용은 없었다. 누군가는 사기를 당했고, 누
군가는 교통사고를 당했고, 누군가는 갑질을 하다가 구설에 휘말
렸다. 그리고 누군가는 공개 열애를 끝내고 동료로 남기로 했다.

세상은 계속 반복되고 있었다. 지루해진 공 작가는 휴대폰을 내
려놓았다. 때마침 메일 수신 알림음과 함께 팝업이 떴다.

다시 휴대폰을 집어 든 공 작가는 메일함을 열었다. 등록되지 않
은 주소로부터 발송된 메일의 제목은 '정이채 씨가 납치됐습니다'
였다. 무언가에 홀린 듯이 클릭해보니 내용은 한 줄도 없었다.

'……이게 뭐지?'

문장의 뜻을 이해하지 못한 것은 아니었다. 다만, 제목 한 줄에
담긴 내용이 당황스러웠다.

게다가 공 작가는 일반 메일과 업무용 메일을 분리해서 사용했
다. 업무용 메일은 공개된 메일이 아니었다. 주소를 아는 사람은 손
에 꼽을 정도로 극소수였다. 그래서 흔한 광고 메일도 오지 않았다.

'납치?'

그는 선술집 출입구 쪽으로 고개를 돌렸다. 그녀의 모습은 여전히 보이지 않았다. 새로운 메일이 도착했음을 알리는 소리에 시선은 다시 휴대폰에 닿았다.

– 화장실에서 납치됐습니다. 시계탑 공원 쪽으로 끌고 갔습니다.

이번에도 제목뿐인가 싶었지만, 내용도 한 줄 있었다.

– 급합니다. 서두르세요.

상대는 정확하게 '정이채'라는 이름을 언급했다. 그리고 그녀가 '화장실'에 갔음을 알고 있었다. 공 작가는 메일을 보낸 사람의 아이디를 확인했다.

'resemble man, 닮은 남자?'

신경을 건드리는 아이디였다.

'누가 장난치는 건가?'

안 그래도 걱정되려던 참이었는데, 상당히 불쾌한 장난이었다.

뒤이어 도착한 내용은 더욱 어이가 없었다. 납치 예상 경로라는 짧은 메시지와 함께 사진이 첨부되어 있었다. 화살표로 이동 동선을 표시한 지도였다.

메일을 믿자니 기분이 나빴고, 무시하자니 께름칙했다. 보이스피싱에 당하는 이유를 알 것 같았다. 그는 이채의 휴대폰과 가방을 챙겨 계산대로 향했다.

"3만 2천 원 나왔습니다."

계산을 마친 공 작가는 명함을 꺼내서 계산대 위에 놓았다.

"혹시 저와 함께 있던 여자분이 오면 이 번호로 연락해주세요."

"아까 화장실 가셔서 아직 안 오신 거죠?"

"찾아보려고요. 오면 연락 부탁합니다."

"네. 연락드릴게요. 여자분이 많이 취하셨나 보네요. 밤이라 위험한데."

함께 술을 마시다가 상대가 사라진 경우, 대부분은 만취해서 생긴 해프닝으로 끝난다. 하지만 그녀는 한 잔의 술도 마시지 않았다.

선술집을 나선 공 작가는 여자 화장실 입구에 섰다. 건물 복도의 중간쯤에 비상계단이 있었는데, 여자 화장실은 그 옆에 붙어 있었다.

"이채 씨!"

그는 화장실 밖에서 큰 소리로 그녀를 불렀다.

"이채 씨!"

연달아 불러봤지만, 대답은 들려오지 않았다. 답답해진 공 작가는 여자 화장실 안으로 들어섰다. 화장실은 모두 네 칸으로 나뉘어 있었다.

"이채 씨!"

여전히 아무도 대답하지 않았다. 그는 노크하면서 문을 하나씩 열었다.

첫 번째 칸의 문이 열리고 흰 좌변기가 모습을 드러냈을 때에는 감흥이 없었다. 두 번째 칸에 이어 세 번째 칸을 열면서는 초조함을 느꼈다. 네 번째 칸은 다용도실이었다. 은색 양동이를 비집고 나온 대걸레를 본 순간 초조함은 조금씩 두려움으로 탈바꿈했다.

'어딜 간 거야.'

황망하게 돌아선 그는 세면대 거울 속 남자와 눈이 마주쳤다. 몹시 혼란스러운 얼굴이었다.

화장실을 벗어난 그는 선술집으로 향했다. 그 사이 그녀가 돌아와 있길 바랐지만, 자리엔 테이블을 정리하는 점원뿐이었다.

공 작가의 머릿속에 메일의 문구가 선명하게 떠올랐다.

'납치'

걸음을 빨리해서 밖으로 나갔다. 건물의 출구는 대로변과 이어져 있었다. 늦은 시간임에도 지나다니는 차의 헤드라이트 불빛과 주변 가게의 조명 때문에 어둡게 느껴지지 않았다. 적지 않은 수의 행인도 오가고 있었다.

누군가를 쉽게 납치할 만한 장소가 아니었다. 차에 태운다고 해도 보는 눈이 너무 많았다. 갓길에 주차된 차량의 블랙박스에도 기록이 남을 테고 말이다.

'정이채. 대체 어디로 간 거야.'

'시계탑 공원 가는 길'이라고 표시된 이정표를 주시한 순간이었다. 새로운 메일이 도착했다.

제목 없이 도착한 메일에는 몇 장의 사진이 첨부되어 있었다. 휴대폰 화면을 무언가로 찍어 전송한 듯한 사진은 화질이 좋지 않았다. 그는 눈살을 찌푸리며 사진을 확대해 보았다.

첫 번째 사진은 가로등에 설치된 CCTV의 모습이 담겨 있었다. 이상한 점이 있다면 CCTV의 렌즈가 검게 그을린 것이었다. 뒤따르는 사진이 그 이유를 대신 설명했다.

'페인트 스프레이?'

캔 재질로 된 스프레이 통이 바닥을 굴러다니고 있었다. 흔히 '락카'라고 부르는 분무형 페인트였다. 누군가 CCTV 렌즈에 페인트를 분사한 듯했다.

다음은 검은색 RV 승합차 사진이었다. 차량 번호와 함께 대포차라는 메모가 있었다.

공 작가는 네 번째 사진을 탭 했다. 의미를 알 수 없는 교통사고 현장 사진이었다. 사진 아래에 적힌 짤막한 메시지가 눈에 들어왔다.

– 지금 당장 공원으로. 대로 쪽은 교통사고로 분주함.

그의 시선이 사방을 훑었다. 거리와 건물 곳곳에 보이는 CCTV는 모두 멀쩡한 상태였다.

'정말 장난인가?'

공 작가의 혼란이 가중되었다.

두서없이 던져지는 메일 내용과 이채의 실종 그리고 그동안 일어난 일련의 사건이 뒤얽혀 위화감을 만들어냈다.

'……류하?'

류하의 짓궂은 장난은 아닐까.

'resemble man'이라는 메일 발신인조차 류하일 수 있었다. 하지만 류하는 도하의 업무용 메일 주소를 알지 못했다.

'알아내자면 못 알아낼 것도 없으니까.'

공 작가는 류하의 전화번호를 찾아 발신 버튼을 탭 했다.

휴대폰을 귀에 가져다 댄 그의 눈동자가 도로변을 스쳐 지나가는 피자 배달 오토바이를 뒤쫓았다. 앞에 있던 횡단보도의 보행신호가 막 들어온 순간이었다.

속도를 늦추지 못한 오토바이가 지그재그로 움직였고, 이미 횡단보도에 진입한 여자가 깜짝 놀라 몸을 굳혔다. 여자를 간신히 피한 배달원은 균형을 잃고 오토바이에서 떨어져 굴렀다. 쓰러진 오토바이가 아스팔트를 긁으며 사거리 안으로 밀려 들어갔다.

사거리를 지나던 버스 뒷바퀴에 오토바이가 말려 들어간 건 순식간의 일이었다. 들썩이는 충격에 놀란 버스운전기사가 급브레이크를 밟았고, 뒤따르던 자동차 석 대가 연달아 추돌했다. 핸들을 급하게 튼 네 번째 차량 때문에 옆 차선에서도 연쇄 추돌이 일어났다.

사람들의 이목이 사고현장으로 쏠리고 웅성거림이 피어났다. 귀를 찢는 비명도 몇 차례 들렸다. 수많은 경적이 한데 어우러졌다가 흩어졌다.

공 작가의 눈동자는 갈피를 잡지 못하고 정처 없이 흔들렸다. 귀

에 가져다 댄 휴대폰에선 낯익은 안내음성만 반복적으로 흘러나
왔다.

"고객님의 사정으로 지금은 전화를 받을 수 없습니다. 나중에 다
시 걸어주⋯⋯."

사고력이 마비되고 말았다. 그냥 사고였다. 어쩌다 일어난 교통
사고일 뿐이었다. 그런데도 손이 떨렸다.

'이 장면.'

전화를 끊은 공 작가는 다시 메일함을 열었다. 조금 전 받았던
'resemble man'의 메일을 하나씩 열어 재확인했다. 세 번째 메일
을 클릭한 순간이었다.

납치 예상 경로가 적힌 메시지와 함께 첨부된 지도가 나타났다.
그는 지도를 확대했다.

"⋯⋯말도 안 돼."

떨리는 목소리가 튀어나왔다.

공원과 인근 도로를 표시한 지도에는 조금 전 일어난 사고현장
이 표기되어 있었다. 그것도 빨간색 글씨로 '9중 추돌 교통사고 현
장'이라고 정확하게 말이다. 그리고 다음 메일에 첨부된 사진.

교통사고 현장.

공 작가는 메일 수신시간을 확인했다.

- 5월 17일 오후 9시 12분.

7분 전에 도착한 메일이었다.

얼굴에 핏기가 가셨다. 이해할 수 없었다. 방금 일어난 일인데, 사진이 먼저 전송된 것이다.

'이게 대체……'

그는 다시 납치 예상 경로를 표시한 지도를 확인했다. 공 작가의 눈동자가 지도에 표시된 적색 화살표를 따라 움직였다.

○○○

하늘은 칠흑처럼 어두웠다. 달조차 모습을 드러내지 않은 밤이었다. 또각또각, 이채의 구두 굽 소리 뒤로 남자의 발걸음이 따라붙었다. 그녀의 걸음이 빨라지자 남자가 바짝 다가섰다.

"천천히 움직여."

이채는 침을 꿀깍 삼켰다.

다른 남자가 앞서가며 검은색 페인트 스프레이로 곳곳에 설치된 CCTV 렌즈를 새카맣게 칠했다. 공원 산책로 갈림길마다 마중하듯 서 있는 이들도 신경을 자극했다. 그들은 인적이 끊긴 길로만 그녀를 안내했다.

'둘. 셋……'

그녀가 확인한 남자만 세 명이었다. 모두가 태연했다. 사람 한 명 납치하는 것쯤은 아무 일도 아니라는 듯이.

그래도 이채는 떨지 않았다. 오히려 날 선 목소리로 등 뒤의 남자에게 따져 물었다.

"공류하가 시킨 거예요?"

남자는 질문에 답하는 대신 이채의 등허리에 대고 있던 나이프에 힘을 실었다.

"목소리 내지 마."

상처가 날 만한 강도는 아니었지만, 입을 다물게 하기엔 충분했다.

등줄기를 타고 식은땀이 흘렀다. 그녀는 이성의 끈을 놓지 않으려고 애썼다. 호랑이한테 물려가는 중이니, 정신을 바짝 차려야 했다.

'소리 지를까.'

공원에 사람이 전혀 없는 것은 아니었다. 멀리서 담소를 나누는 목소리도 들려왔다. 공터로 나가서 소리 지르면 누군가 돌아보긴 할 것이다.

그녀의 눈과 귀가 쉼 없이 도망칠 틈을 탐색했다. 앞에 보이는 코너를 돌면 기회가 올 듯싶었다. 인라인스케이트를 탈 수 있도록 만들어놓은 넓은 공터인데, 그녀가 소매치기를 당한 장소기도 했다.

하지만 이채의 바람은 코너를 도는 순간 산산이 부서졌다.

흩어져 있던 남자들이 공터에 모여 있었다. 세 명이 아니라 네 명이었다. 그녀의 눈동자가 남자들의 얼굴을 차례로 훑고 지나갔다.

'누가, 왜?'

이들은 얼굴조차 가리지 않았다. 돈을 요구하거나 하는 보통의 납치범이 아니라는 뜻이었다.

'죽이려는, 건가?'

죽고 싶지 않았다. 이대로 죽는 건 싫었다.

이대로 사라져선 안 된다. 언니를 구할 기회를 잃고 만다. 두 딸을 잃고 충격에 빠질 박 여사도 걱정되었다.

공 작가도 마음에 걸렸다. 류하뿐만 아니라 자신까지 찾아다니게 될 것이다. 인생이 피폐해질 게 뻔했다.

그리고 베란다 너머의 그.

'도망치자.'

이대로 끌려가 최후를 맞이하느니, 여기서 살아날 가능성에 기대를 거는 게 나았다.

'칼에 찔리면 많이 아프겠지. 그래, 많이 아프기밖에 더하겠어.'

그녀는 등허리에 밀착된 나이프의 길이를 가늠해보았다.

사내가 팔을 뻗는 속도보다 빨리 달릴 자신은 없었다. 그래도 해내야만 했다. 강도를 피해서 베란다도 넘지 않았던가. 신발장 위에 있을 호신 3종 세트가 아쉬웠다. 하다못해 화장실 갈 때 휴대폰이라도 챙길 것을 그랬다.

'뛰면서 최대한 큰 소리를 지르자.'

그녀는 마음을 다잡기 위해 손을 꼭 쥐었다. 마침 트랙을 따라 조깅하는 남자가 보였다. 후드티를 입은 남자는 이어폰을 귀에 꽂고 있었다. 이채는 그가 조금 더 가까이 다가오기를 기다리며 발걸음을 늦췄다. 그런데 뒤쪽에서 다가온 덩치 큰 남자가 그녀의 오른팔을 붙잡았다.

"오른쪽으로 틀어."

나이프를 들이대고 있던 남자도 이채의 왼쪽 팔을 감쌌다.

그녀의 얼굴에 한차례 절망이 스쳤다. 남자들이 팔을 가볍게 붙잡고 있어서 연행이라는 느낌이 들지 않았다. 누가 봐도 일행끼리 지나가는 모습이었다.

이제 기댈 곳은 후드티를 입고 조깅하는 남자뿐이었다. 그가 적당한 거리까지 다가왔을 때였다. 남자의 손에 들린 페인트 스프레이 통이 눈에 들어왔다.

그는 돌아서서 이채의 모습을 가리려는 듯이 앞서 걸었다. 이로써 남자는 넷이 아니라 다섯이 되었다.

'어쩌지.'

이채는 초조해졌다.

'동문 쪽으로 가려는 건가.'

공원의 동쪽은 산업단지가 밀집해 있는 지역이라 밤에는 인적을 찾아보기 어려웠다. 도움을 받을 만한 곳도 없었다.

'지금, 도망쳐야 해!'

이채는 팔과 몸에 잔뜩 힘을 줬다. 그리고 몸을 비틀어 몸집이 비교적 작은 남자 쪽으로 도주를 시도했다. 워낙 순간적으로 일어난 일이라 왼쪽 팔은 수월하게 빠졌다. 당황한 남자들의 표정도 읽혔다. 하지만 몇 발자국도 가지 못하고 몸이 뒤로 젖혀졌다. 오른팔을 붙잡힌 것이다.

"살려주세요!! 살려……!"

그녀가 있는 힘껏 소리를 지르자 팔을 잡은 남자가 더 세게 잡아당겼다. 균형을 잃고 쓰러진 그녀 앞으로 나이프를 든 남자가 매섭게 다가섰다. 그는 손등으로 이채의 얼굴을 후려쳤다.

짝, 소리가 나면서 고개가 돌아갔다. 공중을 부유하는 느낌이 들더니 몸에서 힘이 빠져나갔다. 차가운 공원 바닥에 엎어진 그녀는 겨우 상체를 일으켜 세웠다. 전신이 후들후들 떨렸다.

나이프를 든 남자가 히죽 웃었다.

"어딜 튀려고."

그가 한 대 더 치려는 듯이 손을 높이 쳐들었을 때였다. 누군가 그의 어깨를 붙잡았다.

"형, 소란 피우지 마."

후드티를 입은 남자가 못마땅하다는 듯이 고개를 저었다. 나이프가 손을 내리자 덩치 큰 남자는 이채를 강제로 일으켜 세웠다.

주변에 도와줄 만한 사람은 보이질 않았다. 누군가 비명을 들었길 바랄 수밖에 없었다.

그녀의 어깨가 계속 떨렸다. 맞은 충격과는 별개로 통증이 상당했다. 제어력을 상실한 심장도 미친 듯이 뛰었다. 입안에 고인 피 때문에 속도 메스꺼웠다.

양쪽 팔을 움켜쥔 남자들이 그녀를 다시 잡아끌었다.

○ ○ ○

지도에 표시된 화살표는 선술집에서 공원을 지나 동문 밖으로 이어졌다. 그대로 산업단지를 벗어난 화살표는 대로를 타고 이동하다가 우회전한 다음 끊어졌다.

공 작가는 당황스러운 감정을 애써 눌렀다.

'악질적인 장난?'

아니면.

'지켜보고 있었다?'

둘 다 아니었다. 단지 장난이라기엔 정보가 너무 상세했다. 지켜보다가 걱정되어 정보를 줬다는 것도 이상했다. 그런 이유라면 공 작가보다 경찰에 신고하는 쪽이 나았을 테니까.

의도를 파악할 수 없고, 신뢰할 수도 없는 정보.

하지만 무시할 수 없다는 게 문제였다.

'최악의 경우는 resemble man이 납치범······.'

휴대폰을 갈무리한 그는 서둘러 발걸음을 떼었다.

공원 입구로 들어서자 어두컴컴한 산책로가 이어졌다. 듬성듬성 세워진 가로등 불빛 사이로 부는 바람이 스산했다.

공 작가는 달리다시피 움직이면서 112로 전화를 걸었다. 납치가 아니면 다행이지만, 사실이라면 경찰의 힘을 빌려야 했다. 수상쩍은 일이 벌어지고 있는 것만은 분명했다.

"네, 경찰입니다."

"함께 있던 일행이 납치된 것 같습니다. 위치가 시계탑 공원입니다."

뛰면서 말했기 때문일까. 생각보다 더 긴장했기 때문일까. 심하게 갈라진 목소리가 흘러나왔다.

"납치되는 걸 목격하셨습니까?"

상황실 응대 직원의 친절함이 신경에 거슬렸다.

"화장실을 다녀오겠다며 나간 다음 사라졌습니다. 가방과 휴대폰을 두고 나갔어요."

"직접 목격하신 게 아니면 납치라고 단정 짓지 마시고, 침착하게 기다려보시는 게 좋겠습니다. 주변으로 순찰인력을 보내……."

공 작가는 틀에 박힌 듯한 안내를 듣다가 걸음을 멈췄다. 휴대폰을 든 손이 힘없이 아래로 떨어졌다.

바닥을 뒹구는 페인트 스프레이 통을 보고 멍해진 것이다. 사진에 찍혀 있던 것과 같은 라벨이었다. 고개가 저절로 위로 움직였다.

가로등 기둥에 설치된 CCTV의 유리렌즈가 새카맣게 칠해져 있었다.

그의 발걸음이 빨라졌다. 다른 곳에 설치된 CCTV도 마찬가지였다. 공 작가가 느끼던 위화감은 순식간에 공포로 변질됐다. 이내 달리기 시작한 그가 찾아간 곳은 이채와 다녀갔었던 공원 관리사무소였다.

꾸벅꾸벅 졸고 있던 직원이 인기척에 놀라 고개를 쳐들었다.

"무, 무슨 일로…… 어? 아까 아가씨랑 왔던 분이죠?"

공 작가는 대꾸 없이 CCTV 모니터 화면이 있던 사무실 안쪽으로 직행했다.

"이, 이봐요!"

뒤따라 들어온 직원의 눈이 휘둥그레졌다. 눈앞에 벌어진 상황을 이해할 수 없었던 그는 입을 뻐끔거렸다.

"어? 어어?!"

분할된 CCTV 화면의 절반 이상이 까맣게 물들어 있었다. 렌즈에 뿌려진 페인트 스프레이 때문에 화상이 잡히지 않은 상태였다. 화면 속 타임라인이 계속 흐르고 있는 것을 보면 녹화는 정상적으로 진행되고 있었다.

"아니, 이게 왜 이래. 이러면 안 되는 데."

화면이 까맣게 변한 이유를 알 길이 없던 직원은 부산스럽게 폐쇄회로 설정 장치를 이리저리 만졌다. 그러는 동안에도 두 개의 CCTV 화면이 추가로 어두워졌다.

공 작가는 분할된 화면 중에서 사람들이 오가는 몇 개의 화면을 빠르게 탐색했다. 그리고 막 어둡게 변한 화면 하나를 주시했다.

'흰색!'

잠깐 스쳐 지나갔지만, 흰색 옷을 입은 여자가 있었다. 이채는 오늘 머스타드색 정장 바지에 흰색 블라우스를 입고 있었다.

공 작가가 소리쳤다.

"19번 CCTV요!"

"네?"

"19번 화면, 조금 전으로 돌려주세요!"

"그게 무슨…….'

"빨리!"

공 작가의 목소리가 다급해서 직원의 몸이 반사적으로 움직였다. 그는 마우스를 움직여 새카매진 19번 CCTV를 전체화면으로 불러들였다. 화면을 거꾸로 돌린 순간이었다. 화면이 밝아지며 페인트 스프레이를 뿌리는 남자가 보였다. 모자를 눌러쓴 탓에 얼굴은 확인할 수 없었다.

"저런, 저런, 저런 못된!!"

격양된 직원이 순찰 모자를 찾아 썼다. 당장에라도 뛰쳐나갈 기세였다. 하지만 공 작가가 그의 팔을 붙잡았다.

"다시! 다시 조금 전 화면으로 돌려주세요!"

화면은 계속 거꾸로 감기고 있었다. 직원이 못마땅한 얼굴로 화면을 정상 재생했다.

"뭔데 그럽니까."

날카로운 눈빛으로 화면을 주시하던 공 작가가 외쳤다.

"여기! 멈춰 봐요."

직원이 화면을 일시 정지했다. 페인트 스프레이를 뿌리는 남자의 모습이 잡힌 화면이었다.

"아는 사람이요?"

하지만 공 작가는 그 남자를 보고 있지 않았다.

그의 시선은 남자의 어깨너머로 잡힌 사람들을 향해 있었다. 남자 둘이 한 여자를 검은색 승합차에 태우는 장면이었다. 여자의 양팔을 붙잡고 있는 남자들에게서 강제성이 느껴졌다.

"어, 어? 저거 그 아가씨 아니요?"

뒤늦게 공 작가가 주시하는 장면을 발견한 직원이 눈을 크게 떴다. 그도 오늘 이채가 입고 있던 옷을 알아본 것이다.

공 작가가 다그치듯이 물었다.

"저기가 어딥니까?"

"어, 아, 동문이요."

"여기서 얼마나 걸리죠?"

"5분?"

공 작가는 다시 메일 내용을 확인했다. 지도의 화살표도 동문을 통해 빠져나갔다. 그는 이어지는 화살표의 행적도 마저 살폈다. 어디로 향해야 할지 결정한 공 작가는 CCTV 화면을 가리켰다.

"경찰에 신고해주세요!"

그는 그대로 뛰쳐나갔다.

ㅇㅇㅇ

"자주 좀 나와라. 오랜만에 보니까 징그럽게 반갑다."

보라색 넥타이를 맨 남자가 윤형의 어깨를 툭툭 쳤다.

"먹고 살기 바쁘다. 너흰 병원에서 월급이 따박따박 나오지만, 난 내가 뛰어야 먹고 살아."

윤형이 고개를 절레절레 저으며 잔에 남은 소맥을 털어 마셨다. 그러자 보라색 넥타이가 얼른 잔을 채워주었다.

"엄살은. 출판사 잘나가는 거 다 알아."

"잘나갔지. 요즘은 열애설 때문에 죽겠다."

열애설 얘기에 옆에 앉아 있던 동기가 고개를 돌렸다.

"그 작가랑 나예희 진짜냐? 양다리?"

"우리 도하 그런 놈 아니다. 그냥 내 업보지. 업보."

나예희 측에서 자연스러운 만남을 주선해달라고 청했을 때 거절했어야 했다. 석쇠 위에 눌어붙은 고기를 떼어내리던 윤형이 숯불 화로의 불을 줄였다.

"다 탔네."

그가 다시 젓가락을 가져가려고 하자, 보라색 넥타이가 저지했다.

"2차 가자. 이건 이제 고기가 아니라 벤조피렌 덩어리야."

이미 거나하게 취한 윤형이 넥타이를 풀며 동의했다.

"그래. 탄 거 먹지 마! 오래 살아야지! 2차 가자!"

술을 잔뜩 마셔서 만취해놓고, 무병장수를 기원하는 건 좀 아이러니했다. 하지만 함께 취한 이들은 기꺼이 그 말에 동조했다.

"그래 가자! 누가 나가서 장소 좀 잡아라."

마흔 명 가까운 인원이 한 번에 옮길 만한 장소는 많지 않았다. 테이블 끝에 앉은 누군가 일어섰다.

"2차는 회 어때?"

"요즘 참돔 물이 좋더라."

"참돔 좋지. 2차는 회나 마시자."

참돔회로 대동단결하는 이들 사이로 윤형이 끼어들었다.

"나 회 못 먹는데……."

곳곳에서 탄성과 야유가 터져 나왔다. 결국, 일반 호프집을 알아보기로 하고 동기 두 명이 2차 장소를 물색하러 나갔다.

보라색 넥타이가 윤형을 향해 삿대질했다.

"뭐! 왜! 회 못 먹을 수도 있지!"

"너 전화 오는데."

"응?"

테이블 위에 놓여 있던 휴대폰이 진동하고 있었다. 발신자 '내 싸랑'을 본 윤형의 입이 헤벌쭉 벌어졌다. 전화를 받는 목소리도 한 옥타브 올라갔다.

"어, 도하야. 인터뷰는 잘했냐."

"왜 이렇게 전화를 안 받아!!"

대뜸 소리친 공 작가는 숨이 턱까지 차올라 있었다.

"잘했나 보네. 형님이 한잔했다."

"동문회 장소 중앙로 사거리 근처라고 했지?"

"왜? 오려고?"

"당장 나와. 이채 씨가 납치됐어."

"이채 씨도 같이 오, 뭐?"

"이채 씨를 납치해 갔다고."

"그게 무슨 소리야. 이채 씨가 왜?"

"검은색 RV 승합차야. 공단로에서 중앙대로를 따라서 그쪽으로 이동하고 있어. 내가 지금 앞질러 가는 길이야."

"야, 야! 이게 다 무슨 말이야? 알아듣게 말해. 갑자기 납치라니?"

"내가 어떻게든 사거리 전에 차를 세울 테니까 사람들 데리고 나와."

"뭐?"

"이채 씨 구해주면, 차기작 인세 3% 내린다."

전화는 일방적으로 끊어졌고, 윤 형의 머릿속에 남은 단어는 하나였다.

'3%?'

납치건 뭐건, 3%면 일어나야 했다. 자리에서 벌떡 일어난 윤형이 제 술잔을 단번에 비우며 외쳤다.

"Emergency다! code blue!!"

○ ○ ○

8인승 RV 승합차에 강제로 태워진 이채는 절대적인 힘의 차이를 느끼며 절망했다.

남자들을 이길 수 없을 것 같다는, 남자들에게서 벗어날 수 없을 것 같다는 부정적인 생각이 뇌리에 스쳤다. 그들은 이채를 중간열 가운데 좌석에 가두고 유유자적했다. 내내 겨누고 있던 나이프도 치운 지 오래였다.

어둑어둑한 탓에 차창 밖이 잘 보이지 않았다. 짙은 선팅으로 인해 밖에서도 안이 들여다보이지 않을 터였다. 차의 내부에 올록볼록한 스펀지가 붙어 있는 것으로 보아 방음도 단단히 되어 있는 듯했다.

게다가.

'……모두 다섯 명.'

그녀는 남자들이 앉은 위치와 각각의 특징을 살피며 힐끔거렸다.

운전석에 앉은 남자는 머리를 노란색으로 염색해서 유독 눈에 띄었다. 후드티를 입은 남자가 보조석. 이채의 왼쪽에 앉은 남자는 나이프를 들이밀었던 남자였다. 오른쪽에 앉아 있는 남자는 덩치가 가장 컸다. 그리고 3열에 한 명이 더 있었다. 입을 열 때까지 인지하지 못했을 정도로 다른 남자들에 비해 존재감이 흐릿했다.

빠른 속도로 이동하던 차는 횡단보도 앞에서 멈춰 섰다. 인적이 드문 산업단지를 벗어나 번화한 시가지로 나온 듯했다.

지금이 도망칠 마지막 기회처럼 느껴졌다. 이채는 눈동자를 사방으로 굴렸다. 어떻게 해서든 사람들에게 도움을 요청할 수만 있다면…….

갑자기 후드티가 킥킥거리며 웃었다. 그는 룸미러를 통해 이채를 주시하고 있었다.

"형, 걔 덜 맞았나 봐."

이채가 움찔거렸다. 그녀가 잔뜩 긴장하자 이번엔 다른 남자들이 킥킥댔다. 왼쪽에 앉은 나이프가 말했다.

"돈 들어오면 우리 소파나 바꾸자. 지금 건 너무 싸구려야. 낮잠 잘 때 허리 아파."

그는 이채가 무슨 시도를 하든 상관없다는 듯이 굴었다. 노랑머리가 말을 보탰다.

"또 이런 일 들어오면 좋겠네. 짧고 굵게. 쉽잖아. 깔끔하고."

둘의 여유로움에 후드티는 한숨을 내쉬었다.

"이번엔 운이 좋았던 것뿐이야."

신호가 바뀌자, 노랑머리는 액셀러레이터를 밟았다.

"막내, 넌 다 좋은데 걱정이 너무 많아. 걱정이."

"걱정 안 하게 생겼어? 내가 잠깐 자리 비웠다고 이런 의뢰를 덥석 받고. 택배도 아니고, 익일배송이 뭐야. 익일배송이. 납치가 무슨 장난이야?"

차 안 분위기가 이상하게 흘러갔다. 조금 전까지 킥킥대던 남자들은, 귀찮다는 듯한 얼굴로 저마다 입을 다물었다. 나이프가 후드티를 막내라고 불렀지만, 실질적인 리더는 그인 듯했다.

이채는 후드티가 했던 말 중에 '의뢰'와 '익일배송'이라는 부분에 주목했다. 이들의 목적은 이채를 누군가에게 배달하는 것이었다.

'누구에게?'

유력한 후보자는 류하였다. 하지만 단정 짓기엔 의문이 남았다. 류하에게 필요한 건 목걸이지, 이채가 아니었다. 이채와 목걸이의 연관성을 알아차렸을 리도 없다.

'공 작가 때문에?'

표면적으로 드러난 류하와 이채의 관계는 공 작가와의 연장선에서 생각할 수밖에 없었다.

'아니면 날 이용해서 언니를 협박하려는 건가?'

도망쳐야 한다는 의지는 가득했지만, 방법을 찾을 수가 없었다. 절망이 차곡차곡 차 안에 흘러넘쳐 공기가 무겁게 느껴졌을 때였다.

"씨발!"

노랑머리가 욕지거리를 뱉으며 급브레이크를 밟았다. 핸들을 급작스럽게 튼 탓에, 남자들의 몸이 한쪽으로 쏠렸다.

끼기긱, 콰쾅!

이채가 탄 RV 승합차가 앞을 가로막은 승용차의 측면을 들이받았다. 길이 아닌, 인도에서 갑자기 튀어나온 차를 피할 방법이 없었다.

안전띠를 하고 있지 않던 이들의 몸이 앞으로 크게 쏠렸다가 제자리로 돌아왔다. 충돌음이 컸던 것치고는 충격이 크지 않았다.

쾅!

충돌음이 한 번 더 울려 퍼졌다. 이번엔 뒤쪽에서였다. 뒤따라오던 차가 미처 피하지 못하고 들이받은 것이다.

긴 경적이 귓속을 파고들었다.

"저 미친 새끼가!"

노랑머리의 말대로였다.

길을 가로막은 승용차는 액셀러레이터를 밟으며 엔진을 공회전했다. 그러더니 그대로 앞으로 돌진했다.

콰쾅!

그 차는 기어이 좌측 차선을 지나가던 SUV 차량의 옆구리를 들이받았다. 놀랐는지 다시 후진한 차는 RV 승합차의 앞을 가로막은 채 멈춰 섰다.

삽시간에 주변 일대가 혼잡해졌다.

남자들의 표정이 잔뜩 일그러졌다. 후드티는 곤란한지 이마를 매만졌고 노랑머리는 당장에라도 달려 나가 승용차 운전자와 드잡이할 기세였다.

이채의 왼쪽에 있던 나이프가 어깨를 주무르며 노랑머리에게 말했다.

"가서 개나리꽃 따다 물게 해줘."

"그래. 넌 오늘 아스팔트 갈아 마실 줄 알아라."

노랑머리가 차 문을 열고 내리려 하자, 후드티가 그의 팔을 붙잡았다.

"소란 피우지 마. 잠깐만 생각하고 움직여."

그가 담백하게 말하자, 덩치가 보탰다.

"그래. 잠깐 기다려. 이럴 땐 막내 말 들어."

덩치의 말에 노랑머리가 문을 닫고 다시 똑바로 앉았다. 일단 앉기는 했지만, 분을 삭이지 못하고 핸들을 내리쳤다.

후드티는 룸미러로 이채를 관찰하며, 손가락으로 대시보드를 툭툭 건드렸다.

남자들이 처한 상황은 생각보다 심각했다. 앞으로도, 옆으로도, 뒤로도 갈 수 없었다. 사거리를 코앞에 두고 오도 가도 못하는 상황에 처한 것이다.

몇 분 내에 견인차는 물론이고 보험사 직원과 경찰까지 등장할

게 뻔했다. 납치한 사람을 태우고 있는 마당에 이보다 더 곤란할 수는 없었다.

옆 차선의 SUV에서 내린 남자가 뒷목을 잡고 승용차로 향했다. RV 승합차의 뒤를 받은 차량에서도 운전자가 내렸다. 그 차는 공교롭게도 택시였다. 택시기사는 RV 승합차의 운전석 창문을 두드리며 내리라는 신호를 보냈다.

노랑머리는 짜증을 냈다.

"씨발, 우리 이제 어떻게 하냐?"

후드티가 대시보드를 점점 빠르게 두드렸다.

노랑머리가 내리지 않자 택시기사는 곤란한 얼굴로 뒤통수를 긁었다. 그러다 뒷목을 잡은 SUV 운전자를 보고, 따라서 뒷목을 잡았다.

그는 대상을 바꿔 앞을 막고 서 있는 승용차를 향해 다가갔다. 두 운전자가 창문을 두드렸지만, 승용차의 운전자는 내리지 않았다. 선팅이 짙게 되어 있어서 내부도 들여다보이지 않았다. 당연히 부상 정도를 알 수도 없었다.

고민을 마친 후드티가 승용차를 가리켰다.

"원하는 대로 보험처리 해주겠다고 하고 연락처 받아서 치우자. 차부터 빼게 해."

"쉽네. 끌어낸 다음에 차만 빼면 되는 거잖아."

노랑머리는 그대로 차 문을 열었다. 후드티가 노랑머리에게 당부했다.

"너무 소란 피우지 말고. 보는 눈 많아. 그리고."

그가 가리킨 곳에 방범 CCTV가 있었다.

노랑머리는 혀를 한 번 차며 승용차를 향해 다가갔다.

보험사와 통화 중이던 SUV 운전자와 택시기사는 급작스럽게 입을 닫았다. 노랑머리의 인상이 강렬한 탓이었다.

내내 숨죽이고 있던 이채는 손가락을 꼼지락거렸다. 뒤로 늘어선 차의 운전자들도 하나둘씩 밖으로 나오기 시작했고, 인도를 지나던 이들도 구경하겠다며 몰려들었다.

'지금이 기회야.'

하지만 그녀의 용기 있는 다짐은 금방 수포로 돌아갔다.

"수작 부리지 마."

룸미러를 통해 후드티의 서늘한 눈과 마주쳤다. 몸이 떨리며 저절로 움츠러들었다. 덩달아 덩치가 그녀의 팔을 꽉 쥐었다. 악력 때문에 신음이 새어 나왔다.

이제 그녀에게 남은 희망은 승용차가 버텨주는 것뿐이었다.

'……경찰이 올 때까지만.'

승용차로 다가선 노랑머리는 창문을 툭툭 두드리다가 신경질적으로 손을 저었다.

"형씨, 잠깐 내려 봐. 운전을 대체 어떻게 하는 거야."

택시기사가 두드릴 때는 반응이 없더니, 그가 나서자 창문이 조

금 내려왔다. 눈이 보일 정도로만 창문을 내린 운전자가 딱딱하게
말했다.

"보험사 부르겠습니다."

"아니, 지금 차 막히는 거 안 보여? 일단 뒤로 빼라고."

"보험사 오면 빼겠습니다."

"이거 그쪽 과실인 거 알지? 그래도 그냥 쌍방으로 하자고! 각자
차 수리하자고! 그러니까 일단 차부터 빼."

"제 과실이니까 모두 보험처리 하겠습니다."

말이 통하지 않자 노랑머리는 인상을 썼다.

마음 같아선 창문을 부수고 운전자를 끄집어내고 싶었다. 치밀
어 오르는 화를 식히기 위해서 밤하늘을 보며 크게 심호흡한 순간
이었다. 뒤따라 나온 후드티가 그의 어깨를 붙잡고 고갯짓했다. 신
경질이 난 노랑머리는 침을 모아 뱉으며 차로 돌아갔다.

후드티가 승용차 운전자에게 말했다.

"그럼, 그대로 있어요."

승용차 운전자는 대답 대신 창문을 올렸다.

후드티가 성과 없이 조수석으로 돌아오자 덩치가 한마디 했다.

"어쩌려고. 보험사라도 오면 상황 개 같아진다고."

"인도 비어 있잖아. 일단 빠져나가자."

그제야 모두의 눈에 텅 빈 인도가 눈에 들어왔다. 생각해보니 사
고를 낸 승용차도 인도에서 뛰어들었다.

시동을 건 노랑머리가 으르렁대듯 말했다.

"씨발! 저 새끼, 차 번호 적어놔."

RV 승합차는 인도 쪽으로 방향을 틀기 위해 후진했다. 덕분에 접촉사고를 낸 택시도 함께 밀려났다. 가벼운 흠집만 났던 택시 범퍼가 이내 주저앉아 버리자 택시기사의 얼굴이 일그러졌다.

노랑머리가 핸들을 크게 돌려 인도로 돌진하려는 순간이었다. 앞에 있던 승용차가 빠르게 후진하며 RV 승합차를 재차 들이받았다. 왼쪽 헤드라이트가 깨졌고, 충격은 고스란히 모두에게 전해졌다.

"아니, 저 개새끼가! 왜 우리한테 술주정 부리고 지랄이야?!"

얼굴을 차갑게 굳힌 후드티가 물었다.

"음주운전?"

"창문 열었을 때 술 냄새났어. 저 새끼 술 처먹고 저 지랄하는 거야."

노랑머리는 차를 다시 후진해서 핸들을 인도 쪽으로 더 크게 틀었다. 그리고 액셀러레이터를 강하게 밟았다. 그러나 이번에도 승용차가 후진하며 앞을 가로막았다. 인도와 도로를 반쯤 걸친 상태였다.

"씨이바아아알!!"

사이드브레이크를 당긴 노랑머리는 말릴 새도 없이 밖으로 뛰쳐나갔다. 후드티가 뒤늦게 소리쳤다.

"아, 형 좀!"

그때였다. 반대쪽 인도에 나타난 남자 40여 명이 사고 현장을 향해 걸어왔다. 그들은 여유롭게 무단횡단을 감행했다. 집단 취객의 위엄이었다. 넥타이를 풀어헤친 꼴이 회식을 마친 회사원 무리 같았다.

내내 길을 막고 있던 승용차 운전자가 차에서 내리며 그들에게 손을 들었다.

"여기야."

급작스러운 상황 변화에 노랑머리는 얼빠진 얼굴이 되었고, 후드티는 미간을 줍혔다. 그리고 이채의 눈동자가 흔들렸다.

'대표님?!'

한 무리의 남자를 이끌고 오는 윤형이 손을 번쩍 들었다.

"어, 도하야."

그의 시선을 따라가 보니 낯익은 얼굴이 보였다. 지금까지 앞을 가로막고 서 있던 승용차 운전자가 바로 공 작가였다.

눈물이 핑 돌았다. 무서워도 꾹꾹 눌러 참고 있던 눈물이 흘러넘쳤다.

주변으로 몰려든 남자들은 공 작가와 무언가 얘기를 나누더니 일제히 승합차를 응시했다.

기세 좋게 공 작가를 향해 가려던 노랑머리가 주춤거렸다. 아무리 날고 긴다고 해도 40여 명의 남자를 상대하는 건 무리였다. 게 다가 목격자도 계속 늘어나고 있었다.

후드티가 만류한 것도 있었지만, 이런 곳에서 실력을 행사하면 안 된다는 것 정도는 알고 있었다.

"무, 무슨 일이야……요."

다가서는 남자들을 보며 노랑머리가 물었지만, 윤형과 40인의 취객들은 대꾸하지 않았다. 대신 승합차를 감싸듯이 포위하기 시작했다.

분위기가 이상하게 흘러가자 노랑머리는 다시 차에 올랐다. 그가 차 문을 닫자 후드티가 작게 중얼거렸다.

"망했다."

이래서 아무 일이나 덥석덥석 맡지 않으려고 한 것이다. 신규 고객도 좋지만, 무리한 진행이었다. 애초에 어젯밤에 받은 의뢰를 오늘까지 마치라는 건 말도 안 되는 요구였다. 사태의 심각성을 미처 파악하지 못한 노랑머리가 신경질적으로 물었다.

"저 새끼들은 또 뭐야?"

후드티와 이채의 그렁그렁한 눈이 룸미러를 통해 마주쳤다.

"얘 구하러 왔나 봐."

빈정거리는 후드티의 말에 노랑머리와 덩치, 나이프, 뒷좌석이 모두 놀랐다. 아무도 상황을 파악하지 못하고 있었던 것이다.

덩치가 먼저 물었다.

"왜? 저 새끼들이 누군데."

"저 운전자 아까 박물관에서부터 봤잖아. 공도하야."

남자들은 저마다 욕지거리를 뱉거나 앓는 소리를 냈다.

대치가 길어지자 윤형이 RV 승합차 보닛에 올라가 드러누웠다. 그리고 '3%, 3%, 3%'라는 이상한 노래를 창작해서 부르기 시작했다.

"어쩌냐. 우리 진짜 망한 거 같은데."

노랑머리가 후드티에게 의견을 물었다. 평소 같았다면 바로 해결책을 제시했을 후드티가 고민하자 나이프가 말했다.

"그냥 밀어버려."

"그러자. 까짓거."

덩치도 파이팅 넘치는 의견을 보탰다. 어차피 대포차였다. 몇 명이 다치든 이대로 밀고 나가는 게 상책이었다.

그러나 문제는 그조차 늦어버렸다는 것이다.

"씨발. 벌써 떴어. 어떻게 하냐고."

백미러로 후방에 경찰차가 도착한 것을 확인한 노랑머리가 결정을 재촉했다. 후방뿐만이 아니었다. 전방의 사거리 안으로도 두 대의 경찰차가 들어섰다.

후드티는 다시 대시보드를 손가락으로 톡톡 건드렸다.

"기다려 봐. 생각 좀 정리하자."

"의뢰는 글렀고, 인질로 잡고 나가자."

덩치가 재차 의견을 냈다.

"그건 안 돼."

후드티가 바로 고개를 저었다. 좋은 수가 아니었다. 그녀를 데리고 움직이면 눈앞에 있는 남자들 모두 따라붙을 게 뻔했다. 한두 명이라면 모를까. 수가 너무 많았다.

그들 하나하나가 목격자가 될 수 있는 상황은 TOP에게 여러모로 불리했다. 핵심 멤버 모두가 수배명단에 얼굴을 올리면 바로 사업을 접어야 했다.

후드티는 결심을 굳혔다.

"차, 버리자."

"뭐?"

"오늘만 살 거야? 이번 의뢰는 포기야. 일단 피해."

나이프가 이채의 팔을 잡아채며 물었다.

"이년은?"

"반대쪽 차선으로 던져버려. 시선 쏠리면 각자 흩어져서 도망쳐. 숨죽이고 있다가 내일 오후에 사무실에서 만나."

후드티가 결정하자 모두 고개를 끄덕였다. 그들로서도 달리 뾰족한 수가 없었다. 모두 뛰어나갈 준비를 하는데, 나이프가 이채의 뺨을 손가락으로 톡톡 건드렸다.

"먼저들 가라. 누구든 시간을 끌어야지."

그러자 후드티가 돌아보았다.

"괜찮겠어?"

누군가 시간을 끌면 나머지가 도주하기 수월한 건 당연했다. 하지만 시간을 끈 사람은 붙잡힐 것이다.

"됐어. 어차피 한두 명은 얼굴 팔리게 되어 있어. 다른 건 모르겠고, 저 새끼 목은 따고 갈라니까 여차하면 사식이나 넣어줘라. 갈비탕 특으로."

그는 왼쪽 미닫이문을 열고 이채의 머리를 밖으로 내밀었다. 목에 나이프를 들이민 상태였다.

"다들 재밌어 보이네? 나도 재미 좀 봐야겠는데."

보닛에 기대 있던 윤형의 노래가 멈췄다. 삼삼오오 모여 있던 남자들과 공 작가의 시선 역시 나이프를 향했다.

"칼 내려놔."

가장 먼저 다가온 공 작가의 말에 나이프는 픽 웃었다.

"싫은데."

그는 이채의 목을 감싸 안은 채로 차에서 내렸다. 차 안에서 나이프가 한 말을 들었던 이채가 다급하게 말했다.

"이쪽으로 오지 마요! 위험해요."

공 작가는 물러서지 않았다. 윤형과 취객들도 주위를 에워쌌다.

경찰차에서 막 내린 경찰들은 상황을 제대로 파악하지 못했다. 40여 명이 둘러싼 탓에 안쪽 상황이 잘 보이질 않았다.

돌아가는 분위기로 보아 심각한 상황이라는 것만은 짐작할 수 있었다. 경찰 중 한 명이 무전기로 지원을 요청하는데, 갑자기 RV

승합차의 모든 문이 열렸다. 그리고 차 안에 있던 남자들이 뛰쳐나갔다. 순식간에 산개해서 도망치는 모습에 취객들이 "잡아라!" "거기 서!" 등을 외치며 우르르 따라갔다.

오히려 상황에 적응하지 못하고 허둥대는 이들은 경찰이었다.

오늘 밤, 동시에 여러 건의 신고가 접수되었었다. 첫 번째 신고는 교통사고였다. 인근 대로변 사거리에서 9중 추돌 사고가 난 것이다. 해당 사거리는 사고 여파로 여전히 교통통제 중이었다. 그리고 얼마 떨어지지 않은 곳에서 또 추돌사고가 났다는 신고가 있었다.

두 번째 신고는 여자가 납치되었다는 내용이었다. 최초 신고 이후, 공원 관리사무소에서 재차 신고가 들어왔다.

세 번째 신고는 취객 40여 명이 교통사고 현장을 점거하고 있다는 내용이었다. 그 취객들은 지금 어떤 이들을 쫓아가고 있었다.

취객들이 대부분 사라지자 더 황당한 광경이 눈에 들어왔다. 인질극이 벌어지고 있었다.

경찰들은 일제히 테이저건을 꺼내 들었다. 아직 경찰차에서 내리지 않은 이에게 무언가를 지시한 경찰 한 명이 나이프를 향해 걸음을 옮겼다.

"꼼짝 마! 칼 내려놔!"

다른 경찰들도 적당한 거리를 유지하며 접근했다.

나이프의 입꼬리가 쓱 올라갔다. 원래의 목적은 이뤄낸 셈이다. 경찰의 발목을 붙잡았으니, 모두 무사히 도주했을 터였다.

나이프는 불시에 이채를 밀쳤다. 내팽개쳐진 이채가 비명을 지르며 아스팔트 위로 나뒹굴었다. 공 작가가 그녀를 부축하려 하자, 나이프가 달려들었다. 경찰은 안중에도 없다는 듯한 태도였다.

한 번 더 씩, 웃은 그가 나이프를 치켜들었다.

주변을 둘러싸고 있던 이들과 경찰의 눈이 커졌다. 도하는 이채를 감싸 안고 몸을 돌렸다. 나이프는 훤히 드러난 공 작가의 등을 보며 쾌재를 불렀다. 눈동자에 살기가 어렸다.

섬뜩하게 날이 선 나이프가 내질러진 순간이었다. 윤형이 집어던진 가방에 의해 나이프의 팔이 궤적을 벗어났다.

아찔한 통증이 공 작가를 덮쳤다. 그는 더욱 강하게 이채를 끌어안았다.

경찰이 뒤늦게 테이저건을 쏘았다.

"물러서!!"

다른 경찰도 나이프의 허벅지를 향해 테이저건을 발사했다. 옆으로 쓰러진 나이프는 악다구니를 치며 전기 충격에 몸을 떨었다.

경찰 두 명이 그의 얼굴을 아스팔트 바닥에 처박고 무릎으로 등을 눌렀다. 그중 한 명이 그의 팔을 뒤로 꺾어 수갑을 채웠다. 미란다 원칙도 빼놓지 않고 읊었다.

윤형과 취객들은 황급히 공 작가와 이채를 살폈다. 칼은 이채의 앞에 떨어져 있었고 공 작가의 팔에서 피가 진득하게 배어 나왔다.

"피, 피, 피!!"

윤형이 호들갑을 떨더니 주춤주춤 물러섰다. 보라색 넥타이가 한심하다는 듯이 말했다.

"넌 출판사가 천직이다. 아직도 hemaphobia 못 고쳤냐."

"저, 저, 저, 피, 피, 피."

보라색 넥타이는 혈액공포증(hemaphobia) 때문에 넋이 나간 윤형의 몸을 돌려세웠다. 그리고 공 작가의 상태를 살피기 위해 다가 갔다.

"괜찮으십니까?"

"네. 괜찮은 것 같습니다."

다행히 공 작가는 몸을 제대로 가누고 있었다. 그렁그렁한 눈으로 그의 품에 안긴 이채도 무사해 보였다.

그녀가 주르륵 흘러내린 눈물을 훔쳤다.

"······어떻게."

찾아온 걸까.

눈앞에 공 작가가 있었다. 참고 있던 불안이, 억누르고 있던 두려움이 터져 나와 그가 주는 안도감과 뒤섞였다.

이채가 고개를 쳐들자 공 작가의 표정이 흔들렸다. 그녀의 입술에 맺힌 피딱지가 신경을 자극했다.

"괜찮아?"

까칠한 목소리가 새어 나왔지만, 이채에게는 그 어떤 목소리보다 다정하게 들렸다.

그녀의 눈에서 눈물이 펑펑 쏟아져 나왔다. 언니를 찾을 때까진 울지 않기로 했지만, 이런 상황에서 눈물을 참는 건 불가능했다.

보라색 넥타이가 구급차를 호출하는 경찰에게 말했다.

"응급함 키트 있죠?"

"네."

"구급차는 안 불러도 될 것 같습니다. 응급함 키트 좀 꺼내주세요."

경찰의 얼굴에 의아함이 어렸다. 그의 말대로 경찰차 트렁크에는 응급함이 비치되어 있었다. 하지만 그걸 아는 시민은 많지 않았다. 게다가 구급차를 부르지 않아도 된다니…….

"의사십니까?"

"여기 다 의사예요."

"네?"

"오늘 동문회라. 아무튼, 구급차는 필요 없습니다."

"네……."

경찰은 말끝을 흐리며 트렁크에서 응급함을 꺼내주었다. 이번 사건은 도무지 감이 잡히질 않았다. 그럼 취객 40명이 모두 의사였단 말인가.

응급함을 받아 든 보라색 넥타이는 돌아서 있는 윤형의 어깨를 툭툭 쳤다.

"생각보다 안 깊어, 가벼운 창상이야."

그의 진단에 안심한 윤형이 숨을 폭 내쉬었다. 공 작가의 상태를 확인하고 싶었지만, 혈액공포증이 그의 발목을 붙잡았다.

그사이 거나하게 취한 남자들이 공 작가 주변을 동그랗게 에워 쌌다. 비교적 술을 덜 마신 이들은 호승심에 휩싸여 납치범들을 쫓 아갔고, 남은 이들은 술이 과해 뭘 수 없는 상태였다.

"음, 가벼운 창상이 맞네."

"별로 깊지 않아. 얇게 베였어."

"봉합도 필요 없겠어."

"피도 곧 그치겠다. 대일 밴드나 붙이자."

둘러싸고 선 남자들이 담백하게 한마디씩 던졌다.

이채는 평온하게 흘러가는 분위기에 이질감을 느꼈다. 사람이 칼에 찔렸는데 아무도 당황한 기색을 보이지 않았다. 게다가 모두 취한 것처럼 보였다.

홀로 공황상태에 빠져 있던 이채가 뒤돌아서 있는 윤형의 옷자 락을 붙잡았다.

"119 다시 불러요."

"아, 이채 씨, 걱정하지 마세요. 지금 119 불러서 종합병원 응급 실에 가도, 여기보다 진료환경이 좋지는 못할 겁니다."

그녀는 윤형의 말뜻을 이해하지 못했다.

그동안 보라색 넥타이는 응급함에 들어 있는 가위로 공 작가의 셔츠를 찢은 다음 환부를 식염수로 씻어냈다. 공 작가가 작게 신음을 흘리자 이채는 더욱 애가 달았다.

주변을 다시 둘러보는데 술 취한 남자들의 눈빛이 갑자기 진중해져 있었다. 이채는 뒤늦게 '동문회'가 있다던 말을 떠올렸다. 윤형은 의대를 나왔다고 했다.

그럼, 지금 눈앞의 모두가 의사란 말이었다. 보라색 넥타이의 말대로 큰 상처는 아닌 모양인지, 공 작가는 더 이상 통증을 호소하지 않았다.

그녀의 걱정을 읽은 공 작가의 입술이 천천히 움직였다.

"안 아파. ……놀랐어?"

이채는 격하게 고개를 끄덕였다.

놀랐다. 아니, 무서웠다. 화장실을 나오자마자 따라붙은 남자가 등허리에 나이프를 들이밀었을 때도 무서웠지만, 그보다 조금 전에 공 작가가 다쳤다는 걸 알게 되었을 때가 더 무서웠다.

"괜찮아."

그가 갈라진 목소리로 말했다.

가로등 빛이 스며든 그의 머리카락이 땀에 젖어 반짝였다. 입가에는 미미한 미소가 걸려 있었다. 이채는 밀려오는 안도감을 느끼며 입술을 파르르 떨었다.

"자자! 영화는 나중에 찍고 팔을 이렇게 해 봐요."

공 작가가 지시대로 자세를 바꾸자, 보라색 넥타이는 일회용 드레싱 키트를 꺼냈다. 멸균상태인 케이스 안에는 포셉 집게와 거즈

등이 들어 있었다. 그는 포셉 집게로 거즈를 집어 상처를 소독했다.

이채의 얼굴에 다시 불안이 어리자, 보라색 넥타이가 픽 웃었다.

"이것도 과잉 진료예요. 걱정하지 마세요."

그는 폼 드레싱 밴드를 상처 모양으로 오렸다. 그것을 팔에 붙였을 때, 납치범 일행을 따라갔던 의사 중 일부가 돌아왔다. 잡을 수 있었다며 한탄을 하는 걸 보니 놓친 듯했다.

응급함을 정리한 보라색 넥타이가 공 작가에게 물었다.

"움직이는 게 불편하지는 않죠."

"네. 괜찮네요."

"이대로 둬도 낫기는 할 텐데, 불안하시면 내일 내원해서 진료받으시고요."

"충분한 것 같습니다. 감사합니다."

오가는 대화로 상황을 파악한 윤형이 끼어들었다.

"끄, 끝났어?"

"돌아서도 돼."

보라색 넥타이의 말이 떨어지자, 윤형이 공 작가에게 달려들었다.

"괜찮냐? 아파?"

"빨리도 물어본다."

공 작가가 어이없다는 듯이 웃었다. 혈액공포증이라는 말은 들었지만, 이 정도 중증인 줄은 몰랐다. 출판사 때려치우고 병원으로 돌아갈 거라고 엄살 부릴 때 할 말이 생겼다.

그가 윤형을 놀릴 생각을 하는 사이에, 이채는 감사의 말을 전했다.

"대표님 정말 감사해요."

"아뇨. 제가 더 감사합니다. 저희 출판사의 은인이세요."

"예?"

영문을 모르겠다는 듯한 이채를 향해 윤형이 한쪽 눈까지 찡긋거렸다.

"그런 게 있습니다. 하하하. 도하는 걱정하지 마세요. 신체 건강하니 일주일이면 다 나을 겁니다. 원고도 아주 잘 쓸 겁니다."

그때였다. 또 한 무리의 의사가 돌아왔다. 경찰과 함께 등장한 그들은 의기양양했다. 누군가를 붙잡은 모양이었다. 윤형은 대부분 돌아온 것을 확인하고 외쳤다.

"자! 경찰에 진술할 거 있는 사람 빨리 진술해. 수습은 이 커플에 맡기고 우린 이만 가자! 2차는 내가 쏜다!"

개선장군처럼 외친 윤형과 40인의 취객들은 썰물처럼 현장을 빠져나갔다.

ㅇㅇㅇ

경찰차는 언덕길 아래로 내려갔다. 단지 바래다주었을 뿐인 경찰차의 뒷모습이 선명하게 남는 이유는 그녀의 하루가 그만큼 고단했기 때문일 것이다.

돌아선 이채가 공 작가를 올려다보았다.

"정말 병원에 안 가 봐도 되겠어요?"

"아까 진료 받는 거 봤잖아."

"그건 그렇지만……. 그리고 차 수리비는 내가 낼게요."

넝마가 된 그의 차는 견인차에 매달린 채 떠났다. 지금쯤이면 공업소에 입고되었을 것이다.

"보험처리 하면 돼."

"그럼 벌금이라도요."

"음주운전을 한 건 나야."

"그래도……."

이채는 이어갈 말을 찾지 못했다. 수리비나 벌금을 대신 내주려고 해도 받지 않을 테니, 윤형에게 계좌번호를 물어본 다음 몰래 입금해야겠다. 나중에 알게 되면 또 화를 내겠지만.

공 작가의 시선이 그녀의 터진 입술에 닿았다.

"아프진 않아?"

이채는 '괜찮다'는 말 대신 "고마워요"라고 답했다. 고마운 마음이 커서 단지 '고맙다'는 형용사로는 부족했지만.

"됐어."

그리고…….

"미안해요."

"뭐가?"

"다요."

"신경 쓸 거 없어."

이채는 500원짜리를 묻어 둔 화단으로 시선을 돌렸다. 풀줄기만 있던 화단에는 어느새 샤스타 데이지가 흐드러지게 피어 있었다. 언제 이렇게 꽃이 피어버린 걸까.

"납치된 건 어떻게 알았어요?"

그녀의 시선을 따라 산들거리는 샤스타 데이지를 응시하던 그가 고개를 바로 했다. 그녀가 물어올 줄은 몰랐다.

질문하던 사람은 항상 공 작가였으니까.

"당신이……."

고민할 건 없었다. 경찰서에서 참고인 조서를 작성하며 했던 말을 되풀이하면 될 일이었다. 그럼에도 그의 목소리는 부자연스러웠다.

"저요?"

"전화도 놓고 나간 상태로 돌아오지 않길래 찾으러 갔어. 요란한 소리가 나서 건물 밖으로 나갔는데 큰 교통사고가 났더라고. 당신이 공원 입구로 들어가는 걸 본 건 우연이었어. 바지 색이 특이했으니까. 어떤 남자한테 끌려가는 느낌이라서 따라가긴 했는데 놓쳤어. 나무도 많고, 어두웠거든. 넓은 공원에서 당신을 찾는 게 어려울 것 같아서 관리사무실 CCTV의 힘을 빌렸고."

둘러대다 보니 말이 길어졌다. 정체 모를 누군가의 메일을 통해 알게 되었다고 밝힐 수는 없었다. 그녀의 안전을 위해서라도 'resemble man'의 정체와 목적을 알아내는 게 먼저였다.

"어쨌든 고마워요. 공 작가님 아니었으면 정말 큰일 날 뻔했어요."

사실 그의 설명에는 시차적 오류가 있었다. 하지만 이채는 이상하게 여기지 않는 눈치였다. 이후의 상황도 꼬치꼬치 묻지 않았다. 공 작가는 말을 덧붙였다.

"운이 좋았어. 때마침 윤형이 형도 근처에 있었거든."

이채는 등허리에 닿아 있던 나이프의 감각을 떠올리며 몸을 움츠렸다.

"……그 사람들 감옥에 가겠죠?"

"그렇겠지. 여죄도 있을 거야. 직업적으로 움직이는 사람들이니까."

이채는 경찰서에서 그렇게 진술했다. 직업적으로 누군가의 의뢰를 받아 움직이는 것 같았다고. 그들이 차 안에서 의뢰비 운운했던 걸 기억하고 있었다. 압수된 대포폰에서도 증거 자료가 나왔다.

"납치에도 전문적인 영역이 존재한다는 게 이상해요."

이채는 붙잡히지 않은 나머지 두 사람을 떠올렸다.

'후드티와 덩치 큰 남자.'

소란을 피운 나이프는 현장에서 체포되었고, 얼굴이 드러났던 노랑머리는 검문에 붙잡혔다. 마지막으로 붙잡힌 이는 뒷좌석에 존재감 없이 타고 있던 남자였다. 그는 윤형 일행에 의해서 붙잡혔다.

경찰은 그들이 용감한 시민상을 받게 될 거라고 넌지시 일러주었다.

"대표님께 다시 한 번 감사하다는 말 전해주세요. 내일 제가 따로 연락하겠지만요."

"그럴게."

먼저 시선을 돌린 건 공 작가였다. 그는 토마토 빌라의 유리문 안쪽을 가리켰다.

"올라가자. 얼굴이 창백해."

같이 올라가자는 말에 그녀의 얼굴에 곤란함이 떠올랐다. 그녀의 기색을 읽은 공 작가가 덧붙였다.

"문 앞까지만 데려다줄게. 걱정돼서 그래."

이채도 계단을 혼자 올라가는 일이 두렵기는 했다. 아직 두 명이 잡히지 않은 상태였다. 어딘가 숨어 있다가 튀어나올지도 모를 일이었다.

그녀가 고개를 주억거리자 공 작가가 먼저 유리문을 열고 들어갔다. 이채는 말없이 그의 뒤를 따라서 계단을 밟았다.

2층에 올라섰을 때였다. 핑, 도는 듯한 어지러움을 느끼고 비틀거렸다. 뒤로 넘어갈 뻔한 그녀의 팔을 공 작가가 붙잡았다.

그의 손에 잡힌 자리에서 열감이 돌았다.

"고, 고마워요."

혀를 쯧, 찬 공 작가가 몇 계단을 내려가더니 돌아섰다.

"업혀."

당황한 이채가 손사래 쳤다.

"됐어요. 그냥 잠깐 어지러웠어요."

공 작가는 자신의 어깨를 툭툭 쳤다.

"그냥 업혀."

"팔 다쳤잖아요. 공 작가님도 환자예요."

"그러니까 업히라는 거야. 안고 올라갈 수 없으니까."

"아니, 그래도……."

"피곤하니까 업혀. 나도 집에 돌아가서 쉬고 싶어."

망설이던 그녀는 양팔로 그의 목을 끌어안았다. 체중을 옮겨 싣
자, 그가 일어섰다. 가슴과 맞닿은 그의 등은 넓고 따뜻했다.

"무겁지 않아요?"

"무거워."

기다렸다는 듯이 무겁다고 해버리자, 이채의 눈썹이 아래로 처
졌다.

"그, 그냥 내려줘요. 걸을 수 있어요. 다리를 다친 것도 아니고."

공 작가는 그대로 계단을 한 칸씩 올라갔다.

"목이나 조르지 마."

그녀는 자신도 모르게 힘이 들어가 있던 팔을 풀었다. 괜히 풀이
죽어버렸다.

"힘들면 말해요."

"힘들어."

그렇게 말하면서도 내려줄 마음은 없어 보였다.

작게 한숨을 쉰 이채는 그냥 그의 등에 얼굴을 묻어버렸다. 몸이
오르락내리락, 요람을 탄 것 같았다. 그의 체온 때문인지, 몸에 긴
장이 풀려서인지 노곤노곤했다.

이채는 조금씩 차오르는 그의 숨결에 귀 기울였다. 흐트러진 그
숨소리가 듣기 좋다면 이상한 걸까. 이대로 잠들어버리고 싶었다.
스르륵 눈이 감겼다.

"다 왔어."

이채는 갑자기 들려온 목소리에 화들짝 놀랐다. 501호 푯말을
보고서야 그의 목을 감싸고 있던 손을 황급히 풀고 내려왔다.

"고마워요."

공 작가는 복도를 한번 훑어보고는 딱딱하게 말했다.

"쉬어."

그는 정말로 미련 없이 계단을 내려갔다. 작별 인사할 기회도 없
었다. 타닥타닥, 그의 발걸음 소리가 멀어지자 기분이 이상했다.

이채는 집 안으로 들어가는 대신 현관문에 등을 기댄 채 주저앉

왔다. 괜히 청승맞게 눈물이 났다. 지금껏 겪은 일들이 성난 파도처럼 밀려왔다.

'……언니.'

납치당할 뻔한 것만으로도 이런데, 다채는 얼마나 두려울까. 이채는 양손으로 쉴 새 없이 눈물을 훔쳤다. 금세 짓무른 눈가가 쓰라렸다. 차가운 복도 바닥이 체온을 빼앗아 간 탓에 한기도 들었다.

겨우 몸을 일으키려던 때였다. 봄날 같은 멜로디가 그녀를 다독이듯 복도에 울려 퍼졌다. 휴대폰을 꺼내보니 '공도하 작가님'이라는 글자가 보였다.

그녀는 체증처럼 목에 걸린 슬픔을 강제로 삼켰다.

"……네. 작가님."

"잘 들어갔어? 괜찮은 거지?"

"집 앞까지 배달해줬잖아요."

"무슨 일 있으면 전화해."

전화는 일방적으로 끊어졌다. 그녀는 통화 종료 표시가 뜬 휴대폰 화면을 멍하니 응시했다.

'괴한이라도 숨어 있을까 봐 걱정해준 건가.'

몸을 돌리자 현관문이 보였다.

문 건너편은 도하와 그녀만의 세계였다. 그녀는 눈물을 마저 훔쳐내고 흐트러진 머리카락을 단정히 했다.

'약한 모습을 보이면 안 되니까.'

한편으로는 두렵기도 했다. 오늘 하루 너무 많은 일이 있었다. 베란다 너머의 그가 사라진 건 아닐까 하는 걱정이 앞섰다. 이젠 정말 한 치 앞을 내다볼 수 없게 되어버렸다. 정 화백이 말했던 '대부분'이라는 단어도 자꾸만 마음에 걸렸다.

문을 열고 들어서자 집 안이 환하게 밝혀져 있었다. 이미 그녀의 방에 건너와 있던 도하가 의자를 끌며 일어섰다. 그는 이채가 신발을 다 벗기도 전에 다가섰다.

"괜찮아?"

도하는 답을 듣는 대신 그녀를 이리저리 돌려보았다.

"괜찮아요."

"정말 괜찮은 거 맞아?"

"괜찮은데……."

이채의 입가에 쓴웃음이 맺혔다.

"입술 터졌잖아."

"약 발랐어요."

도하의 손가락이 그녀의 무릎을 가리켰다.

"핏자국 아니야?"

이채도 미처 발견하지 못한 것이었다.

"……내 피가 아닐걸요?"

그녀의 답은 모호했다. 확신할 수가 없었다. 온몸이 아파서 어디를 다쳤는지 구분할 방법이 없었다.

"잠깐만 기다려요. 할 말이 많아요. 옷만 갈아입고 나올게요."

이채는 갈아입을 옷을 챙겨 화장실로 들어갔다.

화장실 거울 속에 창백한 여자가 서 있었다. 얼굴은 백지장 같았고, 입술은 터졌고, 다크서클은 턱까지 내려왔다. 대충 다듬었는데도 머리카락이 잔뜩 헝클어져 있었다. 한마디로 병색이 완연했다.

얼룩투성이인 바지를 벗자 무릎에 난 상처가 보였다. 언제 났는지도 모를 상처였다.

'도망치려다 붙잡혔을 때 생긴 건가…….'

반바지에 티셔츠로 갈아입고 나니 상처가 더 도드라져 보였다.

'긴 바지를 가지고 들어올걸.'

그녀가 화장실 밖으로 나오자, 문 앞에서 서성이던 도하가 눈살을 찌푸렸다. 시선은 무릎에 닿아 있었다.

"다친 것도 몰랐어?"

"긁힌 정도예요. 긁힌 정도."

칼에 베인 공 작가에 비하면 이 정도는 아무것도 아니었다. 도하는 자연스럽게 서랍을 열고 연고를 꺼냈다.

이제는 정말 제집같이 움직인다.

"앉아."

이채는 그가 시키는 대로 얌전히 의자에 앉았다.

그를 처음 만난 날도 이랬다. 그는 이렇게 무릎을 꿇고 연고를 발라주었다. 도하의 손길이 스치자 상처 위에 연고가 덧씌워졌다.

"또 다친 데는?"

"없어요. 저보다…… 공 작가님이 다쳤죠."

"별거 아니야. 일주일이면 다 나아. 아프다고 하면, 엄살 부리는 거야."

제 일인데도 참 냉정하게 말한다.

"공 작가님의 기억을 본 거죠?"

"봤어."

그녀를 구하기 위해 몇 번이고, 몇 번이고 확인했다. 쉴 새 없이 베란다를 넘나들며 공 작가가 그녀를 구할 수 있도록 힌트를 주었다.

그 과정에서, 원래의 기억은 의미가 없다는 것을 깨달았다. 이미 많은 게 변해버렸다. 그러니 원래의 기억은 아무래도 좋았다.

그녀가 온전히 삶을 살아갈 수 있다면.

"손은 괜찮아요? 붕대는 왜 풀어버렸어요."

도하는 상처투성이인 손을 오므리며 일어섰다. 붕대는 공 작가에게 메일을 보내다가 불편해서 풀어버렸다. 막상 풀고 나니 움직일 때마다 조금씩 따끔거리는 게 좋았다. 미약한 통증이 느껴질 때마다 살아 있음을 자각했다.

"조금 쓸린 거야."

"나도 무릎, 조금 쓸린 건데."

그가 천천히, 미소를 그렸다. 그 미소가 조금 슬퍼 보인 것은 착각일까.

"해야 할 말이 있어."

연고를 제자리에 넣고 돌아온 그가 식탁 의자를 끌어다 앉았다. 그는 무언가 망설이고 있었다.

"뭔데 그래요."

할 말이 많은 얼굴로 입을 다물고 있으니 불안하기도 했다. 그녀는 불안을 떨쳐낼 겸 먼저 입을 열었다.

"말 꺼내기 힘들면 내가 먼저 할게요. 내일부터 보름간은 휴가예요. 우리 일에 집중할 수 있어요."

"출근하지 않으면 류하가 이상하게 여길 수도 있어. 당신이 알고 있는 걸 류하가 눈치채게 해서는 안 돼."

"직원들 입단속은 시켜놨어요. 휴가 중인 걸 아는 사람도 극히 일부예요. 공 작가님도 비밀은 지켜주겠죠?"

공 작가의 마음을 도하에게 묻는 건 여전히 어색했다. 부당한 방법으로 속마음을 들여다보는 셈이니 죄책감도 들었다.

"일단은."

"공 작가님은, 내 말을 믿고 있는 거예요?"

"반은 믿어."

"반?"

"정다채가 납치됐다는 건 믿어. 다만, 류하를 범인으로 오해했다고 생각해. 도와주겠다는 건 오해를 풀고 싶어서고."

그녀는 고개를 끄덕였다. 그 정도가 상식적인 반응이었다.

'반밖에 믿지 않으면서도 구해준 건가.'

나이프가 칼을 휘둘렀을 때, 감싸주었던 품을 기억한다. 그는 왜, 아니 아니다. 깊게 생각하지 말자.

"납치범이요. 남은 두 명, 잡혀요?"

"경찰에 체포되지는 않아."

"그럼."

"의뢰인에게 제거당한 것 같아."

"의뢰인……."

"류하겠지."

갑자기 공기가 무거워졌다.

"이제 도하 씨가 말해요."

이채가 다시 운을 떼웠지만, 그는 주저하며 입을 열지 못했다.

"뭔데 그렇게 뜸을 들여요?"

"훨씬 전부터 말했어야 했는데……."

"뭔데요?"

"마음 단단히 먹고 들어."

"서론이 불안하게 길잖아요."

"원래 3개월 후에 당신은……."

그가 말했다. "3개월 후에 당신은 가출해"라고. 뜬금없는 소리에 이채는 픽 웃었다. 사춘기 때에도 꿈꿔보지 않았던 가출이다.

"내가 가출할 리가 없잖……."

대수롭지 않게 여기려던 그녀는 말끝을 흐렸다.

"……실종이겠네요."

그가 고개를 작게 끄덕였다.

"고윤우 결혼이랑 맞물린 데다가 집안 문제까지 엮여서 단순 가출로 처리됐었어. 하지만 이젠 다르지. 오늘 일로 납치 미수 건이 발생했으니까."

"어? 잠깐, 잠깐만요. 이 말을 지금 하는 건."

도하의 눈빛이 무겁게 가라앉았다.

"다시 실종돼. 앞선 납치 미수 건이 있어서 수사에 착수하긴 하지만."

"아니, 아니요. 3개월 후에 가출로 처리될 예정이었다면, 오늘 납치될 뻔한 일은 일어나지 않았던 거잖아요?"

되묻는 이채의 얼굴이 조금 격양되었다.

"맞아. 오늘 같은 일은 애초에 없었어. 몇 시간 전에 갑자기 바뀐 거야."

"바뀌었지만 난, 또 실종되는 거고요?"

"아마도 3개월 후에. 어쩌면 그보다 빨리."

이채는 그의 마지막 말을 곱씹었다. 어쩌면 그보다 빨리.

'대체, 왜?'

선술집 화장실에서 납치당하면서부터 내내 의문점으로 남았던 부분이었다. 류하는 아직 이채가 목걸이를 가지고 있다는 사실을 알지 못했다. 납치가 앞당겨질 만한 변수도 만들지 않았다.

도하가 입을 열었다.

"한 번 바뀌었으니까, 또 바뀐다 해도 이상하지 않아. 오늘처럼 변수가 생긴다면 당장 내일도 알 수 없어."

"우리가…… 뭘 놓친 거죠?"

"모르겠어. 열애설 내는 걸 찬성한 건 당신이 납치당하는 미래를 바꾸고 싶어서였어. 내 여자 친구라면 납치하지 않을 거라고 여겼으니까. 류하가 멈출 거라고 믿었어. 하지만 그 정도로는 미래가 변하질 않는 것 같아."

이채는 겹겹이 쌓인 생각을 하나씩 걷어냈다. 다행히 도하의 말 속에 자그마한 힌트가 있었다.

그의 말대로 '그 정도'일 뿐이었다. 아직 그 정도밖에 하지 않은 것이다. 노력 없이 미래가 바뀌길 바라는 건 지나친 욕심이었다.

이제부터가 시작이다. 보름간의 휴가도 받아놓았다. 그렇게 생각하니 묵직하기만 했던 마음이 조금씩 가벼워졌다.

"그러네요. 우리 별로 바꾼 것도 없잖아요. 기껏해야 열애설 낸 게 다니까."

도하는 홀가분해 보이는 그녀가 신경에 거슬렸다.

"실종된다는데도, 왜 놀라지 않는 거지?"

"도하 씨가 그랬잖아요. 호텔에서 만난 날 이후로 날 본 적이 없다고요."

"그런데."

"3년 후엔 언니가 죽고, 용의자인 공류하가 잡히지 않은 상태라면서요. 그럼 난 공류하의 가족인 도하 씨를 찾아갔을 거예요. 그런데 도하 씨는 날, 호텔에서 만난 이후로는 본 적이 없다고 했어요. 그래서 짐작했어요. 나한테도 무슨 일이 생기는구나, 하고요. 오늘 납치당할 뻔한 일로 확신하게 됐고요."

사실 그가 가지고 있던 첫 번째 비밀, 류하가 납치한 사람이 다채라는 걸 알게 되고 바로 눈치챈 건 아니었다. 그때는 원망에 눈이 멀어 있었으니까.

하지만 조금씩 이성이 돌아오면서 도하가 '진실'만 말하는 건 아니라는 걸 깨달았다. 그는 필요하다면 얼마든지 '거짓말'을 할 사람이었다.

그 사실을 깨닫자, 어느 순간 알게 된 것이다. 막연하게 생각했던 일이 진실이라는 걸 확인한 것에 불과했으니 놀랄 일은 아니었다.

다만 씁쓸한 기분이 들었다. 명확해진 셈이니 속이 시원하기도 했고, 의심이 맞아떨어진 것이니 한편으론 두렵기도 했다.

하지만 괜찮을 것이다. 미래는 바꿀 거니까. 그렇게 할 거니까.

차분해진 그녀와는 달리 도하의 안색은 더욱 어두워졌다.

"언니의 일에는 분개했으면서, 왜 자기 일에는 그렇게 태평해. 다시 납치당할지도 모른다는데."

이채는 어깨를 으쓱였다.

"언니를 찾으면 내 문제도 해결되는 거잖아요. 그렇게 보지 마요.
나도 죽고 싶지 않으니까. 도하 씨가 날 살려주면 되잖아요."

"그럴 거야."

무슨 수를 써서라도.

"됐네요. 그럼 해피엔딩이겠네요."

이채가 살포시 미소 지었다. 불안을 덮기 위한 억지 미소였다. 하
지만 도하는 억지로라도 마주 웃을 수 없었다.

오늘 하루, 납치된 이채를 구하기 위해서 몇 번이고 공 작가의 미
래를 보았다. 공 작가를 움직여서 겨우 오늘의 위기는 넘겼다. 하지
만 월지 밖, 도하가 사는 세상에는 여전히 그녀가 존재하지 않는다.

도하는 알고 있었다. 사라진 그녀를 찾기 위해 공 작가가, 자신이
얼마나 망가졌는지.

"해야 할 말이 더 있어."

"말해요."

"오늘 변한 게 하나 더 있었어."

"뭔데요?"

그녀는 대수롭지 않게 물었다. 자신이 실종된다는 걸 알게 된 마
당에 더 놀랄 것도 없었다.

"김성수가 죽었어. 살해당해."

도하는 서서히 굳어가는 그녀의 얼굴을 바라보며 덧붙였다.

"확인하려고 몇 번이나 밖에 나가봤는데, 문밖으로 나갈 때마다 날짜가 변하고 있어. 대체로 6월 말경이야."

"……한 달하고 보름쯤 남았다는 거예요?"

"지금은 그래."

이채의 손끝이 파르르 떨렸다. 다채를 구하기는커녕, 성수마저 살해당하는 미래로 바뀌었다. 커다란 혼란이 그녀의 머릿속을 뒤흔들었다.

"원래는 없었던 일이죠?"

사실은 장난이라고, 거짓말이었다고 말해준다면 좋을 텐데. 그의 눈빛은 차분하게 가라앉아 있었다.

"없었던 일이야."

무엇이 성수를 죽음으로 이끌었을까. 이채는 차오르는 두려움을 억누르며, 떨리는 입술로 말했다.

"왜, 왜 이런 일이……."

"알아보고 있어."

"성수에게 연락해 봐야겠어요."

"뭐라고 하려고."

그녀는 말문이 막혔다. 뭐라고 물어야 하는 걸까.

"일단 공류하를 찾을 거예요. 내일이라도 찾으면……."

그것 말고는 방법이 없었다.

무엇 때문에 미래가 엉망진창이 됐는지 알 수 없으니, 바로잡을 방법도 찾을 수 없었다. 어떻게든 공류하를 찾아서 앞으로 시작될 비극을 막는 게 최선이었다.

"……그러면 돼요."

무너지지 말자. 약해지지도 말자. 당장 내일이라도 공류하를 찾아내면 해결될 일이었다. 이채는 자기 최면을 걸며, 가까스로 담담한 척했다. 하지만 전신이 떨려오는 것까지는 막지 못했다.

자리에서 일어난 도하가 그녀에게 한 걸음 다가선 순간이었다.

"나야!"

초인종 소리와 함께 익숙한 목소리가 들려왔다. 이채의 고개가 천천히 돌아갔다.

"성수?"

멈춘 듯 보이던 그녀의 시간이 갑자기 움직였다. 달려 나가려는 이채의 팔을 도하가 붙잡아 세웠다.

"정신 차려. 궁금한 게 있어도 당장은 묻지 마. 미래가 더 틀어질 수도 있어. 무슨 말인지 알지? 충분히 생각해보고 말해. 평소처럼. 자연스럽게."

"아, 알겠어요."

그제야 정신이 돌아온 이채가 격하게 고개를 끄덕였다.

"진정하자. 진정."

그녀는 마음을 다잡으며 현관문을 열었다. 그러자 짓궂은 얼굴로 서 있는 성수가 보였다. 그는 오른손에 들린 마트 봉지를 흔들어

보이며 안으로 들어섰다.

"간만에, 한잔합시다."

"무슨 일 있어?"

이채는 대뜸 물어놓고 움찔했다. 하지만 이 정도 질문은 자연스럽다는 데 생각이 미쳤다. 새벽에 연락도 없이 찾아온 셈이니까.

"어허. 처제, 우리가 일이 있어야 마시는 사이였나."

성수는 너스레를 떨며 신발을 벗다가 이채의 뒤에 서 있는 도하를 발견했다.

"어? 형님도 계셨네요. 제가 오붓한 시간을 방해한 것 같긴 한데, 오늘만 봐주세요."

"또 보네요. 들어오세요."

어정쩡하게 서 있는 이채 대신 도하가 말했다.

성수는 넉살 좋게 웃으며 가져온 것들을 테이블 위에 주섬주섬 내려놓았다. 소 갈빗살과 각종 쌈 채소, 버섯, 파무침, 마늘, 소주까지 야무지게도 사 왔다.

빈 봉지를 구기던 성수가 달라진 점을 발견했다.

"의자가 셋이네? 하나는 어디 갔어?"

"아, 강도가 들었을 때 부서졌어."

"누나가 이 의자 참 좋아했는데……."

갑자기 분위기가 숙연해졌다.

"너, 언니랑……."

입안에서 맴도는 질문을 뱉어도 될지 망설이는데, 갑자기 성수가 고개를 쳐들었다.

"처제, 뭐 해? 불판 꺼내야지."

"응? 응."

이채는 다시 정신을 다잡았다. 눈앞의 성수는 멀쩡했다. 아직 그에게는 아무런 일도 일어나지 않았다.

'평소처럼, 평소처럼.'

평소라면 집에 냄새 밴다고 질색했을 그녀였지만, 군소리 없이 휴대용 가스레인지와 고기 불판을 내왔다. 고추장과 된장에 마늘, 참기름을 섞어 쌈장도 만들었다. 그동안 성수는 쌈 채소와 버섯을 씻었다.

일사불란하게 움직이는 둘의 모습이 익숙해 보였는지 도하가 넌지시 물었다.

"이렇게 자주 먹었어?"

답을 한 건 이채였다.

"셋이서 캠핑을 자주 다녔거든요. 언니는 먼지 알레르기가 심해서 펜션 이불이 지저분하면 두드러기가 났어요. 그래서 텐트 들고 여기저기 다녔죠."

특히 봄이 되면 다채가 좋아하는 자목련 군락지를 찾아다녔다. 올해는 아직 가보지 못했지만…….

"누나 돌아오면 어디든 가자. 형님도 같이 가시죠."

"……그럼, 좋겠네요."

도하가 어색하게 대답했다.

"드디어 넷이라니. 크, 누가 눈치 없이 캠핑에 끼는 바람에 계속 셋이 갔어요. 셋이 뭡니까, 셋이. 제가 그래서 홀수를 싫어해요. 누구 때문에."

성수가 쌈 채소의 물기를 이채에게 탁탁 털었다. 그녀는 인상 쓰는 대신 혀를 날름 내밀었다.

"앞으로 둘이 갈래? 빠져줄게. 둘이 갈 수 있으면 가 봐라."

"아니요. 소인이 잘못했사옵니다. …치사하다. 누나가 나랑 둘이 갈 리가 없잖아. 너무하는 거 아니냐."

"알면 됐다. 어서 물기나 잘 털어."

"애가 애교가 없어. 애교가. 형님, 고생이 많으십니다. 아, 곧 여름이니까 바다 어때요? 일단 출발해서 같이 고기를 딱! 먹고 이채를 데리고 머얼리 산책이라도 좀 다녀와주세요. 배 끊기는 섬 같은 데로."

"그러죠."

넷이서 바닷가에 텐트를 치고, 웃고 떠드는 상상만으로도 즐거운 기분이 들었다. 그래서 그는 지키지 못할 약속을 했다.

"역시 형님이랑은 말이 잘 통해요. 그리고 말씀 편하게 하시라니까요. 한 식구가 될지도 모르는데 친하게 지내요."

"조금 더 편해지면 놓겠습니다."

"인터넷 프로필은 저보다 어리던데. 방송용 생일 같은 거죠?"

구워 먹을 마늘을 썰던 이채가 움찔 놀랐다. 하마터면 손을 벨 뻔했다. 그녀가 과하게 놀라자 도하는 오히려 차분해졌다.

"출판사 대표가 한 권이라도 더 팔려면, 한 살이라도 어린 게 낫다면서 그렇게 등록해버렸습니다. 아, 이건 비밀입니다."

이채는 마늘을 테이블 위에 슬쩍 내려놓고 얼굴이 보이지 않게 다시 돌아섰다. 괜히 입술만 오물거렸다. 둘러대는 건 그를 따라올 사람이 없어 보였다. 생각해보니 한 명 더 있었다. 공 작가.

'같은 사람이지만⋯⋯.'

성수가 물기를 제거한 버섯과 쌈 채소까지 내려놓으니 식탁이 꽉 찼다.

마실 물을 챙겨온 이채가 도하의 옆에 앉았다. 성수는 맞은편에 홀로 앉아서 가위와 집게를 들었다.

"투 플러스다. 힘 좀 썼지."

"이 새벽에 갑자기 고기 파티야? 무슨 일 있어?"

이채가 다시 한 번 떠보았다.

"일은 무슨, 그냥 겸사겸사 왔어. 너 내일 출근도 안 하잖아. 혼자 있을 생각하니까 울적하기도 하고. 누나 생각도 나고."

성수는 불판 위에 갈빗살을 올려놓으며 대꾸했다. 다채가 언급되자 이채의 안색이 어두워졌다.

"세상 다 가진 얼굴이더니. 언니가 또 뭐라고 해?"

"뭐라고 하긴. 봤잖아. 다시 보여줘? 보고 싶다고 한 거. 그냥. 믿어지지가 않나 봐. 누나가 나한테 그런 말을 했다는 게……."

이채의 마음이 한없이 가라앉았다. 그 문자를 보낸 사람이 다채가 아니라는 걸 알면서도 차마 말해줄 수가 없었다.

"너, 올해가 9년째지?"

"사실은 딱 10년 채우고 접으려고 했다. 아, 형님은 모르시겠구나. 제가 다채 누나를 좋아하기 시작한 게 고1 때였거든요. 올해로 딱 9년 됩니다. 마침 그때도 5월이었거든요. 일단 먹자. 형님도 한잔 드세요."

도하는 어색한 미소를 머금은 채 술잔을 들었다. 자리를 피해주고 싶어도 성수 앞이라서 베란다를 넘을 수 없었다.

게다가 성수는 아직 눈치채지 못한 것 같지만, 이채는 눈에 띄게 안절부절못하고 있었다. 도하는 왼손으로 술잔을 옮겨 들었다. 그리고 오른손을 이채의 손 위에 얹었다.

그녀의 손은 얼음장처럼 차가웠다. 도하는 옆에서 느껴지는 시선을 외면하며 성수를 향해 잔을 내밀었다. 성수와 도하의 잔이 부딪쳤다. 둘이 깔끔하게 잔을 비우는 걸 지켜보던 이채는 괜히 손가락 끝을 움찔거렸다.

"한 잔 더 받으세요."

성수가 술병을 내민 탓에 도하는 얹어두었던 손을 들었다. 두 손으로 잔을 들어야 했다.

"성수 씨도 한 잔 더 하시겠습니까?"

"좋죠."

둘이 다시 잔을 주거니 받거니 하는 동안 이채는 손을 쥐었다 폈다. 차가워져 있던 손에 아주 조금, 온기가 돌았다. 어느새 갈팡질팡하던 마음도 진정되었다.

"나도 한 잔 줘."

잔을 내민 이채가 인상을 썼다. 뒤늦게 소주병의 라벨을 확인한 것이다.

"넌 소주를 골라도 하필."

그제야 성수는 라벨지에 인쇄된 예희의 얼굴을 확인했다. 어색하게 병을 돌려 쥔 그는 평소처럼 웃었다.

"마셔서 없애버리자고. 마셔. 마셔."

시간은 새벽을 향해 달려갔다. 술잔이 마주치고, 고기가 익어갔다. 하지만 성수 외에는 열심히 먹는 사람이 없었다. 잘 익은 고기한 점을 입으로 가져간 성수가 오물거리며 말했다.

"우리 이채 잘 부탁해요. 성격이 좀 더러워 보여도 착한 애예요."

이채에게는 성수의 그 한마디가 유언처럼 들렸다. 도하의 얼굴도 조금 굳었다. 두 사람 모두 대꾸하지 않자, 성수가 재빨리 말을 보탰다.

"방금 뭔가 구남친 버전 같았네요. 하하. 오해는 마세요. 다시 말하는 거지만, 전 이쪽이 아니라 다채 누나 쪽이니까."

"알고 있습니다."

"말 편하게 하시라니까요."

도하는 성수가 내민 소주잔에 다시 자신의 잔을 부딪쳤다.

"그래. 그러자."

테이블 아래로 빈 소주병이 굴러다니기 시작했다. 적당히 취기가 오른 이채가 다시 물었다.

"너 진짜 무슨 일 있는 거 아니야?"

"일은 무슨. 아까부터 왜 자꾸 무슨 일을 찾아?"

"평소 같지 않으니까."

"너야말로 평소 같지 않거든. 아무리 형님이 보고 있다지만, 너무 안 먹는 거 아니냐? 소를 앞에 두고 뭐 하는 짓이야? 먹어. 타잖아."

"먹고 있거든."

이채는 잘 익은 고기를 찾아 젓가락질했다. 무언가 마음에 걸리는 게 있는데, 그게 뭔지 집어낼 수가 없었다. 괜히 상추에 남은 물기를 탈탈 털어냈다.

"경주는 언제 가?"

"다음 주에. 그나마 주아도 간다니까 왕따는 안 되겠네."

"주아도 가?"

"기획 전시 준비한대."

"언제까지, 있는 거야?"

"3개월 정도 있으면서 틀 잡고, 새로 팀 꾸려지면 복귀한대. 채용

공고 벌써 냈더라."

"3개월?"

그럼, 성수는 경주에서…….

"뭘 그렇게 놀래."

"아니, 아니. 다들 고생하겠다고."

"놀리냐. 고기는 경주행 면제받은 네가 사야 하는 거 아니냐?"

"다녀오면 사줄게. 투 플러스로."

"좋네. 그럼 또 보람차게 다녀올 만하지."

"언니한테는 비밀로 해줄 테니까 걱정하지 말고."

성수의 젓가락이 잠시 멈췄다. 하지만 언제 그랬냐는 듯이 다시
고기를 한 점 집어 들었다.

"이미 내가 주절주절 말하다가 들켰어."

"바보. 그래서 울적해진 거야?"

"누나의 피드백이 아주 충격적이었거든."

성수가 의미심장하게 웃었지만, 이채는 눈치채지 못했다.

"나 휴가 중인 것까지 말한 건 아니지?"

"응. 왜?"

"절대 말하지 마. 이유는 나중에 말해줄게."

"육회도 추가."

"알았어."

"구두쇠가 웬일이냐. 형님도 오세요. 힘내서 이채 좀 벗겨 먹어

봐요."

"좋지."

도하는 또 지킬 수 없는 약속을 했다.

"아, 오늘의 퀴즈."

성수가 화제를 전환했다.

"뭔데?"

"곡창지대와 하늘. 이 두 가지 힌트로 연상되는 지역명을 말해
봐."

"난센스 퀴즈야?"

"비슷해."

이채는 잠시 생각에 잠겼다. 곡창지대라면 떠오르는 곳은.

"이천? 아니다. 평택."

"평택은 왜?"

"평택 쌀 유명하잖아. 공군기지도 있고."

"아, 그렇지."

성수는 작게 평택, 이라고 중얼거렸다. 도하도 의견을 보탰다.

"그렇게 따지면 김포도 있지. 김포 금쌀도 유명하잖아. 김포공항
도 있고. 아니다. 김포공항은 김포시에 있는 게 아니었지."

"그래도 관련 있긴 하네요. 평택이랑 김포. 정답을 맞혔으니 보상
이 있어야죠. 지금부터는 단둘이 오붓하게 드십쇼."

잔에 남은 소주를 홀짝 마신 성수가 젓가락을 내려놓고 휴대폰

을 챙겨 들었다.

"왜? 가려고?"

"난 누구처럼 눈치 없지 않거든. 출근도 해야 하고, 이쯤에서 빠져줘야지."

벌떡 일어난 성수는 바로 현관으로 향했다.

"더 있다가 가."

"뭘 더 있어."

"그냥 여기 있다가 출근해. 지금 너무 늦었어."

"됐어. 넌 휴가 동안 뭐 할 거냐?"

이채는 말문이 막혔다. 뭐라고 대꾸해야 할지 고심하는데, 도하가 입을 열었다.

"데이트하려고. 연관검색어가 호텔이랑 키스가 됐거든. 연관검색어를 바꿀 만한 곳에 좀 다녀오려고."

"아, 그 영상은 저도 봤습니다. 형님 화끈하시더라고요."

엄지손가락을 척 들어 보인 성수는 이내 현관문을 열었다. 이채가 그를 배웅하며 당부했다.

"도착하면 전화해."

"전화는 무슨."

"잘 들어갔는지 메시지라도 보내."

"죽을 때가 된 거냐. 왜 안 하던 짓을 하고 그래. 간다. 형님, 실례했습니다."

성수는 손을 흔들어 보이며 집을 나섰다. 현관문이 닫히고 계단을 타닥타닥, 내려가는 성수의 발걸음 소리가 점점 멀어졌다.

○ ○ ○

늦은 시간임에도 선술집은 왁자지껄했다. 몇 안 되는 테이블이지만 만석이었다. 이채와 공 작가가 앉았던 자리도 낯선 남자들이 차지하고 있었다.

"시작은 여기……."

나지막하게 읊조린 공 작가는 그곳을 빠져나와 여자 화장실 쪽으로 걸음을 옮겼다. 그는 비상계단 앞에서 휴대폰을 꺼내 메일함을 열었다.

– 이 메일에 대해서는 함구할 것. 대가로 중요한 정보를 제공하겠음.

'resemble man'의 메일은 이게 마지막이었다.

이채와 공 작가가 사건 진술을 위해 경찰서에 도착한 직후에 수신된 것이었다. 공 작가는 메일을 보낸 'resemble man'이 가장 의심스러웠다. 하지만 그가 제공하겠다는 정보가 무엇인지 궁금하기도 했다.

'왜 나한테 보낸 거지?'

단지 그녀와 함께 있었다는 것만으로 설명되지 않는다. 닮은 남자라는 뜻의 아이디도 그랬다. 상대는 마치 박물관 옥상에서 그녀와 나눈 대화를 듣기라도 한 것 같았다.

그녀는, 강도가 들었을 때 베란다 너머에 사는 남자가 도와줬다고 말했다. 그리고 그가 자신과 닮았다고 했다. 누가 봐도 헷갈릴 만큼.

메일을 보낸 타이밍도 수상했다. 어디선가 지켜보고 있던 게 아니라면 그런 타이밍이 가능할 리 없었다.

그리고 또 하나, 바라는 게 단지 그녀를 구하는 것이었다면 이런 식으로 번거롭게 공 작가를 움직일 필요가 없었다. 스스로 하면 될 일이었으니까.

'정체를 드러내선 안 되는 건가?'

공 작가는 일단 메일에 대해 함구했다. 경찰 진술 때도, 그녀에게도 언급하지 않았다. 이상한 점은 이채도 류하에 대해 말하지 않았다는 것이다. CCTV 속에 담긴 류하를 함께 확인했음에도 그랬다. 의심 가는 사람이 있느냐는 경찰의 질문에도 그녀는 고개를 저었다.

'대체 무슨 일이 벌어지고 있는 거야……'

마치 추리소설 속의 주인공이 된 것처럼 이해할 수 없는 상황 속에 던져져버렸다. 생각하면 할수록 답답함만 가중되었다.

공 작가는 돌아서서 비상계단을 살폈다. 그가 기억하기로 복도에서 마주친 사람은 없었다. 자신이 화장실에 들어가고 나오는 모습을 확인하려면 이곳 어딘가에 카메라가 있어야 했다. 하지만 CCTV 비슷한 것도 보이질 않았다.

다시 여자 화장실 근처를 둘러본 공 작가는 밖으로 향했다. 무거운 발걸음 위로 사건을 담당한 경찰의 말이 떠올랐다.

"이번 달에만 세 번째네요. 강도에 소매치기에 이젠 납치 미수요? 무슨 복잡한 일에 엮이기라도 하신 겁니까?"

이채는 "그냥 운이 나쁜가 봐요"라며 웃어넘겼다.

공 작가는 그녀처럼 마냥 웃어넘길 수가 없었다. 소매치기까지는 운이 나빠서 생긴 일일 수 있었다. 하지만 납치 미수까지 겹쳐지자 단순한 사건처럼 보이지 않았다.

그녀의 주위에 위험한 일이 벌어지고 있었다. CCTV까지 보고 나니 언니를 찾는다는 그녀의 말에도 신빙성이 생겼다. 하지만 류하는……

'류하도 이 일에 휘말린 걸까.'

걸음을 옮긴 그는 교통사고를 목격한 자리에 섰다. 이곳에서도 'resemble man'의 메일이 수신되었다.

'어디서 보고 있었던 거지?'

오가는 행인은 많았다. 그중 딱히 기억나는 사람은 없었다. 그는 다시 메일함을 열었다. 교통사고 현장 사진을 확인하자 가슴이 조여왔다.

'분명 사고보다 사진이 먼저 도착했어.'

설명할 수 없는 일이었다. 어떤 이유를 가져다 대도 마찬가지였다.

'불가능해.'

생각의 흐름이 자꾸만 SF나 판타지로 향했다. 갈피를 잡지 못한 공 작가는 윤 형에게 전화를 걸었다. 긴 신호음 끝에 그가 전화를 받았다.

"어! 내 싸랑 도하! 경찰서에서 나왔냐. 이채 씨는 괜찮으시고?"

주변이 왁자지껄한 걸 보니 2차인 모양이다. 어쩌면 3차일 수도 있겠다.

"데려다주고 오는 길이야."

"고생했네. 쉬어, 쉬어."

"형."

"응? 왜?"

"극현실주의자인 형의 관점에서 들어 봐. 교통사고 현장 사진을 한 장 받았어. 그런데 눈앞에서 그와 똑같은 교통사고가 일어나는 거야. 형이라면 이 순간 어떤 생각을 할 것 같아?"

"뜬금없이 그게 무슨 소리야. 아, 신작 아이디어냐?"

"뭐, 그 비슷하다 치고."

"보자. 눈에 보이는 게 전부는 아닐 테고. 일단 어떤 트릭을 쓴 것인지 알 수 없으면 그 문제는 미뤄놓고. 왜 그런 트릭을 썼는지를 생각해볼 것 같은데."

"그래. 그게 낫겠네."

"싱겁긴. 글 쓰는 것도 좋은데, 오늘은 쉬어라. 아무리 내가 악덕 사장이라지만, 다친 거 빤히 봤는데."

"형."

"그래. 말해. 말해."

"고마워. 동기분들한테도 고맙다고 전해주고. 아까는 정신이 없어서 인사도 못 드렸다."

"우리 도하가 다 컸구나. 이 형은 기쁘다."

"3%가 기쁜 거겠지."

"어쨌든 기쁜 게 중요한 거지."

전화를 끊은 공 작가는 윤형의 말을 곱씹었다.

'왜 그런 트릭을 썼는지······.'

그 부분에 대한 답은 명확했다.

'날 끌어들이고 싶어서.'

습기를 머금은 어두운 바람이 공 작가의 머리카락을 흐트러트렸다. 그는 '시계탑 공원 가는 길' 표지판을 올려다보았다.

휴대폰에서 지도를 불러온 그는 화살표대로 걸음을 옮겼다.

공원 안을 걷다 보니 까맣게 칠해진 CCTV가 보였다. 다음에 발견한 CCTV도 마찬가지였다. 경로의 모든 CCTV가 까맣게 칠해져 있었다. 공 작가는 멈추지 않고 계속 나아갔다. 길은 어둡고, 인적이 없었다. 같은 길을 걸었을 이채의 두려움이 느껴지는 듯했다.

공 작가는 철저하게 화살표대로 움직였다. 동문을 통해 공원을 빠져나온 그는 공단로를 따라 걸었다. 4차선 도로에는 단 한 대의 차도 지나가지 않았다. 인도 역시 마찬가지였다.

두 블록을 걸어가자 상가들이 밀집된 시가지가 나왔다. 공 작가는 화살표대로 방향을 틀었다. 그렇게 다시 세 블록을 걸어가자, 공 작가가 승합차를 가로막았던 장소가 나타났다.

도로에 표시된 사고 흔적을 보고 있으니 칼에 베인 자리가 욱신거렸다. 아찔했던 순간이었다. 윤형이 타이밍 좋게 가방을 집어 던지지 않았거나, 남자가 나이프를 조금만 더 깊게 휘둘렀다면 크게 다쳤을 것이다. 어쩌면 그녀가 다쳤을 수도 있었다.

공 작가의 심장이 다시 뛰었다. 그는 숨 막힐 정도로 뛰는 심장을 무시하고 주변을 둘러보았다. 이 자리에서 그녀를 구했다.

'resemble man이 원하는 대로 된 건가.'

한 가지 더 마음에 걸리는 게 있었다. 아직 잡히지 않은 두 명의 납치범.

'다시 납치를 시도하는 건 아니겠지.'

당분간은 이채를 혼자 두지 말아야겠다.

'작업실에 와 있으라고 할까. 난 집으로 들어가면 되니까.'

썩 괜찮은 아이디어였다.

그렇다고 그녀에 대한 의심을 거둔 건 아니었다. 그녀는 너무도 많은 비밀을 안고 있었다. 심지어 공 작가를 이해시키려는 노력조차 하지 않았다.

그럼에도 휘둘리고 있었다. 지도를 들고 이 길을 걸어온 것이 그 증거였다. 류하 때문일까, 그녀 때문일까. 아니면 그저 호기심 때문일까.

확실한 건 한 가지뿐이었다. 'resemble man'이 보낸 지도는 오차 없이 완벽했다.

'이 새끼는 뭐지?'

○○○

접시가 부딪치며 달그락거리는 소리를 냈다. 뽀드득 소리가 나도록 씻었지만, 알 수 없는 께름칙함 때문에 계속 접시를 헹구고 있었다.

'왜 온 거지?'

이채와 성수는 허울 없이 지내는 사이였다. 하지만 연락도 없이 새벽에 찾아오거나 하는 일은 없었다.

'미래가 바뀐 것과 관련이 있는 걸까.'

들러붙은 고민을 해소하지 못한 채 고개를 돌려보니 도하가 빤히 보고 있었다.

"왜, 왜요?"

그는 이채의 팔을 붙잡아 끌었다. 힘없이 딸려 간 그녀는 침대에 앉혀졌다.

"누워."

"네?"

"일단 누워."

그녀가 영문을 모르겠다는 듯이 앉아 있자, 그가 이채의 양어깨를 붙잡았다. 그대로 눕히더니 이불을 끌어다 목까지 덮어주었다.

"왜요?"

일어나려고 바둥거리는 이채의 움직임을 저지한 도하가 입을 열었다.

"오늘 충분히, 힘들었어. 생각은 자고 일어나서 해."

"안 씻었는데……."

이채가 웅얼거리듯 말했다.

"하루쯤 안 씻어도 돼."

그 말에 이끌린 이채는 그냥 이불 속으로 파고들었다.

힘들다는 생각조차 못 하고 있었는데, 침대에 눕자 몸이 녹아들어 가는 것 같았다. 녹아든 몸은 바닥을 뚫고 가라앉을 정도로 무거웠다.

이불을 꼼꼼하게 덮어준 도하의 손길이 이채의 이마로 향했다. 이마를 짚어서 열이 없음을 확인한 손은 그녀의 머리카락 사이로 파고들었다.

"뭐 해요?"

"위로."

"위로?"

"돌려주는 거야."

이채는 베란다에서 도하의 머리를 쓰다듬었던 기억을 떠올렸다. 이런 날이 올 줄도 모르고 마냥 즐거웠던 때였다.

그의 손길은 불안한 마음을 진정시켜 주는 효과가 있었다. 가만가만 고요하게 머리카락을 쓸어주는 손길에 기대다 보니 스르륵 눈이 감겼다.

눈을 뜨려고 했지만, 눈꺼풀이 너무 묵직했다. 겨우 실눈을 뜬 그녀가 물었다.

"안 가요?"

"아침까지 있어줄게."

그의 눈빛이 다정해서 이채는 다시 눈을 감아버렸다. 시각이 차단되자 그의 손길이 더욱 선명하게 느껴졌다. 괜히 마음이 간질거렸다.

'이럴 때가 아닌데.'

몸도 마음도 너무 무거워서 위로가 필요했다. 오늘만, 의지하자. 너무 힘들었으니까. 너무 고된 하루였으니까.

조금씩 잠에 빠져드는데, 그의 기척이 인지할 수 있을 만큼 천천히 다가왔다. 시트러스 향이 코끝에 맴돌았다. 그의 숨결이 얼굴 앞에서 멈췄다.

당황한 이채는 이불 속으로 얼굴을 숨겼다. 그럼에도 그는 움직이지 않았다. 계속해서 그의 숨결이 느껴지자, 짧은 떨림이 사라지고 궁금증이 일었다.

이채는 이불을 살짝 내리고 실눈을 떴다.

그는 자신의 팔을 베개 삼은 채 이채의 얼굴을 빤히 바라보고 있었다. 언제 침대 위로 올라왔는지 옆으로 누운 자세였다.

"잠이 안 와? 피곤해서 그런가. 그래도 자. 내일 병날 수도 있어."

이채는 작게 고개를 끄덕이고 다시 눈을 감았다.

그의 손길이 다시 이채의 머리카락에 닿았다. 눈꺼풀이 바르르 떨렸다. 가만가만 쓰다듬어 주는 손길은 다정했고, 몸은 점점 더 무겁게 가라앉았다.

"꿈꾸지 말고 자."

이채는 또다시 작게 고개를 끄덕였다. 입을 열어 대답할 기력이 없었다.

머리카락을 쓸어 넘겨주던 그가 천천히 몸을 일으켰다. 이채는 자신도 모르게 이불 밖으로 손을 뻗어 도하의 옷자락을 붙잡았다.

두 사람의 시선이 부딪혔다.

도하는 당황해버렸다. 이채가 붙잡을 줄은 몰랐다.

"……베란다 문이 열려 있어서. 불도 꺼야 하고."

괜히 머쓱해진 이채는 손가락의 힘을 풀었다. 살짝 구겨진 도하의 옷자락에서 이채의 손이 떨어져 나갔다. 베란다 문을 닫은 그는 스탠드 등만을 남기고 불을 끈 다음 침대맡으로 돌아왔다.

"아침까지 있을게. 마음 놓고 자."

다시 눈을 감으려던 이채는 무언가를 떠올리고 벌떡 일어나 앉았다. 그녀의 손이 도하의 팔을 낚아챘다.

"팔 좀 봐요!"

"팔?"

"흉터 생겼나 보게요."

"안 생겼어."

"봐요."

도하가 곤란해하자, 이채는 강제로 옷깃을 잡아끌었다.

"멀쩡해. 흉터 없어."

"그런데 왜 안 보여주려고 해요."

이채의 눈썹이 고집스럽게 꿈틀거렸다. 그의 팔을 보고야 말겠다는 의지가 엿보였다. 결의에 찬 그녀의 모습에 도하는 헛웃음을 터트렸다.

"왜 웃어요."

"설마, 지금. 내 옷을 벗기겠다는 건 아니지?"

"맞는데요."

"그건 좀 위험하지 않을까? 침대인데. 단둘이고. 불도 껐는데."

이채가 주변을 훑었다. 상황을 파악하고는 황급히 떨어져 앉았다. 그리고도 부족했는지 반대쪽 침대 끄트머리로 자리를 옮겼다.

"잘 생각했어. 내일 확인하면 되잖아."

도하는 이불을 손으로 툭툭 두드렸다. 흠흠, 괜히 헛기침한 이채가 다시 이불 속으로 기어들어 갔다. 눈을 감자마자 잠이 쏟아졌다.

"······고마워요."

입술을 오물거리며 말한 이채는 이내 고른 숨소리를 내기 시작했다. 이불을 더 꼼꼼히 덮어준 도하가 속삭이듯 말했다.

"잘자. My lady."

○ ○ ○

다채는 수갑에 연결된 쇠줄을 노려보았다. 긴 쇠줄은 그녀가 움직일 때마다 쩔그럭거리는 소리를 냈다.

'이런 건 어디서 구한 거야.'

연결된 줄이 긴 만큼 무겁고 거추장스러웠다. 하필 오른쪽 손목에 걸려 있어서 고서를 번역해서 수기로 옮겨 적을 때 특히 요란했다. 손목도 계속 쓸렸다. 그래도 아무것도 하지 않은 채 시간을 보내던 때보다는 나았다. 번역에 집중하다 보면 시간이 훌쩍 지나곤 했으니까.

펜을 내려놓은 그녀는 뒤를 돌아보았다. 류하는 오늘도 소파에 엎드린 채 노트북을 들여다보고 있었다.

"화장실 가고 싶어."

그녀가 중얼거리듯 말했다.

"가면 되잖아요."

돌아온 대답은 퉁명스러웠다.

쇠줄을 끌며 일어난 다채는 침대 뒤쪽으로 가려진 파티션을 노려보았다. 고개가 다시 류하에게로 향했다.

"거기 계속 있을 거야?"

"왜요?"

귀찮음이 묻어나는 얼굴이었다.

"방에 들어가 있으면 안 돼?"

"새삼스럽게. 가려져 있잖아요."

그가 돌아보지도 않고 대꾸하자, 다채는 언성을 높였다.

"소리가 들리잖아!"

신경질을 내고 보니 아차 싶었다. 조심하려고 하는데 자꾸만 대범한 인질이 되어버리고 만다. 괜히 몸이 움츠러들었다.

하지만 우려했던 것과는 달리 류하는 노트북을 챙겨서 일어났다.

"귀찮게."

그가 투덜거리며 방으로 들어간 걸 확인한 다채는 파티션 안으로 들어섰다. 그리고 온도가 맞춰진 변기에 쭈그리고 앉았다.

인간은 적응의 동물이라고 했던가. 다채는 어느새 납치범인 류하를 편하게 대하고 있었다. 당장 해를 끼칠 것 같지는 않지만,

마냥 안심할 수만은 없었다.

'설마 늑대인간처럼 변하는 건 아니겠지.'

달의 주기에 따라 폭력성이 증가한다거나, 어느 영화에서 본 것처럼 특정 단어를 말하면 돌변하는 등의 상황 말이다.

'조심하자.'

성수가 자신을 찾을 때까지 시간을 벌어야 했다. 힌트가 부족하지는 않을까. 이곳을 찾을 수 있을까. 우려스러운 점은 있었지만, 희망이 없던 때보다는 나았다.

류하를 통해 수수께끼 같은 문자를 보내고, 한참 뒤에 답장이 도착했다. 내용은 평범했지만 의미심장했다.

- 반드시 확인해볼게.

그는 눈치챘을 것이다. 그리고 눈치챘다면 자신을 찾아줄 것이다. 지금껏 보아온 성수라면.

변기의 물을 내린 다채는 옆에 놓인 샤워기를 응시했다. 이곳에 납치되어 온 뒤로 한 번도 씻지 않았다. 식은땀을 많이 흘렸던 터라 찝찝함을 견디기 힘들었다.

그녀는 파티션 밖으로 고개를 내밀어 류하의 기척을 살폈다. 막상 결심하고 나니 샤워 도중에 그가 나오면 어쩌나 하는 걱정이 앞섰다.

'나간 다음에 씻을까.'

하지만 언제 돌아올지 모르기 때문에 그 또한 불안했다.

다채는 심호흡을 크게 하고 옷을 빠르게 벗었다. 한 손이 묶인 탓에 웃옷은 완전히 벗지도 못했다. 오른쪽 손에 옷가지를 둘둘 뭉쳐서 말아놓고, 소리가 많이 나지 않도록 쪼그리고 앉아 물을 틀었다.

수갑에 쓸린 탓에 손목에 물이 닿자 머리카락이 쭈뼛 설 정도의 통증이 느껴졌다. 비명을 지르지 않기 위해 이를 악문 그녀는 빠른 속도로 몸에 물을 끼얹었다. 그동안에도 파티션 밖의 상황을 감지하기 위해 신경을 곤두세웠다.

다행히 비누 거품을 내어 샤워를 마칠 때까지 류하의 기척은 느껴지지 않았다.

다채는 파티션 안쪽에 마련되어 있던 수건으로 몸을 닦고, 물이 잔뜩 튀어 젖어버린 옷을 다시 챙겨 입었다. 오랫동안 입은 옷이라 찝찝했지만, 샤워한 것만으로도 한결 기분이 나아졌다.

샤워를 마친 뒤에도 류하는 한동안 나타나지 않았다. 다채는 안도하며 침대 위로 올라가 번역하던 고서를 집어 들었다.

그제야 방에서 나온 류하가 히죽 웃었다.

"갈아입을 옷 줘요?"

"괜찮아."

"왜요? 내가 볼까 봐? 바보, CCTV 있는데."

"뭐?"

소름이 오소소 돋았다.

"놀라긴. 장난이에요."

다채는 내색하지 않으려고 애쓰며 류하를 향해 손목을 들어 보였다.

"뭐요?"

"손목이 너무 아파. 손 바꿔주면 안 돼?"

"도망가려고?"

"도망은 몰래 가는 거지. 정말이야. 손목이 너무 아파서 그래. 글씨 쓰기도 불편하고."

픽 웃은 그는 벽에 걸린 열쇠 꾸러미 중 하나를 챙겨서 다가왔다. 그리고 선심 쓰듯이 말했다.

"양손 다 내밀어 봐요."

그녀는 양손을 모아서 앞으로 내밀었다.

류하는 다채가 내민 양쪽 손목을 한 손에 움켜쥐었다. 다채의 입술 사이로 신음이 흘러나왔지만, 신경 쓰지 않는 기색이었다. 류하는 그녀의 수갑을 풀어서 바로 반대쪽 손목에 옮겨 채웠다.

"됐죠?"

다채는 작게 고개를 끄덕였다.

수갑이 풀린 순간, 그를 밀치고 도망쳐볼까 하는 생각도 해보았다. 하지만 상황 판단력이 그녀를 저지시켰다. 류하를 힘으로 이길 수 없을 것이다. 무기도 없었다. 창고의 출입문은 굳게 닫혀 있었고, 나갈 때에도 열쇠가 필요한 구조였다.

다채는 아쉬운 마음을 안고 쓰라린 손목만 주물렀다. 납치된 직후 어떻게든 도망가 보려고 발버둥 친 탓에 수갑에 쓸린 자국이 선명하게 남아 있었다.

벌긋벌긋한 손목을 본 류하가 눈살을 찌푸렸다.

"아프겠네."

그대로 돌아가 제 볼일을 보나 싶었던 그는 의약품 상자를 가지고 돌아왔다. 그리고 옆에 걸터앉아 의약품 상자를 내려놓았다.

"손."

다채는 반사적으로 손을 내밀었다. 낚아채듯 잡아당겨진 손이 그의 허벅지 위에 올려졌다. 고개 숙인 류하는 다채의 손목에 난 상처를 소독했다. 유독 긴 류하의 속눈썹이 그녀의 시선을 잡아끌었다.

연고를 바르고 붕대를 감는 움직임이 몹시 서툴렀다. 상처를 꾹꾹 누르는 통에 눈물이 찔끔 나왔지만, 다채는 잠자코 있었다. 괜히 신경을 거슬러서 좋을 게 없었다. 그가 친절하게 굴 때는 장단을 맞춰주는 게 좋았다.

"테이프가 없네."

붕대를 고정할 게 없자 그가 두리번거렸다. 의약품 상자를 뒤적여도 마땅한 게 나오지 않았다.

류하는 자신의 손목에 차고 있던 밴드형 팔찌를 풀어 그녀의 손목에 걸었다. 사이즈를 조절할 수 있는 형태의 팔찌라서 감아놓은 붕대가 간편하게 고정되었다.

"아끼는 팔찌긴 한데, 누나한테 어울리네요. 선물이에요."

○ ○ ○

어젯밤의 일은 몇몇 신문에 '교통사고 인질극'이라는 키워드로 기사화되었다. 단신이지만 지상파 뉴스에도 나왔다. 이채는 휴대폰 화면에 떠 있는 뉴스 동영상을 클릭했다.

앵커가 교통사고 현장에 서 있었다.

"이곳은 교통사고 현장입니다. 두 개 차로를 막는 교통사고가 발생해서 삼십 분 이상 통행이 지연된 곳입니다. 시민들이 통행에 불편을 겪어야 했지만, 이 교통사고로 인해 A씨를 납치한 김씨 일당이 검거되었습니다."

이채는 'A씨(27, 여)'라는 자막을 읽으며 몸서리쳤다. 끔찍한 기분이 들었지만 이내 다행이라며 가슴을 쓸어내렸다.

실명으로 나갔으면 박 여사가 뒷목을 붙잡고 쓰러졌을 것이다. 당장 짐 싸 들고 집으로 돌아오라는 엄명이 떨어질 것이고, 며칠간은 집 밖으로 나가지도 못한 채 발만 동동 굴러야 했을 것이다. 통금이 생길지도 모른다.

"교통사고로 발이 묶인 김씨 일당의 차에는 납치된 A씨가 타고 있었습니다. 김씨 일당은 A씨를 인질로 잡고 도주를 시도했지만, 출동한 경찰에 의해 붙잡혔습니다. 신고를 받고 발 빠르게 출동한 경찰과 범행 차량을 막고 있던 용감한 시민들이 이뤄낸 합작품이었습니다. 경찰은 김씨 일당을 현행범으로 체포해 검찰로 송치했습니다. 도주한 일당 2명에 대해서도 체포영장을 발부하고 수배령을 내렸습니다. 경찰은 김씨 일당이 치밀하게 범행을 준비했던 것으로 보고 A씨를 납치하려 한 경유와 여죄 등을 수사하고……."

동영상을 끈 이채가 고개를 들었다. 어느새 횡단보도의 보행신호가 파란불로 바뀌어 있었다.

길을 건너 오피스텔 건물 안으로 들어간 그녀는 거주자 전용 엘리베이터 앞에 섰다. 1층에 대기 중이던 엘리베이터에 올라 비밀번호와 층수를 눌렀다. 엘리베이터가 움직이기 시작하자, 다시 휴대폰을 확인했다.

출발하기 전에 성수에게 보내놓았던 문자에 대한 답장이 도착해 있었다.

— 이제 막 출근했다. 왜 아침부터 시끄럽게 문자질이야.

평소와 다름없는 반응이라 조금 안심이 되었다.

— 잘 들어갔는지 보고하라니까. 말 더럽게 안 들어. 그냥 잤지?

— 네가 언제부터 내 귀가를 신경 썼다고 그러냐?

— 어제부터. 그러니까 앞으로 일찍일찍 다녀.

— 엄마냐.

— 나 없다고 울지 말고, 복원실에 혼자 있다고 야동 보지 말고.

— 왜? 공유해주랴? 오늘 날씨 좋다. 나한테 관심 끄고 형님이랑

데이트나 잘해라.

휴대폰을 가방에 넣으며 엘리베이터에서 내린 이채는 공 작가의 작업실 앞에 섰다. 그녀는 크게 심호흡하고 벨을 눌렀다. 그런데 아무런 기척이 없었다. 한 번 더 벨을 눌러봤지만 마찬가지였다.

'외출했나?'

갑자기 초조해졌다.

일어나자마자 달려왔는데 설마 마음이 변한 건 아닐까 걱정되었다. 그는 이채가 잠든 사이에 문자를 보내놓았었다.

이채는 다시 휴대폰을 꺼내 문자 내용을 확인했다.

- 도와줄 테니까 작업실로 와.

짧은 내용이었지만 친절하게 호수와 엘리베이터 전용 비밀번호도 일러주었다.

이채는 다시 벨을 눌렀다. 여전히 기척이 느껴지지 않자 공 작가의 전화번호를 찾아서 탭 했다. 휴대폰을 귀에 가져다 대려는 순간이었다. 안쪽에서 공 작가의 목소리가 흘러나왔다.

"잠깐만 기다려."

잠긴 목소리였다.

이채는 휴대폰을 끄고 바로 섰다. 약간의 시간이 흐르고 긴장 속에서 문이 열렸다.

"생각보다 빨리 왔네. 들어와."

공 작가는 미처 정돈하지 못한 앞머리를 매만졌다. 편안한 옷차림 때문인지 한결 나른해 보이는 모습이었다.

"마음이 변할까 봐요."

그녀가 안으로 한걸음 들어서자 현관문이 자동으로 잠겼다.

"류하의 누명을 풀어주고 싶어서야. 이참에 깔끔하게 정리하자고."

이채는 고개를 끄덕이며 회의 테이블에 가방을 내려놓았다.

"병원은 안 가 봐도 되겠어요? 같이 갈래요?"

팔을 살폈지만 긴 팔 셔츠를 입고 있어서 상처가 보이질 않았다. 그녀의 시선을 의식한 공 작가가 몸을 돌리며 흘리듯 말했다.

"괜찮아."

"아프면 꼭 가요. 병원."

"알았으니까, 일단 앉아."

그녀가 얌전히 의자에 앉자, 공 작가는 가정용 에스프레소 머신을 작동시켰다. 은은하게 배어 있는 시트러스 향기에 커피 향이 더해졌다.

이채의 앞에 머그잔이 놓였다. 초콜릿 향이 섞인 그윽한 커피 향이 코끝에 어렸다. 베란다 너머의 도하가 즐겨 마시는 커피였다.

"자메이카 블루마운틴."

저도 모르게 작게 중얼거린 말을 공 작가가 집어냈다.

"향기만 맡아보고 알아?"

"아, 요새 자주 마셔서요."

그녀는 커피를 한 모금 마시며 얼버무렸다.

"어젠, 잘 잤어?"

"덕분에 잘 잤어요."

같은 커피 향 때문에 말이 헛 나왔다. 이채가 푹 잘 수 있었던 이유는 도하가 함께 있어줬기 때문이었다.

'어차피 같은 사람이니까 상관없나?'

자기 합리화하고 보니 공 작가도 달리 이상하게 여기지 않는 눈치였다. 그는 오히려 부드럽게 웃었다.

"다행이네."

"아, 네. 그렇죠. 하하."

"어제 보니까 길도 어둡고, 출퇴근할 때마다 시계탑 공원을 지나쳐야 하던데. 당분간 여기서 지내는 건 어때. 납치범들이 다 잡힐 때까지만이라도. 난 본가로 들어가면 되니까."

"아, 저 괜찮아요. 보름간 휴가거든요. 어제 인터뷰로 받은 대가가 그거였어요."

"날 알차게 이용하네."

그는 못마땅한 얼굴이었다.

"고맙게 생각해요."

공 작가도 커피를 한 모금 마셨다.

"내가 뭘 어떻게 해주길 바라는 거지?"

그녀는 계획을 털어놓았다.

"박물관 후문 쪽 번화가에 'in bloom'이라는 허브카페가 있어요. 원래는 꽃집인데 비가 오지 않는 날엔 노천카페처럼 운영해요. 그리로 공류하를 불러줘요. 날짜나 시간은 공류하가 원하는 대로 해도 돼요. 가능하면 오늘도 좋고요."

"그리고 난 다음에는?"

"자연스럽게 만나고 돌아가시면 돼요. 그럼 내가 따로 따라붙을 거예요."

"혼자 미행하겠다고?"

"네."

공 작가는 못마땅함을 감추지 못하고 인상을 썼다.

"너무 무방비한 거 아닌가. 어제 그런 일도 있었잖아."

"조심할게요. 달리 방법이 없잖아요."

"방법이 왜 없어. 그냥 바람맞히는 거로 해. 미행은 나랑 같이해. 나도 확인해야겠으니까."

"네? 그냥 저 혼자……."

"혼자는 안 돼. 그게 내 조건이야. 그보다 노천카페면 우리가 숨을 곳이 없잖아."

그는 '우리'라고 확정 지어 말했다. 혼자 움직일 생각은 하지도 말라는 뜻이었다.

"맞은편 건물에 카페 전체가 내려다보이는 술집이 있어요. 미러 창이라서 밖에서는 안이 들여다보이지 않아요."

"그럼 거기에 있으면 되겠네."

"정말 같이 가려고요?"

공 작가는 대답 없이 휴대폰을 들었다. 스피커폰으로 통화를 연결하자 철 지난 아이돌 노래가 흘러나왔다. 하지만 후렴구가 몇 번이나 반복되도록 상대는 전화를 받지 않았다.

지켜보던 이채가 넌지시 일러주었다.

"공류하, 휴대폰은 꺼놓고 있을 거예요. 인터넷으로 메시지는 확인해요. SNS 메시지로 보내 봐요."

공 작가는 의심스러운 기색이 역력했지만, SNS 창을 켜고 메시지를 보냈다.

– 만나서 얘기 좀 하자.

류하에게 보낸 메시지는 한동안 답이 없었다.

어색하고도 기약 없는 기다림이 이어졌다. 공 작가는 테이블 위에 아무렇게나 놓아두었던 책을 읽기 시작했고, 이채는 휴대폰을 꺼내 이런저런 뉴스를 훑었다.

기사를 읽던 그녀는 인물 검색란에 '공도하'라는 이름을 넣었다. 얼굴과 함께 프로필이 떠올랐다. 괜히 눈앞의 공 작가와 사진을 힐끔거리며 비교하게 되었다.

다음 달에 예정된 저자 강연회 소식도 있었다. 그런데 소식을 알려주는 포스트엔 입에 담지 못할 욕이 댓글로 주렁주렁 달려 있었다.

이것 또한 이채가 바꿔버린 미래였다. 그녀는 페이지를 넘기는 공 작가를 응시했다.

"댓글, 신경 안 쓰여요?"

그는 책에서 시선을 떼지 않고 답했다. 대수롭지 않다는 투였다.

"가끔 보면 재미는 있어. 신선한 욕도 많고."

"박물관에서 했던 인터뷰 기사가 나가면 좀 잠잠해지겠죠?"

고개를 든 공 작가가 이채를 마주 봤다.

"내 걱정을 하는 건가?"

"미안해하는 중이에요. 나 때문이기도 하고."

"됐어."

그는 다시 책으로 시선을 돌렸고, 이채는 괜히 바지를 만지작거렸다.

"공류하 찾는 일, 도와주겠다고 해서 고마워요. 이제 화는 풀린 거예요?"

책장을 넘기던 그의 손길이 멈췄다.

화가 풀린 걸까. 아니, 화가 나기는 했던 걸까.

사실 그는 갈팡질팡하고 있었다.

"나도, 모르겠다."

혼자 있을 때는 냉정하게 상황을 가늠할 수 있었다. 하지만 그녀를 만난 순간부터는 아무것도 확신할 수 없었다. 생각해보니 정말 그랬다.

아무것도 모르겠다.

"……정말 모르겠네."

답답해진 공 작가는 셔츠의 팔목을 풀어서 접어 올렸다. 그리고 읽던 책을 펼쳐둔 채로 일어났다.

"일어나 봐."

그가 일어나자 페이지가 차라락 넘어가며 책이 접혔다.

"네?"

이채는 아무 생각 없이 일어났다. 그러자 공 작가가 두 팔을 벌렸다.

"안아보자."

"네?"

공 작가가 성큼 다가섰다. 반사적으로 뒷걸음질 친 이채는 의자에 부딪혔다. 무슨 짓이냐는 항의를 하기도 전에 그의 품에 갇혀버렸다.

이채의 귓가에 한숨 같은 그의 숨결이 파고들었다. 항의는커녕 숨조차 쉴 수 없었다.

"큰일 났네."

목소리에 이끌린 그녀가 고개를 들었다. 그의 눈에 담겨 있는 애틋함이 이채의 심장을 두드렸다. 이채는 그의 감정이 두려웠다.

한 걸음 뒤로 물러서려고 했지만, 그가 놓아주질 않았다. 다시 공 작가의 목소리가 귓가에 내려앉았다.

"화 안 났어. 앞으로도 못 낼 것 같다."

가라앉은 목소리에 체념이 묻어났다.

"나, 나는……."

이채는 대꾸할 말을 찾지 못했다.

그가 큰 손을 움직여 이채의 머리를 감싸 안았다. 손길에서, 맞닿은 몸에서, 숨결에서 그의 떨림이 전해져 왔다. 심장은 더욱 세게 뛰었다.

"나, 언니가 납치됐어요."

그녀는 간신히 현실을 입 밖으로 꺼내놓았다.

"상황도 복잡하고, 나한텐 여유가 없어요……."

차라리 그가 적당히 의심하거나 화를 낼 때가 나았다. 지금은 다채를 찾는 것 말고는 아무것도 생각할 수 없는데. 아니, 생각해선 안 되는데…….

그녀가 밀어내듯 말했지만, 공 작가는 고요하게 답했다.

"봐줄게. 찾을 때까지."

상관없다 여기고 있었다. 마음이 없는 게 아니라 여유가 없는 거라면 기다리면 된다. 그녀를 둘러싼 상황이 녹록하지 않다는 건 충분히 인지하고 있으니까.

뒤엉킨 감정 사이로 문자 수신음이 들렸다. 품에서 벗어난 이채가 확인해보라며 손짓했다.

공 작가는 테이블에 놓아두었던 휴대폰을 들어 메시지를 확인했다.

– 형이랑 할 얘기 없어.

이채에게도 화면을 보여준 그는 바로 메시지를 입력했다.

– 내가 아직도 원망스러워?

– 늦었어. 형 노릇을 할 거였으면, 더 일찍 했어야지.

답답함을 느낀 공 작가는 다시 메시지를 입력했다.

– 만나서 얘기하자. 아니면 전화라도 받아.

– 다른 미래에서 만나. 거기선 전화 받아줄게.

– 무슨 뜻이야?

공 작가는 연속해서 말을 걸었지만, 류하는 대답하지 않았다. 불
길한 느낌이 들었다. 그녀에게 들었지만, 무시해버렸던 말이 하나
둘씩 떠올랐다.

"다른 미래라는 게, 무슨 뜻이야?"

"목걸이를 손에 넣은 뒤의 미래요. 말했잖아요. 공류하는 그 목걸
이만 있으면 시간을 되돌릴 수 있다고, 그렇게 믿고 있어요."

조금씩 드러나는 상황은 그동안 그녀가 했던 말들을 뒷받침해
주고 있었다. 그는 어쩔 수 없이 일방적으로 약속 장소와 시간을 통
보해야 했다.

이채가 불안한 눈빛으로 물었다.

"올까요?"

"올 거야."

원망하고 싶어서라도 올 것이다. 공 작가는 그렇게 믿었다.

○○○

예희의 가늘고 긴 손가락이 리드미컬하게 움직였다. 잡지 페이지를 넘기는 속도가 점점 빨라지는 걸 보니 무언가 마음에 들지 않은 듯했다.

"이 옷 별로야."

역시, 불만이 있었다. 그녀의 옆에 서 있던 김 대리가 잡지를 스캔하며 능숙하게 맞장구쳤다.

"이번 신상, 별로네요."

"아니. 지금 내가 입고 있는 옷."

김 대리는 그녀의 옷을 신속하게 훑었다. 보헤미안 스타일 시폰 원피스는 그녀에게 신비한 분위기를 입혀주었다. 이물질이 묻지도 않았고, 까끌까끌할 만한 장식도 없었다.

"예쁜데요? 요정 같으세요. 아까는 마음에 든다고 하셨잖아요."

"지금은 안 들어."

"오늘은 오후 일정이 없어요. 오피스텔에 가서 편한 옷으로 갈아입으세요. 실장님 오시면 바로 가요. 금방 오실 거예요. 내일 촬영 일정 조율하러 가셨거든요."

"집에 가기 싫은데."

김 대리는 불안해졌다.

"왜, 왜요?"

"심심해. 그냥 다른 옷 가져와."

"넵."

옷을 바꿔 입겠다는 것 정도는 애교로 넘길 수 있는 일이었다. 김 대리가 코디에게 눈짓하자, 피팅된 옷 세 벌이 배달되었다. 그중에서 한 벌을 골라 들어 보였다. 평소 예희가 선호하는 스타일의 원피스였다.

"이건 어떠세요?"

"저거."

예희가 세 번째 옷을 가리켰다.

"네."

잽싸게 옷을 바꿔 내밀자, 예희가 소파에서 일어섰다. 그녀가 선택한 옷은 블라우스와 어우러진 햅번 스커트였다.

옷을 바꿔 입은 것만으로도 그녀의 이미지는 달라졌다. 이번엔 고풍스러운 미인 느낌이 물씬 났다. 얼굴만큼은 정말 하늘이 내리셨다.

"예쁘세요."

"왜 당연한 말을 해."

안 하면 신경질 내시잖아요, 라는 말을 고이 접어 가슴에 묻은 김 대리는 두 손을 모아 잡았다.

"너무 예뻐서 자꾸만 당연한 말이 나와요. 봐도 봐도 예쁘시거든요."

"역시 그렇지? 그런데 그 남자는 왜 연락이 없을까? 영화사 대표를 만나려고 하차하겠다 말한 게 아니었잖아. 설마……."

불길한 느낌의 '설마'였다.

"네?"

"그 여자, 나보다 더 예쁜 건 아니겠지?"

"그럴 리가 없잖아요! 나 배우님은 한국 최고, 아니 세계 최고, 아니 우주 최고로 예쁘신걸요."

"역시 그렇지?"

"네. 그럼요."

"어떻게 생겼을까. 그 여자."

김 대리의 얼굴에 근심이 드리웠다. 뭐라고 답해야 그녀의 심기를 거스르지 않을 수 있을까. 단어 선정을 놓고 고심하는데, 일정 조율을 마친 실장이 문을 반쯤 열었다.

"가자. 나와."

예희가 군소리 없이 움직이자, 김 대리는 안도했다. 몇 걸음 걷던 예희가 돌아보았다.

"거기 가자."

"네? 어, 어디요?"

"그 여자한테. 어디 박물관 직원이라며."

"지금 가자고요?"

"오늘 스케줄 끝났잖아."

예희는 휴대폰을 꺼내 이채의 박물관이 어디인지 검색하기 시작
했다.

"설마, 얼굴이 궁금해서 가시는 건 아니죠?"

"맞아."

"나 배우님 이건 정말 아닌 것 같아요."

예희의 악의 없이 맑은 눈동자가 김 대리를 응시했다.

"김 대리 많이 컸다? 그만 크고 싶나 봐? 요즘 이직 준비해?"

생각 같아서는 사표를 멋지게 던지고, '나예희의 실체' 동영상 파
일을 만들어 배포하고 싶었다. 하지만 이번 달 내야 할 카드값과 만
기가 석 달 남은 적금이 발목을 잡았다. 험난한 세상을 살아가려면
몇 가지쯤은 내려놓을 필요가 있었다.

자존심이라든가, 자존심이라든가, 자존심 같은.

"아닙니다. 박물관이 어딘지 찾는 건 바로 제가 해야 할 일이죠.
배우님은 그냥 차에 오르세요."

예희와 함께 밴에 올라탄 김 대리는 박물관 위치를 검색했다. 열
애설 인정 기사에 올라와 있는 내용 덕분에 이채의 직장은 어렵지
않게 찾을 수 있었다.

스튜디오에서 제법 먼 거리였다. 실낱같은 기대를 품은 김 대리
가 살짝 운을 뗴었다.

"여기서 머네요. 두 시간은 더 걸리겠어요. 피곤하지 않으세요?"

"알았어. 가."

김 대리는 체념했고, 밴은 출발했다.

두 시간 20분 후, 밴은 황 박물관 정문 앞에 도착했다. 정문 근처에 낯익은 연예부 기자들이 있음을 감지한 김 대리의 입에서 한숨이 새어 나왔다.

"여기 꼼짝 말고 계세요. 기자들 있으니까 절대로 내리지 마시고요. 정이채 씨는 제가 찾아볼게요. 그냥 얼굴만 보시는 거죠? 갑자기 머리끄덩이를 잡거나 하시면 안 돼요."

"응."

예희가 가볍게 대꾸했다.

"다녀올게요!"

그녀가 마음을 바꾸기 전에 잽싸게 내린 김 대리는 박물관을 향해 나아갔다. 비장한 모습으로 걷고 있지만, 마음이 편치 않았다. 잘못한 건 예희였다. 하지만 김 대리는 예희를 대변해야 하는 입장이었다.

'안 만나주겠다고 하면 어쩌지. 석고대죄라도 해야 하나?'

한숨을 폭 쉰 김 대리는 박물관 로비로 들어서며 주변을 두리번거렸다. 안내대를 향해 가려는데, 직원 패스카드를 목에 건 남자가 보였다. 유약하게 생긴 얼굴과 강단 있어 보이는 표정이 묘한 대조를 이뤘다.

'그래. 이왕 물어볼 거면 잘생긴 남자한테.'

김 대리는 그에게 다가갔다.

"저 죄송합니다만 여쭈어볼 게 있어서요."

"네. 무슨 일이시죠?"

돌아선 남자는 친절한 얼굴로 말을 받아주었다.

"여기서 복원사로 근무하는 정이채 씨를 찾아왔는데요. 혹시 어디로 가면 만날 수 있을까요?"

순간적으로 남자의 얼굴에 의심이 어렸다.

"누구시죠?"

"아, 저는 누구라기보다는. 나예희 씨 매니저인데요. 상의드릴 일도 있고, 사과도 드리고, 부탁도 있고. 겸사겸사."

구구절절 말이 길어졌다. 그런 김 대리를 지그시 바라보던 남자의 입가에 의미를 알 수 없는 미소가 어렸다. 뭐라고 설명할 수 없게 꺼림칙한 미소였다.

"따라오세요."

"네?"

"따라오시라고요."

"아, 네."

찜찜했지만 김 대리로서는 선택의 여지가 없었다. 뒤를 쫄래쫄래 따라가는데, 남자가 동료처럼 보이는 여자를 발견하고 방향을 틀었다.

"주아 씨, 이채 씨 지금 복원실에 있죠?"

"이채는 왜요?"

그녀가 잡아먹을 것처럼 노려보며 되물었다. 남자는 그 눈빛이 익숙한지 여유롭게 답했다.

"이분이 이채 씨를 찾아오셔서요. 모셔다드리려고 했죠."

주아는 못마땅한 얼굴로 한쪽 손을 허리에 얹었다. 그를 노려보는 눈빛이 더욱 강렬해졌다.

"고 팀장님이 왜요? 요새 겁나 한가하신가 봐요."

"한가한 게 아니라, 친절한 거죠."

주아는 눈에 힘을 풀지 않은 채 또박또박 말했다.

"이채 박물관에 없어요. 그러니 안내도 필요 없죠. 핑계 대고 찾아갈 생각은 마시죠."

"박물관에 없다고요?"

휴가 사실을 알리지 말아달라던 이채의 당부를 떠올린 주아는 씩 웃었다.

"직접 물어보시죠. 아, 직접 못 물어보시는구나. 직접 물어볼 수 있는 사이가 아니면, 궁금해하지 마세요. 막 신혼여행에서 돌아오신 고 팀장님은 아주아주 바쁘실 테니까 이만 가보시고요. 거기 뒤에 여자분은 무슨 볼일이시죠? 전해드릴게요."

험악해진 분위기 속에서 쭈구리가 되어가던 김 대리는 자신이 지목되자 어색하게 입을 열었다.

"아, 안녕하세요. 전 나예희 씨 매니저인 김……."

이름을 말하려는데 윤우가 끼어들었다.

"주아 씨가 말해주지 않아도 찾을 방법은 있습니다. 그럼."

그가 뒤돌아 가려고 하자, 미간을 찌푸린 주아가 입을 열었다.

"경주 갔어요. 경주."

"경주라면 아직 출발하지 않았을 텐데요."

"선발대예요. 선발대는 내일 출발한다는 말, 들었죠? 그래서 오늘은 출근 안 했어요. 누구 꼴 보기 싫어서 경주에 눌러앉을 수도 있을걸요."

윤우의 눈동자가 흔들렸다. 그는 신혼이라는 명분으로 경주행에서 열외된 상태였다. 황급히 뒤돌아 가는 윤우를 노려보던 주아는 김 대리에게로 관심을 돌렸다.

"들으셨죠? 이채가 박물관에 없어요. 경주는 머니까 만나기 힘드시겠네요."

"선발대 내일 출발한다고 하셨……."

"그래서요?"

"아직 서울에 계시면 잠깐 얼굴만 살짝……."

"이만 돌아가세요."

"그럼 연락처라도……."

점점 박력을 더해가는 주아의 눈초리에 김 대리는 말끝을 흐렸다.

"찾아온 이유가 뭔데요."

"얼굴이 궁금하다고 하셔서……."

"네?"

"얼굴이……."

점점 작아지는 김 대리였다.

"나예희 씨가요?"

"네."

주아는 양팔을 올려 팔짱을 꼈다. 그녀는 못마땅한 얼굴로 김 대
리를 훑었다.

"얼굴만 확인하면 돼요?"

김 대리가 격하게 고개를 끄덕였다.

"네. 일단은요."

"그럼, 사진 줄게요."

"……예?"

"그럼 되는 거잖아요. 마침, 나한테 한 장 있거든요."

김 대리는 최대한 애처로운 표정을 지었다.

"아…… 네. 뭐, 그래 주시면 감사하죠. 나 배우님이 성격이 지랄,
아니 똘, 아니 음. 유별나셔서요. 그냥은 돌아가지 않으실 거예요.
원만하게 해결하는 게 서로 좋아요. 사실 저도 죄송한 건 알아요.
저도 사람인데 죄송한 걸 왜 모르겠어요."

"기다려요."

그녀가 사무동 안쪽으로 사라지자 김 대리는 로비에서 기다렸다. 빈손으로 돌아가지 않게 된 것만으로도 다행이었다. 그런데 길을 안내해준 남자, 윤우가 다시 돌아와서 근처를 맴돌았다.

"이채 씨가 어디에 있는지는 들었습니까?"

"아뇨. 내일 출발이면, 오늘은 서울에 있을 텐데 말을 안 해주시네요."

"그렇죠. 오늘은 서울에 있겠죠."

중얼거린 윤우는 주아가 나오는 걸 보고 되돌아갔다. 주아의 손에는 사진이 한 장 들려 있었다. 김 대리가 두 손을 공손하게 내밀었을 때였다.

주아가 사악하게 웃었다.

"10만 원."

"네?"

"사진값이요. 아니 설마. 제 추억이 고스란히 녹아 있는 귀중한 사진을 그냥 가져가려고 했어요? 10만 원에는 사진 인화비와 초상권이 포함됩니다. 생각해보니 좀 싼 것 같네요."

"저…… 5만 원밖에 없는데요."

주아는 혀를 한 번 찼다.

"그럼 그것만 주세요."

김 대리는 지갑에 들은 전 재산 5만 원을 강탈당하고 사진을 얻었다. 영혼까지 탈탈 털린 기분이었다.

밴으로 돌아와 차 문을 닫자 예희가 못마땅한 얼굴을 했다.

"늦었잖아. 왜 혼자야?"

"출장 갔대요."

그녀의 손에 들려 있던 잡지가 탁, 소리를 내며 접혔다.

"나 지금 바람맞은 거야?"

"엄밀히 말하면 아니죠. 약속하신 것도 아니잖아요."

"내가 찾아오면 기다리고 있어야지. 두 시간이나 걸려서 왔잖아."

"어차피 얼굴만 보신다고 했잖아요. 사진 구했어요."

5만 원이나 주고.

"그래? 어디, 봐."

김 대리는 신줏단지처럼 모셔 온 사진을 주머니에서 꺼냈다.

"오른쪽이 정이채 씨예요."

낚아채듯 가져간 예희의 소감은 간단했다.

"별로네."

"그, 그렇죠? 그러니 이제 신경 쓰지 마세요. 돌아갈까요?"

"그럼 이 여자 때문은 아닌데. 왜 연락이 안 오지? 밀당하나? 나 밀당하는 남자 별로인데."

심각한 고민에 빠져든 예희였다.

○ ○ ○

회백색 건물의 3층에 자리 잡은 퓨전호프집의 이름은 '술술'이었다. '술이 술술, 이야기가 술술'이라는 카피가 불투명한 유리문에 인쇄되어 있었다. 안으로 들어가자 턱수염을 덥수룩하게 기른 사장이 이채와 공 작가를 맞이했다. 입고 있는 붉은색 하와이안 셔츠가 인상적이었다.

"왔어? 소문의 남자 친구인가 보네."

이채가 천연덕스럽게 웃었다.

"소문이 여기까지 났어요?"

"여기까지만 났겠어? 전국에 자자하겠던데."

"오늘의 안주에 생맥주로 주세요."

간단하게 주문을 마친 이채는 창가 쪽 테이블에 자리를 잡았다. 등받이가 높은 의자는 테이블 간의 공간을 분리하는 기능이 있었다.

오후 3시의 호프집은 한적했다. 자연스럽게 두 사람의 시선이 창밖으로 향했다. 류하를 만나기로 한 노천카페가 한눈에 내려다보였다.

먼저 고개를 바로 한 건 공 작가였다.

"여기 단골이야?"

"아지트 같은 곳이에요. 점심 메뉴도 있거든요. 친구들하고 자주

와요."

이채는 다시 창밖 노천카페를 응시했다. 은은하게 스며든 햇빛이 그녀의 턱선을 따라 목 언저리로 흘렀다. 시선을 느낀 그녀가 천천히 돌아보았다. 서로 눈이 마주치자 이채는 다시 창밖으로 시선을 돌렸다.

이내 맥주와 안주가 도착했다. 사장은 능글맞게 웃더니 테이블 입구에 달린 커튼을 내리고는 사라졌다.

고작 커튼을 내린 것뿐인데, 공간은 밀실처럼 변해버렸다.

ooo

그녀는 몇 시간 동안 돌아보지 않았다. 공 작가의 시선이 그녀에게 머물러 있었음에도 눈 하나 깜짝하지 않았다. 사면이 막힌 공간에 단둘이 있다는 것도 의식하지 못하는 듯했다.

무료해진 공 작가는 혼자 맥주를 홀짝이다가 안주를 깨작거렸다.

"여기 음식 잘하네."

감상을 말했지만, 이채는 창밖에서 시선을 떼지 않았다. 그녀는 맥주는 물론이고, 안주로 나온 골뱅이 무침과 모둠 튀김 중 어느 것에도 손대지 않았다.

공 작가는 그녀를 관망하기로 했다. 언제쯤 돌아볼지 궁금하기도 했다. 언니를 찾으면 그때, 돌아봐주려나.

　시간은 계속 흘렀다. 그녀가 공 작가를 돌아본 것은 어스름한 저녁이 되어서였다.

　"두 시간 정도 지났죠?"

　그녀의 물음에 공 작가가 픽, 웃었다. 어이가 없었다.

　"네 시간."

　그녀는 의심 어린 눈초리로 휴대폰 액정을 확인했다. 하지만 그의 말대로였다. 잔잔한 음악 소리만 들리던 술집도 제법 시끌벅적했다.

　"바쁜 거 아니었어요?"

　그녀를 빤히 보던 공 작가는 질문으로 답했다.

　"류하가 범인이 아닌 걸 확인하고 나면, 그다음엔 어떻게 할 거지?"

　"생사람 잡고 있다고 생각하겠지만, 범인은 공류하가 맞아요."

　"CCTV는 같이 봤으니까 의심하는 이유는 알겠어. 하지만 류하가 어떤 애인지는 내가 제일 잘 알아. 난, 류하를 의심해서 돕는 게 아니야."

　"알아요. 그래서 고마워하고 있어요."

　이야기가 계속 헛돌았다. 서로 믿는 바가 다른 이상, 진실이 밝혀질 때까지는 맴돌 수밖에 없었다. 공 작가가 잔에 남은 맥주를 털어 마셨을 때였다.

이채가 휴대폰을 꺼내 들었다.

"어. 주아야."

"경주 갈 준비하느라 정신이 없어서 잠깐 잊고 있었는데, 너에게 전달할 뉴스가 있다."

"무슨 뉴스?"

"오늘 박물관에 나예희 매니저가 왔다 갔어."

뜬금없는 말에 이채의 눈이 동그래졌다.

"나예희가 왜?"

"몰라. 그냥 너 경주 갔다고 해버렸어. 네 얼굴이 궁금해서 왔대 서 사진 한 장 팔았고. 지난번 세미나 때 숙소 앞에서 찍은 사진 으로."

"세미나?"

"왜 그때, 발표 때문에 드물게 풀 메이크업한 기념으로 찍었었잖 아. 나랑 팔짱 끼고."

"아, 그 사진."

정장까지 곱게 차려입고 찍은 사진이었다. 그런데…….

"내 사진으로 뭘 하려는 거지?"

괜히 찝찝했다. 저주 인형을 제작한다든지, 다트판으로 쓴다 든지.

"모르지. 어차피 며칠 안에 인터뷰 기사 뜨면 공개될 얼굴이라 그 냥 5만 원 받고 팔았어. 집에 있는 거면 술술로 나와. 이걸로 술이나 마시자."

"나 술술이야."

"술술이라고? 누구랑? 치사하게 성수랑 둘이 간 거야?"

"공 작가님이랑."

"어머. 그럼, 말을 하지. 어서 끊어! 술 마시는 김에 쭉쭉 마셔. 오늘이 기회야. 자빠뜨려!"

주아는 패기 있게 외치고 전화를 끊었다. 괜히 민망해져 헛기침하고 보니, 한 손으로 턱을 괴고 있던 공 작가가 그대로 굳어 있었다.

"방금 나예희 이름이 나온 것 같은데?"

"나예희 매니저가 박물관에 왔다가 갔대요."

"왜?"

"공 작가님 때문이겠죠. 내가 없는 걸 확인하고 사진 가져갔대요."

"사진은 왜?"

"그러니까요. 왜인 것 같아요? 짐작 가는 일 없어요?"

"전혀 없어. 나도 궁금한데."

이채도 궁금했다. 도대체 뭘 하려는 걸까.

'얼굴을 확인해보고 싶어서일까?'

동영상이 떠돌고 있었지만 어두운 데다가 비까지 내렸던 터라 얼굴을 알아보기 어려웠다.

"내 얼굴이 궁금했나 보죠. 순수하고 아이 같은 면이 있는 사람이니까."

괜히 말에 뼈가 들어갔다. 뱉고 보니 공 작가가 아니라 도하가 했던 말이었다.

"순수가 다 얼어 죽었나? 그 여자는 그냥 제정신이 아니야."

다행히 만족스러운 답변이 돌아왔다. 하지만 기분이 좀 묘했다.

"만약에요. 내가 공 작가님 인생에 끼어들지 않았다면요. 호텔에서 만났던 이후로 다시 마주치지 않았다면요. 공 작가님이랑 나예희랑 사귈 수도 있었겠죠?"

"오해하고 있었어? 나예희랑은 아무 사이도 아니야."

그는 정색하며 말했다.

"아무 사이도 아닌 건 알아요. 그냥 만약을 생각해봤어요."

"만약은 없어. 이미 만났으니까. 정이채를."

"그렇죠. 이미."

한 치 앞도 내다볼 수 없는 미래로 그를 끌어들이고 말았다. 그의 말대로 돌이킬 수 없었다. 이미 만났으니까. 마음이 이만큼이나 커져버렸으니까.

그러니 어떤 미래가 오더라도 감당할 수밖에 없었다.

창밖으로 고개를 돌린 이채의 입가에 씁쓸한 미소가 머물렀다. 어스름한 어둠이 내리자 노천카페의 손님들이 하나둘씩 자리를 떠났다.

류하는 끝내 나타나지 않았다.

공 작가는 초조해진 자신을 느꼈다. 올 거라고 확신했는데 결국 그녀의 우려대로 되어버렸다. 류하의 전화번호를 찾아 탭해보았지만, 여전히 전화는 꺼져 있었다.

"나한테 화가 단단히 났나 본데. 이 방법은 안 되겠어. 다른 걸 생각해보는 게 낫겠어."

"나중에라도 연락 오면 말해줘요. 오늘은 정말 고마웠어요."

다시 연락해보라고 조를 줄 알았는데, 깔끔하게 포기한 듯한 답변이었다. 실망감도 애써 감추고 있었다.

"이제 그만둘 건가?"

"아니요. 따로 불러낼 방법이 있어요."

"방법?"

"공류하가 찾는 목걸이요. 모조품을 만들었어요. 그걸로 불러낼 생각이에요."

"……목걸이로 유인하면 류하가 나타날 거라고 생각하는 거야?"

"나타날 거예요."

"알았어. 그럼 같이해."

이채가 뭐라고 대꾸하려는데, 옆 테이블이 소란했다. "어디 있어?"라고 외치는 목소리가 어쩐지 익숙했다. 웅성거리는 소리가 점점 가까워진다는 것을 깨달은 순간 커튼이 걷히고 낯익은 얼굴이 등장했다.

"여기 있었네. 얘기 좀 해."

윤우였다.

"여긴 어떻게 알고 온 거야?"

"주아 씨랑 통화하는 거 들었어. 온종일 맴돈 보람이 있네."

이채의 표정이 순식간에 굳었다. 공 작가를 앞에 두고 윤우를 상대할 생각을 하니 가슴이 답답했다.

윤우는 공 작가를 무시한 채 이채만을 향해 섰다.

"내가 졌어."

한껏 소란을 피운 것치곤 풀죽은 목소리였다.

이채는 대꾸하고 싶지 않았다. 때마침 잔에 가득 든 생맥주가 보여서 한 모금 마셨다. 답답한 가슴이 시원해질 줄 알았는데 탄산도 없고 밍밍하기만 했다. 잔에 따른 지 네 시간이 지난 생맥주는 윤우를 향한 이채의 마음과 별반 다르지 않았다.

윤우가 재차 말했다.

"이혼할게."

"뭐?"

이채와 윤우의 시선이 부딪혔다.

"고작 결혼으로 널 잃을 줄은 몰랐어. 그럴 거면 애초에 하지도 않았어. 그래서 결정했어. 이혼할게."

그녀가 가만히 있자, 윤우는 조금 더 애절한 눈빛으로 말을 이었다.

"다시 시작하자. 나 버리지 마."

이채의 눈동자에 파문이 일었다. 어떤 감정이 울컥하고 치밀어 오르다가 가라앉았다. 그와 함께했던 3년이 무가치하게 여겨졌다. 한편으론 후련하기도 했다.

시간은 흘러가 봐야 그 가치를 알 수 있는 거였다.

"윤우야, 미안하지만 난 정말 잊었어. 네 생각은 하나도 안 나."

모두가 사실이었다. 윤우를 떼어내기 위한 말이 아니라 정말 그랬다.

윤우는 이채 맞은편에서 날을 세우고 있는 공 작가를 힐긋거리다가 손을 내밀었다.

"나가서 얘기하자. 일어나."

"그 손 치우지."

어디까지 하는지 두고 보자는 심정으로 앉아 있던 공 작가가 일어섰다. 그러자 윤우도 기다렸다는 듯이 그를 향해 돌아섰다.

"왜? 또 힘 싸움이라도 해보려고?"

빈정거리듯이 말했지만 긴장한 티가 역력했다. 며칠 전에도 굴욕을 당했으니 당연한 반응이었다.

"힘 싸움을 좋아하나 보지?"

이채가 테이블을 탁, 소리가 나도록 치고 일어섰다. 상황이 악화되기 전에 해결해야 한다는 의무감이 들었다. '술술'엔 이채와 윤우를 알아볼 사람도 많았다.

"고윤우. 떼쓰는 건 그만해. 돌아가. 보는 눈 많아."

"아니, 넌 나 못 버려."

공 작가는 내친김에 한 걸음 다가가 윤우를 밀치고 섰다.

"버리고 버림받고 이러는 거 좀 촌스럽지 않나? 물건도 아니고. 자신을 사물화하면서 동정받으려고 하지 마. 먼저 관계를 저버린 건 그쪽이잖아. 내 짐작이 틀린 건가?"

그는 정말 화가 난 것 같았다. 눈에서 레이저라도 나올 것 같았다. 윤우를 여유롭게 놀리던 도하와는 달리 공 작가는 정말 남자 친구처럼 행동하고 있었다.

그리고 윤우도 찌질한 구남친의 역할에 충실했다.

"이건 이채와 내 문제야. 넌 끼어들지 마."

"끼어든 건 당신인 것 같은데. 자격도 없으면서."

"이혼한다니까? 이제 당신이 누구한테 떠벌리든 무서울 것 없어. 내가 돌아왔으니까 넌 끝이야."

윤우는 공 작가를 향해 삿대질하며, 이채에게 소리쳤다.

"이제 이 새끼 집에 들이지 마. 알았어?"

이채는 아차 싶었다. 지금이라도 윤우의 입을 틀어막아야 했다. 가능하다면 공 작가가 눈치채기 전에.

"일단 나가……."

"집에 들이지 마?"

이채가 수습하기도 전에 공 작가가 되물었다. 그녀의 원망 어린 시선이 윤우에게 닿았다. 아무것도 모르는 윤우는 되레 목소리를 높였다.

"그래! 다신 이채 집 근처에서 얼쩡거리지 마. 이혼하고 오면 넌 바로 끝이야. 아웃. 알아?"

이채는 시선을 떨구며 짤막한 한숨을 내뱉었다. 윤우가 이채의 집에서 만났던 사람은 도하였다.

"내가, 이채 씨의 집에 있는 걸 몇 번이나 봤지?"

공 작가가 윤우를 무시한 채 비틀린 시선으로 이채를 응시했다. 시선은 이채에게 고정되어 있었지만, 질문은 명백히 윤우를 향한 것이었다.

"무슨 개소리야! 갈 때마다 있었으면서."

혈압이 올라 쓰러진다는 게 이런 느낌인 모양이다. 이채는 차라리 쓰러지고 싶었다. 하지만 안타깝게도 그녀는 가련한 여주인공 행세를 하기엔 지나치게 튼튼한 몸을 가졌다.

그녀가 재빨리 태세를 전환했다.

"고윤우! 내가 그렇게 우스워?! 당장 사라져. 다시는 내 눈앞에 나타나지 마! 그냥 하는 말 아니야. 제발 좀 사라져."

"화난 척하지 마. 애써 싫은 소리 할 거 없어. 이혼할 거야. 나도 그냥 하는 말 아니야. 경주도 지원했어."

"고윤우!!"

이채가 목소릴 높이자 윤우는 미련이 뚝뚝 떨어지는 눈으로 한 걸음 물러섰다.

"……경주에서 보자."

윤우가 폭탄을 던지고 사라진 공간엔 공 작가의 서늘한 눈빛만이 남았다. 공 작가는 커튼을 쳐서 다시 둘만의 공간을 만들었다.

"양파야? 까도 까도 계속 나오는데."

"그러게요."

이채는 눈을 지그시 감았다가 뜨며 자리에 앉았다. 장애물 달리기를 하는 기분이었다. 허들 하나를 넘으면, 또 하나가 기다리고 있었다.

공 작가도 맞은편에 앉았다.

"해명해야 할 타이밍인 것 같은데."

"닮은 사람이 있다니까요."

공 작가는 'resemble man'을 떠올렸다. 하지만 아직은 심증일 뿐이다. 물증이 없었다.

"내 동생, 저 남자도 헷갈릴 정도로 닮은 사람이 있다는 말을 하고 싶은 건가?"

"그럼 설마 잃어버린 쌍둥이겠어요? 아니면 도플갱어겠어요? 그것도 아니면 공 작가님이 다중인격이겠어요."

틀린 말은 아니었다. 그런데 공 작가는 이상하게도 화가 났다. 미심쩍은 해명 때문만은 아니었다.

"집에 갈 때마다 있다는 건, 같이 산다는 뜻인가?"

"아뇨. 그 사람은 앞 건물에 사는데…… 그게 베란다가 마주 보고 있고 굉장히 가까워서 넘을 만하거든요. 강도가 들었을 때 넘어와서 구해준 거예요. 전에도 말했는데, 베란다 너머에 산다고요. 윤우 때도 그렇게 도와준 거고요."

점점 작아지는 목소리를 가다듬은 이채는 되레 큰소리쳤다.

"속고만 살았어요? 왜 사람 말을 못 믿고 그래요!"

"당신 같으면 믿겠어?"

이채의 눈썹이 아래로 처졌다.

"믿기 어려워도 사실이에요."

공 작가는 떨떠름했지만 달리 반박할 말을 찾지 못했다. 정말 잃어버린 쌍둥이가 나타났을 리는 없으니까.

"그렇게 닮았으면 나도 한번 만나보고 싶은데."

"살다 보면 만날 날도 있겠죠. 한 번에 알아볼 거예요. 너무 닮아서."

어색하게 웃은 그녀는 밍밍해진 맥주를 다시 들이켰다.

"당신 집에 가면 그 남자를 볼 수 있는 건가?"

"아뇨. 그게 베란다가 가깝기는 하지만 친하지도 않고요. 전화번호를 아는 것도 아니고요. 나중에 친해지면 그때 소개해줄게요. 그때."

그녀는 필사적으로 만류했다. 못마땅한 기색의 공 작가는 팔짱을 낀 채 등받이에 몸을 기댔다.

"좋아. 그럼 이제 다음 계획은 언제야?"

"괜찮아요. 이젠 내가 알아서……."

"혼자는 안 돼."

"공 작가님 바쁘시잖아요."

"혼자 움직일 생각은 하지 마. 다음 계획은?"

"난……."

"말하지 않으면 류하에게 문자 보낼 거야. 가짜 목걸이로 낚으려고 한다고."

"협박하는 거예요?"

"협박이 먹혔어? 그럼 말해야지."

한숨을 쉰 이채가 떨어지지 않는 입을 겨우 열었다.

"모레요."

○ ○ ○

"이제, 그 새끼 일로 전화하지 마세요."

"그래도 네가 류하랑 제일 친했잖아."

공 작가는 한 손으로 마른세수를 하며 휴대폰 너머에서 들려오는 냉담한 목소리에 귀 기울였다.

"됐어요. 병신 같은 게, 자기가 친아들이라고 떠벌리고 다녔어요. 형은 그 새끼가 그러는 거 알고 있었어요? 입고 다니던 옷도 다 형

것 아니에요?"

"그런 것 아니야."

"감싸주지 마요. 그런 허언증 새끼는 정신 좀 차려야 해요."

아버지의 입장을 고려하자니 류하를 제대로 변호해줄 수가 없었다. 공 작가는 목구멍까지 차오른 울화를 억지로 삼켰다.

"……마지막으로 류하와 연락한 게 언제지?"

"한 반년쯤 됐나? 이 새끼 어디 가서 뒈진 거 아니에요?"

통화 상대는 류하와 가장 많이 붙어 다녔던 모 그룹의 3세였다. 공 작가는 인내하며 다시 물었다.

"소식을 알 만한 다른 사람은 없어?"

"없어요. 우리 그룹하고도 연락 끊긴 지 꽤 됐어요."

"그래. 알았다."

공 작가는 아무런 수확 없이 전화를 끊었다.

류하와 어울려 다니던 친구들에게 전화를 돌렸지만, 반응은 모두 비슷비슷했다.

마음만 먹으면 류하를 찾는 일은 쉬울 거라고 여겼다. 하지만 시작부터 난항이었다. 아무도 류하가 어디에 있는지, 무얼 하고 있는지 알지 못했다.

모두가 류하에게서 등을 돌렸다는 것만 확인한 셈이었다.

공 작가는 이채가 말한 SNS 애플리케이션을 내려받았다. 류하의 계정을 찾아가자 맑게 웃는 프로필 사진이 보였다. 등록 날짜는 반년 전이었다. 게시글을 살피던 공 작가의 눈빛이 점점 차갑게 가라앉았다. 온갖 멸시와 조롱이 담긴 댓글이 넘쳐나고 있었다.

'왜 이렇게까지.'

기운이 탁 풀렸다. 류하를 내버려둔 시간이 후회로 다가왔다. 상황이 이렇게 될 때까지 눈치채지 못했다. 먹먹한 감정에 사로잡혀 있는데, 휴대폰에 메일 도착 알림이 표시되었다.

메일 수신목록을 확인한 공 작가의 낯빛이 돌변했다.

'resemble man'

'보상'이라는 짤막한 제목의 메일은 그가 보낸 것이었다.

메일 속엔 류하가 정다채 납치 사건의 범인이라는 내용이 논리정연하게 정리되어 있었다. 전체적인 맥락은 이채가 보냈던 메일과 비슷했지만, 좀 더 구체적인 증거를 제시하고 있었다.

지난달부터 신용카드를 사용하지 않은 류하는 인터넷마저 해외 IP로 우회해 접속하고 있었다. 위치를 숨기기 위한 가상 GPS 프로그램 사용 정황은 물론, 정다채가 사라진 날 둘이 만나는 장면을 담은 CCTV 영상도 첨부되어 있었다.

또 다른 첨부 파일에는 정다채의 출입국 기록이 문서화되어 있었다. 최근 1년간 출국 사실이 없었는데, 그녀의 SNS에는 버젓이 '해외여행 중'이라는 게시글과 함께 이국적인 풍경의 사진이 올라와 있었다.

'그래도 류하는 아니야.'

공 작가의 믿음은 확신에 가까웠다. 모두 우연이 겹쳤을 뿐이다. 단지 믿음 때문만은 아니었다.

'류하는 이렇게 철두철미한 성격이 아니야.'

메일을 한 번 더 훑은 공 작가의 시선이 마지막 문단에 고정되었다.

– 공류하의 다음 타깃으로 추정되는 사람은 황 박물관 김성수와 정이채. 만약 김성수의 신변에 무슨 일이 생긴다면 정이채의 안전에 더욱 신경 쓸 것.

기분 나쁜 명령조였다.

"무슨 수작이지."

'resemble man'은 공 작가가 류하를 의심하길 바라는 듯했다. 더불어 이채를 지키도록 종용하고 있었다.

그는 노트북 앞에 앉았다.

발신자에 대한 단서는 'resemble man'이라는 아이디뿐이었다. 블로그는 개설되어 있지도 않았고, 아이디로 검색해 봐도 아무것도 나오지 않았다. 마치 공 작가에게 메일을 보내려고 일부러 만든 계정 같았다.

그는 메일의 답장 버튼을 클릭했다. 격해진 감정 탓에 자판을 두드리는 소리가 빨랐다.

– 내가 무언갈 하길 바란다면 정체를 밝히는 게 좋을 거야. 정체를 밝히지 않는다면, 이 메일을 공개하겠어.

전송 버튼을 누른 그는 천장을 올려보며 숨을 골랐다. 네잎 클로버 모양의 전등갓이 눈에 밟혔다.

정이채, 그녀는 비밀이 많은 여자였다. 어디서부터가 진실이고, 어디서부터가 거짓인지 알 수 없었다. 그녀와 엮인 수많은 비밀 중 가장 신경 쓰이는 비밀은 'resemble man'의 정체였다.

'빨리 류하를 찾아야겠어.'

이제 류하를 찾는 일은 공 작가에게도 숙제처럼 느껴졌다.

그는 미뤄두었던 번호로 전화를 걸었다. 이채가 했던 말 중에 한 가지 마음에 걸리는 게 있었다. 말도 안 된다고 여겼지만, 확인해볼 필요는 있었다.

공 작가는 통화연결음에 귀 기울였다.

"무슨 일이냐."

인사 없이 들려온 아버지의 목소리는 딱딱했다. 공 작가 역시 본론부터 말했다.

"류하, 마약 사건 누명이었습니까? 아버지는 알고 계셨어요? 알고도……."

방치한 겁니까.

차마 말을 잇지 못하고 심호흡을 하고 보니, 아버지의 노성이 터졌다.

"누가 너한테까지 그런 말을 한 거냐. 윤 회장 쪽이냐? 그깟 주식 좀 준 게 아까웠던 모양이구나."

공 작가는 헛숨을 들이켰다. 심장이 짓이겨지는 기분이었다.

"주식을 받으셨어요? 류하가 죄를 뒤집어쓰는 대가로 받은 게 고작 주식입니까?"

"류하를 위해서다. 언론에 다 까발려진 마당에 결백을 증명해도 아무도 믿어주지 않는다. 챙길 수 있는 거라도 챙기는 게 낫지. 넌 못 들은 거로 해라. 류하 그 녀석 귀에 들어가지 않게 조심하고."

"……대단하시네요."

공 작가는 치밀어오르는 감정을 억누르며 전화를 끊었다. 이로써 이채의 말이 또 한 번 입증되었다.

메트로놈처럼 일정하게 책상을 두드리던 그는 휴대폰과 노트북을 케이블로 연결했다. 그리고 통화녹음 파일을 바탕화면에 옮겨놓고 다시 손끝으로 책상을 두드렸다.

고민 끝에 메일함을 연 그는 소설 자문으로 알게 된 마약수사반 형사의 네임 태그를 클릭했다. 이어서 간단한 메시지를 적고, 바탕화면에 있던 파일을 끌어다 첨부했다.

갈등이 없지는 않았다. 이 메일 한 통으로 생겨날 파장을 모르는 것도 아니었다. 그동안 쌓아온 이미지가 있으니 아버지는 끝없이 추락할 것이다. 자식의 손으로 아버지의 정치 인생을 끝내는 것이다.

하지만 더는 외면할 수 없었다. 이대로는 류하를 볼 면목이 없었다.

'이게 맞아.'

공 작가는 단단해진 눈으로 메일 전송 버튼을 눌렀다.

메일 전송이 완료됐다는 메시지를 멍하니 보고 있던 그는 조금 전에 보낸 메일도 확인했다. 'resemble man'에게 보낸 메일은 아직 수신확인이 되지 않은 상태였다.

공 작가는 이채가 했던 말들을 처음부터 곱씹었다. 이젠 그녀가 했던 말 중 어느 것 하나 그냥 지나칠 수 없게 되어버렸다.

'시간 여행을 할 수 있게 해주는 목걸이.'

말도 안 되는 얘기였다. 하지만 류하가 찾는 게 그 목걸이라면……

공 작가는 포털 검색을 통해 정다채가 이용한다던 문화재 관련 커뮤니티를 찾아냈다. 류하가 알아볼 수도 있으니 새 ID 계정으로 이용하는 게 나을 것 같았다.

그런데 새로운 계정이 생성되지 않았다. 새로운 계정을 생성하려고 했지만, 최대 계정 개수인 세 개를 초과했다는 메시지가 나타났다.

그가 사용하는 계정은 고등학교 때부터 사용하던 개인 계정과 업무용 계정 두 개뿐이었다. 조회해보니 며칠 전 새로 만들어진 계정이 있었다.

resemble man, 닮은 남자였다.

○ ○ ○

새벽이 지닌 적막감을 깨트리며, 토마토 빌라 앞에 택시 한 대가 멈춰 섰다. 택시에서 내린 이는 공 작가였다.

류하와 그녀 그리고 고윤우까지도 헷갈릴 만큼 닮았다는 남자. 어쩌면 'resemble man'일 그를 찾기 위해 온 것이었다.

'토마토 빌라 501호.'

새벽임에도 그녀의 집은 불이 켜져 있었다. 그리고 베란다 너머의 집.

공 작가는 앞 건물인 리버빌 5층을 살폈다. 리버빌 5층도 불이 훤하게 밝혀져 있었다.

'아직 안 자는 건가.'

그런데 이상한 점이 있었다.

'베란다가 없어?'

돌출형 베란다가 있는 토마토 빌라와는 달리 리버빌은 쉽게 넘을 수 있는 구조가 아니었다. 심지어 건물 사이도 제법 멀었다. 사람이 건널 수 있는 거리가 아니었다.

그는 의문을 품은 채 리버빌 건물 안으로 들어섰다. 엘리베이터가 5층에 도착하자 프로방스풍 복도가 눈에 들어왔다. 아기자기하게 가꿔진 공간에 공 작가는 당황할 수밖에 없었다.

'resemble man이 여자?'

그럴 리 없었다. 자신과 닮은 이가 여자일 리는 없지 않은가.

'혼자 사는 게 아닐 수도 있으니까.'

공 작가는 하나뿐인 현관문 앞에 서서 벨을 누르고 기다렸다. 잠시 후 인터폰에서 낯선 여자의 목소리가 흘러나왔다.

"누구세요?"

"여기 사는 남자분을 찾아왔습니다."

"여긴 남자 안 살아요."

"네?"

인터폰 연결이 끊어지고 복도의 불이 꺼졌다. 한동안 어둠 속에 서 있던 공 작가가 다시 벨을 눌렀다. 그가 움직이자 복도의 센서등이 다시 켜졌다.

"왜 자꾸 그러세요."

"죄송합니다. 정말 여기에 남자가 살지 않습니까? resemble man을 찾아왔습니다."

여자의 목소리가 날카로워졌다.

"그런 사람 없어요. 얼마 전에도 어떤 여자가 찾던데, 누가 우리 집 주소를 속여 말하고 다니는 것 같네요. 아무튼, 돌아가세요. 안 돌아가면 경찰을 부를 거예요."

다시 인터폰 연결이 끊어졌다. 공 작가는 허탈한 기분으로 엘리베이터에 올랐다.

'앞집이 아니었어.'

건물 밖으로 나온 공 작가는 다시 불 켜진 이채의 집을 올려다보았다. 정이채, 그녀는 거짓말을 하고 있었다.

○ ○ ○

시간은 자정을 넘긴 지 오래였다. 이채는 스웨이드 천으로 연옥목걸이를 꼼꼼히 닦았다. 작업을 마무리하고 형광등에 비춰보니 은은한 광택이 돌았다.

그녀는 목걸이를 들고 베란다 문 앞에 섰다. 슬쩍 커튼을 젖히자, 건너편 베란다에 앉아 있던 도하가 고개를 들었다. 그녀의 움직임을 따라 도하의 시선도 움직였다.

문을 열고 나온 그녀가 손에 쥔 목걸이를 흔들었다.

"다 만들었어요."

도하는 노트북을 덮고 바로 베란다를 넘어왔다.

목걸이를 건네받고 이리저리 살피는 그의 입에서 짧은 탄성이 흘러나왔다. 목걸이는 진품과 구분이 안 될 정도로 정교했다. 아니, 진품보다 더 신비로운 분위기를 풍겼다. 그가 처음 준비했던 모조 목걸이는 장난감으로 보일 정도였다.

"수고했어. 이거면 되겠네."

그가 목걸이를 돌려주며 무미건조하게 말했다.

칭찬을 바란 건 아니었지만 뜨뜻미지근한 도하의 반응이 의아했다. 그는 화가 난 것처럼 보이기도 했다.

"무슨 일, 있어요?"

미래가 또 헝클어진 건 아닌지 걱정되었다.

"없어. 아무 일도."

"으음, 네."

마찬가지로 뜨뜻미지근하게 대답한 그녀가 방으로 들어가려 할 때였다.

"오늘 '술술'에서는 좀 무모했어. 알아?"

그것 때문인 모양이다. 이채는 돌아서서 한숨을 폭 쉬었다.

"알아요. 나도 거기서 윤우가 등장할지 몰랐어요. 도하 씨 얘기를 할 줄도 몰랐고."

"그 얘기를 하는 게 아니잖아. 약속을 갑자기 오늘로 잡으면 어떻게 해. 아무런 준비도 없이 혼자 미행할 생각을 했던 거야? 어제 납치당할 뻔한 건 잊었어?"

그가 질책이 담긴 눈으로 이채를 몰아붙였다.

"할 수 있는 건 다 해 봐야죠."

도하는 내내 노심초사했는데, 그녀는 뭐가 문제냐는 투였다. 화를 내려던 그는 멈칫했다. 감정의 출처를 확신할 수 없었기 때문이었다.

월지 밖으로 나가면, 매번 다른 기억과 상황이 그를 기다렸다. 그리고 조금씩 변하고 있는 공 작가의 마음 또한 그를 찾아왔다.

고스란히 흘러 들어온 공 작가의 감정은 도하에게도 흔적을 남겼다. 월지 밖의 변화를 확인하기 위해서 몇 번이나 공 작가의 기억을 들여다보면서 그 흔적은 점점 더 선명해졌다.

　그녀를 마주할 때마다, 3년 전에 실종된 연인과 재회한 것 같은 기분을 맛보게 되는 것이다. 도하는 흐트러진 감정을 추슬렀다.

　"이틀 후에는 어디로 불러낼 거지?"

　"나한테 익숙한 공간으로 끌어들일 거예요. 실수하지 않을게요."

　"당연히 실수는 안 돼. 특히 목걸이가 가짜라는 걸 들키면 끝이야. 그리고 여기 가 봐."

　그는 주소가 적힌 쪽지를 내밀었다.

　"어디예요?"

　"호신용품을 파는 곳이야. 5년 전부터 운영했다니까 허탕 칠 일은 없을 거야."

　그녀의 생일 선물을 사기 위해서 랜에게 추천받았던 곳이었다. 성능도 뛰어나고, 제품테스트를 철저히 해서 불량률도 낮다고 했다.

　이채는 휴대폰 카메라로 쪽지를 촬영했다. 밖으로 가지고 나갈 수 없으니 이렇게 따로 기록해둬야 했다.

　"알았어요. 근데 나, 궁금한 게 있는데 말해줄래요?"

　"물어봐."

　"윤우, 이혼 왜 했는지 알아요?"

도하의 얼굴이 차갑게 굳었다.

"그게 왜 알고 싶지?"

"그냥 궁금해서요."

다시 시작하고 싶다거나, 용서하고 싶은 건 아니었다. 그저 궁금했을 뿐이다. 결혼과 이혼이란 게 그에게 어떤 의미인지. 그의 이혼에 자신이 영향을 끼친 것은 아닌지 알고 싶었다.

도하의 답을 기다렸지만, 그는 외면하고 있었다. 모를 수도 있다고 여겼다. 하지만 그는 아무 말도 하지 않았다.

마치, 어떤 사연이 숨어 있는 것처럼.

도하는 침묵이 무겁게 느껴질 때쯤 입을 열었다.

"고윤우는 실종된 당신을 찾아다녔어. 그러다 이혼한 거야."

"……."

뜻밖의 이유였다.

"정확하게 말하자면 이혼당한 거지."

"……날 찾다가요?"

"안쓰러워?"

"아니요. 괜히 그 효린 씨한테 미안해져서요."

"누가 누굴 걱정해. 본인 걱정이나 해."

"그러네요."

이채가 쓰게 웃었다. 괜히 물었다는 생각이 들었다.

"늦었어. 오늘은 이만 자."

베란다를 넘어가는 그의 뒷모습에서 찬바람이 불었다. 괜히 머쓱해진 이채는 집으로 돌아와 베란다 문을 닫았다.

책상 위에는 작업 도구가 어지럽게 늘어져 있었다. 정리해야 했지만, 이채는 목걸이만 스웨이드 천에 싸놓고 외면했다. 청소는 내일로 미뤘다.

몇 시간 동안 집중해서 작업한 탓에 피곤이 밀려왔다.

침대로 향하는데, 초인종이 울렸다. 이채는 인상을 쓰며 시간을 확인했다. 휴대폰 액정에 표시된 시간은 AM 02:17.

이 시간에 찾아올 만한 사람은 윤우밖에 없었다.

'경찰을 부르자.'

야속해 보일 수도 있지만, 서로를 위한 최선의 선택지였다. 다부진 각오로 현관문을 향해 가는데, 생각하지 못한 목소리가 들려왔다.

"나야."

112 버튼을 눌러놓은 휴대폰이 바닥으로 툭 떨어졌다. 그녀의 불안한 시선이 베란다로 향했다가 다시 현관으로 움직였다.

'왜?'

차라리 윤우인 편이 나았을 것이다. 한 번 더 초인종 소리가 울렸다.

"자, 잠시만요!!"

현관문 밖에서 들리도록 외친 이채는 베란다로 뛰어나갔다. 그녀의 긴장한 모습에 도하가 반사적으로 일어섰다.

"무슨 일이야?"

"어떡해요! 밖에 공 작가님이 왔어요!"

동동거리는 그녀의 말을 들은 그는 금세 평온을 되찾았다.

"빨리 왔네."

"네? 올 줄 알았어요?"

"짐작은 했어. 예상보다 빨리 오기는 했지만."

그럼 미리 말이라도 해주지. 이채가 그를 살짝 흘겨보았다.

"이제 어떻게 해요."

"어떻게 하고 싶은데?"

"울고 싶어요."

"그건 말고."

"왜 온 것 같아요?"

"날 확인하려고."

"확인하면 안 되잖아요!"

"적당히 돌려보내. 안 되겠으면 들여보내고. 내가 알아서 할게."

"알아서 하긴 뭘 알아서 해요. 위험은 둘째치고, 도하 씨 인생이 완전히 변해버릴지도 모른다고요!"

"할 수 없지."

말을 말아야지.

"됐어요. 그냥 거기 있어요. 아니, 불 끄고 집 안에 들어가 있어요.

내가 어떻게든 해볼게요."

이채는 불만이 가득한 손길로 커튼을 치고 현관 앞으로 향했다. 편하게 신을 수 있는 슬리퍼 옆에는 도하의 검은색 운동화가 놓여 있었다. 이채는 운동화를 신발장 안으로 밀어 넣고 심호흡했다. 현관문 손잡이를 쥔 손에도 힘이 잔뜩 실렸다.

문을 벌컥 연 그녀는 재빨리 복도로 나가 문을 닫았다. 등 뒤에서 문이 자동으로 잠기는 소리가 들리자 조금 안심되었다. 손바닥에는 땀이 흥건했다.

이채는 눈앞에 서 있는 공 작가를 응시했다. 딱딱하게 굳은 얼굴이었다. 계단을 뛰어 올라왔는지 숨도 거칠었다.

"연락도 없이 무슨 일이에요?"

"기다리라고 해서 옷이라도 갈아입는 줄 알았는데."

이채는 아차 싶었다. 정신이 없어서 파자마 차림으로 나와버렸다.

"아, 그. 왜. 뭐요. 이 시간에 왔으니까 잠옷이죠. 무슨 일이에요?"

"나랑 닮았다는 남자, 그를 만났으면 하는데."

이채의 눈매가 가늘어졌다. 역시, 도하를 만나러 온 것이었다.

"이 시간에 그 사람을 어떻게 만나게 해줘요."

"무슨 일이 있을 때마다 도와줬다면서? 다시 비명이라도 지르면 나와 보겠네."

"그건 은인한테 민폐잖아요. 지금 너무 늦었어요."

공 작가는 그녀의 변명이 마음에 들지 않았다. 리버빌에서 나온 다음에도 그는 한동안 건물 아래에 서 있었다. 5층을 올려다보며 리버빌에서 토마토 빌라로 건너갈 방법을 떠올렸다. 하지만 어떤 방법으로도 불가능했다. 거리가 너무 먼 데다가 5층이었다.

목소리에 저절로 힘이 들어갔다.

"난, 얼마나 닮았는지 확인해 봐야겠어."

"저, 음. 지금 너무 늦었고, 집에 있는지도 모르겠고요. 그래요. 없을 수도 있잖아요."

이채는 고개까지 끄덕이며 말했다.

"베란다에 나가서 확인해보면 되겠네."

"아무리 궁금해도 이 시간에 여자 혼자 사는 집에 들어가는 건 좀 아니지 않아요?"

"내가 들어가면 안 되는 다른 이유가 있는 건 아니고?"

"제가 좀 보수적이라서요."

"보수적이라서 닮은 남자도, 고윤우라는 남자도 이 집에 드나드는 건가? 모두 드나드는 집이라면 나도 들어가도 될 것 같은데."

말문이 막힌 이채는 눈동자를 굴렸다. 그는 막무가내였다.

"그래도, 시간이……."

"감추고 있는 게 뭐지?"

공 작가는 이대로 돌아갈 생각이 없었다. 'resemble man'의 실체를 확인해야 했다. 정보를 미끼로 그를 조종하려 드는 존재이면서, 그녀의 곁에 드리워져 있는 남자이기도 했다.

"맞아요. 숨기는 거, 있어요. 하지만 이건 공 작가님을 위한 일이기도 해요. 그건 믿어줘요."

"믿을 수 없다면?"

"그래도 안 돼요."

"이대로 돌아가면 난 바로 류하에게 문자를 보낼 거야. 그동안 당신과 있었던 일 모두."

이채의 눈썹이 치켜 올라갔다.

"정말 협박을 취미로 삼을 셈이에요?"

"잘 먹히는 것 같으니까 특기라고 하든지."

이채의 얼굴에 의혹이 어렸다. 무언가 이상했다. 공 작가는 이렇게 비상식적으로 행동하는 사람이 아니었다.

"어떻게 하면 그냥 돌아갈래요?"

공 작가의 고개가 삐딱해졌다.

"진실을 말해줄 생각은 없는 것 같고."

"말할 수 없어요."

진실을 말하면 그대로 문을 열고 들어가서 확인하려고 들 것이다. 그 뒤에 어떤 일이 벌어질지는 짐작조차 할 수 없었다. 더 이상의 변수는 안 된다.

길어지는 침묵 속에서, 그의 불만이 부피를 키우는 게 느껴졌다. 입술 사이로 비틀린 목소리가 흘러나왔다.

"그럼 나도 어쩔 수 없어. 류하에게 전부 다 말하는 수밖에."

"미쳤어요?"

"문 열면 되잖아. 아니면 뭐든 진실을 말해 봐. 단 한 가지라도."

이채가 주춤 물러섰다. '술술'에서 나온 다음 집 앞까지 바래다주고 간 게 고작 몇 시간 전이었다. 윤우의 일로 기분이 상하긴 했지만, 화를 내진 않았었다.

"난……."

이채가 말을 잇지 못하자, 공 작가의 한쪽 입꼬리가 비틀린 듯 올라갔다. 그를 처음 봤을 때처럼 냉소적인 눈이었다. 욕조에 빠져 허우적거리며 본 그의 표정이 딱 저랬다.

서로 이름만 알던 때, 메일만 몇 번 주고받은 게 전부인 타인을 보는 것 같은 눈.

그 눈과 마주치자 심장이 털컥 내려앉았다.

거짓말만 늘어놓은 자신이 싫어진 건지도 모른다. 그렇다고 도하의 일을 사실대로 말할 수는 없었다. 또 다른 거짓말로 덮고 싶지도 않았다.

이 순간이 마지막이라면, 그에게 보여줄 수 있는 진실은 하나뿐이었다.

"좋아해요."

이채는 그를 향해 한 걸음 다가갔다. 당혹스러움이 담긴 그의 눈을 보자 조금 안심이 되었다. 그녀는 멱살 잡듯이 그의 셔츠를 움켜

쥐었다.

공 작가의 얼굴이 이채의 키에 맞춰 끌어 내려졌고, 구부정한 자세가 된 그의 입술 위로 그녀의 입술이 포개졌다. 살짝 벌어진 입술 사이로 들어간 그녀의 혀가 어색하게 끝만을 훑고는 도망치듯 사라져버렸다.

그녀의 입맞춤은 감미로웠다. 그 어떤 생각도 할 수 없게 만드는 그런 입맞춤이었다.

첫사랑 같은 입맞춤을 끝낸 그녀는 손에 쥐고 있던 셔츠를 놓았다.

"내가 보여줄 수 있는 건, 이게 전부예요."

달뜨게 해놓고는 도전적인 눈빛이었다.

"부족한데."

이번에는 공 작가가 그녀를 밀어붙였다. 뒷걸음질 치던 그녀가 현관문에 부딪힌 탓에 탕, 하는 타격음이 들렸다. 그의 커다란 손이 목덜미를 감싸자, 그대로 사고회로가 정지해버렸다.

이채는 천천히 다가오는 그의 얼굴을, 숨결을, 입술을 거부할 수 없었다. 뒤늦게 상황을 파악한 이채가 놀라 그의 입술을 살짝 깨물었지만, 침입을 막지는 못했다. 입술 사이를 비집고 들어온 그는 이성을 완전히 날려버렸다.

허공을 떠돌던 이채의 양손이 그의 옷깃에 안착했다. 심장이 뛰고, 정신이 혼미했다.

숨 쉬는 게 힘들어진 이채는 그의 어깨를 살짝 밀었다. 그녀가 눈을 뜸과 동시에 공 작가의 입술이 조심스럽게 떨어져 나갔다. 입술에 남아 있는 얼얼한 감각에 이채의 눈동자가 흔들렸다. 가까이서 마주한 공 작가의 눈빛에서 끝나지 않은 갈망이 엿보였다.

"오늘은, 이걸로 봐줄게."

숨을 고르며 속삭이듯 말한 공 작가는 헝클어진 그녀의 머리카락을 넘겨주었다.

"이해할 수 없는 일투성이야. 말도 안 되는 변명만 하고 있고, 앞뒤도 맞지 않지만 속아줄게. 어디 한번 해보자고. 류하를 찾아서 당신 언니에게 닿을 수 있는지."

"난……."

"됐어. 어차피 난 이 일에서 손 못 떼."

걱정되고, 보고 싶고, 생각났다. 그래서 이렇게 올 수밖에 없었다. 그러니.

"내일 아침에 다시 올게."

공 작가는 뒤도 돌아보지 않고 계단을 내려갔다.

점점 멀어지는 그의 발걸음 소리가 그녀의 심장 소리와 박자를 맞춰 울렸다. 이채는 그 자리에 털썩 주저앉았다.

'……고백해버렸어.'

무릎에 얼굴을 파묻고 보니, 점점 더 부끄러워졌다.

'내가 무슨 짓을 한 거지?'

현관문이 그런 그녀를 지켜보고 있었다. 저 문을 넘어가면 도하에게 설명해야 할 것이다. 대충 얼버무리려고 해도 그가 월지 밖으로 나가면 이 순간을 보게 될 것이다.

그것도 공 작가의 입장에서.

강남역 10번 출구 앞에서 스트립쇼를 한다면 이런 느낌일까.

몸을 일으킨 이채는 한동안 현관문 손잡이를 잡은 채로 있었다. 괜히 슬리퍼에서 삐져나온 발가락으로 현관문을 톡톡 건드렸다.

언제까지 밖에 서 있을 수도 없는 노릇이라 비밀번호를 눌렀다. 도어락 해제음을 듣고 안으로 들어서자 바로 앞에 서 있는 도하가 보였다.

괜스레 놀란 이채가 시선을 회피하며 말했다.

"뭐, 뭐. 뭐예요? 놀랐잖아요."

도하는 무표정하게 그녀를 바라보고만 있었다.

"왜 넘어와 있어요. 말 되게 안 들어. 집에 있으라니까요."

그녀가 이어 말했지만, 도하는 대꾸하지 않았다.

"아, 그 공 작가님은 가, 갔어요."

신발을 벗고 들어가려고 했지만, 도하는 비켜주지 않았다.

"왜, 왜요?"

이채의 심장이 뛰기 시작했다. 조금 전, 현관문 밖에서 보았던 그 눈빛이었다.

도하가 다가오자, 이채는 뒷걸음질 쳤다. 주춤주춤 물러나다 보니 등에 현관문이 닿았다. 도하의 얼굴이 점점 가까워진다는 걸 알아차린 그녀는 반사적으로 고개를 돌렸다. 도하의 손이 그녀의 턱을 조심스레 당겼다.

공 작가와 같은 향기가 코끝에 맴돌았다. 이채의 눈동자가 흔들렸다.

'왜?'

도하의 눈동자도 흔들리고 있었다. 흔들리는 서로의 눈동자가 가까이에서 부딪혔다. 도하의 얼굴이 더 가까워지자, 이채는 어깨를 움츠리며 시선을 피했다.

기어이 파고든 도하로 인해 서로의 숨결이 스치려던 찰나였다. 도하가 돌연 움직임을 멈췄다. 정 화백의 목소리가 그의 머릿속을 파고든 탓이었다.

'사라지게 되겠지.'

지금의 도하도, 이 순간도 사라지게 될 것이다.

그대로 물러선 도하는 자신의 베란다로 넘어가버렸다. 현관문에 기댄 채 혼자 남겨진 이채는 아무것도 할 수 없었다.

2

수천, 수만의 시간 동안

"다녀올게요."

언제나처럼 그녀가 말했다.

"수고해."

도하도 언제나처럼 답했다.

베란다에서 마주친 두 사람은 약속이나 한 것처럼 어젯밤의 일
을 거론하지 않았다.

베란다 문을 닫은 이채는 커튼 틈새로 밖을 내다보았다. 도하는
늘 앉아 있던 자리에서 책을 읽고 있었다. 모호하기만 했던 그의 감
정이 선명하게 전해져 왔다.

어젯밤의 그는 화가 나 있었고, 오늘 아침의 그는 슬픔에 잠겨 있
었다.

'불편해.'

도망치듯 빌라 밖으로 나온 그녀가 주변을 두리번거렸다. 아직 공 작가는 도착하지 않은 듯했다.

이채는 화단 턱에 엉덩이를 기대고 앉았다. 산들거리는 샤스타 데이지가 여름이 다가왔음을 알렸다. 가만히 그 움직임을 주시하다 보니 문득, 화단에 묻어둔 500원짜리 동전이 떠올랐다.

그녀는 흙 위에 떨어져 있던 나뭇가지로 화단 끄트머리를 파헤쳤다. 이내 둘둘 말린 지퍼백 안에 든 500원짜리 동전이 모습을 드러냈다.

동전을 꺼내 손바닥 위에 올려놓으니 도하의 사인이 선명하게 보였다. 베란다의 연결이 끊어지면 이 작은 동전만이 함께한 시간을 증명해줄 것이다.

그녀는 동전을 원래 묻어두었던 자리보다 더 깊숙이 묻었다. 흙을 다지고 손을 탁탁 털어냈을 때였다.

"아침부터 흙장난이야?"

들려온 목소리에 놀라 돌아보니 공 작가가 서 있었다. 그의 뒤로 먹구름이 낀 하늘이 보였다. 우산이 필요한 건 아닐까, 고민하게 하는 날씨였다.

"왔어요?"

어쩐지 그의 얼굴을 제대로 바라볼 수가 없었다.

"말 잘 듣네. 나와서 기다리고."

평소와 같이 말을 주고받았을 뿐인데, 이채가 주춤거리며 물러섰다. 부끄럽기도 했고, 어색하기도 했다.

공 작가는 '신경 쓰여 죽겠다'는 듯한 그녀의 반응이 썩 마음에 들었다. 어제처럼 몇 시간이나 창밖만 보던 것보다는 나았다.

우물쭈물하던 그녀가 물었다.

"팔은…… 괜찮아요?"

"괜찮아. 만날 때마다 물어볼 거야? 오늘 일정은?"

"……정말 나랑 같이 다닐 거예요?"

"그러려고 왔잖아."

"계속요?"

"납치범 둘이 아직 안 잡혔어. 일단은 그 둘이 잡힐 때까지."

"영원히 못 잡으면요."

"영원히 같이 다니면 되겠네."

장난스러운 말투였지만, 그 안에 담긴 마음은 결코 가볍지 않았다. 이채는 어색한 감정을 숨기려고 눈동자를 옆으로 굴렸다.

"잠잘 시간도 없이 바쁘다는 거 거짓말이죠?"

"바빠. 그러니까 흙장난 그만하고 가자."

짧게 심호흡한 그녀는 스마트키를 꺼내 버튼을 눌렀다. 그러자 경적과 함께 공 작가 옆에 주차된 자동차의 헤드라이트에 불이 들어왔다.

공 작가의 표정에 의혹이 어렸다. 운전한다는 얘기는 듣지 못했다.

"차 샀어?"

"렌트했어요. 당분간 필요할 것 같아서."

그녀가 운전석에 올라 안전벨트를 매자, 공 작가도 서둘러 보조석에 올랐다.

"운전은 원래 했어?"

일단 타긴 했는데 뭔가 불안했다.

"지금부터 하면 되죠."

"여기까지는 운전해 왔을 거 아니야."

"요즘은 집 앞까지 가져다주더라고요."

조금 더 불안이 커졌다.

"운전, 내가 할까?"

"아뇨. 익숙해져야죠."

공 작가는 안전벨트를 단단히 맸다.

다행히 출발은 순조로웠다. 그녀는 규정 속도를 넘지 않았고, 깜빡이를 켜고 들어오는 모든 차를 앞에 넣어주는 친절한 면모를 보였다. 답답할 정도로 착한 운전이었다.

"이래서 오늘 안에 어디든 도착하겠어?"

"안전운전해야죠, 안전운전. 나 때문에 다른 사람 인생이 바뀌는 건 싫어요."

"그게 무슨 말이야."

"헛소리요."

그녀가 핸들을 부드럽게 틀었다.

무심코 사이드미러를 응시하던 공 작가는 휴대폰 메모장에 자동차 번호 하나를 적었다. 조금 전부터 중형차 한 대가 두 사람을 바짝 뒤따르고 있었다. 'resemble man'이 보냈던 메일 구절 중 이채의 위험을 암시했던 내용이 공 작가를 긴장케 했다.

이채는 내비게이션이 시키는 대로 운전했다. 한결 여유가 생긴 그녀는 공 작가의 움직임까지 신경 쓰기에 이르렀다. 그는 정신 사나울 정도로 휴대폰과 사이드미러를 번갈아 확인했다. 무언가 초조해 보이기도 했다.

"연락 올 데 있어요?"

"연락은 아니지만 기다려지는 게 있긴 해."

어젯밤 그는 'resemble man' 계정의 보안등급을 높였다. 지정된 PC가 아닌 곳에서 로그인하면 휴대폰으로 알림이 오게 한 것이다. 대략적이지만 IP주소도 잡히기 때문에 'resemble man'을 추적해볼 셈이었다.

그녀의 집에 드리워진 '닮은 남자'가 'resemble man'과 연관되어 있다는 게 그의 판단이었다. 하지만 아직은 심증뿐이었다. 그러니 물증이 필요했다.

"그럼 휴대폰에만 집중해요. 나름 안전운전하고 있잖아요. 사이드미러 봐주지 않아도 돼요."

"사이드미러 보는 걸 좋아해."

공 작가는 대수롭지 않게 대꾸하며 또 한 대의 자동차 번호를 휴대폰에 입력했다. 하지만 그 차량은 방향을 틀어 고가도로로 진입했다. 그렇게 몇 개의 차량 번호가 추가되고 지워지기를 반복했다.

얼마 후 그녀의 차는 주차장에 들어섰다. 내내 따라오던 차는 아파트 입구에서 갈라섰다. 미행한 것인지, 우연이었는지 여부는 확인할 수 없었다.

그녀는 주차라인 안에 정확하게 주차했다. 차에서 내린 공 작가가 주변을 둘러보았다.

'아파트?'

아파트는 허름했다. 외벽 곳곳에 균열이 가 있고 페인트칠이 벗겨져 있었다. 도심 한복판이라는 것을 고려하면 곧 재개발 얘기가 나돌 것 같았다.

"여긴 왜 온 거지?"

"살 게 있어서요."

"아파트에서?"

이채는 대답하는 대신 아파트 안으로 들어섰다. 1층 첫 번째 집의 벨을 누르자 문이 반쯤 열렸다. 그리고 단정한 정장 차림의 남자가 고개를 내밀었다.

"무슨 일로 오셨습니까."

"호신용품을 좀 사려고요."

정장을 입은 남자가 문을 활짝 열며 친절하게 맞았다.

"들어오시죠."

내부는 가정집이 아니라 사무실이었다. 세련된 인테리어나 직원의 연령대를 보면 IT 회사 같기도 했다.

신발을 벗고 실내화로 갈아 신은 이채가 직원에게 말했다.

"가스총을 사고 싶어서요."

도하의 권유대로 호신용품 정도는 사두는 편이 나을 것 같아서 들른 참이었다.

"이쪽으로 오세요."

남자의 뒤를 따라가자 작은 상담실이 나왔다. 의자와 테이블밖에 없는 좁은 공간이었는데, 창이 넓어서 답답한 느낌은 들지 않았다. 이채와 공 작가가 가죽 소파에 나란히 앉으니 직원이 팸플릿을 내밀었다. 16페이지짜리 팸플릿에는 다양한 보안용품의 이미지가 실려 있었다. 팸플릿을 훑어보는 이채의 앞에 다섯 정의 가스총이 놓였다. 저마다 크기와 생김새가 달랐다.

직원이 설명을 덧붙였다.

"이건 성능이 좋아서 경찰이 실제로 사용하는 모델입니다. 무거운 게 단점이죠. 이건 크기가 작아서 핸드백에 들어갑니다. 여성분들이 호신용으로 주로 구매하시고요. 나머지 제품은 보급형으로 나온 겁니다. 어느 분이 사용하실 거죠?"

대답은 이채가 했다.

"제가요."

"가스총은 소지 허가가 필요합니다. 간단한 신체검사를 받아야 하지만 운전면허증으로 대체할 수 있고요. 재직증명서와 신청서를 함께 제출하면 됩니다. 허가 대행도 해드립니다."

그냥 구매하면 될 거라고 여겼는데 무언가 복잡했다. 이채의 얼굴에 당혹스러움이 어리자 직원이 재빨리 말을 덧붙였다.

"물론, 허가받지 않아도 되는 가스총도 있습니다. 이 경우는 최루액이 분사됩니다. 보여드릴까요?"

"네. 그렇게 해주세요."

그는 뒤에 있는 진열장에서 다른 타입의 가스총을 몇 개 꺼내서 보여주었다. 이채는 그중에서 가장 작은 것을 골랐다.

옆에서 지켜보던 공 작가가 말했다.

"위치 추적기 같은 것도 있나요? 비상시에 바로 경찰서로 연락이 간다거나 하면 좋겠는데요."

"GPS 기반 위치 추적기가 준비되어 있습니다."

직원은 서랍에서 목걸이형 위치 추적기 세 개를 꺼내서 보여주었다. 위치 추적기를 본 이채의 입가에 미소가 어렸다. 도하가 생일 선물로 주었던 것과 같은 모델이었다. 현관문 밖으로 가지고 나올 수 없어서 아직 신발장 위에 올려져 있지만.

"저희 회사에서 자체 제작한 야심작입니다. 비상시에 이 스톤을 3초간 누르면 112와 미리 지정해둔 번호로 위치가 전송됩니다. 오차범위는 30m입니다. 보시는 것처럼 평범한 목걸이입니다."

공 작가는 하늘색 스톤이 박힌 펜던트를 고르고 명함과 카드를 내밀었다.

"번호는 제 번호로 해주시고, 가스총까지 같이 계산해주세요."

"네. 잠시만 기다려주세요. 금방 세팅해드리겠습니다."

이채가 놀라서 물었다.

"왜 공 작가님이 계산해요."

"선물."

"뜬금없이 무슨 선물이에요. 제 카드로 해주세요."

이채가 카드를 내밀었지만, 공 작가의 손에 가로막혔다.

"주면 그냥 받아. 가지고 다니는지 불시에 검문할 거야."

자동차 수리비에 벌금도 모자라 호신용품까지. 빚이 점점 늘어나는 기분이었다.

"이러면 불편해요."

"불편해하든지. 그럼."

괜히 어색해진 이채는 팸플릿을 넘겼다.

팸플릿엔 경보기부터 각종 나이프, 삼단봉까지 없는 게 없었다. 개중에는 이런 걸 팔아도 되나 싶은 물건도 있었다.

수갑의 종류도 다양했다. 양손을 묶는 평범한 수갑부터 긴 줄에 연결되어서 한쪽 팔만 묶을 수 있게 해놓은 수갑, 무게추를 달아놓은 족쇄까지.

잠시 후 신용카드와 함께 영수증을 가져온 직원이 가스총을 내밀었다. 권총 모양의 가스총은 미니 크로스백에 들어갈 정도로 작았다.

"안전장치 꼭 확인하시고요. 주의사항과 설명서는 꼼꼼히 읽어보시길 권장합니다. 문의 사항 있으시면 이 번호로 연락 주시고요."

이채는 직원의 명함을 받아 들었다. 가스총을 가방에 넣고, 위치 추적 기능이 있는 목걸이를 집어 들다가 멍해졌다.

'색도 같네.'

공 작가에게서 도하를 발견할 때마다 이상한 기분이 들었다. 이채는 직원과 영혼 없는 인사를 나누고 밖으로 나왔다.

아파트를 나서며 무심코 올려다본 하늘은 금방이라도 비가 쏟아질 것처럼 흐릿했다. 주차장을 향해 앞서 걷던 공 작가가 돌아보았다.

그는 이채의 손에 들려 있는 위치 추적 목걸이를 집어 들었다. 그리고 그녀의 머리카락을 살짝 걷어낸 다음 목걸이를 걸어주었다. 그의 손길에 이채는 바짝 긴장해버렸다. 자연스럽게 기울여진 얼굴과 그만큼 좁혀진 거리, 시트러스 향.

멎어버린 것은 심장일까 아니면 시간일까.

"언제든 눌러. 데리러 갈게."

목을 감았던 손길이 멀어지자 다시 심장이 뛰기 시작했다.

그가 앞장서 걸으며 물었다.

"다음 일정은?"

이채는 표정을 감추며 대답했다.

"없어요. 작업실에 데려다줄게요."

오늘은 그녀도 쉬고 싶었다. 몇 날 며칠 밤을 지새우다시피 했다. 정신력으로 버티고 있었지만, 체력이 한계에 다다랐음을 느꼈다.

"혹시, 고서 같은 것도 읽을 수 있어?"

"어느 정도는요. 잘은 못해요. 더듬더듬?"

"그럼 같이 가볼 곳이 있어."

"지금요?"

"왜? 다른 볼일 있으면 보고."

"아, 아니요. 가요. 어딘데요?"

공 작가의 뒤를 따라 자동차로 향하는데 모자를 깊게 눌러쓴 남자가 이채의 어깨를 스치며 지나갔다. 경쾌한 멜로디의 노래를 흥얼거리고 있었는데 가사가 독특했다.

"빠름빠름빠름, 빠름빠름빠름."

이채는 멈춰 서서 아파트 안으로 들어가는 남자의 뒷모습을 응시했다.

◦◦◦

내비게이션이 안내한 곳은 서울 외곽의 전원주택이었다. 강이 내려다보이는 마당에 주차하고 보니 석양이 지고 있었다.

전원주택의 붉은색 지붕이 노을과 어우러졌다.

"여긴 일몰이 근사해."

공 작가의 말대로였다.

처연할 정도로 아름다운 빛은 지쳐 있던 이채를 위로해주었다. 한동안 그 풍경에 사로잡혀 있던 이채는 뒤늦게 공 작가가 사라졌다는 걸 깨달았다.

그녀는 현관문이 활짝 열린 집 안으로 들어섰다.

가장 먼저 보인 건 자개 장식이 달린 고가구였다. 조금 더 안쪽으로 들어가자 고풍스러운 분위기의 거실이 그녀를 맞이했다.

"여긴……."

창문을 열어 환기하던 공 작가가 돌아보았다. 시선은 이채가 보는 대형 액자에 닿았다. 공 작가의 아버지와 낯선 여자 그리고 어린 류하가 함께 찍은 사진이었다.

"류하의 어머니가 별장으로 쓰시던 곳이야. 난 큰어머니라고 불렀고."

이채는 조용히 고개를 끄덕였다. 도하에게 들어서 알고 있었지만 이렇게 보니 느낌이 새로웠다. 사진 속의 세 사람은 너무나도 단란한 가족처럼 보였다.

'류하가 다녀갔을까?'

그녀는 거실을 꼼꼼히 훑어보았다. 어쩌면 류하의 현재 위치에 대한 단서가 있을 수 있었다. 하지만 그녀의 바람과 달리 최근에 누군가 머물렀던 흔적은 없었다.

쓰레기통은 텅 비어 있었고, 싱크대 위에는 라면과 통조림같이 유통기한이 긴 식품들만 차곡차곡 정리되어 있었다.

이채가 다시 공 작가를 향해 시선을 돌렸다.

"여긴 본가랑은 느낌이 많이 달라요."

"그분만을 위한 곳이었으니까. 돌아가신 뒤에도 손대지 않고 뒀어. 류하가 나를 종종 데리고 왔고."

사진 속 여자의 시간이 머물러 있는 곳이었다. '어서 와'라는 다정한 목소리가 들려오는 것만 같았다. 그래서 조금 슬프기도 했다.

"가혹하네요."

"가혹?"

"공 작가님한테 가혹한 일 아니에요? 이 공간은 좀 그래 보이네요. 저 사진도 그렇고."

마치 '넌 우리 가족이 아니야'라고 말하는 것 같았다. 괜히 기분이 상해서 말하고 보니 아차 싶었다. 슬쩍 돌아보니 공 작가의 표정이 굳어 있었다.

"미안해요. 기분 상했어요?"

"올라가자. 보여줄 건 위에 있어."

공 작가는 시선을 피하듯 계단을 올라갔다.

'가혹인가.'

누군가는 알아주길 바랐던 마음이었다. 하지만 정작 간파당하자

기분이 이상했다. 뒤따라오는 이채의 작은 한숨 소리가 들렸다. 돌아보지 않아도 알 것 같았다. 안절부절못하고 있을 것이다. 다정한 여자니까.

비밀은 셀 수 없이 많고 거짓말투성이면서 다정하고 착했다. 그 괴리감은 그녀의 매력 중 하나였다. 그래서 더 궁금해지는 것이다.

2층은 1층과 달리 전체가 탁 트인 공간이었다. 천장 일부가 유리로 되어 있었고, 구석에는 별을 관측할 수 있는 천체 망원경이 놓여 있었다. 바닥에는 폭신폭신한 양털 카펫이 깔렸는데 쿠션을 베고 누워 아무것도 하지 않은 채 시간을 보내기에 좋아 보였다.

공 작가가 긴 막대로 천장에 있는 작은 고리를 끌어내렸다. 그러자 다락방으로 통하는 목재 계단이 내려왔다. 다락방에 정체되어 있던 공기가 아래로 쏟아져 나왔다.

그를 따라 올라가 보니 책장들이 빼곡하게 놓여 있는 공간이 나왔다. 적당한 습도와 온도를 유지하고 있는 공기는 특수 서고와 비슷했다. 보관 중인 책들도 특수 서고의 고서들만큼이나 오래된 것들이었다.

"이게 다 뭐예요?"

"그분이 수집하시던 거야."

공 작가는 낮은 천장 때문에 구부정하게 고개를 숙이며 안쪽으로 움직였다. 반면 이채가 돌아다니기에는 부담이 없는 높이였다.

몇 개의 책장을 지나쳐 가던 그가 멈춰 섰다. 바짝 따라 걷던 이채가 서둘러 걸음을 멈추며 물었다.

"왜 그래요?"

이채는 까치발로 그의 어깨너머를 기웃거렸다.

"사라졌어."

"뭐가요?"

"여기 있던 고서, 류하가 전부 가져간 것 같아."

그가 바라보고 있는 곳은 텅 빈 책장이었다.

"어떤 고서인데요?"

"구전설화를 모아놓은 거였어. 대부분 세상을 떠도는 신물에 대한 이야기야."

이채는 특수 서고에서 읽었던 고서를 떠올렸다.

"비슷한 걸 본 적 있어요. 박물관 소장품 중에 있거든요. 그런 책이 많았어요?"

"스무 권 정도. 번역본이 없어서 어떤 내용이 담겨 있는지는 정확히 몰라. 그림이 같이 그려져 있는 형태였는데, 류하가 찾는다던 목걸이와 비슷한 그림이 있었던 것 같아서 오자고 한 거야."

번역본이 없었다는 점이 이채의 신경을 건드렸다.

"언니라면 고서를 번역할 수 있어요."

스무 권이라면 상당한 시일이 소요되겠지만.

"그걸로는 납치 이유를 설명할 수 없어. 번역이 목적이었으면 사람을 고용하면 됐을 일이니까."

공 작가는 이채의 생각을 읽은 것처럼 말했다. 그는 아직도 류하를 믿고 있었다. 어찌 보면 당연했다. 가족이니까.

이채는 그 점이 걱정스러웠다. 믿었던 만큼 상처받게 될 것이다.

"앞으로 무슨 일이 일어난다고 해도 그건 공 작가님 책임은 아니에요."

그가 도하처럼 웃음을 잃어버리거나, 모두 자신의 책임으로 돌리지 않기를 바랐다.

"무슨 뜻이지?"

"말 그대로요. 여기 좀 둘러봐도 돼요?"

이채는 홀리듯이 말하고는 고서를 한 권 빼 들었다.

"류하가 아끼는 곳이니까 조심해."

"알았어요."

이채는 근처 책장부터 하나씩 확인했다. 고서는 놀라울 정도로 보관이 잘되어 있었다.

평범한 다락방이라고 생각했지만, 온도와 습도가 일정하게 맞춰진 곳이었다. 조명 장치도 고서에 영향을 끼치지 않도록 치밀하게 설계되어 있었다.

몇 개의 고서를 훑어본 이채는 흥미를 느꼈다. 사기와 유사는 물론 민간에서 읽었을 것으로 추정되는 소설 필사본에 춘화집까지 그 수와 종류가 다양했다. 특별히 목적성을 가지고 모은 것이 아니라 오랜 시간 공들여 수집해 따로 분류해놓은 듯했다.

"고서 수집이 취미셨나 봐요?"

"고서랑 다기를 모으셨어. 다기는 류하 아파트에 있고. 고서는 보관 때문에 이곳에 둔 거고."

"공류하는 어떤 동생이었어요?"

"마음 여리고, 착한 동생."

"그렇구나."

그녀는 훑어보던 고서를 잘 정돈해놓고 다른 고서를 집어 들었다. 이번엔 공 작가가 똑같이 물었다.

"정다채는 어떤 언니였어?"

"가족이요."

다른 수식어는 필요 없었다. 그것만으로도 위험을 무릅쓸 이유는 충분했다. 계속 드러나는 증거 속에서도 공 작가가 류하를 믿어주는 것과 같은 맥락이었다.

이채가 훑어보던 고서를 내려놓고 돌아선 순간이었다. 두 사람의 휴대폰에서 연달아 알림이 울렸다. 각자 확인해보니 인터뷰 기사가 올라갔다며 윤형이 보내준 메시지였다.

기사는 전체적으로 훈훈하게 작성되어 있었다.

이채가 먼저 고개를 들었다.

"효과가 있겠죠?"

"나머지는 형이 알아서 하겠지."

하긴, 그러면 어떻게든 해낼 것 같긴 했다.

"나예희 씨는 정말로, 영화에서 하차한 거예요?"

"쇼일 거야. 이미 도장도 찍었는데, 그 정도로 막 나가지는 않 겠지."

예희의 이름을 꺼낸 것만으로도 공 작가의 얼굴에 불쾌감이 어 렸다.

"열애설 때문에 많이 곤란해진 거죠?"

"책임지면 되겠네."

이채는 어색하게 웃으며 시선을 돌렸다. 그의 마음은 참 선명했 다. 군이 도하가 말해주지 않아도 알 수 있었다. 그녀가 대꾸 없이 고서를 들여다보고 있자, 공 작가가 말을 이었다.

"덕분에, 모르고 지나쳤을 일들을 하나씩 알아가는 중이야. 그걸 로 퉁 치자고."

그는 앞으로 더 많은 걸 알게 될 것이다. 그 상처를 모두 떠안게 된 다음에도 지금과 같은 마음일까. 아니, 아니다. 그 역시 공도하 였다.

미안하다고 피해버릴 남자.

고서를 내려놓은 이채가 그와 시선을 맞췄다.

"내일, 공류하를 불러낼 거예요. 기사 나가서 시끄러워질 텐데, 바쁘면 오지 않아도 돼요."

"누구한테만은 바쁘지 않을 예정이라서."

이채는 숨이 막히는 기분이었다.

공 작가가 아무렇지도 않게 감정을 표현할 수 있는 건 류하가 범인이라고 믿지 않기 때문이었다. 하지만 내일 함께한다면, 진실을 실시간으로 마주하게 될 것이다. 그건 그에게도 그녀에게도 잔인한 일이었다.

"끌어들여서 미안해요. 그러면 안 되는 거였는데……."

"늦었어."

두 사람 사이에 흐르기 시작한 미묘한 기운 사이로 봄날 같은 벨소리가 울려 퍼졌다. 이채는 어색함을 떨쳐내며 액정을 확인했다. 밝은 불빛 사이로 '박 여사'라는 글자가 떠올라 있었다.

당황한 그녀가 검지를 들어 자신의 입술에 댔다.

"집이에요."

공 작가는 작게 고개를 끄덕였다. 심호흡한 그녀가 통화 버튼을 탭 했다.

"어, 엄마."

동시에 휴대폰 스피커가 쩌렁쩌렁 울릴 정도로 큰 목소리가 울려 퍼졌다.

"그놈 언제 데려올 거냐! 전국적으로 소문은 다 내놓고 엄마한텐 안 데려와?"

이채는 침을 꼴깍 삼켰다. 평소에는 인터넷을 잘 하지도 않으면서, 열애설 기사는 또 어떻게 본 걸까.

"곧 데려갈게. 바, 바빠서. 이 사람이 많이 바빠 엄마."

"바빠? 같은 서울 바닥에서 바쁘면 얼마나 바빠서 그래!?"

박 여사의 목소리가 한 옥타브 올라갔다. 그 목소리는 스피커폰이 아님에도 공 작가에게까지 선명하게 전달되었다. 이채가 급조한 변명을 늘어놓으려는데, 공 작가가 휴대폰을 빼앗듯이 가져갔다.

"안녕하십니까. 어머님."

"누구세요?"

남자 목소리에 박 여사의 목소리 톤이 누그러졌다.

"전화로 먼저 인사드려서 죄송합니다. 공도하라고 합니다. 지금 바로 찾아뵙겠습니다. 세 시간 정도 걸릴 것 같습니다."

이채가 입 모양으로 '미쳤어요?'라고 외쳐봤지만, 그는 인사까지 야무지게 하고 통화를 마쳤다. '통화 종료'라는 글자가 깜박거리는 액정을 확인한 그녀가 소리 높여 외쳤다.

"미쳤어요?! 우리 집에는 왜 가요!?"

공 작가는 휴대폰을 돌려주며 한쪽 입꼬리를 쓱 올렸다.

"우리 집에도 한 번 갔잖아. 공평해야지."

"그거랑 이거랑 같아요!?"

"내가 갈 때까지 어머님이 역정 내실 거 아니야."

"그렇다고 간다고 하면 어떻게 해요. 조금 있다가 결별설 내기로 했잖아요."

나른하게 웃던 그가 갑자기 정색했다.

"결별설 낼 생각이었어?"

"내기로 했잖아요."

"미안하지만 난 보수적인 남자라서 책임져줘야겠는데."

그의 고개가 삐딱해졌다. 불만이 많은 얼굴이다. 이채는 괜히 한 걸음 물러서며 대꾸했다.

"내가 왜 책임을 져요?"

"좋아한다며. 그것도 거짓말이었어?"

"그, 그게 이거랑 무슨 상관이에요. 고백했다고 다 책임져요?"

"키스도 했잖아."

숨이 턱 막혔다. 애써 잊고 있던 순간이 떠올라버렸다. 그녀는 심 박수가 증가하는 걸 느끼며 아무 말이나 뱉었다.

"난 개방적이라서 키스가 취미예요."

"그럼, 취미를 같이 즐겨볼까. 기꺼이 동참해줄게."

공 작가가 나른한 미소를 흘리자 이채는 더욱 안절부절못하는 상태가 되었다. 하필이면 사방이 막혀 창문도 없는 공간에 단둘이 있었다.

"괘, 괜찮아요."

"사양하지 마."

"놀리지 마요. 그, 그리고 우리 집이 어딘 줄 알고 세 시간이 래요?"

"서울 바닥이라고 하셨잖아. 대충 세 시간이면 어디든 다 도착해."

그가 성큼성큼 걸어오자, 이채는 주춤 물러났다. 입이라도 맞출 것처럼 다가오던 공 작가는 그녀를 지나치며 웃었다.

"출발하자고."

○ ○ ○

재래시장 입구는 떨이 판매를 위한 상인들로 소란스러웠다. 덤을 주는 이와 할인 금액을 외치는 이가 서로 경쟁하듯 호객했다.

차에서 내린 공 작가가 주변을 둘러보며 이채에게 넌지시 물었다.

"집으로 가는 거 아니었어?"

"엄마가 시장에서 가게 하세요."

"가게?"

그에게 재래시장은 낯선 풍경이었다. 시장 입구에는 채소와 과일, 생선, 나물, 건어물 등 다양한 품목의 점포가 밀집해 있었다. 그녀의 어머니가 운영한다는 가게를 가늠하기 어려웠다.

공 작가의 시선이 헤매는 것 같자, 이채가 친절히 일러주었다.

"참치 천국이요."

그녀가 손가락으로 가리킨 방향을 살펴보니 파란색 글씨로 '참치 천국'이라고 인쇄된 작은 입간판이 있었다.

"특이한 이름이네."

이채는 기시감을 느끼며, 도하에게 했던 설명 그대로를 공 작가에게 반복했다.

"모든 메뉴에 참치가 들어가요. 참치 라면, 참치 김밥, 참치 주먹밥, 참치 볶음밥, 참치 비빔밥 뭐 이런 식이죠. 참치 라면은 먹어봤잖아요. 우리 집 히트 메뉴예요."

공 작가의 입가에 미소가 걸렸다.

"오늘 원조를 먹어볼 수 있는 건가."

"아, 맞아. 저 아버지 돌아가셨어요. 언니는 나보다 세 살 많아요. 나머지는 임기응변으로 잘해 봐요."

"임기응변까지 동원해야 해? 엄청난 질문이 쏟아지는 건가?"

"아마도요?"

덕분에 공 작가는 조금 불안해졌다.

"압박 면접 스타일?"

"글쎄요. 저도 예측이 잘 안 돼요."

"전엔 어땠는데?"

"남자 친구를 데려가본 적이 없어서요."

"내가 처음 인사드리는 거야?"

"네, 뭐 어쩌다 보니 그렇게 됐네요."

괜히 기분이 좋아진 그는 한 걸음 앞서 걷는 이채의 손을 낚아챘다. 그녀가 깜짝 놀라 돌아보았다.

"뭐, 뭐예요?"

"공개 연애 중인데 멀찍이 떨어져서 가면 이상하잖아. 그보다 빈
손으로 갈 수는 없는데."

자연스럽게 말을 넘긴 공 작가는 주변 상가를 두리번거렸다.

"난 빈손으로 갔는데요."

"그때는 납치였고. 지금은 인사드리러 가는 거니까. 어머님은 실
리주의? 아니면 낭만주의?"

"실리주의요."

"그럼 과일바구니 사 가면 되겠네."

그는 과일가게로 향해 이채를 이끌었다. 하지만 그녀가 생각하
기에 과일바구니는 딱히 실용적이지 않았다.

"낭만주의면 뭘 살 거였어요?"

"꽃."

"과일이 낫네요."

이채는 괜히 공 작가에게 잡힌 손을 꼼지락거렸다. 그녀가 손을
빼려는 거라고 여긴 공 작가는 더욱 세게 쥐었다.

놓고 가자고 말하려는데, 생선가게 주인과 눈이 마주쳤다. 박 여
사와 친하게 지내는 시장상인 중 한 명이었다.

"안녕하세요. 아줌마."

이채가 어색하게 웃으며 인사했다. 생선가게 주인의 시선이 꼭
잡은 이채와 공 작가의 손에 고정되었다.

"남자 친구야?"

"아, 네…… 뭐."

공 작가도 그녀를 따라서 인사했다.

"안녕하십니까."

그 뒤로도 몇 번 더 시장상인들과의 인사가 오고 갔다. 이채는 고개를 푹 숙인 채 걸음을 옮겼다. 과일가게가 너무나 멀게 느껴졌다.

두 사람이 손을 맞잡고 과일가게 안으로 들어가자 주인이 눈을 빛냈다.

"어머! 남자 친구?"

"네. 아하하."

이채가 어색하게 웃자, 공 작가가 또 나서서 인사했다. 이제는 거의 자동으로 허리를 숙였다.

"안녕하십니까."

"아휴. 훤칠하네. 훤칠해. 인사 온 건가 봐. 잘했네. 잘했어. 이채 엄마가 걱정이 많았어요. 과일 사 가게?"

"네. 과일바구니 바로 됩니까?"

"얼마짜리로 해줄까요. 7만 원부터 있어요. 9만 원, 12만 원이에요."

"12만 원짜리로 부탁합니다."

둘의 이야기에 이채가 난입했다.

"아줌마! 7만 원짜리로 해주세요."

"그냥 12만 원짜리로 해주세요."

공 작가가 정정했지만, 이채가 그의 팔을 잡아끌며 다시 말했다.

"아뇨. 7만 원짜리요."

두 사람의 목소리를 쫓아 고개를 돌리던 주인은 그냥 제 맘대로 과일을 담기 시작했다. 이채가 공 작가를 쏘아보았다.

"엄마한테 욕먹어요. 12만 원이면 참치 김밥이 자그마치 50줄이에요. 한 줄에 2500원이거든요."

"48줄 아닌가?"

"두 줄은 서비스죠. 김밥을 48줄이나 사는데 야박하게 서비스 두 줄 안 나갈까 봐요."

과일가게 주인이 두 사람 앞에 과일바구니를 불쑥 내밀었다.

"옜다. 12만 원짜리 같은 7만 원짜리. 잘 어울려. 보기 좋아서 넉넉히 넣었어."

그녀의 말대로 바구니는 아주 풍성했다.

"감사합니다."

계산을 마친 공 작가가 다시 인사했다. 시장에 들어선 이후로 한결같이 예의 바른 태도를 고수하고 있었다.

가게 밖으로 나온 이채는 공 작가의 손에 들린 과일바구니를 보고 나서야 본격적이라는 느낌이 들었다. 성수를 종종 데려가곤 했지만 '남자'를 데려가는 건 처음이었다.

공 작가는 계산 때문에 놓았던 그녀의 손을 다시 붙잡았다. 잠

시 손가락을 꼼지락거린 이채는 나란히 걷는 공 작가를 올려다보
았다.

"엄마는 언니가 여행 간 줄 알아요. 혹시라도 실수하면 안 돼요.
혈압 높으세요."

그녀는 남자를 부모에게 소개하는 여자라기보다는 아들을 처음
등교시키는 엄마 같았다.

"알았어."

나란히 걷다 보니 참치 천국 간판이 보였다. '금일 휴업'이라는
푯말이 시선을 끌었다. 심호흡한 이채는 공 작가의 손을 놓고 조심
스레 참치 천국의 문을 열었다. 앞치마를 벗고, 곱게 화장한 박 여
사가 TV를 시청하고 있었다. 급하게 꾸민 티가 역력했다.

"엄마!"

이채의 목소리에 박 여사가 돌아보았다. 두 사람을 발견한 박 여
사는 자리에서 일어나며 과장된 미소를 지었다.

가게 안으로 성큼 들어선 공 작가가 큰 소리로 인사했다.

"안녕하십니까, 어머님. 공도하라고 합니다. 인사가 늦어서 죄송
합니다."

이채가 걱정했던 것과 달리 공 작가는 의연했다.

"어서 와요."

"급하게 오느라 준비를 못 했습니다."

그가 과일바구니를 테이블 위에 올리자 박 여사의 입가에 걸린

미소가 짙어졌다.

"준비는 무슨, 그냥 오면 될 걸 뭐 이런 거까지 사 왔어요. 우선 앉아요."

박 여사는 이채와 공 작가를 자리에 앉게 하고 기분 좋은 얼굴을 했다. 원래대로라면 호구조사가 이어져야 했지만, 검색만 하면 줄줄이 나오는 탓에 궁금한 게 없는 듯했다.

"식사는 하고 왔어요?"

"아니요. 저 원조 참치 라면 먹어보고 싶습니다."

박 여사는 손사래 치며 웃었다.

"아휴. 라면을 먹으면 쓰나. 내가 백숙해놨는데."

"우리 박 여사 닭 잡았나 보네."

이채가 너스레를 떨자, 박 여사가 눈을 흘기며 주방으로 들어갔다.

한고비 넘긴 공 작가는 가게를 둘러보았다. 궁서체로 써놓은 커다란 손글씨 메뉴판과 입구에 걸린 거울이 인테리어의 전부였다. 아담한 가게는 전체적으로 깔끔했다.

이내 주방에서 나온 박 여사가 라면 그릇에 담긴 닭 한 마리를 공 작가 앞에 놓았다.

"입맛에 맞아야 할 텐데."

두 사람이 함께 먹기에 많은 양이라 눈치를 보는데, 그만한 닭이 담긴 그릇이 이채 앞에도 놓였다. 토종닭이라고 해도 의심될 만한 크기였다.

양에 놀란 공 작가는 습관적으로 마른세수를 했다.

"어서 들어요."

고심하던 그는 위장을 포기하기로 했다. 인사드리러 와서는 잘 먹는 모습을 보여야 하니까.

"감사히 먹겠습니다."

음식에서는 소박하고 정다운 맛이 났다. 문제는 양이 많다는 것뿐이었다. 살점을 발라먹으며 눈치를 살피는데 이채가 넌지시 말했다.

"밥 줄까요? 말아 먹을래요?"

공 작가의 눈에 의심이 어렸다. 한 그릇이 '커플 세트'라고 이름 붙여야 할 법한 양이었다. 절대로 1인분은 아니었다. 그런데 밥까지 만다고?

"이거 한 마리인데."

"1인 1닭은 해야죠."

한 마리도 한 마리 나름이라는 말을 삼킨 공 작가는 셔츠 소매를 접어 올렸다. 그리고 그녀와 경쟁하듯 먹기 시작했다. 이런저런 반찬을 챙겨준 박 여사가 두 사람의 앞에 앉아 흐뭇한 미소를 흘렸다.

그렇게 20여 분쯤 지났을까. 공 작가는 위장의 한계를 느끼며 젓가락을 놓았다. 물론 그릇을 싹싹 비워내긴 했다.

"잘 먹었습니다."

"더 줄까요?"

"아니요. 배부르게 잘 먹었습니다."

물을 마시고 싶었지만, 목까지 찬 느낌이라 입만 축였다. 물컵을 내려놓자 박 여사의 얼굴에 근엄함이 어렸다.

"물어볼 건 하나뿐이에요."

"네."

공 작가는 힘 있는 목소리로 대답했다. 이채도 덩달아 긴장했다.

"결혼은 언제쯤 할 생각이에요?"

"엄마! 결혼은 무슨!"

높아진 이채의 목소리에 박 여사도 덩달아 목소리를 높였다.

"그럼, 결혼 생각도 안 하고 그런 일을 쳤어?"

박 여사는 큰마음을 먹었다.

둘째 딸이 처음으로 데려온 남자는 훤칠하니 인상도 좋았다. 시장상인들의 말에 따르면 집안도 번듯하고 똑똑한 남자라고 했다. 그녀가 조사해본 바로도 그랬다.

여배우와 난 열애설이 마음에 걸렸지만, 이채가 아니라고 했으니 넘어가기로 했다. 이렇게 직접 찾아오기까지 했으니 오보라던 이채의 말도 신뢰가 갔다.

"다채를 먼저 보내는 게 맞지만, 걔 기다렸다가는 손주 한 번 못 안아보고 죽을 것 같으니까. 네가 먼저 가."

다채가 언급되자 이채의 표정이 굳어버렸다. 공 작가가 대신 입을 열었다.

"어머님과 이채 씨가 허락해주신다면 전 다음 달에라도 하고 싶습니다."

그가 내놓은 모범 답안 덕분에 박 여사의 얼굴에 함박웃음이 걸렸다. 물어볼 건 하나뿐이라고 해놓고, 그녀는 다음 질문을 준비했다.

"소설가라고요."

아버지가 유명 정치인에 부자라는 건 알고 있다. 하지만 말 그대로 아버지의 능력일 뿐이었다. 박 여사는 일단 집은 장만해올 수 있는지를 묻고 싶었다. 인기 작가라지만 박 여사가 생각하는 소설가는 가난한 직업이었다.

맞벌이하면 굶어 죽지는 않겠지만, 이채가 고생하지 않고 살길 바랐다. 맞벌이가 선택인 것과 필수인 것은 다른 문제니까. 아이도 키워야 하니 번듯한 집이라도 있어야 안심이 될 것 같았다. 자가가 안 된다면 전세라도.

"네. 맞습니다."

"소설가면……."

속물처럼 보이고 싶지 않아서 뜸을 들이는데 가게 문이 열리고 누군가 고개를 디밀었다. 시장 안쪽에서 채소가게를 하는 창원댁이었다.

소문이 무성한 이채의 남자 친구를 구경하러 온 게 분명했다. 이채와 공 작가가 손을 잡고 시장을 활보했으니 지금쯤 소문이 자자하게 퍼졌을 것이다.

창원댁은 일종의 염탐꾼인 셈이었다.

"아휴. 이채 남자 친구가 인사 왔나 보네. 나 김밥 좀 싸줘."

"오늘은 장사 안 해. 다음에 와."

박 여사가 내보내려고 했지만, 창원댁은 실실 웃으며 들어와 엉덩이를 붙이고 앉았다.

공 작가가 뒤늦게 일어섰다.

"안녕하십니까."

그가 허리 숙여 인사하자 창원댁이 '호호'거리며 웃었다.

"언니는 좋겠수. 둘째가 이렇게 번듯한 신랑감도 구해 오고."

"가게는 어쩌고 왔어."

박 여사가 괜스레 핀잔을 주었다.

"동생이 보고 있지. 근데, 아까 김씨가 봤는데 차도 무지무지 좋다더만."

렌터카였지만 이채와 공 작가는 별다른 말 없이 웃기만 했다. 창원댁의 노골적인 시선이 이채를 향했다.

"아휴, 신랑감이 그렇게 잘나간다며. 아버님이 국회의원이시고. 이채 넌 이제부터라도 네 엄마한테 효도해야 한다. 은혜 갚아야지. 그럼."

얼굴을 굳힌 박 여사가 창원댁을 노려보며 말했다.

"이채야. 바쁘다고 했으니 이만 가 봐라."

살벌할 정도로 서늘한 분위기가 조성되자, 이채는 공 작가에게 눈짓했다.

"으, 응. 엄마. 우린 이만 가볼게요. 아주머니, 놀다 가세요."

"아니, 왜 벌써 가려고."

만류한 것은 창원댁이었다.

"워낙 바쁜 사람이라서요. 하하. 그럼."

그녀가 공 작가를 끌어내듯이 데리고 나오자 가게 안에서 노성이 터졌다. 박 여사의 고함에 놀란 공 작가가 뒤돌아보았다.

"내가 무슨 실수를 한 건가?"

"아뇨. 저 아주머니가 하신 말씀 때문이에요."

"은혜 운운한 거?"

예리하기는. 이채는 그에게 기억 한 조각을 꺼내서 보여주었다.

"나 업둥이거든요. 집 앞에 버려져 있었어요."

공 작가는 주차장을 향해 걸어가는 그녀를 새삼스러운 눈으로 살폈다.

"일곱 살 무렵인데 아직도 생생하게 기억나요. 잡을 손이 없었던 그때가요."

그렇게 말하는 그녀의 얼굴엔 흔들림이 없었다. 슬픔이나 외로움도 느껴지지 않았다.

"힘들면 말하지 마."

"괜찮아요. 그날은 엄마를 처음 만난 날이기도 하니까요. 엄마가 손을 내밀어줬거든요."

못 이기는 척 붙잡았던 박 여사의 손에서 번지듯 스며 들어온 온기를 아직도 기억한다. 그날의 바람결과 대문 너머에서 풍겨오는 저녁밥 냄새까지.

그리고 또 한 명의……

'남자아이.'

무화과를 건네주었던 또래의 아이가 있었다.

이채는 자라나면서 힘들 때마다 그날을 떠올렸다. 편견에 맞서야 할 때마다, 업둥이라고 손가락질받을 때마다, 앞에 높다란 벽이 놓일 때마다 그 아이와의 기억을 떠올렸다.

가끔은 궁금하기도 했다. 지금 그 아이는 어디서 무얼 하고 있을까.

아직도 다정할까.

나란히 걷던 공 작가는 조금씩 그녀와 거리를 좁히다가 손을 잡았다.

이채는 공 작가에게 사로잡힌 손을 내려다보았다. 뿌리쳐야 하는데 그의 온도가 너무 따뜻해서 모르는 척했다. 조금만 더 온기를 나눠 받고 싶었다.

주차장을 향해 걷던 공 작가가 조심스레 말을 꺼냈다.

"친부모님에 대한 기억은 없어? 보고 싶다거나."

"그게 조금 미묘한 게요. 자랄수록 내가 아빠를 닮아가는 거예요. 우리 아빠, 꽃중년이라 돌아가시기 전까지 엄마 속 많이 썩였거든요. 덕분에 눈치만 늘었죠. 친부모님에 대한 이야기는 금기가 되어버렸고요."

"확실하게 하고 싶지 않아?"

"아뇨. 아빠가 친아빠면 엄마한테 미안해질 것 같아서 싫어요. 그렇다고 친아빠가 아니라고 하면 서운할 것 같고요. 좀 이상하긴 한데 내 마음이 그래요. 묻어두는 게 더 좋을 때도 있잖아요."

이채는 그저 살포시 웃었다.

편의점에서 그녀를 처음 봤을 때, 사연 있는 여자라고 생각했었다. 대낮부터 만취해 있었으니까. 그다음에는 이상한 여자라고 생각했다. 그녀가 사랑스럽다고 느끼기 시작한 건 언제부터였을까. 세 번째? 아니면 네 번째 만남? 최근까지 사랑을 담뿍 받고 자란 막내딸 같다고 여겼다.

그런데 그게 아니었다.

그녀처럼 웃는 건 쉬웠다. 하지만 상처를 안고 웃는 건 쉽지 않았다. 공 작가는 살아오면서 상처 때문에 빛을 잃고 추악해진 이들을 여럿 보았다. 하지만 세상에는 상처를 끌어안고도 아름다울 수 있는 이들이 존재한다. 그녀가 그런 부류였다.

"나한테 숨긴 것들도 그런 건가. 묻어두는 게 더 좋은?"

"그럴지도 모르죠."

"집안 얘기도 말 안 하고 넘어갈 수 있었잖아. 적당히 말을 돌린 다거나 하면 눈치채지 못했을 텐데."

"이건 내 일이니까 말해줄 수 있는 거예요."

그녀는 아무렇지도 않다는 듯이 대꾸했다.

"기준이 뭐야? 말할 수 있는 것과 할 수 없는 것."

"다른 사람의 운명이 달린 일과 아닌 것……이라면 거창해요?"

"무척."

"그럼 기분따라, 라고 해두죠."

그녀를 알 것 같다가도 모르겠다. 그럼에도 그녀가 좋았다. 사춘기 소년도 아닌데 손을 맞잡은 것만으로도 세상을 가진 느낌이 들었다.

"물어도 대답하지 않는 건, 그럴 만한 이유가 있다고 생각할게. 그러니까 이제 거짓말은 하지 마."

"그럴게요. 단, 언니를 위한 건 예외로 해요."

공 작가는 발걸음을 멈췄다. 덕분에 마주 잡았던 손을 놓게 되었다.

"필사적으로 언니를 찾는 이유, 은혜 갚으려는 거야?"

돌아선 그녀가 고개를 저었다.

"내 세상에는 엄마도 언니도 있었으면 좋겠어요. 그러니까 내 세상을 지키려는 거예요. 희생도 아니고, 의무감도 아니에요."

그녀는 흔들림 없는 걸음으로 다시 나아갔다. 뒤에 남겨진 공 작가는 그녀가 차에 오를 때까지 멍하니 서 있었다.

그녀에게서 영영 벗어나지 못한 채 휘둘릴 것만 같았다. 하지만 그것도 나쁘지는 않겠지.

언젠가, 그녀의 세상으로 들어갈 수만 있다면…….

뒤늦게 보조석에 오른 공 작가가 행선지를 물었다.

"이제 어디로?"

"집에 가야죠. 오피스텔로 갈 거죠? 데려다줄게요."

그녀가 시동을 걸자, 공 작가가 다시 꺼버렸다.

"데려다주는 김에 라면도 끓여주고 가."

"밥 먹었잖아요."

"집에 보내기 싫어."

"뭐, 뭐예요. 갑자기."

"이제 우리 야해져도 될 것 같은데. 고백도 했고, 키스도 했고, 양 가 부모님께 인사도 드렸잖아. 성인 인증하자고. 19세로."

장난기가 담기긴 했지만, 이채는 바짝 긴장해버렸다.

"자, 장난치지 마요. 난 보수적이거든요."

"개방적이라 했던 것 같은데."

"원래 좀 오락가락해요."

공 작가가 웃음을 터트렸다.

"집에 가서 뭐 하려고."

"좀 쉬려고요."

"작업실 가서 쉬어. 편안하게 쉴 수 있게 해줄게."

"왜 거기서 쉬어요. 집에 가서 쉬어야죠."

"집에 가선 잠만 자. 날 닮았다는 남자랑 베란다를 사이에 두고 마주하는 거 싫어."

"에?"

"맞아. 질투하는 거야."

"질투를 뭘 이렇게 쿨하게 해요. 몰래 하면 안 돼요?"

"싫은데."

불쑥 다가선 공 작가가 곤란해 보이는 그녀의 볼에 가볍게 입술을 맞췄다.

"브레이크 밟아."

놀란 그녀가 반사적으로 브레이크를 밟았다. 그러자 공 작가는 시동 버튼을 눌렀다.

"출발."

시동이 걸리자 이채는 공 작가를 곁눈질하며 다짐하듯 말했다.

"데려다만 줄 거예요."

공 작가가 나른한 웃음을 터트렸다.

○ ○ ○

'My lady?'

류하는 눈을 의심했다. 게시된 지 얼마 안 된 인터뷰 기사는 황당하기까지 했다. 공 작가가 이렇게 닭살 돋는 말을 했다는 걸 믿을 수 없었다. 게다가 '공작'님이라니, 정말 가지가지 하고 있었다.

'윤형이 형이 벌인 짓인가.'

아무리 윤형이 공 작가를 잘 다룬다지만 이건 과한 감이 있었다. 열애설 인정에 오그라드는 인터뷰라니.

이런 걸 공 작가가 수락했다는 게 더 믿기지 않았다.

류하는 고개를 돌려 다채를 응시했다. 그녀는 류하가 아는 한 가장 뻣뻣한 여자였다. 동생도 비슷한 성격이라면 인터뷰는 조작된 게 분명했다.

"정이채 말이에요. 어떤 여자예요?"

고서를 번역하던 다채가 불안한 시선으로 고개를 들었다. 이채 얘기를 꺼낼 때면 그녀는 특히 긴장한 모습을 보였다.

"이채는……왜?"

목소리마저 파르르 떨렸다.

"형이랑 본격 연애에 돌입한 것 같아서요. 이러다 정이채가 내 형수님이 되겠어요. 그럼 누나랑은 사돈지간인가? 아, 정이채가 주워 온 애라서 사돈은 아닌가요. 배다른 동생이라서 반쪽짜리 사돈인가."

류하가 킥킥거리자, 다채는 인상을 썼다.

"뒷조사를 얼마나 한 거야."

"납치에 필요한 만큼요. 사라졌을 때 너무 빨리 실종 신고가 들어가면 안 되니까 조사는 필수죠. 돈만 있으면 가만히 앉아서도 다 알아볼 수 있거든요. 누나네 아버지 장난 아니시던데요. 동생, 정이채 한 명이 아닐 수 있어요."

"조롱하지 마."

"조롱이 아니라 동질감을 느끼는 거예요. 형이랑 나도 그런 관계니까요. 반쪽만 피가 섞인 다른 배. 아, 그럼 반쪽짜리 사돈도 아닌 거네. 우리는 그러니까 반의 반쪽짜리 사돈이 되겠네요."

혼자 키득거린 류하는 노트북 모니터로 고개를 돌렸다.

하지만 다채는 계속 류하를 응시했다. 그가 발산하는 여러 감정 중에 유독 공도하에 대한 것만은 감을 잡을 수가 없었다.

처음에는 형을 미워하는 줄로만 알았다. 하지만 그는 매일같이 제 형과 관련된 기사를 찾아보며 일희일비했다. 공도하를 향한 악성 댓글에 동조하다가도 때로는 너무한다며 분노했다.

어쩌면 미워하고 싶은 건지도 모른다. 자신이 벌이고 있는 말도 안 되는 행동을 정당화시켜야 했을 테니까.

"형이 미워?"

"이 와중에 좋겠어요? 날 이렇게 만들었는데."

"정말로, 형이 상황을 이렇게 만들었다고 생각해?"

류하는 답을 회피하려는 듯이 화제를 돌렸다.

"누나는 궁금하지 않아요? 정이채가 반쪽짜리 동생인지, 아니면 완전 남남인지."

"알고 싶지 않아."

그녀는 생각도 하지 않고 바로 답했다. 단지 순간을 모면하기 위한 대답이 아니었다. 오랜 시간 고민하고 내린 흔들림 없는 결론이었다.

"어느 쪽이 두려운 거예요? 완전히 남인 것, 아니면 반쪽짜리 동생인 것?"

"어느 쪽이라고 해도 달라지는 건 없어. 시간을, 우습게 보지 마."

어느 쪽이어도 이채가 동생인 것은 달라지지 않는다. 두려운 게 있다면 진실을 알게 된 이채가 상처받는 것뿐이다.

"마음이 넓네. 누나는."

류하는 흥미가 떨어졌다는 듯이 노트북 모니터를 응시했다.

"이채는 말이야. 사춘기가 없었어. 반항은커녕 지금까지 단 한 번도 화를 낸 적이 없어. 20여 년을 함께 살면서 단 한 번도 화를 낸 적이 없다는 게 믿어져?"

"그게 뭐가 특별해서요. 형도 그랬어요."

"왜라고 생각해?"

"내가 화낼 짓을 안 했으니까."

"미안해서지."

"굴러 들어와서 빌붙고 살았으니 미안하게 생각해야죠. 정이채 때문에 누나가 누릴 게 줄어들었을 것 아니에요. 넉넉한 형편도 아니었잖아요."

못된 말이지만 다채 역시 그렇게 생각한 적이 있었다. 그래서인지 이렇게 류하에게서 자신을 발견할 때마다 마음이 불편했다. 자신이 얼마나 형편없는 인간이었는지를 되새겨보게 되는 것이다.

"······그 애는 업둥이로 자라면서 떼 한 번 쓴 적 없어. 뭐든 나한테 양보했고, 배려했지. 눈치 준 적도 없는데 말이야. 우리 집은 넉넉하지는 않았지만, 그 애 한 명 더 키울 정도는 됐어. 엄마의 선택이기도 했고. 하지만 그 애는 항상 미안해했어. 어쩌면 버려질 게 두려웠을 거야."

"어쩔 수 없잖아요. 그게 처지라는 거니까."

"그런데 자랄수록 그 애가 아빠를 닮아가는 거야. 눈치 보는 건 더 심해졌고. 잘못한 건 하나도 없는데 말이야. 태어난 게 잘못은 아니잖아. 버려진 것도 잘못은 아니고."

류하는 노트북 자판을 두드리다 말고 고개를 들었다. 형을 떠올리는 듯했다. 다채는 그가 생각을 정리하도록 기다려주지 않았다.

"난 그 애가 안쓰럽고 사랑스럽고 때로는 미웠던 것 같아. 그래서 날 따라다니도록 그냥 내버려뒀어. 곁에 두고 미안해하는 걸 지켜보기만 했어. 이런 내가 더 나쁠까. 아니면 지금의 네가 더 나쁠까."

류하는 툴툴거리듯이 대꾸했다.

"내가 뭘요."

"사실은 형을 좋아한 거 아니야? 형이 잘못한 게 아니라는 것도 알고 있고. 그냥 단지 분풀이할 상대가 필요한 것 같아. 너는."

"넘겨짚지 마요."

"그거 알아? 살면서 힘든 건 그 두 사람이었을 텐데, 너와 내가 더 비틀렸어."

"나도 알아요."

사실은 알고 있었다.

단지 기사 하나 나갔을 뿐인데 모든 사람이 류하에게서 등을 돌렸다. 오로지 형만이 마지막까지 손을 내밀어주었다. 그래서, 더 미웠다.

깔보는 것 같아서.

그렇게 시간을 흘려보내다가 정신을 차려보니, 형마저 자신을 찾지 않았다. 류하는 혼자가 되고 나서야 깨달았다. 잘못 살아왔다는 것을.

"그래서 다시 시작하고 싶은 거예요. 제대로 살고 싶어서."

"이게 제대로 사는 거야?"

다채는 손목에 걸려 있는 수갑을 흔들어 보였다.

"과정이죠. 행복해지기 위한 과정. 누구나 인내하잖아요. 미래를 위해서."

"네 미래를 위해서, 왜 내가 안내해야 하는 거지? 이게 제대로 사는 거야?"

"그 점은 미안하게 생각해요."

"그래도 풀어주지는 않을 거잖아."

"새로운 시간에서 보답할게요. 아무것도 모르는 누나한테 가서 사귀자고 해볼까? 그럼 누나는 뭐라고 할 것 같아요?"

"뭐?"

"누나는 궁금하지 않아요?"

"만약, 네가 목걸이를 찾아서 과거를 되돌리면 말이야. 너는 나를 기억하고, 나는 널 잊게 되는 건가?"

"맞아요."

"다행이네. 난 널 기억하고 싶지 않거든."

"그래서 누나는 뭐라고 대답할 것 같아요? 내가 고백하면."

"싫다고."

"재미없어. 그 형 때문인가? 이러면 경쟁의식 느껴지는데."

"성수 때문이 아니라 네가 시시해서 그래."

"내가요? 세상에."

"그래. 너 잘생겼어. 키도 크네. 돈도 많은 것 같고, 옷도 잘 입고. 하지만 그래서 뭐. 그러면 뭘 해. 넌 욕망한테 먹혔잖아. 그런 남자는 시시해."

"난 그냥 아무것도 변하지 않길 바라는 거라고요. 원래부터 내 것이었던 것들을 제자리로 돌려놓고 싶은 것뿐이에요."

류하는 단지 아이처럼 떼를 쓰고 있었다. 허황된 판타지에 기대서 말이다.

"연옥 목걸이가 시간을 움직일 힘을 가지고 있다고 쳐. 그 목걸이를 얻는다고 해도 말이야. 네가 달라지지 않으면 넌 또다시 목걸이를 찾아 헤매게 될 거야."

"설교는 그만하면 됐어요."

자리에서 일어난 류하는 방으로 숨어버렸다. 류하의 빈자리를 응시하던 다채는 작게 한숨을 쉬었다.

◦ ◦ ◦

이채는 불을 켜지 않은 채 깜깜한 집 안으로 들어섰다. 그대로 침대 위에 쓰러지듯이 누웠다. 옷도 외출복이었고, 크로스백도 손에 들린 채였다.

조금이라도 쉬고 싶었는데, 하루가 보기 좋게 날아가 버렸다.

한숨을 토해낸 그녀가 몸을 일으켰다.

어둠에 숨어 커튼 밖을 내다보니 도하가 베란다에 앉아 있었다. 노트북을 들여다보는 것도 아니고 책을 읽는 것도 아니었다. 그는 마치 정지화면처럼 멈춰 있었다.

'무슨 생각을 하는 거지?'

월지 밖으로 나갔다가 왔다면 어젯밤 공 작가와 입 맞춘 장면을 봤을 것이다. 어쩐지 마음이 무거웠다. 그를 어떻게 대해야 할지 갈피를 잡을 수 없었다. 눈치채지 못한 척, 아무렇지도 않은 척 말을 걸어야 하는 걸까.

'어색해.'

입을 맞춘 당사자인 공 작가를 대할 때보다 더 곤란했다.

그렇다고 이대로 외면할 수만은 없었다. 문을 열지 않으면 후회하게 될 게 뻔했다. 내일 류하를 불러내는 데 성공해서 다채가 있는 곳을 알아내면 그와의 연결이 끊어질 수도 있었다.

그러니 어쩌면 오늘이 그와의 마지막일 것이다.

조심스레 베란다 문을 열자 그림처럼 앉아 있던 남자가 돌아보았다.

"다녀왔어요."

이채는 목에 걸려 있는 위치 추적기를 들어 보였다.

"호신용품을 사러 갔다가 공 작가님한테 선물 받았어요. 어쩜 취향도 일관적인지."

일부러 가볍게 말을 걸었지만, 어색함은 사라지지 않았다.

깜깜한 집 안에서 이채가 나타나자 그는 조금 당황한 듯했다. 이채를 뚫어져라 바라보던 그가 뒤늦게 맞장구를 쳐주었다.

"취향은 쉽게 변하지 않으니까."

말이 쉬이 이어지질 않았다. 괜히 베란다 난간을 발끝으로 툭툭 건드리던 그녀가 먼저 말을 붙였다.

"내일이네요."

"긴장돼?"

"조금요."

긴장이라기보다는 두려움에 가까운 듯했지만.

"당신을 납치하려고 했던 사람들 전문가야. 공 작가 한 명으로는 역부족일 수 있어. 경찰의 도움을 받거나……"

"경찰을 끌어들여서 일을 키우고 싶지 않아요."

"……류하 때문이야? 내 사정까지 신경 쓸 필요는 없어. 납치당할 뻔했던 거 잊었어? 그럴 단계는 지났어."

"도하 씨 때문이 아니에요. 내가 경찰을 끌어들이고 싶지 않은 이유는 언니 때문이에요. 일이 커져서 기사화되는 건 막고 싶어요. 언니가 무사히 일상으로 돌아올 수 있게요."

이름이 알려진 유명 복원사인 데다가 공 작가와 이채의 열애설 기사도 퍼져 있었다. 이대로 다채에 대한 기사가 나가면 납치 피해자임에도 원색적인 조롱에 시달리게 될 것이다.

도하 역시 공감했다. 실제로 다채의 부검결과 임신 중이었다는 게 밝혀졌을 때 눈을 뜨고는 볼 수 없는 조롱과 멸시가 이어졌다.

"경찰이 싫으면, 사람을 쓰는 건?"

"날 납치하려고 했던, 그런 사람들을 고용하라는 거예요?"

"필요하다면."

"꺼림칙해요. 믿을 수도 없고요. 흔들리지 말고 처음 계획했던 대로 해요."

"그럼 김성수는 어때?"

이채도 고려하지 않은 건 아니다, 하지만 그건 또 다른 변수를 일으킬 가능성이 컸다. 이미 바뀌어버린 미래가 그 증거였다. 성수는 원인 모를 이유로 한 달 뒤에 죽게 된다.

"성수를 잃고 싶지 않아요. 잘못해서 날짜가 앞당겨지면 어떻게 해요."

그녀의 말이 맞다. 결과를 예측할 수 없는 변수는 좋지 않았다. 그래도 그녀가 걱정되는 건 어쩔 수 없었다.

"만약 상황이 예상대로 흘러가지 않으면 바로 포기해. 방법은 또 찾으면 되니까. 그러니까 위험할 것 같으면 도망쳐."

이채는 걱정하지 말라는 뜻으로 가볍게 고개를 끄덕이고 화제전환을 시도했다.

"내일, 언니를 찾으면 말이에요. 도하 씨는 완전히 다른 삶을 살게 되는 거예요?"

"그렇겠지. 류하의 행방을 찾아서 헤맬 필요가 없어지니까."

"새 삶이 마음에 들지 않아도 날 원망하지 마요."

"기억도 못 할 텐데."

"혹시 알아요. 기억하게 될지."

도하를 위한 위로라기보다는 이채의 바람이었다. 그녀는 이렇게 조금씩 작별을 준비하고 있었다.

"……부탁이 있는데, 들어줄래요?"

"말해."

무엇이든 들어주겠다는 투였다.

"내일은 집에서 꼼짝 말고 있어요. 문밖으로 나가서 바뀐 과거를 확인하지도 말고요. 모든 게 뒤바뀐 상태로 월지 밖으로 나가면 끝이잖아요. 내가 돌아올 때까지 여기, 베란다에서 기다려요. 내일 하루 동안 일어난 일들을 들려줄게요."

한동안 답하지 않던 도하가 마지못해 입을 열었다.

"저녁 준비해놓을게."

"몇 시에 올지도 모르는데요. 내가 와서, 라면 끓여줄게요. 참치 라면."

"기대할게."

"그럼, 힘을 내서 열심히 미래를 바꿔볼까요."

이채가 생긋 웃었다. 상황과 맞지 않는 억지스러운 미소였다.

"이만 쉬어. 내일 일찍 일어나야 할 텐데."

"먼저 잘게요. 잘 자요."

그녀는 작게 손을 흔들고 커튼을 쳤다. 베란다 문은 열어놓은 채였다. 커튼 사이로 바람이 살랑살랑 들어왔다. 그녀는 얼굴에 웃음기를 지우고 한숨을 쉬었다.

하고 싶은 말은 많았는데, 해야 할 말만 해버렸다. 제일 중요한,

'고맙다'는 말은 하지도 못했다.

옷을 갈아입고 대충 씻은 그녀는 침대에 쓰러지듯이 누웠다. 심란해진 마음 때문에 쉬이 잠이 오질 않았다. 어쩐지 눈물이 날 것만 같았다. 다채 때문인지, 성수 때문인지 아니면 도하 때문인지는 알 길이 없었다.

이채는 북받치는 감정을 억누르며 성수에게 전화를 걸었다. 잠에 취한 목소리가 들려왔다.

"……왜."

"잤어?"

"시간이 몇 시인데. 왜 잠 안 자고 전화질이야?"

"그냥 뭐 하나 궁금해서."

"휴가가 너무 길지? 그럴 거면 그냥 출근해."

"주말인데 뭐 할 거야?"

"나랑 놀아주게? 신경 끄고 데이트나 잘하셔."

"됐다. 자라."

성수는 아직 괜찮았다. 언니도 괜찮을 것이다. 지금은 모두가 괜찮다. 내일도 그럴 것이다. 그렇게 만들 테니까. 이채는 다시 잠을 청했다. 하지만 잠은 오지 않았다.

박 여사와 다채, 도하와 공 작가 그리고 성수의 얼굴이 밤새도록 방 안을 떠다녔다.

○ ○ ○

　회색 담벼락은 까끌까끌해 보였다. 담 너머에서 풍기는 된장찌개 냄새가 일곱 살 난 이채의 코를 자극했다.

　"배고파."

　목도 마르고 다리도 아팠다. 작은 주먹으로 다리를 통통 두드리던 이채는 그 자리에 쪼그리고 앉았다.

　엄마는 치마를 입고 쪼그려 앉으면 안 된다고 했다. 하지만 어쩔 수 없었다. 눈물이 핑 돌 만큼 다리가 아팠다.

　침울해진 그녀는 분홍색 에나멜 메리제인 슈즈를 내려다보았다. 제일 좋아하는 신발이었다. 양말도 제일 좋아하는 레이스 양말이다. 무엇보다 오늘 패션의 정점은 새로 산 원피스였다.

　한껏 차려입은 이채는 마치 인형 같았다. 배고픈 인형.

　"배고파. 배고파."

　엄마는 꼼짝도 하지 말라고 했다. 움직이지 말고 맞은편에 있는 파란색 대문을 보고 있으라고 했다. 그래서 이채는 몇 시간 동안 같은 자리에 서서 대문만 바라보고 있었다.

　파란색 대문에는 어떤 비밀이 숨겨져 있는 걸까. 계속 보고 있으면 요정이 나와서 소원을 들어주기라도 하는 걸까.

　"집에 가고 싶어."

　요정이고 뭐고 집에 가서 엄마가 해주는 따뜻한 밥을 먹고 이불 속으로 들어가고 싶었다. 하지만 집으로 가는 길을 알지 못했다. 엄마의 손에 이끌려 이곳에 올 때도 기차와 버스, 지하철을 골고루 탔다.

외출할 때면 걸어주던 미아보호 목걸이도 오늘은 없었다. 그리고 이채는 아직 엄마의 전화번호를 외우지 못했다.

또래의 여자아이가 앞으로 지나갔다. 여자아이는 엄마처럼 보이는 여인의 손을 붙잡고 있었다. 여인의 가슴에는 붉은색 카네이션이 달려 있었다.

이채의 눈에서 눈물이 한 방울 떨어져 내렸다.

"엄마……."

서러움은 점점 몸집을 부풀렸다.

이채는 엄마를 외치며 꺼이꺼이 목 놓아 울기 시작했다. 숨이 넘어가도록 울었지만 아무도 이채를 돌아봐주지 않았다. 울다가 진이 빠져서 꺽꺽거리는 소리가 났다.

"길 잃어버렸어?"

이채는 퉁퉁 부은 눈으로 말을 걸어온 남자아이를 응시했다. 단정하게 차려입은 남자아이는 손에 잎이 무성한 나뭇가지를 들고 있었다.

"배고파!"

배고프다고 말하고 나니 허기가 더욱 심해졌다. 당황한 듯 보이던 남자아이는 손에 들고 있던 나뭇가지를 내밀었다.

218

"이거라도 먹을래?"

나뭇잎 사이로 처음 보는 자주색 열매가 매달려 있었다. 이채는
남자아이를 노려보며 외쳤다.

"싫어. 유괴범! 엄마가 모르는 사람이 주는 거 받지 말랬어."

남자아이는 이채가 귀엽다는 듯이 픽 웃었다.

"배고프다며."

"우웅. 그렇지만. 그래도 안 돼!"

이채는 비장하게 답했다.

"엄마는 어디 가셨는데?"

이채의 얼굴이 일그러졌다. 시동 걸듯이 울먹이던 입술 사이로
다시 울음이 터져 나왔다.

"으아아아앙, 엄마아. 왜 안 와아."

이채가 큰 소리로 울어버리자 남자아이는 곤란한 얼굴을 했다.

"엄마아아, 엄마가 안 와아아."

남자아이는 나뭇가지에 달려 있던 열매 중 하나를 따서 반을 갈
랐다. 조금 덜 익었지만 알 리 없는 아이는 그것을 이채에게 내밀
었다.

"먹어. 껍질은 빼고 먹는 거야."

과일의 속살을 본 이채는 히끅거리다가 도리질 쳤다.

"받으면 안 돼! 유괴당하지 않을 거야."

"유괴 안 해."

남자아이가 재차 내밀었다. 고개를 붕붕 젓던 이채는 침을 꼴깍 삼키고는 슬쩍 과일을 받아 들었다.

"그래도 안 되는데."

웅얼거리며 과육을 입에 집어넣었다.

아삭한 과육이 씹히며 약간의 단맛이 났다. 잘 익으면 훨씬 더 달콤하고 말랑말랑하다는 걸 모르는 이채는 그것을 좋다고 먹었다. 속살을 다 먹고 입맛을 다시자 남자아이가 열매를 하나 더 따서 내밀었다.

"진짜 받으면 안 되는데."

"괜찮아. 배고프다며."

"엄마한테 이르지 마."

이채는 눈동자를 굴리다가 열매 과육을 다시 입안에 밀어 넣었다. 그녀가 오물거리는 걸 지켜보던 남자아이는 이채의 옆에 나란히 앉았다.

"왜 앉아?"

"혼자 있으면 외롭잖아."

"외로운 게 뭐야?"

"마음이 아픈 거."

"아픈 거 싫어."

"그러니까 옆에 있어줄게. 넌 몇 살이야?"

"일곱 살."

이채의 나이를 들은 남자아이가 움찔했다.

"이, 일곱 살이나 됐는데, 왜 그렇게 쪼끄매?"

"……쪼끄매서 엄마가 안 오는 걸까?"

다시 울먹이기 시작하자 남자아이는 손을 내저었다.

"아니야. 다시 보니까 너 별로 안 작아. 하나도 안 작아."

"정말?"

"응. 안 작아."

이채는 안심했다. 키가 작아서 엄마가 오지 않는 거라면 오랫동안 기다려야 했다. 키가 크려면 백 밤은 더 자야 할 테니까.

"집이 근처면 데려다줄게. 나 저기 살아서 길 잘 알아."

남자아이는 주택 너머로 보이는 고급주상복합 아파트를 가리켰다. 하지만 이채는 고개를 저었다.

"집 몰라. 멀어. 그리고 여기 있어야 해. 엄마가 여기서 기다리라고 했어."

"그럼 금방 오시겠네."

남자아이의 차분한 목소리에 이채도 조금씩 동화되었다.

"그렇겠지? 엄마가 빨리 왔으면 좋겠다."

남자아이는 가지에 달린 열매를 하나 더 따서 건넸다.

"하나 더 먹어."

이채는 그것을 넙죽 받아먹었다.

"있잖아. 카네이션을 안 달아드려서 안 오시는 걸까. 나 꽃 살 돈

없는데. 그래서 안 오는 거면 어떻게 해?"

그러면 정말 큰일이었다. 작년처럼 색종이로 카네이션을 만들걸
그랬다. 남자아이는 마지막 남은 열매를 따서 다시 울먹이기 시작
한 이채의 손에 쥐여주었다.

"이거 드려. 이것도 꽃이야."

이채는 손에 들린 과일을 응시했다. 아무리 봐도 꽃은 아니었다.

"거짓말쟁이! 이게 어떻게 꽃이야."

"꽃이야. 좀 다르게 생겼지만 꽃이야."

"틀려! 이 사기꾼! 유괴범! 거짓말쟁이!"

남자아이는 이채의 말을 정정해주었다.

"틀린 게 아니라 다른 거랬어. 우리 엄마가."

"달라?"

"응. 다른 건 나쁜 게 아니야. 괜찮아."

"안 괜찮아."

"안 괜찮아도 괜찮다 괜찮다 하면서 사는 거랬어."

"누가?"

"우리 엄마가."

"너희 엄마가?"

"응. 우리 엄마가. 그러니까 이거라도 드려. 그럼 괜찮아질 거야."

"이거 이름이 뭐야?"

남자아이는 말갛게 웃었다.

"무화과."

이채는 잊어버리지 않기 위해 반복해서 중얼거렸다. 남자아이는 해가 진 다음에도 함께 있어주었다.

그리고 파란 대문이 열렸다.

파란 대문 안에서 나온 것은 요정도 소원을 들어주는 마법사도 아니었다. 문을 열고 나온 박 여사는 아이들 앞으로 다가왔다.

"왜 여기에 있어? 어른들이 걱정하셔. 어서 집에 돌아가."

"얘 엄마가 여기서 기다리라고 했대요."

남자아이의 말은 박 여사에게 근심을 안겨주었다.

"낮부터 여기 있던 것 같았는데."

"엄마가 여기 있으랬어요. 그래서 집에 못 가요."

"엄마나 아빠 전화번호 아니?"

"아뇨."

이채가 고개를 붕붕 저었다.

"밥은 먹었니?"

"아뇨."

"그럼 아줌마 집에 들어가서 기다릴래? 엄마가 오시면 말해줄게. 아줌마 집에서 밥 먹고 세수하고 착하게 기다리자. 응?"

박 여사는 이채를 향해 손을 내밀었다.

○ ○ ○

이채는 알람 소리에 눈을 떴다. 그날의 꿈은 오랜만이었다.

'잘 지내고 있겠지?'

입양을 결정한 박 여사는 이사를 선택했다. 그래서 남자아이를 다시 만나는 일은 없었다.

그래도 가끔 이렇게 꿈에서 보곤 했다. 마치 선물을 받은 것처럼.

생각해보면 5월에는 무화과가 열리지 않는다. 어쩌면 그 남자아이는 진짜 요정이었는지도 모르겠다.

그녀는 바람결을 따라 흔들리는 베란다 커튼의 밑단을 응시했다.

"오늘도 그날만큼 무서울 것 같은데, 같이 있어주면 좋겠다."

시간을 확인한 이채는 욕실로 움직였다. 그리고 따뜻한 물로 샤워하고 평소보다 느긋하게 머리를 말렸다. 산뜻한 원피스도 골라 입었다. 모처럼 화장은 풀 메이크업을 했다. 긴장으로 안색이 창백해질 수도 있으니 과하다 싶게 색조를 넣었다.

마지막으로 손잡이가 긴 가방을 챙겨 들고 바람결에 흔들리는 베란다 커튼을 다시 응시했다. 한동안 그렇게 서 있던 이채는 현관으로 움직였다. 도하에게 아침 인사는 하지 않을 셈이었다.

돌아와서 제대로 작별 인사를 하고 싶었다. 고맙다고 말해야 하니까.

빌라 밖으로 나와 보니 화단 앞을 서성이는 공 작가가 보였다. 그는 휴대폰에 무언가를 메모하다가 그녀의 기척에 고개를 들었다.

"잘 잤어?"

그의 얼굴에 어린 반가움이 이채를 슬프게 만들었다. 그녀는 스마트키로 자동차 잠금을 해제하며 말했다.

"오래 기다렸어요?"

다가서는 그의 눈가에 나른한 미소가 번졌다.

"방금 왔어."

"마음의 준비는 됐어요?"

"준비는 당신이 필요해 보이는데."

스마트키를 쥔 그녀의 손끝이 가늘게 떨리고 있었다. 이채는 손을 폈다가 쥐며 긴장감을 이완시켰다.

"그렇네요. 가요."

차에 오른 두 사람은 한동안 아무런 말도 하지 않았다.

공 작가는 버릇처럼 사이드미러를 주시하며 뒤따르는 차량 번호를 메모했다. 그러다 이채의 목덜미를 살폈다. 옷깃 너머로 살짝 삐져나온 목걸이 줄을 발견하자 입가에 미소가 번졌다.

잠시 후 차는 목적지에 도착했다. 두 사람의 단골집으로 알려진 카페 앞에 차를 댄 그녀는 공 작가에게 스마트키를 넘겼다.

주변을 훑어본 공 작가가 계획을 물었다.

"난 뭘 하면 되지?"

"여기서 지켜보고 있어요."

"그리고?"

"난 카페에 있다가 박물관 쪽으로 걸어갈 거예요. 공 작가님은 차를 타고 뒤따라와요. 일방통행로라서 따라오기 쉬울 거예요. 내 생각이 맞다면, 공류하는 박물관에 도착하기 전에 나타날 거예요."

공 작가의 얼굴이 굳었다. 불편한 감정을 참는 기색이 역력했다.

"나타나면?"

"가방을 빼앗길 거예요. 공 작가님은 공류하를 따라가면 돼요. 날 태울 수 있는 상황이면 태우고 그럴 수 없으면 따로 가요. 언제, 어느 시점에 나타나서 어디로 갈지 모르니까 탄력적으로 움직여야 해요."

"따라간 다음엔?"

"언니가 붙잡혀 있는 곳만 찾으면 돼요. 혹시 나랑 떨어지게 되면, 아무것도 하지 말고 기다려요."

"알았어."

그는 대수롭지 않게 대답했다. 그녀의 말이 맞는지는 두고 보면 될 일이었다.

"미안해요. 이런 일에 끌어들여서."

"됐어. 이대로는 나도 찝찝하니까."

우물쭈물하던 이채는 차에서 내렸다. 그녀가 카페 안으로 들어가자 공 작가도 차에서 내려 운전석으로 옮겨 탔다.

이채는 아이스 아메리카노를 들고 창가 자리에 앉았다. 공 작가가 탄 차가 잘 보이는 자리였다. 그녀는 짧게 심호흡하고 휴대폰을 꺼내서 다채에게 문자를 보냈다.

– 주말인데 뭐 해?

답이 없자 가방에서 《우리 집》을 꺼내 펼쳤다. 몇 페이지 읽어 내려가던 그녀는 문자 알림에 고개를 들었다.

간단한 답장이 도착해 있었다.

– 그냥 있어.

이채는 안도했다. 답장이 오지 않을까 봐 조마조마하던 차였다. 이제 다음 단계로 넘어갈 차례였다. 그녀는 미리 찍어놓은 연옥 목걸이 사진을 첨부해서 메시지를 보냈다.

– 이거 이렇게 막 굴려도 되는 거야? 방청소하다가 찾았는데 언니가 연구하던 거 아니야?

– 안 그래도 찾고 있었어. 건드리지 말고 책상 위에 둬.

됐다. 메시지 응답속도가 현저히 빨라졌다.

– 이번에 박물관 장비 새로 들어왔잖아. 데이터 돌려봐줄게. 언니 돌아오면 볼 수 있게.

– 아니야. 그냥 집에 둬.

– 벌써 가지고 나왔어. 책 좀 보다가 박물관에 가져가려고. 집보다는 박물관에 보관하는 게 안전하잖아. 얼마 전에 강도도 들었는데.

– 지금 어딘데?

– 카페야. 커피 마셔.

– 집 근처?

– 박물관 앞에 있는 카페, 언니도 기사 봤지?

이채는 카페의 이름을 일부러 말하지 않았다. 대신 추론할 수 있을 만큼의 힌트를 주었다. 류하가 조급함을 느끼길 바랐다.

– 언제까지 거기 있을 거야?

– 그건 왜?

– 아니, 책 읽는다기에. 주말인데 카페에만 있나 싶어서.

– 도하 씨랑 저녁 먹기로 했거든. 그전에 박물관에도 들를 거야. 오늘 날씨 좋다.

이채는 일부러 '저녁'을 언급했다. 반나절이 넘게 남았으니 설사 부산에 있다고 하더라도 올 수 있었다. 그런데 한동안 답장이 오지 않았다. 긴장 때문인지 손에서 식은땀이 났다.

'괜찮아. 괜찮을 거야.'

이채는 테이블에 올려놓은 가방을 응시했다. 일부러 채 가기 좋게 손잡이가 긴 가방을 골랐다.

'카페 안까지 들어올 수도 있으니까.'

고심하던 그녀는 맞은편 의자 위에 가방을 옮겨놓았다. 가져가기가 훨씬 수월해졌다. 류하가 가방을 가져가기만 하면 일단 성공이었다. 공 작가도 대기하고 있으니 어떻게든 뒤쫓을 수 있을 것이다.

그녀는 다시 책을 펼쳤다. 책을 읽는 척 페이지를 넘기고 있었지만, 신경은 온통 가방에 가 있었다.

두 시간 정도가 지났을 무렵이었다. 휴대폰에 새 메시지가 떠올랐다.

- 언제까지 있을 거지?

류하가 아닌, 공 작가가 보낸 메시지였다. 괜히 허탈해진 이채는 그에게 답장을 보냈다.

- 저녁 전에는 움직일 거예요.

- 주차 단속 차량이 계속 돌고 있어. 여기 강제 견인 지역이야.

- 운전자가 타고 있으니 강제 견인은 안 하겠죠.

이채는 휴대폰을 테이블 위에 내려놓고 얼음이 녹아 밍밍해진 아메리카노를 한 모금 마셨다.

또 메시지 알림이 떴다. 이번에는 류하였다.

- 책은 다 읽었어?

이채는 메시지를 입력하며 흐트러진 표정을 갈무리했다. 류하가 어딘가에서 보고 있는지도 모른다는 생각에 바짝 긴장하게 되었다.

- 거의. 재밌는 것 같아. 스릴러지만 울림도 있고.

- 이제 박물관으로 갈 거야?

뭐라고 답해야 할지 고민스러워지는 질문이었다. 원래는 5시쯤 이동할 예정이었지만, 그럴 필요 없어 보였다. 이미 근처에 와 있는 것 같은 뉘앙스였다.

그녀의 고민은 길지 않았다.

– 벌써 시간이 이렇게 됐네. 슬슬 움직여야지.

아메리카노를 마시는 척하며 창밖을 훑었지만, 류하의 모습은 보이지 않았다.

이채는 10분 정도 더 미적거리다가 공 작가에게 나간다는 메시지를 보내고 일어섰다. 그리고 커피잔을 반납하며 쿠키를 하나 샀다. 그다음엔 점원과 밝은 얼굴로 이야기도 나눴다.

카페 밖으로 나오자 긴장으로 인해 몸이 뻣뻣하게 굳는 느낌이었다. 콧노래를 부르며 애써 담담한 척했다. 가방도 휘적휘적 흔들며 걸었다. 누가 봐도 데이트를 하러 가는 여자의 모습이길 바랐다.

박물관까지의 거리는 700미터 남짓이었다. 여기서부터는 눈감고도 걸을 수 있는 익숙한 길이었다.

목걸이를 박물관 안에 보관하면 공류하로서도 훔쳐갈 방법이 없었다. 10만여 점의 문화재가 있는 황 박물관의 보안은 국내 최고 등급이었다. 개인이 뚫을 수 있는 보안이 아니었다. 그러니 류하는 이채가 박물관에 도착하기 전에 나타날 확률이 높았다.

'어서, 나타나. 공류하.'

공 작가가 잘 따라오고 있는지 확인할 여유는 없었다.

그녀의 우려와 달리 공 작가는 착실히 잘 따라가고 있었다. 근처에 누군가 숨어 있다는 전제하에서 수상하지 않을 정도로 움직이고 있었다. 하지만 박물관 입구에 다다를 때까지 류하는 나타나지 않았다.

'이게 의미 있는 일이긴 한 건가.'

공 작가는 못마땅한 얼굴로 가볍게 어깨를 풀었다. 나타날 리가 없는데 괜히 긴장하고 있었다. 그는 박물관 출입구가 보이는 곳에 주차하기 위해 일방통행로를 벗어나 핸들을 틀었다.

사이드미러를 통해 이채의 위치를 확인하는데, 정문 앞에 정차하고 있던 흰색 승용차의 오른쪽 뒷좌석 문이 열리는 것이 보였다. 문 사이로 쑥 삐져나온 손이 바로 옆을 지나는 이채의 몸에 닿았다.

눈이 커진 공 작가가 반사적으로 핸들을 돌려 불법 유턴했다.

순식간에 허물어진 그녀의 몸이 흰색 승용차 속으로 빨려 들어갔다. 이내 반대쪽 차 문이 열리더니 남자가 내렸다. 남자는 운전석에 올라타고 차를 출발시켰다.

순간적으로 남자의 얼굴을 확인한 공 작가는 놀란 나머지 브레이크를 밟았다. 급정거하면서 앞으로 기울었던 그의 몸이 안전벨트에 의해 제자리로 돌아왔다.

'류하?'

머릿속에 전기가 흐른 것 같았다. 이채를 납치한 사람은 류하였다.

그녀의 계획이 무모해 보였음에도 크게 걱정하지 않았던 이유는 미행하겠다고 나선 상대가 류하였기 때문이다. 설사 류하가 목걸이를 노리더라도 위험한 일은 없을 거라 여겼다.

그런데 류하가 나타나버렸다. 정말로 류하가.

겨우 정신을 추스른 공 작가는 멀어지는 승용차를 뒤쫓았다.

'도대체 왜?'

류하를 쫓으면서도 머릿속이 정리되지 않았다.

박물관 앞은 CCTV가 밀집된 곳이었다. 그런데도 류하는 얼굴까지 드러내면서 이채를 납치했다.

사거리 신호에 걸려 멈춰 서 있는 승용차를 발견한 공 작가는 속도를 높였다. 하지만 막상 차를 들이받자니 뒷좌석에 있을 이채가 걱정되었다. 그렇다고 운전석 쪽을 박을 수는 없었다.

그는 왼쪽으로 차선을 변경했다. 그리고 승용차의 앞바퀴 쪽을 들이받았다.

충격으로 승용차가 반쯤 회전했고 공 작가의 차에선 연기가 피어오르며 도난 경보가 울렸다. 사거리의 횡단보도 앞에 대기 중이던 사람들의 이목이 쏠렸다.

에어백을 헤치며 정신없이 차에서 내린 공 작가는 흰색 승용차 운전석을 열고 마찬가지로 에어백에 파묻힌 류하의 멱살을 잡아 끌어냈다.

"너!"

갑작스러운 사고에 당황했던 류하도 곧 정신을 차렸다.

"형?!"

류하의 얼굴이 당황으로 잔뜩 일그러졌다.

"네가 왜. 이채 씨를……. 왜!?"

그가 소리치며 다그치자 류하는 오히려 히죽 웃었다.

"봤어?"

광기에 휩싸인 눈과 마주친 순간, 공 작가의 전신에 소름이 끼쳤다. 그가 알던 류하의 모습이 아니었다.

"……뭐?"

"그냥 모르는 척해줘. 형수님은 두고 갈게."

눈물이 많고 마음 여리던 류하는 어디에도 없었다. 이채가 말했던 대로 그는 납치범이었다. 감정이 울컥 치밀어 오른 공 작가가 언성을 높였다.

"강도에 소매치기에 납치 시도까지 했는데, 모르는 척해달라고?"

류하의 눈이 희번덕거렸다.

"소매치기도 알고 있었어? 그런데 왜 모른 척했어?"

"뭐?"

"걱정하지 마. 곧 괜찮아질 거야. 다 되돌려놓을 거니까."

"안 돼, 이건 아니야. 내가 어떻게든 할게. 류하야, 이건 아니야."

"무슨 수로? 형이 시간을 되돌릴 수 있는 것도 아니잖아."

류하의 목소리가 공 작가의 가슴을 할퀴고 지나갔다. 이채가 했던 말들이 모두 맞아 떨어지고 있었다.

류하는 시간을 되돌릴 수 있다고 믿고 있었다.

"정다채, 네가 납치한 게 맞아?"

"······그걸 형이 어떻게 알아?"

광기에 휩싸여 있던 류하의 얼굴이 처음으로 흔들렸다.

"류하야."

공 작가가 애절하게 이름을 불렀지만, 류하에게 닿지 않았다.

"그래도 여자 친구보다는 내가 소중한가 보네. 알고도 신고하지 않은 걸 보면."

반년 만에 만난 류하는 괴물이 되어 있었다. 괴물이 말을 이었다.

"알았어. 참작해서 형은 용서해줄게. 새로운 시간에서 만나."

류하의 손이 공 작가의 어깨에 닿았다. 찌릿한 통증과 함께 무릎이 힘없이 꺾였다. 귀에서 이명이 울리더니 숨이 잘 쉬어지지 않았다.

류하는 공 작가의 어깨를 밀치고 이채의 가방을 챙겨 도심 속으로 달려갔다.

아스팔트 바닥에 쓰러진 공 작가는 멀어지는 류하를 보면서도 아무것도 할 수 없었다. 몸이 움직여지질 않았다. 시야가 점점 흐려졌다. 그를 둘러싸기 시작한 사람들의 목소리만 귓가에서 웅웅거렸다.

"내가 뭘 가져왔는지 알아요?"

한껏 들뜬 류하가 문을 열고 들어왔다. 컨테이너 창고를 허둥지둥 뛰쳐나간 지 반나절 만의 일이었다.

다채는 흥분 상태인 류하를 멀뚱하게 쳐다봤다.

"……뭘 가져왔는데?"

"봐요."

류하는 보란 듯이 연옥 목걸이를 들어 보였다.

"어떻게 찾았어?"

"정이채가 청소하다가 찾았대요."

다채는 불안감에 휩싸였다. 류하가 목걸이를 제 목에 걸며 말을 이었다.

"이럼 되려나?"

"우리 집에 몰래 들어간 거야?"

"박물관으로 가져가는 중이길래 중간에 가로챘죠. 아무리 나라도 박물관을 터는 건 무리라서요."

"……다치게 한 건 아니지?"

"전기 충격 살짝 가한 거로는 안 죽어요."

류하는 뭐가 문제냐는 듯이 대꾸했다.

"전기 충격이라니? 그걸 말이라고 하는 거야!"

"몸무게 계산까지 했으니까 몇 시간 안에 깨어날 거예요. 괜찮다니까요. 걱정도 많아."

히죽 웃은 그는 컨테이너의 문이란 문을 죄다 열어보기 시작했다. 고서에 쓰여 있던 다른 시간으로 통하는 '문'을 찾으려는 듯했다.

서랍장과 냉장고의 문까지 모조리 열고 나서야 그의 얼굴에 드리워져 있던 웃음기가 사라졌다.

더 이상 열 문이 없다는 걸 깨달은 류하는 천천히 고개를 돌렸다.

"왜 문이 없죠?"

모든 게 다채의 잘못이라는 듯한 투였다.

"그 목걸이, 내가 일 년이나 가지고 있었어. 가지고 있는 거로 연결됐으면 진작에 연결됐겠지."

말을 뱉어내고 보니 아차 싶었다. 시간 여행을 하게 해주는 목걸이가 허상이라는 걸 알게 되면 류하는 폭주할 것이다.

그녀는 황급히 말을 덧붙였다.

"방법이 따로 있을 거야."

"방법?"

"주문을 외운다거나? 아니야. 이건 너무 영화 같지? 그래. 고서의 기록을 찾아보면 알 수 있을 거야. 이걸 다 번역하면 알게 되겠지."

류하는 다채 앞에 쌓여 있는 고서를 훑듯이 보았다. 이제 겨우 두 권밖에 번역을 마치지 못했다. 그조차도 상당히 빠른 속도였다.

"됐어요. 물어볼 사람이 있으니까."

"뭐?"

소파에 등을 보이고 앉은 류하는 휴대폰 전원을 켜고 누군가에게 전화를 걸었다. 휴대폰 전원을 켜기 전에는 항상 오디오 모양의 기계를 작동시켰는데 오늘은 그조차 하지 않았다.

"아저씨. 저 목걸이를 찾았어요. 네. 다 아저씨 덕분이에요. 그런데 발동법을 모르겠어요. 네? 네. 고마워요."

전화를 끊은 류하는 목에 걸린 목걸이를 풀어서 탁자 위에 올려놓았다. 다채가 궁금증을 참지 못하고 물었다.

"무슨, 문제라도 있어?"

다시 들뜬 모습으로 돌아온 류하는 다채를 향해 히죽 웃어 보였다.

"방법을 알아냈어요."

"……방법이 뭔데?"

류하는 그녀의 물음에 답하지 못했다. 갑자기 외부 침입 경보가 울리기 시작한 것이다.

"어?"

류하는 서둘러 노트북 화면에 외부 CCTV 영상을 불러왔다.

○ ○ ○

　가장 먼저 보인 것은 링거병이었다. 침대 주위를 둘러서 쳐놓은 커튼 밖에서 부산스러운 움직임이 느껴졌다.

　'병원?'

　이채는 고개를 옆으로 돌렸다. 불안 초조해 보이는 공 작가가 병실 바닥을 노려보고 있었다.

　"……어떻게 된 거예요?"

　메마르고 갈라진 목소리가 새어 나왔다. 그녀의 목소리에 공 작가가 고개를 들었다.

　"괜찮아? 나 알아보겠어?"

　그의 얼굴에 작은 안도감이 스치고 지나갔다.

　"네. 머리가 좀 울려요."

　상체를 일으킨 이채는 공 작가가 내민 생수병을 받아 들었다. 물을 한 모금 마시자 머리가 띵했다.

　"전기 충격기에 당했어……."

　아, 그랬다.

　이채는 기절하기 직전의 감각을 떠올렸다. 대비한다고 했는데 역부족이었다. 류하가 전기 충격기를 들고 나타날 거라고는 예상하지 못했다.

　"가벼운 교통사고도 있었고."

교통사고는 기억이 나질 않았다.

"의사 불러올까?"

이채는 고개를 저었다. 부유하던 것 같던 정신이 조금씩 맑아지고 있었다.

"설명, 해줄래요?"

공 작가는 이채의 눈을 피하지 않고 똑바로 마주했다.

"……류하가 당신을 차에 싣고 달렸어."

듣고 보니 아찔했다. 또 납치될 뻔했다. 그리고 그가 구해준 것이다.

"어떻게 구했어요?"

"차를 들이받았어."

그가 언급했던 교통사고.

"고마워요. 나까지 붙잡혔으면 대책 없을 뻔했는데."

이채는 감사를 표시했지만, 공 작가의 얼굴은 밝아지지 않았다. 그는 굳은 얼굴로 다짐하듯 말했다.

"경찰에, 신고하자."

"아직은 아니에요."

"류하를 놓쳤어. 내가, 놓쳤어."

그는 자책하고 있었다.

이채는 뒤늦게 '오늘의 계획'을 제대로 말해주지 않았다는 걸 깨달았다.

"가방은 빼앗긴 거죠?"

"응."

"그럼 됐어요. 목걸이에 위치 추적기가 숨겨져 있거든요."

"뭐?"

이채는 원피스 주머니에서 휴대폰을 꺼냈다. 일부러 가방과 분리해서 지니고 있었다.

"시간이 얼마나 지났죠?"

"세 시간쯤."

초소형 위치 추적기라서 내장 배터리 유효 시간이 48시간 정도밖에 되지 않았다. 그전에 다채가 있는 곳을 찾아야 했다. 애플리케이션을 실행시킨 그녀는 공 작가에게도 화면을 보여주었다.

"김포시예요."

지도 위에 붉은 점이 깜빡이고 있었다. 두 사람을 새로운 미래로 이끌어줄 불빛이었다.

"이렇게 바로 나와?"

"이동 경로가 찍히는 게 아니라 목걸이의 현재 위치만 찍히는 거예요. 가요."

손등에 달린 수액 줄을 뽑아버린 이채는 침상 밖으로 발을 내딛고 몸을 일으켰다. 힘이 실리지 않아서 살짝 비틀거리자, 공 작가가 붙들어 주었다.

"괜찮겠어?"

"괜찮아요. 공 작가님은 다친 데 없어요?"

"난 옷도 두꺼웠고, 체중의 영향도 있고."

그도 전기 충격기에 당한 듯했다. 차마 위로의 말을 건네지 못한 이채는 통증이 느껴지는 왼쪽 팔에 손을 가져다 댔다. 얼룩덜룩한 멍이 들어 있었다.

"전기 충격인데도 멍이 드네요."

"전류가 아니라 전압으로 충격을 주는 거라서 그렇다더라고."

가라앉은 목소리를 통해 심란한 마음이 고스란히 전해져 왔다. 이채 역시 마음이 편치 않았다.

"가면서 얘기해요. 차는요?"

"견인됐어."

그는 이채의 미니 크로스백을 꺼내주었다. 견인된 렌터카에서 챙겨 온 것이었다. 그 안에는 지갑 같은 개인 소지품과 가스총이 들어 있었다.

"고마워요."

퇴원 수속을 마치고 병원 출입문을 나서자 줄지어 서 있는 택시가 보였다. 둘은 나란히 택시 뒷좌석에 올라탔다.

문을 닫은 공 작가가 택시 운전사에게 말했다.

"김포에 있는 늘품 정교회 쪽으로 가주세요."

○ ○ ○

사방이 어두컴컴했다. 지나가는 사람도, 차도 없었다.

주변은 온통 논이었고 건물은 듬성듬성 있었다. 그나마도 집
이라기보다는 농부들이 잠깐씩 머무는 농막 용도의 가설 건물이
었다.

제대로 된 건물은 교회가 유일했는데, 지도를 보면서 짐작했던
거리보다 멀찍이 떨어져 있었다.

이채와 공 작가는 어둠 속에 숨어서 눈앞에 보이는 창고형 컨테
이너를 주시했다. 일부러 목적지와 머리 떨어진 곳에서 내려 빙 돌
아온 참이었다.

컨테이너 창고는 낮은 회색 담으로 둘러싸여 있었는데, 고장 난
철재 대문이 바람에 따라 쳇소리를 내며 조금씩 흔들렸다.

마치 두 사람에게 들어오라고 손짓하는 것 같았다.

이채는 크로스백에서 가스총을 꺼내 손에 쥐었다. 바닥에 내려
놓은 휴대폰의 붉은 점은 여전히 컨테이너 창고를 가리키고 있
었다.

"미안해."

공 작가가 불시에 사과했다.

"뭐가요?"

"당신 말을 믿었어야 했는데."

이채는 쓰게 웃었다. 각오했던 순간이지만 생각보다 훨씬 껄끄러웠다.

"가족이잖아요. 공 작가님이 안 믿으면, 누가 공류하를 믿어주겠어요."

가족이라면, 마지막에 마지막까지 믿어야 한다. 그게 가족이니까.

"류하를 놓쳤어. 그 자리에서 잡을 수 있었는데……."

"내가 바라는 건 공류하를 잡는 게 아니에요. 언니를 찾는 거죠. 결국, 같은 얘기가 되겠지만……."

"이젠 무턱대고 나서지 마. 이곳에 정다채 씨가 있다는 것만 확인하고 신고하자."

"아뇨. 가능하면 조용히 처리할 거예요. 경찰에 신고하는 건 언니의 의견을 들어본 다음에 결정하고 싶어요."

"공범이 있으면?"

"공범이요?"

"류하 혼자 했을 리 없어. 누가 있는 것 같아."

"확인부터 해 봐요."

베란다 너머의 도하는 공범 가능성에 회의적이었다.

목걸이는 하나뿐이었다. 목걸이를 손에 넣는다고 해도 분쟁이 있을 수밖에 없었다. 그러니 누군가 돕는다면 돈을 주고 고용한 이들일 거라고 예상했다.

둘은 30분 정도를 더 기다렸지만 들고나는 이는 없었다. 마당으로 보이는 곳에 나무가 빼곡하게 심겨 있는 데다가 잡초가 무성해서 안이 잘 들여다보이지도 않았다.

"들어가서 확인해 봐야겠어."

"들키면 어떻게 해요. CCTV가 있지 않을까요."

"그러니까 안 들키게 조심해야지."

공 작가는 몸을 숙이고 담장을 따라갔다. 이채도 담에 바짝 붙은 채 조심조심 뒤따랐다.

컨테이너 창고 뒤쪽에 도착한 공 작가는 담장 안쪽을 기웃거렸다. 나뭇가지 사이로 작은 창문이 나 있는 게 보였다.

이채도 슬쩍 눈만 내밀고 확인했다. 창문에서 빛이 새어 나오지 않는 걸 확인한 그녀가 속삭이듯 말했다.

"안을 들여다볼 수 있지 않을까요."

"내가 보고 올게."

"같이 가요."

"여기 있어. 만약에라도 들키면 신고해줘야지."

이채는 입을 다물었다.

담 위로 훌쩍 올라간 공 작가는 마당으로 뛰어내렸다. 다행히 큰 소리는 나지 않았다.

이채는 바짝 긴장한 채 숨죽였다. 조심스럽게 창문으로 다가간 공 작가는 안을 확인하고 그녀를 돌아보았다. 그러더니 창문 안쪽으로 팔을 쑥 집어넣었다. 창문은 유리 없이 뻥 뚫려 있었다.

공 작가는 창문틀을 붙잡고 상체부터 밀어 넣었다. 안으로 들어간 그는 자취를 감췄다.

'들어갔어?!'

이채는 안절부절못했다. 잠깐 살펴보고 돌아올 거라 여겼는데, 건물 안으로 들어가버렸다. 안에서 들리는 소리에 귀 기울였지만, 아무것도 들리지 않았다.

시간이 지나갈수록 점점 더 걱정되기 시작했다. 112번호를 눌러놓은 휴대폰을 쥐고 있으니 눈물이 날 것 같았다.

휴대폰을 응시하던 그녀는 철커덩, 거리는 쇳소리에 화들짝 놀랐다. 소리는 건물의 앞쪽에서 났다. 그녀는 가스총을 두 손으로 감싸 쥔 채 담을 돌아 처음에 숨어 있던 장소로 돌아갔다.

철재 대문은 여전히 쇳소리를 내고 있었다. 조금 전에 들린 소리는 아니었다. 그건 분명 더 크고 묵직한 소리였다.

'들킨 건 아니겠지?'

가스총을 쥔 손이 파르르 떨렸다.

'신고할까?'

어떻게 해야 하나 고민하는데 창고 마당에 그림자가 일렁거렸다. 손전등을 들고 나타난 그 그림자는 담장 밖으로 고개를 내밀었다. 그러더니 정확히 이채가 있는 곳을 향해 플래시를 비췄다.

숨이 멎는 기분이었다. 얼굴로 쏟아진 빛 때문에 상대를 확인할 길이 없었다.

"아무도 없어."

상대의 목소리에 뻣뻣하게 굳던 몸이 풀어졌다. 공 작가의 목소리였다. 이채를 향하던 플래시 불빛은 대문을 향해 움직였다.

철재 대문이 열리고, 공 작가가 모습을 드러냈다. 그런데 그의 표정이 좋지 않았다.

"안이 비었어. 버려진 곳 같은데."

"……네? 그, 그럴 리가요. 여기가 아니라고요?"

이채는 그를 밀치고 안으로 들어갔다.

마당을 가로질러 캄캄한 컨테이너 창고 안으로 들어서자 발치에 무언가 밟혔다. 뒤따라온 공 작가가 플래시 불빛을 이리저리 비추다가 스위치를 찾아 올렸다.

형광등에 불이 들어오자, 컨테이너 창고 안이 환해졌다. 이채는 발치에서 굴러다니던 물체의 정체를 확인하고 경악했다.

'들켰어?'

공 작가도 그게 부서진 연옥 목걸이라는 걸 알아차리고 미간을 좁혔다. 유심히 안을 살피자 사람이 머문 흔적이 곳곳에 나타났다. 공 작가가 소파 위에서 류하의 스냅백을 발견했을 때였다.

"언니 거예요."

이채는 침대 위에 널브러진 카디건을 발견하고 손을 바르르 떨었다.

감옥 같은 공간이었다. 기다란 쇠줄에 연결된 수갑은 다채가 묶인 채 지냈다는 걸 말해주었다.

침대 한쪽에는 고서를 번역해서 옮겨 적은 노트가 있었다. 빼곡하게 적힌 유려한 글씨는 모두 다채의 필체였다.

"언니……."

이채는 침대 위에 주저앉았다. 기회를 이렇게 날려버리게 될 줄 몰랐다. 목걸이가 가짜라는 걸 너무 빨리 들켰다.

이제, 어떻게 해야 할까.

"……은신처를 옮겼나 봐요."

곁에 다가온 공 작가가 그녀의 어깨를 살짝 쥐었다가 놓았다.

"경찰을 부르자."

이채는 조용히 고개를 끄덕였다. 이젠 경찰의 도움을 받는 수밖에 없었다. 애초에 혼자 해결하려던 게 문제였는지도 모른다.

공 작가가 그녀를 부축해서 밖으로 이끌었다. 고개를 숙인 채 문을 넘어선 이채는 흙바닥 위에 생긴 얼룩을 발견했다.

"……이게 뭐죠?"

그녀의 물음에 공 작가는 축축한 흙을 매만졌다. 냄새를 맡아보니 비릿한 쇠 냄새가 났다. 플래시를 비춰보니 무언가를 끌고 지나간 듯한 흔적이었다. 흔적은 컨테이너 창고 왼쪽으로 이어졌다.

"따라가보자."

공 작가가 플래시를 비추며 앞장서 걸었다. 자국은 컨테이너 왼쪽에 있는 화단으로 이어졌다.

"저거, 뭐 같아요?"

가스총을 쥔 채 바짝 뒤따라오던 이채가 어떤 물체를 발견했다. 잡초 사이에 놓인 검은 물체를 본 공 작가의 표정이 일그러졌다.

"여기 있어."

"네?"

"사람이야."

이채의 몸이 뻣뻣하게 굳었다. 길게 이어진 자국이 피였다는 걸 인지한 순간 발걸음이 떨어지지 않았다.

공 작가는 허리까지 자란 잡초를 헤집고 들어갔다. 다가가 보니 한 남자가 피를 잔뜩 흘린 채 엎드려 있었다. 그는 불안한 마음을 억누르며 얼굴을 확인했다. 다행히 류하는 아니었다.

목덜미에 손을 가져다 대보니 미약하게나마 맥박이 잡혔다.

"아직 살아 있어."

풀숲 밖에서 들어오지 못하고 있던 이채가 떨리는 목소리로 되물었다.

"사, 살아 있어요?"

"112에, 아니 119에 신고해."

"아, 알았어요."

이채는 떨리는 손으로 긴급통화 버튼을 탭 했다. 119와 경찰에 모두 신고한 그녀는 망설이다가 공 작가를 향해 다가섰다.

공 작가의 말대로였다. 쓰러진 남자의 어깨가 미약하게나마 오르락내리락하는 게 보였다.

"누군지 알아요?"

"아니."

"공범이었을까요?"

"모르지."

휴대폰 불빛을 비춰본 이채의 눈이 동그래졌다. 다리에 힘이 풀려 그대로 주저앉은 이채의 입에서 탄식 같은 이름이 튀어나왔다.

"……성수야."

그녀는 흙과 피가 엉겨 붙은 손을 바르르 떨었다. 주저앉은 자리도 피로 인해 눅눅해져 있었다.

공 작가의 마음이 불안으로 요동쳤다. 그에게도 익숙한 이름이었다. 'resemble man'이 언급했던 이름, 김성수.

"아는 사람이야?"

눈물로 얼룩진 눈망울이 공 작가를 응시했다. 어느새 흘러넘치기 시작한 눈물이 그의 가슴을 할퀴고 지나갔다.

"성수, 성수야!"

이채는 주저앉은 채로 기듯이 성수에게 다가가려다가 공 작가에게 제지당했다.

"건드리지 마. 어딜 어떻게 다친 건지 몰라."

몸을 가누지 못하고 공 작가에게 기댄 이채는 그의 옷자락을 손에 쥐고 흔들었다.

"이거 다 성수 피는 아니죠? 그렇죠? 괜찮겠죠?"

"괜찮을 거야. 구급차가 곧 올 거야. ……친구야? 친구가 공범인 거야?"

공 작가가 성수를 의심하자, 이채는 흐느껴 울면서도 목소리를 높였다.

"아니에요. 박물관 동료예요. 고등학교 동창이고, 또……."

그녀는 두서없이 말했다.

"그래도 공범일 수 있잖아."

"성수는 언니를, 좋아해요."

"그럼."

"이 멍청이가 혼자 언니를 찾아다닌 거예요."

이채는 감정을 주체하지 못하고 오열하기 시작했다. 성수를 위한답시고 언니의 일을 사실대로 말하지 않았다. 말했다면. 그랬다면.

1초가 영원 같은 시간이 흐르고 119 구급차의 사이렌 소리가 들렸다. 차에서 뛰어 내려온 구급대원들이 성수의 상태를 확인하고 이동식 안전 베드로 옮겼다.

공 작가와 이채도 구급차에 동승했다.

바이털 사인을 알려주는 모니터의 전자음이 유독 크게 들렸다. 두 명의 구급대원 중 한 명이 가까운 병원과 통화했고 다른 한 명이

출혈점인 성수의 복부를 압박했다.

동승자 좌석에 앉은 이채는 그 모습을 지켜볼 수가 없어서 눈을 꾹 감았다. 쉴 새 없이 흘러나온 눈물이 볼을 타고 흐르며, 그녀의 어깨를 감싸고 있는 공 작가의 옷자락을 적셨다.

"내 탓이에요."

그녀의 목소리가 가늘게 떨렸다.

날짜에 여유가 있다고 여겼다. 이미 새로운 흐름으로 접어들었다는 걸 깨닫지 못했다.

마음이 심란하기는 공 작가도 마찬가지였다. 류하가 이런 짓을 벌였다는 게 믿기지 않았다. 'resemble man'이 보낸 이메일의 내용도 계속해서 떠올랐다. 그의 말대로라면 다음은 이채 차례였다.

그동안 헛소리로 치부하며 대수롭지 않게 넘겼던 이채의 말들도 공 작가의 어깨를 무겁게 짓눌렀다.

앞에 누워 있는 성수는 수혈 팩과 인공호흡기를 달고 있었다. 복부를 칼에 찔린 상태였고, 출혈량이 상당했다. 바이털 신호가 불규칙적으로 변할 때마다 공 작가의 심장도 불안정하게 뛰었다.

이채가 두 손을 모아 성수의 차디찬 손을 꼭 쥐었다. 그리고 다시 눈물이 터졌다.

"괜찮을 거야."

공 작가가 말을 꺼낸 순간, 야속하게도 성수의 심박수가 떨어졌다. 전자음이 커졌고 구급대원의 움직임이 분주해졌다. 공 작가는 얼굴이 하얗게 질린 이채의 머리를 감싸 품에 끌어안았다.

"괜찮을 거야. 괜찮아."

해줄 수 있는 말이 그것뿐이었다.

그녀는 공 작가의 품에서 목 놓아 울었다. 괜찮다는 그의 목소리
도 삑삑거리는 전자음도 모두 그녀의 울음에 묻혔다.

그제야 공 작가는 알아차렸다.

이채가 자신을 밀어내던 이유. 고백을 하고도 한 걸음 물러서 있
던 이유.

언니를 찾는 일이 시급해서가 아니었다. 그녀는 알고 있던 것이
다. 피해자 가족과 가해자 가족, 둘은 결코 해피엔딩을 맞이할 수
없는 관계였다.

"괜찮아. 괜찮아."

바이털 신호음과 울음, 사이렌과 공 작가의 목소리가 억지스럽
게 뒤섞였다.

ㅇㅇㅇ

병원으로 찾아온 담당 형사는 몇 가지를 물은 뒤 내일 다시 오겠
다는 말을 남기고 돌아갔다. 이채는 창밖으로 멀어지는 경찰차의
모습에서 눈을 떼지 못했다.

"수사가 시작될 테니까 곧 찾을 수 있을 거야."

공 작가가 위로했지만 안타깝게도 큰 도움은 되지 않았다.

그녀는 경찰 개입으로 인해 흘러갈 미래를 어느 정도 알고 있었다. 물론 전과는 상황이 달랐다. 이제는 단순 실종이 아니라 형사사건이 되었다. 그러니 수사가 진행되겠지만, 신뢰는 가지 않았다.

류하 역시 더 치밀하게 숨어들 테니까.

그녀의 시선이 환자용 이불을 덮고 있는 성수에게로 옮겨갔다.

몇 시간에 걸친 수술을 끝내고 중환자실에서 1인 병실로 옮겨진 지 두 시간이 지났다. 출혈량이 많아서 위독했지만, 제때 도착해서 위기는 넘겼다고 했다. 장기 손상 정도도 심하지 않아서 생명에도 지장이 없다고 했다.

생각에 빠져 있는 이채의 어깨를 공 작가가 손으로 짚었다.

"괜찮아?"

"괜찮아요."

"뭐라도 좀 먹으러 가자. 이러다 같이 입원하겠어."

"괜찮아요."

"자꾸 괜찮다고만 하지 말고."

"원래 괜찮다 괜찮다 하면서 사는 거래요."

"해야 할 말도 있어."

"지금은 아무것도 못 먹을 것 같아요. 할 말이 뭔데요? 그냥 여기서 말해요."

"베란다 너머에 있다는 남자에 대한 얘기야."

슬픔이 가득한 이채의 얼굴 위로 곤란함이 덧씌워졌다.

"그건······."

"그래. 사정이 있는 건 알겠어. 그래서 그냥 넘어가보려고도 했어. 근데 일이 이렇게 되고 보니 안 되겠어. 그러면 안 될 것 같아. 나 이메일을 받고 있었어."

이채는 영문을 모르겠다는 얼굴로 되물었다.

"이메일······이요?"

"resemble man이라는 아이디야."

"닮은 남자?"

그는 고개를 끄덕였다.

"난 그가 베란다 너머에 산다는 남자라고 생각해. 당신 생각은?"

생각할 필요도 없었다. 공 작가에게 'resemble man'이라는 아이디로 메일을 보낼 만한 사람은 도하 말고 없으니까.

다만 그가 공 작가에게 따로 연락하고 있는 줄은 몰랐다.

"메일, 언제부터 받았어요?"

"당신이 납치당할 뻔했던 날. 그날 난 resemble man이 주는 정보를 따라서 움직인 거였어."

단지 운이 좋아서 구해진 게 아니었다. 월지 밖에서 이채의 실종을 확인한 도하의 도움이 있었던 것이다.

"나한테 왜 말하지 않았어요?"

"비밀을 지키면 다른 정보를 주겠다고 했어. 다른 정보는 류하에

254

관한 것이었고. 난 resemble man을 만나려고 리버빌 5층을 찾아 갔었어. 어떤 여자가 살고 있더라고. 베란다는 건너갈 수 없는 거리 라는 걸 확인했고."

"그럼, 그날 화를 냈던 건……."

늦은 새벽에 찾아와 비이성적으로 행동했던 공 작가가 뒤늦게 이해되었다.

"대체 그 남자는 누구지? 정보를 주면서 앞으로 나서지 않는 이 유는 뭐야? 그 남자, 류하랑은 무슨 사이고? 적인지 아군인지도 모 호해. 그는 처음부터 너무 많은 걸 알고 있었어."

쏟아지는 질문에 휩쓸리던 이채는 겨우 하나의 답을 내어놓 았다.

"적은 아니에요."

"대체 목적이 뭐야? 왜 앞으로 나서지 않는 거지?"

"공류하를 찾기 위해서예요. 그는, 3년 전부터 공류하를 찾았 어요."

"3년? 원한 같은 건가?"

"아뇨. 미안함과 애정, 그리움일 거예요. 형제 같은, 그런 사이니 까요. 그의 목적은 단지 공류하가 제 자리를 찾는 것뿐이에요. 목적 이 나랑 같으니까 우린 서로 협력하고 있어요."

공 작가는 형제 같은 사이라는 말에 집중했다. 닮았다던 얼굴.

"설마, 나처럼 어머니가 다른 형제야?"

"그건 아니에요. 미안해요. 내가 말해줄 수 있는 건 여기까지예요."

공 작가의 안색이 더욱 어두워졌다.

"김성수의 신변에 무슨 일이 생기면, 다음은 당신일 거라고 했어."

"알고 있어요."

"뭐?"

"알고 있었어요. 이 일, 공 작가님이 생각하는 것보다 위험해요."

"나에게 모두 말해주지 않는 이유가 그래서야? 위험해서?"

"그것도 있고요."

"이미 나도 이 일에 끼어들었어. 그걸 모르겠어? 난 resemble man에게 감시당하고 있는 것 같아. 그러니 말해 봐. 내가 모르는 게 뭔지."

"언젠가는, 모든 걸 말할 수도 있겠죠."

"언젠가?"

"하지만 지금은 아니에요. 부탁이에요. 더는 묻지 말아줘요."

공 작가가 그녀를 더 추궁하려던 순간 성수가 신음을 흘렸다. 이채는 구원이라도 받은 기분이었다.

"성수, 깨어날 때가 된 것 같아요."

"말 돌리는 건가?"

"네. 그러니까, 그냥 돌려줘요. 거짓말하지 않기로 했으니까."

공 작가는 입을 다물었다. 그녀를 더 다그쳐도 말하지 않을 것 같았다. 무엇보다 그에겐 추궁할 자격이 없었다.

비틀거리는 마음으로 고개를 돌려보니 성수의 눈꺼풀이 떨려오는 게 보였다. 마취에서 완전히 깨어나지 못해 몽롱한 정신으로 눈을 힘없이 깜박였다.

"성수야!"

이채는 간호사 호출 벨을 누르고 성수의 머리맡에 바짝 다가섰다. 성수는 한동안 아무런 대답이 없이 눈동자만 굴렸다.

곧이어 들어온 간호사가 성수의 상태를 살폈다.

"김성수 님, 여기가 어딘지 아시겠어요?"

성수는 고개를 한 번 끄덕였다.

"수액을 바꿔드릴 거예요. 통증이 심하시면 여기 이 버튼을 한 번씩 누르세요. 자주 눌러도 진통제는 30분에 한 번만 들어가니까 조절하시고요."

성수가 다시 고개를 끄덕이자, 간호사는 수액 팩을 교체해주고 병실을 나갔다.

이채가 걱정스레 물었다.

"많이 아파? 수술은 잘됐다고 하긴 했는데."

슬쩍 입꼬리를 올려 웃은 성수는 힘겹게 입을 열었다.

"……더럽게 ……아파."

이채는 성수가 목소리를 내는 것만으로도 안심되었다. 무사히 깨어나주었다는 사실이 더없이 고마웠다. 어느새 눈이 그렁그렁해졌다.

"너 정말 죽는 줄 알았어. 피를 얼마나 많이 흘렸는데……."

기어이 터져 나온 눈물을 훔친 이채가 말끝을 흐렸다.

덕분에 성수는 안절부절못하는 상태가 되었다. 그녀가 우는 모습을 보는 건 처음이었다. 고등학교 때부터 10여 년을 알아오면서 수많은 일이 있었지만, 우는 걸 본 적은 없었다.

"너 죽었으면, 그랬으면……."

"아, 안…… 죽었잖아. 나 괜찮아."

성수가 도와달라는 눈빛으로 뒤에 서 있는 공 작가를 바라봤지만, 그는 꼼짝도 하지 않았다.

어쩔 수 없이 성수는 잘 움직여지지 않는 팔로 티슈를 뽑아 이채에게 건넸다. 그녀는 티슈로 눈물을 닦고 야무지게 코까지 풀었다.

겨우 진정한 그녀는 성수를 원망 어린 눈으로 바라봤다.

"어떻게 된 거야. 왜 거기에 가 있었던 거야?"

"응? 뭐, 뭐……가?"

"너 우리가 발견했어."

성수는 눈에 띄게 당황하더니 슬쩍 화제를 돌렸다.

"우리 집에 연락 안 했지?"

"정신이 없어서 거기까지 생각 못 했어. 미안해. 지금이라도 해줄게."

이채는 주머니를 더듬어 휴대폰을 찾았다. 아무것도 잡히지 않아 당황하는데 공 작가가 챙겨두었던 휴대폰을 내밀었다.

그녀가 휴대폰을 받아 들자 성수가 손을 저으며 만류했다.

"아니, 아니야. 하지 말라고. 괜히 걱정하셔."

진정하고 대화를 이끌어나가려던 이채는 울컥해서 소리쳤다.

"그렇게 걱정할 짓을 왜 해! 거기엔 왜 간 거야! 우리가 발견하지 못했으면, 너 잘못됐을 수도 있었어! 알아? 피를 얼마나 많이 흘렸는데……."

다시 화제가 돌아와버렸다. 성수는 잔뜩 주눅이 든 채로 대답했다.

"알아. 나도 죽는 줄 알았어……."

컨테이너 창고 주변을 기웃거리고 있는데 뒤쪽에서 인기척이 느껴졌다. 돌아보기도 전에 어둠이 들이닥쳤다. 까끌까끌한 감촉의 천이 얼굴에 덧씌워졌고 아랫배에 불에 덴 듯한 통증이 느껴졌다. 온몸의 힘이 빠져나갔고 심장은 터질 것처럼 뛰었다.

정신이 아득해지는 가운데 눅눅한 흙냄새와 풀냄새가 뒤섞여 콧속으로 들어왔다. 그리고 점점 추워졌다.

당시 상황을 대강 설명한 성수는 그녀의 눈치를 살폈다.

화가 난 듯 보이던 그녀가 다시 물었다.

"거긴 왜 갔어?"

"……."

"왜 갔냐고."

이채가 재차 물었지만, 성수는 입을 꾹 다물었다.

"거기에 언니가 있었다는 건 어떻게 알고 간 거냐고!"

성수는 다채를 찾으러 갔다는 걸 이채가 알고 있다는 사실에 놀랐다. 그래서 더 말문이 막혔다.

"말해. 맞고 말할래?"

"……나 환자야."

"그러니까 왜 환자가 됐는지 말하라고."

성수는 어쩔 수 없이 실토했다.

"……누나, 찾으러 간 거 맞아."

이채가 숨을 들이켰다.

"너도 언니가 납치된 거 알고 있었어? 언제부터?"

'납치'라는 단어에 반응한 성수가 몸을 일으키려고 시도하다가 신음을 흘렸다. 옆구리를 부여잡은 성수는 이채에 의해 강제로 눕혀졌다.

"어딜 일어나. 누워 있어."

그는 미처 몰랐다는 듯이 재차 물었다.

"납치? 정말 납치야?"

"몰랐어?"

미친 듯이 찾아 헤매놓고 몰랐다는 건 거짓말이었다. 성수도 짐작하고 있었다. 다만 믿고 싶지 않았다.

"누나가 대답하는 게 이상해서 의심은 하고 있었어. 수수께끼 같은 말을 했거든."

이채는 그제야 퍼즐이 맞춰지는 게 느껴졌다. 성수가 고기를 들고 찾아온 날부터 느끼던 위화감이었다. 아니 어쩌면 그보다 더 오래전부터…….

"난센스 퀴즈라면서 우리에게 물어봤던 거? 그거지?"

"그런 식으로 이해할 수 없는 메시지가 왔어."

"설명해 봐. 처음부터."

"그러니까……."

다채를 찾아 나선 성수의 여정은 감탄스러울 정도였다. 턱없이 빈약한 단서를 메꾼 것은 미련하다 싶을 정도의 노력이었다. 김포의 컨테이너 창고를 찾아가기까지 허탕도 많이 친 듯했다.

성수가 설명을 마치자, 잠자코 있던 이채가 물었다.

"거기가 몇 번째였어?"

"열네 번째."

이채의 표정이 와락 구겨졌다. 그럼 하루 이틀 찾은 게 아니라는 뜻이었다.

"왜 말 안 했어! 나한테라도 말을 했어야지! 그럼 이런 일은 안 당했을 거 아니야. 너, 고기 사 들고 왔던 날, 이 얘기 하려던 거였지?"

"꼭 그런 건 아니고. 얼굴 보고 결정하려고 했어. 내 추리가 맞는지 확신할 수도 없었고."

"말하지 그랬어!"

성수는 슬쩍 말을 돌렸다.

"넌 어떻게 찾아온 거야? 그것도 형님이랑 같이."

형님이라고 친근하게 말한 부분에서 이채가 움찔거렸지만, 공작가는 달리 깊게 생각하지 않는 듯했다.

"우리도 언니를 찾고 있었어."

"뭐? 그럼…… 휴가, 그래서 낸 거였어? 누나 찾으려고? 왜 나한테 말하지 않았어?"

상황이 역전되었다.

"이렇게 될 것 같아서 그랬다 왜! 너 언니 일에는 물불 안 가리고 달려들잖아. ……안 그래도 너 누워 있는 동안 말할 걸 그랬다고 잔뜩 후회했어. ……언니는 봤어?"

성수는 고개를 저었다.

"창문으로 살펴봤는데 컨테이너 안이 연기로 자욱한 것처럼 뿌옇더라고. 들어가보려고 출입문 쪽을 기웃거리다가 이 꼴이 된 거야."

"연기? 불이라도 난 거야?"

"모르겠어."

"범인은 한 명이었어?"

이채는 공범이 있었는지를 확인하고 싶었다.

"얼굴에 천이 씌워져서 아무것도 확인할 수 없었어. 소리도 마땅히 들린 건 없었고, 누나…… 괜찮을까."

성수는 몸을 덮고 있는 담요를 휘어잡았다. 굳게 쥔 주먹 위로 핏줄이 불거졌다.

"경찰들도 찾기 시작했고, 우리도 계속 찾아볼 거야. 범인이 원하는 게 뭔지는 알고 있으니까."

이채는 그를 진정시키기 위해 긍정적인 말을 늘어놓았다.

"범인이 원하는 거? 넌 범인이 누군지 알아?"

이번엔 이채가 시선을 회피했다. 대답을 한 건 공 작가였다.

"범인은 내 동생입니다."

그의 말은 마법처럼, 성수를 얼려버렸다.

○○○

"지금 거신 전화는 없는 번호이오니 다시 확인하고 걸어주세요."

휴대폰 너머에서 들려오는 기계음은 도하를 당황케 했다.

마른세수를 한 그는 소파에 기대어 앉았다. 경망스러운 목소리를 기대했지만, 휴대폰 번호가 결번이라는 안내가 흘러나왔다. 랜은 고객마다 다른 전화번호를 알려주었다. 그러니 그동안 통화한 번호는 도하의 전용번호였다.

'휴대폰 번호가 사라졌다는 건…….'

월지 밖의 상황이 달라진 게 분명했다. 도하는 현관문을 노려보왔다.

'다른 번호를 안내받았거나, 의뢰하지 않았거나.'

랜에게 의뢰하지 않았다는 건 이채가 성공적으로 정다채를 구했다는 뜻이기도 했다.

'어쩐다.'

도하는 현관문 밖으로 나가볼지를 놓고 고민했다. 정다채를 성공적으로 구한 상태라면 다시 윌지 안으로 돌아오지 못할 것이다.

선뜻 밖으로 나가지 못한 건 기다려달라는 이채의 당부 때문이었다. 아니, 당부가 아니더라도 망설였을 것이다.

그녀를 보는 게 마지막이 될 수 있으니까.

하지만.

- AM 07:36

휴대폰 화면에 표시된 시각은 그를 초조하게 만들었다.

그녀가 인사도 없이 외출한 지 꼬박 하루가 지난 상태였다. 마냥 기다릴 수만은 없는 노릇이었다. 도하와 이채가 원하는 대로 미래가 바뀌었다면 다행이지만, 잘못된 방향으로 틀어졌다면 작은 도움이라도 줘야 했다.

도하는 베란다로 나가 건너편 토마토 빌라 501호를 응시했다.

그녀는 좋아한다고 말했다.

공 작가를 좋아한다는 것일까. 아니면 그 마음에 자신도 포함되는 것일까.

264

도하의 입가에 자조 섞인 미소가 걸렸다. 생각해보니 그녀를 속이기만 했다. 거짓말로 시작된 관계는 수많은 비밀 속으로 함몰되어 버렸다. 그러니 지금의 그는, 공 작가와 그녀의 이야기를 훔쳐보는 관람객에 지나지 않았다.

처음부터 진실을 말했다면, 그랬다면 무언가 달라졌을까.

그녀를 좋아한다. 아니 사랑한다.

월지 밖에서 경험한 수천, 수만의 시간 동안 그녀를 사랑했다. 하지만 후회해 봐야 소용없는 일이었다. 이미 지나간 일이며, 달이 차오르면 끊어질 인연이었다.

도하는 엉겨 붙은 생각을 떨쳐내며 이채의 집으로 건너갔다. 그리고 그녀의 책상 위에 놓인 A4용지에 긴 편지를 썼다.

확인해야 할 게 있어서 문밖으로 나가볼 수밖에 없었다고. 기다리지 못해서 미안하다고…….

흔들리는 마음을 담고 보니 온통 미안한 마음뿐이었다. 그는 A4용지를 눌러놓을 만한 것을 찾았다. 책상 위에는 류하의 나이프와 가짜 연옥 목걸이가 보였다. 둘 다 도하의 시간에서 건너온 것이었다.

연결이 끊어지면 이 물건들은 어떻게 되는 걸까.

그녀에게 남았으면 좋겠다는 바람을 담아 연옥 목걸이로 A4용지를 눌러놓았다. 그리고 그녀의 베란다 문을 닫고 자신의 시간으로 돌아갔다.

도하는 망설임 없이 현관문을 열었다.

밖으로 몸을 내민 순간 격렬한 통증이 밀려왔다. 속절없이 쓰러진 그는 바닥에 얼굴을 묻고 허우적거렸다. 한동안 거친 숨을 몰아쉬던 그는 그대로 돌아누웠다. 복도의 진회색 천장이 빙글빙글 돌다가 멈췄다.

정신을 차려보니 차가운 바닥은 오히려 머리를 식혀주고 있었다.

'이렇게 바뀐 건가.'

이채는 실패했다. 그녀가 들어오지 않는 이유도 확인했다. 도하는 변한 상황들을 머릿속으로 정리했다. 그중 가장 중요한 변화는 랜에게 의뢰를 넣는 시기가 앞당겨진 것이었다. 하지만 그때의 랜은 다른 사건을 맡고 있다며 의뢰를 거절했다.

직통번호가 결번인 이유는 그 때문이었다.

현재는 다른 정보 업체를 고용하고 있었다. 그 업체가 가져오는 정보의 질은 랜이 가져오던 것에 비할 바가 못 되었다. 막연히 랜의 능력이 좋다고 여기고 있었지만, 그 차이가 선명했다.

도하는 집 안으로 들어와 잠시 숨을 골랐다. 그리고 그가 고용한 새 정보 업체인 '저스티스'에게 전화를 걸었다.

"안녕하십니까. 오늘은 무슨 일로 전화하셨습니까."

랜의 경박한 목소리에 길들여졌는지 중후한 목소리가 어색하게 느껴졌다.

"3년 전 어제와 오늘, 정이채 씨에게 일어났던 일을 정리해서 메일로 보내주세요."

"알겠습니다."

"그리고 TOP이라는 곳이 어떻게 되었는지도요."

"TOP이요?"

상대가 되물었다.

"5월 17일 정이채 씨의 납치 미수 사건이요. 범인들이 TOP이라는 정보 업체 일원일 텐데요."

"음, 그 사건이요? 동종 업체인 모양이군요. 정확한 정보입니까?"

되려 묻는 태도에 도하는 실망스러움을 느꼈다. 3년 가까이 사건을 추적했지만, 그가 제공해주는 정보는 턱없이 부족했다.

"동종 업체들끼리만 알아볼 수 있는 흔적이 있다고 하던데요."

"알아볼 수도 있겠네요. 우리도 교류가 전혀 없는 건 아닙니다."

"그리고 정보 상인 랜을 찾고 싶습니다. 연락할 방법을 알아봐주세요."

"알겠습니다. 요청하신 내용은 메일로 보내드리겠습니다."

담백하게 답한 상대는 전화를 먼저 끊었다.

도하는 소파에 기대어 피로감을 느끼며 눈을 감았다. 머릿속이 점점 더 뒤죽박죽되어 갔다. 잠시 후 랜의 번호가 전송되었다. 처음 보는 번호였다.

전화를 걸자 익숙한 연결음이 끝나고 경망스러운 목소리가 들려왔다.

"언제나 최선을 다하는 빠름빠름빠름 강랜입니다. 무엇을 도와 드릴까요?"

"3년 전에 있었던 실종 사건에 대한 재조사를 의뢰하고 싶습니다."

"아, 죄송합니다만 고객님. 현재 예약된 업무량이 많아서……."

도하는 그의 말을 자르고 덧붙였다.

"선불로 세 배를 드리죠."

"그렇게 말씀하셔도 신뢰를 목숨처럼 생각하는 저는!"

"다섯 배."

"……성심을 다해 모시겠습니다. 구체적으로 어떤 정보를 원하십니까."

도하의 한쪽 입꼬리가 비틀린 듯 올라갔다. 월지 밖의 랜은 도하를 알지 못했지만, 도하는 랜을 잘 알고 있었다.

"정다채, 정이채, 공류하, 김성수 네 명의 정보를 원합니다. 네 사람의 간단한 프로필은 제공하겠습니다. 3년 전 5월, 6월, 7월에 이들에게 어떤 일이 일어났는지 조사해주세요. 보고는 매일, 가벼운 정보부터 누적 형식으로 안내해주시면 됩니다. 파일은 한 개로 만들어주세요. 수정 사항이 있으면 새 파일이 아니라 기존 파일에 업데이트하는 형태로 보고 싶습니다."

"매일, 이요?"

"네. 매일입니다. 매일 성과가 있길 바라는 건 아닙니다. 성과가 없으면 전날에 보냈던 메일을 다시 보내주시면 됩니다. 가능합니까?"

"네. 고객님이 원하신다면, 그렇게 해야죠."

"첫 번째 메일은 몇 시간 내에 받을 수 있을까요?"

"시간이요? 기초 조사라고 해도 며칠은 걸……"

"열 배면 어떻습니까."

"……오늘 해가 지기 전에 확인하실 수 있도록 보내놓겠습니다."

"세금 계산서는 바로 발행해서 보내주세요. 개별적으로 연락할 직통 번호도요."

랜은 바로 답하지 않았다. 꼬박꼬박 세금 계산서를 발행한다는 것은 물론 의뢰자별로 다른 번호로 연락하는 것까지 알고 있어서인 듯했다.

도하가 재촉하듯 말했다.

"열두 배."

"네, 고객님. 빠름빠름빠름한 서비스로 신속 정확하게 모시겠습니다."

전화를 끊은 도하는 마음에 바람이라도 든 것처럼 심란했다.

'랜에게 더 빨리 의뢰하면 더 많은 정보가 생길 거야.'

왜 미처 생각하지 못했나 싶을 정도로 간단한 일이었다. 이채와 공 작가를 이용해서 의뢰 시점을 앞당기면 되는 것이다.

랜은 정다채가 변사체로 떠오른 다음인 6개월 이후부터 조사에 착수했다. 6개월이나 지난 상태에서도 많은 증거를 찾아냈으니 그보다 빨리 랜을 고용하면 상황이 뒤바뀔 수 있었다. 어쩌면 류하의 위치까지도 알아낼 수 있을 것이다.

베란다를 훌쩍 넘어간 도하는 이채에게 써두었던 편지를 회수했다.

'남은 시간은 일주일 남짓.'

○○○

"들어가."

"먼저 가요. 내려가는 거 보고 들어갈게요."

공 작가는 이채가 등지고 선 501호 현관문을 응시했다. 입술을 몇 번 달싹이던 그는 한숨 섞인 목소리를 내뱉었다.

"오늘은 푹 쉬어. 오후에 경찰서는 나 혼자 갈게. 집에만 있으라고 말해도 안 들을 테니까, 나갈 때는 나 불러. 무슨 일 있어도 부르고."

"알았어요."

공 작가는 그제야 발길을 돌려 계단을 내려갔다.

이채도 돌아서서 현관문을 마주했다. 도어락 주위를 맴돌던 손가락은 비밀번호를 누르는 대신 벽을 짚었다.

270

'걱정하고 있을 텐데.'

기다리고 있을 그에게 실패했음을 말해야 했다.

'실망하겠지.'

어색해진 관계는 이제 아무런 문제도 되지 못했다. 두 사람에게 주어진 커다란 숙제 앞에서 다른 사소한 것들은 모두 힘을 잃어버렸다.

'미래는 어떻게 바뀌었을까.'

긍정적인 방향이 아닌 것만은 분명했다.

묵직한 마음을 겨우 추스른 그녀는 비밀번호를 눌렀다. 현관문을 열고 들어가 보니 식탁 앞에 누군가 앉아 있었다. 불도 환하게 밝혀져 있었다.

도하임을 확인한 이채는 놀란 가슴을 쓸어내렸다.

"놀랐잖아요. 왜 남의 집에 있어요."

저도 모르게 날카로운 목소리가 흘러나왔다.

"너무 늦길래."

안으로 들어선 이채는 크로스백을 의자 위에 던지듯 놓았다. 도하의 눈길이 흙과 핏자국으로 얼룩진 그녀의 원피스 자락에 잠시 머물렀다. 시선을 느낀 이채는 어떻게 말을 꺼내야 하나 고심했다.

먼저 입을 연 건 도하였다.

"배고파."

"네?"

"라면 끓여준다면서. 굶어 죽겠어."

그러고 보니 그런 약속을 했다. 해결될 줄 알았으니까…….

일이 이렇게 될 줄도 모르고 한가하게 그와의 이별을 계획했다.

"잠깐만 기다려요. 꼴이 이래서요."

갈아입을 옷을 챙겨 화장실에 들어갔다 나온 그녀는 싱크대 앞에 서서 냄비에 물을 올렸다. 물이 끓어오를 때까지 단 한마디도 오가지 않았다.

이채는 등을 돌린 채로 말했다.

"왜 안 물어봐요? 하긴, 내 표정 보면 알겠구나. 공류하와 언니가 머물던 곳을 찾긴 했는데, 둘 다 사라진 다음이었어요. 목걸이가 가짜인 것도 들킨 것 같아요. 이제 더 찾기 힘들어졌어요. 그리고 성수가 다쳐서 병원에 입원했어요. 경찰에 신고했고요."

그녀는 면과 스프를 넣고 참치 통조림 캔을 땄다. 캔을 반쯤 열었을 때 딱, 소리와 함께 고리가 떨어져 나갔다. 되는 일이 하나도 없었다. 그대로 면실유를 따라서 버리고 숟가락으로 참치를 퍼서 라면에 넣었다.

불을 끄고 접시로 옮겨 담는데, 도하가 담담한 어조로 말했다.

"미래가 변했어. 당신 언니와 류하는 둘 다 실종 상태야. 시신도 찾지 못했어. 경찰 수사는 일주일 뒤에 종결돼."

저절로 욕지기가 새어 나왔다. 이채는 고개를 돌렸다.

"종결이요?"

"아버지가 움직이셨어. 류하와 관련 있는 걸 알고 수사를 방해한 것 같아. 제대로 된 수사는 시작하지도 않았어."

역시 경찰은 믿을 수 없었다. 그녀는 라면 그릇을 식탁으로 옮겼다.

"성수랑 나는요?"

"실종돼. 실종 시점이 계속 변하고 있어서 가늠할 수가 없어."

"결국, 나랑 성수는 실마리에 근접했다는 거네요. 그거면 됐어요."

냉장고에서 김치를 꺼내 온 그녀는 어느새 평정을 되찾은 것처럼 보였다.

"그렇게 쉽게 생각할 일이 아니야."

그녀는 도하의 맞은편에 앉아서 물을 한 모금 마셨다.

"상황이 어떻게 흘러가고 있는지 정도는 알아요. 이제 공류하가 우리를 주시할 거예요. 조심해서 움직여야겠죠. 계획도 새로 짜야 하고요."

생각을 늘어놓던 이채는 무언가를 깨닫고 말을 이었다.

"밖에 나갔다 온 거죠?"

"응."

조금이지만 배신감이 들었다. 결국, 기다려달라는 부탁을 들어주지 않은 셈이었다. 작별 인사를 하자는 게 뭐 그리 어려운 부탁이라고.

물론 많이 늦긴 했지만…….

"지금 중요한 건 그게 아니니까요."

이채가 젓가락을 들자 도하도 라면을 먹기 시작했다. 둘 다 만 하루 만에 먹는 첫 끼니였다. 몇 젓가락을 깨작거리던 이채가 넌지시 물었다.

"resemble man. 도하 씨죠?"

"……맞아."

"그러다가 공 작가님이 모든 걸 눈치채면 어쩌려고 그랬어요."

"필요한 일이었어. 이미 어느 정도는 눈치챈 것도 같고. 의도했던 바야."

이채는 원망의 말을 할 수가 없었다. 그가 'resemble man'으로 메일을 보내지 않았다면 그녀는 이 자리에 없었을 테니까.

"시간이 연결된 것까진 모르죠?"

"상식적인 일은 아니니까."

"……공 작가님은 괜찮아요?"

"아니. 충격받았지. 여러모로."

"……."

또 도하를 통해 공 작가의 마음을 훔쳐본 셈이었다. 마음은 불편했지만, 지금의 이채에게는 공 작가를 신경 써줄 여유가 없었다.

다채가 더 위험해졌다. 실패해서는 안 되는 일이었다. 화가 난 류하가 다채를 함부로 대할 수도 있었다. 그러니 지금부터 신경 써야 할 건 한 가지뿐이었다.

"공류하를 찾을 방법이요. 생각해둔 것 있어요? 공류하가 탔던 차를 뒤지는 것 말고는 생각나는 게 없어요."

도하에게 의견을 청했을 때 초인종이 울렸다. 화들짝 놀란 이채는 긴장을 늦추지 않은 채 외쳤다.

"누구세요?"

문밖에서 의외의 목소리가 들려왔다.

"나야."

"미쳤어!"

질겁하며 일어선 그녀가 현관문을 열었다.

환자복을 입은 성수가 옆구리를 부여잡은 채 서 있었다. 이채가 멍하니 바라보자, 성수는 비틀거리며 안으로 들어섰다.

"이 빌라는 엘리베이터 안 생기냐? 힘들다."

정신을 차린 이채가 소리쳤다.

"병원 탈출했어?!"

"답답해서. 아까는 형님이 있어서 말도 제대로 못 했, 아, 계셨네요."

성수와 도하의 눈이 마주쳤다.

"일단 들어오지."

라면을 먹다 말고 일어선 도하의 말에 성수는 어색하게 웃었다. 그리고 비적비적 집 안으로 들어섰다. 이채는 막 신발을 벗은 성수의 팔을 잡아끌었다.

"이리 와."

"왜?"

"너 누워야 해."

성수를 억지로 침대에 데려다 눕힌 그녀가 이불을 덮어주었다. 그러자 성수는 반항하듯 몸을 일으키려고 했다.

"안 누워도 돼."

이채는 그의 가슴팍을 밀어 다시 눕혔다.

"너 어젯밤에 수술 받았어! 구급차에서도 몇 번이나 요단강 건널 뻔했다고!"

이채가 엄포를 놓자, 그는 그제야 얌전해졌다.

다가온 도하가 그녀를 현관문 쪽으로 이끌었다. 침대와 최대한 멀리 떨어진 도하가 나지막이 물었다.

"어쩔 생각이야?"

이채는 차라리 잘됐다는 생각이었다.

"이렇게 된 거 그냥 다 말해요. 공 작가님이랑도 계속 마주칠 텐데 속이는 데도 한계가 있어요. 오늘은 정신이 없어서 그냥 넘어갔지만, 곧 이상하게 생각할 거예요. 그리고 성수 인생도 걸려 있잖아요."

상황은 이미 엉망진창이었다. 예측 불가능한 방향으로 흘러가기 시작했다. 변수고 뭐고 고양이 손이라도 빌려야 할 판이었다. 다채가 납치당했다는 걸 알게 된 마당에 성수가 손 놓고 치료에 전념할 리도 없었다.

하지만 사실을 알리는 것과는 별개로 근본적인 문제가 있었다.

"믿을까?"

"아마도요."

"저 친구, 끌어들인 걸 후회하지 않겠어?"

"스스로 선택할 수 있게 해주는 게 맞아요. 아무것도 모르고 뛰어들게 두느니."

이채는 다시 도하를 이끌고 성수 앞에 섰다. 미묘한 분위기를 감지한 성수가 큰 소리로 헛기침을 했다.

"내가 모르는 게 뭐야. 간단하게 요점 정리부터 해 봐."

간단하게 말하자면 이랬다.

"네가 병원에서 만난 공 작가님은 우리와 같은 시간대를 살아가는 사람이고, 지금 눈앞에 있는 도하 씨는 3년 후의 미래에서 온 사람이야."

"응?"

"그러니까 앞집에 사는 도하 씨는 지금, 시간 여행 중이야."

"뭔 소리야?"

"저 베란다를 넘어가면 3년 후의 미래로 연결된다고."

"뭐라는 거야. 장난해?"

이채는 이마를 매만졌다. 구구절절 설명하느니 보여주는 게 나을 것 같았다.

"3년이 지나도 알아볼 수 있을 만한 거로 소지품 하나만 줘 봐."

"소지품? 나 휴대폰만 들고나왔는데."

이채가 손을 내밀자, 성수는 휴대폰을 건네주었다. 그녀는 휴대폰의 전원을 꺼서 지퍼백에 담더니 현관문을 향해 움직였다.

"야, 어디 가!"

"1층에 갔다가 올 거야. 누워 있어. 금방 올게."

성수는 몸을 반쯤 일으켰다가 현관문 닫히는 소리에 다시 누워버렸다. 생각해보니 따라가는 것은 무리였다. 옆구리를 부여잡고 계단을 오르는 건 너무 힘들었다. 다시 왕복했다가는 119를 불러야 할 것 같았다.

대신 성수는 옆에 있는 도하를 힐긋거렸다. 이채가 없으니 괜히 어색했다. 두 남자는 그녀가 돌아올 때까지 각자 벽지 무늬를 감상했다.

다행히 그녀는 금세 돌아왔다.

"도하 씨. 같은 자리에 묻었어요."

말뜻을 알아차린 도하는 바로 베란다를 넘어 리버빌로 돌아갔다. 성수는 베란다를 훌쩍 넘어가는 도하를 보고 입을 쩍 벌렸다.

"설마 이렇게 다니시는 거야? 베란다로?"

"응."

"로미오와 줄리엣이냐? 그러다 떨어지면 죽어. 여기 5층이야. 안

278

전 불감증이네. 안전 불감증이야. 그런데 뭘 묻어? 서, 설마 내 휴대
폰을 묻어버린 건 아니지?"

"응. 금방 다시 파 올 거야."

"야! 휴대폰 약정 남았어!"

큰 소리를 낸 그는 다시 옆구리를 부여잡았다.

"알았으니까 기다려 봐."

성수는 미심쩍은 눈빛을 보냈다. 무슨 일을 꾸미는지 알 수 없었
다. 도하가 돌아오길 기다리며 베란다를 바라보던 그녀는 성수의
눈빛을 의식하고 물었다.

"왜 그렇게 봐?"

"정말 시간 여행이라도 한다는 말을 하고 싶은 거야? 지금 그 증
거를 보여주려는 거고?"

"내가 거짓말하는 것처럼 보여?"

"……."

"나도 믿는 데, 오래 걸렸어. 믿게 된 다음에도 한동안은 실감 나
지 않았고."

때마침 기척과 함께 도하가 돌아왔다. 도하의 손에는 흙투성이
인 지퍼백에 들려 있었다. 그 안에서 휴대폰을 꺼내 성수에게 건네
주자 묘한 긴장감이 느껴졌다.

성수는 전원을 켜고 액정을 확인했다. 그 순간 부재중 통화 알림
이 연달아 찍히기 시작했다. 문자 수신음도 마찬가지였다.

"뭐, 뭐야. 왜 이래?"

문자 내용을 미처 확인할 겨를도 없이 또 다른 문자가 도착했다. 한동안 울리던 알림이 멈춘 다음에야 바뀐 내용을 확인할 수 있었다.

액정에 표시된 날짜는 3년 후 오늘이었다. 단지 날짜만 바뀐 것이 아니었다. 중간 중간 휴대폰 요금도 착실하게 통장에서 빠져나갔다. 무려 36개월 동안이나 착실하게.

성수는 나머지 문자와 부재중 통화 알림도 확인했다. 부재중 전화가 100통 넘게 찍혀 있었다. 문자도 마찬가지였다. 몇백 개의 읽지 않은 문자가 성수를 기다리고 있었다.

문자는 대부분 성수를 찾는 내용을 담고 있었다. 한 달간 폭발적으로 이어지던 문자는 점점 수신 빈도가 줄어들었다.

성수가 설명을 요구하는 얼굴로 이채를 응시하자 도하가 대신 말문을 열었다.

"이채 씨가 화단에 묻은 휴대폰을 내가 가서 파 온 거야. 그러니까 이 휴대폰은 3년 뒤의 물건인 셈이지."

휴대폰을 다시 만지작거리던 성수가 도하를 올려다보았다.

"나, 실종돼요?"

도하는 대답하지 않았다. 그리고 그것만으로도 충분한 대답이 되었다. 성수는 문자 내용을 다시 살폈다. 그런데 아무리 찾아봐도 이채와 다채의 문자가 없었다.

"다시 갔다 올게. 기다려."

이채가 사라진 다음에도 성수는 계속 문자를 확인했다. 성수의 실종을 슬퍼하는 이들의 문자를 읽다 보니 울컥하는 감정이 치밀어 올랐다.

문자를 하나하나 정독하고 있는데 갑자기 눈앞이 환해졌다. 동시에 손에 쥐고 있던 휴대폰이 감쪽같이 사라졌다. 휴대폰은 마치 공기 중으로 부서지듯이 흩어져버렸다.

"어?"

당황해서 고개를 들어 올리니 도하도 놀란 얼굴이었다. 그리고 막 집 안으로 들어선 이채가 성수의 휴대폰을 흔들며 다가왔다.

도하가 성수를 향해 속삭이듯 말했다.

"미래 쪽에서 온 휴대폰이 사라진 건 당분간 말하지 말아줘."

"네?"

"부탁해."

성수는 작게 고개를 끄덕였다. 그새 침대 앞까지 다가온 이채가 휴대폰을 내밀었다.

"자, 이번엔 이걸 확인해 봐."

얼떨떨해하던 성수는 휴대폰을 받아서 바로 전원을 켰다. 액정에 표시된 날짜가 오늘로 돌아와 있었다. 수백 통의 문자와 부재중 알림도 없었다.

그는 잠자코 생각을 정리했다.

"좋아. 난 설명을 들을 준비가 된 것 같아. 누가 설명할 거야?"

이채는 성수에게 베란다 시간 여행의 법칙과 현 상황을 설명하기 시작했다. 성수는 조용히 경청했다.

모든 이야기를 들은 그가 첫 번째 질문을 했다.

"이대로면 우리 셋 다 실종된다는 거야? 아마도 살해당할 거라는 거지?"

"전부 사실이야. 의심스러우면 베란다를 넘어가보면 돼. 현관문 밖으로 나가지 못할 테니까. 아니면, 베란다 아래로 뛰어내리는 걸 보여줄 수도 있어."

천천히 이채와 도하를 돌아본 성수의 눈빛에 혼란이 가득했다.

"됐어. 믿어."

"어?"

"네가 누나를 두고 이런 장난을 칠 리가 없잖아."

믿어줄지도 모른다고 생각했지만, 너무 쉽게 믿어버리니까 괜히 기분이 이상했다. 그녀는 손가락을 꼼지락거렸다.

성수는 환부가 결리는지 옆구리를 매만지며 물었다.

"다음 계획은 뭐야?"

이채의 얼굴이 급격히 어두워졌다.

"지금 상황은 계산에 없었어. 지금부터 다시, 아니 처음부터 다시 계획을 세워야 해. 그리고 아직 말 못한 게 있어."

"뭔데?"

이채는 입술을 떼고도 한참을 머뭇거렸다.

"언니가 죽었을 때 말이야. 그러니까 도하 씨가 본 미래인데. 언니가 죽은 채로 발견되었을 때 말이야. ……그때의 언니는 임신 중이었어."

성수의 얼굴에서 핏기가 가셨다.

"뭐?"

조용히 듣고 있던 도하가 입을 열었다.

"뭔가 오해한 것 같은데."

"네?"

"류하 애가 아니야."

"그럼요!?"

이채가 따지듯이 되물었다.

"유전자 검사결과 류하와 일치하지 않았어. 공범이 있다는 가설이 세워지긴 했는데, 달수가 많아서 흐지부지되었어. 납치되기 전에 임신한 거야."

"말도 안 돼요! 언니는 남자 친구가 없었어요. 그럼 누구 애라는 거예요."

이채가 도하의 말을 부정하는데, 넋이 빠진 듯한 성수가 나지막이 말했다.

"……나."

○○○

독립문을 닮은 대문 앞에 도착한 공 작가는 휴대폰을 꺼내 메일함을 열었다.

마약 단속반 형사로부터 회신된 메일은 짧았다. 통화 내용만 가지고 재수사를 하기는 어렵다는 내용이었다. 상대가 너무 거물이라는 언급도 있었다.

'피하지 말자.'

그는 대문을 열고 들어가 정원을 가로질렀다. 한 걸음 한 걸음 내딛을수록 어깨가 묵직해졌다. 그래도 걸음을 늦추지는 않았다.

집 안으로 들어서자 재희가 공 작가를 맞아주었다.

"이 시간에 어쩐 일이니?"

재희는 걱정스러운 얼굴로 옷매무새를 다듬었다. 구두를 벗고 들어서는 공 작가의 뒤를 따르며 그녀가 재차 물었다.

"무슨 일 있니?"

"아버지는 계세요?"

"서재에 계셔. 무슨 일인데 그래."

"같이 가세요. 말씀드릴게요."

공 작가는 성큼성큼 걸음을 옮겼다. 뒤를 따라 걷던 재희는 공 작가의 옷에 묻은 피를 뒤늦게 발견했다.

"다쳤어? 많이 다친 거니?"

"제 피가 아니에요."

담담하게 대답한 공 작가는 노크도 하지 않고 서재 문을 열어젖혔다. 책을 읽던 아버지가 고개를 들었다.

"예의를 다시 배워야겠구나."

그는 다시 책으로 시선을 옮겼다.

공 작가는 한동안 그런 아버지를 노려보았다. 원망과 슬픔, 미움이 한데 뒤엉킨 눈빛이었다.

"왜 왔는지 궁금하지도 않으세요?"

"귀찮게 구는구나. 무슨 일이냐."

무슨 일인지 알고 싶어 하는 목소리가 아니었다. 단지 용건 정도는 들어주겠다는 듯한 투였다.

"류하, 지금 어떻게 지내는지 아세요?"

"궁금하지 않다."

"그 애, 사람을 납치했습니다. 한 명은 칼로 찌르기까지 했고요. 이 옷에 묻은 피 좀 보세요."

그제야 아버지는 공 작가에게 관심을 보였다.

"알아듣게 말해 봐."

"큰어머니가 수집하시던 고서 중에 '시간을 되돌릴 수 있는 목걸이'에 대한 얘기가 나와요. 류하는 그걸 진짜로 믿고 있고요. 그래서 그 목걸이를 가지고 있던 사람을 납치했습니다. 강도질로도 모자라 사람을 칼로 찌르기까지 했다고요."

공 작가의 말을 듣고도 아버지는 흔들림이 없었다. 곁에 서 있던 재희의 안색만이 파리해졌다.

"류하가 정말 그랬다는 거냐."

"처음엔 저도 믿지 않았습니다. 직접 보기 전까지는……."

"멍청하기는."

그는 혀를 쯧, 하고 찼다.

"류하를 찾아주세요. 아버지는 찾으실 수 있잖아요. 더는 죄를 짓지 못하게 해야 해요."

"내치길 잘했구나. 네 말이 사실이면 큰일 날 뻔했어."

서재의 공기가 숨통을 조여왔다.

"아버지."

"난 아무것도 할 생각 없다. 안 그래도 의심하는 눈초리가 있는데 공연히 나서면 내 아들이라고 광고하는 꼴이지. 너도 들여다보지 마라."

어쩌면 이렇게 한결같을까.

공 작가는 이 이상 무언가를 기대하는 게 의미 없다는 걸 깨달았다.

"납치 사건 수사가 시작됐으니 류하와 아버지가 드러나는 것도 시간문제일 텐데요. 모처럼 자극적인 기사니 기자들이 달려들겠네요."

아버지는 픽 웃으며 시선을 책으로 돌렸다.

"피해자가 누구든 합의하면 될 일이야. 일주일도 안 돼 수사 종결될 테니 신경 쓸 것 없다. 이럴 때를 위해서 인맥 관리를 해놓는 거다."

"류하 때는 왜 가만히 계셨습니까. 그 인맥, 그때도 쓰셨어야죠. 주식 때문입니까?"

"그때는 언론이 먼저 터트렸다. 난도질당하는 건 순식간이지. 너도 반은 공인이니 알아둬라. 요즘 톡톡히 고생하는 것 같다만."

"그럼, 류하는 저대로 둘 생각이십니까?"

"아들 하나 없는 셈 치면 된다. 그렇게 모자란 놈은 필요 없어."

공 작가는 오히려 머리가 맑아지는 느낌이었다. 그동안 아들로 인정받기 위해 애썼던 마음이 부질없게 느껴졌다. 그의 눈 밖에 날까 싶어 전전긍긍했던 시간도 모두.

"그럼, 저도 없는 셈 치시죠."

공 작가는 몸을 돌려 서재를 벗어났다. 조금이라도 더 빨리 이 집에서 나가야겠다는 생각뿐이었다.

뒤따라 나온 재희가 애타게 공 작가의 이름을 불렀지만 돌아보지 않았다.

"도하야!"

겨우 따라잡은 그녀가 공 작가의 팔을 붙잡아 세웠다.

"류하 얘기, 진짜니?"

"……네."

"어쩌다가. 그 애가……."

그녀의 얼굴이 흐려졌다. 새엄마로서든, 유모로서든 류하를 키운 건 그녀였다.

"이제 더는 류하를 모른 척할 수 없어요. 아니, 모른 척하지 않을 겁니다."

"뭘 어쩌려고."

"곧 아시게 될 거예요. 어머니께는 죄송합니다."

"도하야."

공 작가는 하얗게 질린 재희를 뒤로한 채 집을 나섰다.

'기분 거지 같네.'

그는 휴대폰을 꺼내 윤형에게 전화를 걸었다.

○ ○ ○

지금 성수가 '나'라고 말한 건가? 이채는 자신의 귀를 의심했다.

"……뭐?"

"그날, 누나가 목걸이 집어 던졌던 날. 그날."

"설마 너."

"누나는 필름이 끊겼다지만, 난 전부 기억하거든."

성수는 자신의 머리를 흐트러트렸다. 그러다 옆구리가 욱신거리는지 인상을 썼다.

이채는 한동안 멍하니 서 있었다. 그동안 이상했던 성수의 행동이 하나둘씩 떠올랐다. 항상 '형부' '형부' 노래를 부르더니 정말 형부가 될 모양이었다.

"그래. 그럼 그 문제는 일단 제외하고……."

성수의 애라니.

이걸 다행이라고 여겨야 하는 걸까. 판단을 보류한 그녀는 생각을 정리하며 중얼거리듯 말했다.

"공류하는 미래에 언니를 한 번 죽였어. 언제든 상황이 틀어지면 언니를 죽일 수 있다는 얘기야. 그리고 지금, 상황이 다시 틀어졌어."

성수가 물었다.

"잠깐, 나 사실 병원부터 궁금한 게 있었어. 형님은 왜 돕는 거예요? 공 작가님도 그렇고요. 동생이 감옥에 가도 괜찮아요?"

도하는 바로 대답했다.

"죄를 지었으면, 받아야지."

"누나를 구하는 데 일조하고 감형이라도 바라는 건 아니고요?"

"맞아."

그는 이채도, 성수도 아닌 베란다를 바라보며 말을 이었다.

"시간이 연결된 걸 알았을 때, 이채 씨가 3년 전을 살아가는 사람이라는 걸 알았을 때, 그땐 그랬어."

"그럼……."

"선을 넘기 전에 해결할 수 있을 줄 알았어. 그런데 내가 잘못 생각하고 있었나 봐. 류하는 사람을 납치한 순간 이미 선을 넘은 거야."

도하의 고뇌가 흘러넘쳐서 방 안을 가득 메웠다. 분위기가 가라앉자 성수가 힘겹게 몸을 일으켰다.

이채가 팔을 뻗어 그의 움직임을 저지하려 했다.

"움직이지 말라니까!"

성수는 이채의 손길을 간단히 뿌리쳤다.

"됐어. 내 몸 걱정은 누나 찾은 다음에 하자."

그는 책상 앞으로 걸어가 서랍을 뒤적거렸다.

"포스트잇 있어? 여러 가지 색이 필요한데."

"그건 왜? 세 번째 서랍이 사무용품이야."

이채는 영문을 모르겠다는 얼굴을 했다. 서랍에서 포스트잇 뭉치를 찾아낸 성수는 이채와 도하에게도 나누어주었다.

"연보라색은 이채, 노란색은 나, 하늘색은 형님."

성수는 노란색과 연두색의 몫의 포스트잇을 들고 베란다 문 앞에 섰다.

"계획을 새로 세워야 한다고 했지? 당장 생각나는 게 없으면, 우리가 잘하는 것부터 해보자."

"잘하는 것?"

"복원해보자고. 각자의 시간을 조합해서 상황을 복원해보자."

성수는 연두색 포스트잇에 무언가를 적었다.

"연두색은 다채 누나."

그는 '연옥 목걸이를 얻었다'라고 쓴 포스트잇을 베란다 창에 붙였다. 그리고 그 옆에 '연구 시작' '박물관 퇴사'라고 적힌 포스트잇을 차례로 붙였다.

성수의 의도를 알아차린 이채도 분홍색 포스트잇을 가져다가 '다채가 SNS에 올린 목걸이를 보았다'를 적어 베란다 창에 붙였다.

"분홍색은 공류하."

도하도 펜을 찾아서 자신의 포스트잇에 무언가를 적었다.

세 사람은 각자가 아는 것들을 적어서 붙이고, 시간 순서에 따라 위치를 조정해 나갔다.

몇 시간이 흐르자, 베란다 창은 포스트잇으로 뒤덮였다.

세 사람은 어스름한 저녁이 찾아온 뒤에도 계속 의견을 주고받았다. 바닥엔 쓰고 떼어버린 포스트잇이 잔뜩 굴러다녔고, 식탁 위엔 배달 음식을 시켜 먹고 미처 치우지 못한 그릇이 고스란히 남아 있었다.

성수는 포스트잇을 읽으며 상황을 처음부터 다시 열거했다. 어느 틈엔가 도하가 끼어들었다.

"그 부분은 스토리 개연성이 맞지 않아. 추가해야 할 게 있어."

그는 베란다를 넘어가서 서류 뭉치를 들고 돌아왔다. 원래의 사건 내용과 날짜별로 바뀐 상황을 일목요연하게 정리한 문서였다.

셋은 문서를 토대로 빠트린 단서를 포스트잇에 써서 추가했다.

자정 무렵이 되어서야 마지막 포스트잇을 붙인 이채가 펜을 던지듯 놓았다. 데구루루 굴러간 펜이 테이블 아래로 떨어져서 탁, 하는 소리를 냈다. 하지만 아무도 신경 쓰지 않았다.

세 사람은 완성된 사건 개요를 검토했다. 그럼에도 풀리지 않은 몇 가지 의문이 남아 있었다.

우선 왜 류하가 그렇게까지 목걸이에 집착하게 되었냐는 것이었다. 시간 연결을 직접 대면한 이채와 도하도 믿기 힘든 사실이었다. 허무맹랑한 일을 맹신하게 된 계기가 있었을 것이다.

정 화백이 목걸이의 존재를 확인해주었다곤 하지만 그건 근본적인 이유가 될 수 없었다. 일면식도 없는 이의 메모일 뿐이니까.

분명 다른 무언가가 그를 이끌었을 것이다.

또 한 가지 풀리지 않는 것은 현재 류하가 숨어 있을 만한 장소였다. 류하는 비상시를 대비해 임시 거처를 마련해놓을 만큼 철저한 성격이 아니라는 게 도하의 판단이었다.

이채 역시 같은 생각이었다. 정돈되지 않아 곳곳이 너저분했던 류하의 아파트와 깔끔하지 못했던 컨테이너 창고를 떠올렸다.

그러니 원래 잘 알고 있었던 곳으로 갈 확률이 높았다. 류하에게는 친숙하되 공 작가는 알지 못하는 곳. 그런 곳을 찾아야 했다.

정리된 내용을 훑어보던 도하가 입을 열었다.

"다시 유인해 보자. 물론 위험은 감수해야 할 거야."

"어떻게요?"

이채가 물었다.

"다시 목걸이 사진을 보내."

"이미 모조 목걸이라는 걸 알잖아요."

"그 모조 목걸이가 정교하게 만들어졌다는 것도 알겠지. 마치 보고 만든 것처럼."

"나한테 진짜가 있다고 생각하게끔 하라는 거죠? 같은 방법에 또 걸려들까요."

"그럴 거야. 절박할 테니까."

"나도 같은 생각이야."

성수도 의견을 보탰다.

이채는 초췌해진 성수의 얼굴을 보며 고개를 끄덕였다.

"일단 오늘은 여기까지 해요. 성수 애 일단 병원에 밀어 넣고 와야겠어요."

"안 가."

"도움이 되려면 조금이라도 회복해. 넌 지금 짐이야. 빨리 낫는 게 도와주는 거야. 병원에서 놀라는 게 아니야. 머리 써. 움직이면서 찾는 건 내가 할 테니까. 대신 나오는 건 뭐든 다 알려줄게."

"……알았어."

"너도 생각나는 게 있으면 우리한테 바로바로 연락하고."

"형에게 연락해야 할 때는 어떻게 해요?"

도하가 'resemble man' 계정을 말하려는데, 이채가 포스트잇에 제 메일 주소와 비밀번호를 적어주었다.

"내 서브 메일계정이에요. 내일 나갔다 오는 길에 휴대폰 하나 개통해서 올게요. 현관문 밖으로 가지고 나가지는 못해도 여기선 쓸 수 있을 테니까요. 그전에는 일단 이걸 써요."

이채는 메일 주소와 비밀번호를 적은 포스트잇을 도하의 손바닥 위에 붙였다.

○ ○ ○

두통 때문에 인상이 써졌다. 머리가 깨질 것 같았다. 조금만 몸을 움직여도 저절로 신음이 흘러나왔다. 다채는 뒤로 묶인 팔을 풀어보려고 꿈틀거렸다.

얼마나 꽁꽁 묶었는지 피가 통하지 않는 느낌이었다. 다채는 치밀어 오르는 욕지기를 삼켰다. 그리고 앞에 누워 있는 류하를 발바닥으로 툭툭 건드렸다.

"야, 죽었어?"

목소리를 작게 냈지만, 어두운 공간에 크게 울렸다.

"야. 일어나 봐."

발로 조금 더 강하게 류하를 흔들었다. 그러자 낮은 신음이 들렸다.

다채는 안도의 한숨을 쉬었다. 혼자 남겨지는 것보다는 류하라
도 있는 게 나았다. 납치범이 살아 있는 걸 보고 안도하는 게 조금
이상하긴 했지만.

"죽지는 않았네. 정신 차려."

반복되는 자극에 류하의 눈이 떠졌다. 옆으로 쭈그리듯 누워 있
던 그는 몸을 쉽게 가누지 못했다. 손이 뒤로 묶여 있었다.

"······여긴?"

겨우 상체를 일으켜 세운 그가 물었다.

"나한테 물어보면 어떻게 해. 그 사람 누구야?"

류하는 그제야 정신을 잃기 전의 상황을 떠올렸다. 컨테이너 안
에 자욱하게 퍼져가던 하얀 연기 사이로 나타난 남자는 방독면을
쓰고 있었다.

"모르겠어요."

다채는 한숨을 쉬었다. 헛웃음조차 나오질 않았다. 납치범이 납
치를 당했다는 것 자체가 어이없는 일이었다. 용의주도한 스타일
이 아닌 것은 알았지만, 이제는 그가 덜떨어져 보이기까지 했다.

"짐작 가는 사람은 없어? 네가 거기 있는 걸 아는 사람."

"모르겠어요."

얼빠진 얼굴로 영문을 모르겠다는 말만 반복하는 류하를 보고
있으니 울화가 치밀었다.

"아는 게 뭐야!"

"모르겠어요."

류하는 정말로 아는 게 없었다.

"통화했잖아. 그 사람 아니야?"

"그렇게 빨리 왔을 리가 없잖아요. 그리고 아저씨는 그럴 사람이
아니에요."

"그럼 우린 왜 붙잡혀 온 거야? 누가 이런 짓을 한 거야?"

"몰라요. 이제 어쩌죠?"

"나한테 물어보면 어떻게 해. 너 원한 산 거 있어?"

"아뇨. 없어요."

납치 보복을 당할 정도로 원한을 산 사람은 없었다. 아니, 최근
류하는 교류하는 사람 자체가 없었다.

"잘 생각해 봐."

"……모르겠어요."

그는 그렇게 말하고 급격히 침울해졌다.

"이제 어떻게 해요. 시간을 되돌릴 수가 없어요. ……나, 누나를
납치한 벌을 받나 봐요."

"그 벌을 나는 왜 같이 받는 건데. 정신 차리고 생각해 봐. 우릴 살
려둔 걸 보면 목적이 있을 거야. 기다려보면 왜 납치했는지 알게 되
겠지."

"누나는…… 왜 이렇게 태평해요."

공포도 익숙해지는 모양이었다. 납치된 이후로 몇 번이나 죽음

을 생각했었다. 죽음의 순간을 떠올리며 마지막 순간까지 이성을 놓지 말자고 결심했다. 마지막까지 정다채답게 살다가 죽자고 다짐하고 또 다짐했다.

그 덕분인지 이런 상황에서도 어느 정도 평정심이 유지되었다. 하지만 구구절절 류하에게 설명하고 싶지는 않았다.

"누구 덕분에 익숙해졌나 보지. 납치에."

류하는 입을 꾹 다물었다.

"설마 또 목걸이 때문은 아니겠지? 그 목걸이는 어쨌어? 그대로 놓고 온 거야?"

다채의 질문에 류하는 기억을 더듬었다. 목걸이는 테이블 위에 올려놓았었다.

"테이블 위에……. 나 말고 목걸이를 찾는 사람이 또 있었던 걸까요?"

"네 말대로 정말 그런 힘이 있다면, 찾는 사람이 너 혼자는 아니겠지."

"그럼. 우린."

"위험하겠네. 아까 통화한 사람은 누구야?"

"아저씨요?"

"정말 그 사람이 한 짓 아니야? 가까운 데서 지켜보고 있었다거나."

"아저씨는 아니에요."

"믿을 만한 사람이야?"

"네. 은인이에요."

비틀거리며 겨우 몸을 일으킨 류하는 주변을 둘러보았다. 어둑어둑한 공간의 윤곽을 보니 방 안인 듯했다. 자세히 보니 TV와 옷장이 있었다. 빛이 들어오지 않고 있었지만 분명 방 안이었다.

"……여긴 어딜까요?"

류하의 눈동자가 불안하게 흔들렸다.

○ ○ ○

그는 시간 낭비라며 술자리 근처에는 얼씬거리지도 않던 사람이었다. 윤형과도 와인 한두 잔씩 마시는 게 고작이었다. 그런 그가 말없이 술을 들이붓고 있었다.

도수 높은 브랜디를 안주도 없이.

보다 못한 윤형이 포크를 들었다. 그는 여전히 원형 그대로 남아 있는 과일 안주 중에서 멜론 한 조각을 찍어 공 작가에게 내밀었다.

"안주도 좀 먹어라."

"……."

"멜론이 별로면, 사과 먹을래? 토끼 모양인데……."

"생각 없어."

윤형은 가시방석에 앉은 듯한 기분이었다.

"내가 뭐 잘못했냐?"

공 작가는 대답 없이 브랜디 한 잔을 그대로 입에 털어 넣었다. 미처 녹지 못한 얼음이 잔에 부딪혀 맑은소리를 냈다.

"혹시 눈치챘어? 그래서 그래? 오사카에서 나예희 만난 거 말이야. 그래. 그거 우연 아니야. 내가 일정 말해준 거였어. 살짝, 아주 살짝 스캔들 나기를 바랐다. 그래. 알잖아. 그런 기사 한 번 나가면 영화 홍보에도 도움 되고, 우리 책도 잘 팔리고."

제 발이 저려서 한 고백이었지만 공 작가는 대꾸하지 않았다.

"이, 이거 아니야? 그럼, 지난번에 레스토랑으로 불러낸 거 때문에 그래? 화 아직 안 풀렸어? 무릎 꿇을까? 인세 3% 빼주기로 한 거 2%로 줄일까?"

공 작가는 잔에 술을 따라 또다시 입속에 털어 넣었다.

"아니면 이채 씨한테 협박한 것 때문이야?"

"협박?"

드디어 공 작가가 반응을 보였다. 윤형은 이거다 싶었다.

"아, 그게. 댓패치 인터뷰를 하긴 해야 했으니까. 그때 분위기 장난 없던 거 너도 알잖아. 양 다리 사진은 진짜. 어휴. 나예희가 그렇게 또라이인 줄 알았으면 내가 처음부터 막았지. 그래도 이채 씨 덕분에 수습 잘했잖아. 신간도 홍보됐고."

"협박, 뭐라고 했는데?"

"이대로면 석 달이 지나도 결별설 못 낸다고. 질질 끌다가 공도하의 여자로 낙인찍힐지도 모른다고······."

공 작가의 한쪽 입꼬리가 미세하게 올라갔다.

"그게 무슨 협박이야."

그녀에게 통할 만한 협박이 아니었다. 그러고 보니 이상했다. 그
녀는 왜 도와준 걸까.

'왜.'

공 작가는 다시 빈 잔에 술을 따랐다. 답답함을 견디지 못한 윤형
이 소리를 빽 질렀다.

"아, 그럼 왜 그러는 건데. 차라리 화를 내."

"형한테 화를 왜 내."

"어? 아니야? 그럼 왜 나 벌세우고 있어?"

공 작가가 그런 윤형을 빤히 바라보았다.

"형은, 시간을 되돌릴 수 있는 목걸이가 있다면 어떻게 하겠어?"

"어휴, 새 아이템을 고민하고 있었던 거야? 난 또 뭐라고. 요즘 시
간 여행 소재 많잖아. 잘못하면 지겹다는 소리 들어."

윤형은 그제야 긴장을 풀고 자신의 잔에 술을 따랐다.

"과거로 가서 현재를 바꿀 수 있다면 말이야. 형은 뭘 하고 싶어?"

"아무것도 안 할 건데?"

"왜?"

"또 사는 거 귀찮잖아. 딱히 바꾸고 싶은 과거도 없고."

"후회되는 순간은 없어?"

"많지. 나는 왜 출판사를 차렸을까. 네가 원고 늦게 줄 때마다 후회하지. 그래도 바꾸고 싶지는 않아. 이제 와서 후회되는 일도 그 당시에는 최선이었을 테니까. 그때 내가 한 선택을 존중해주고 싶달까. 과거로 가서 이것저것 바꾼다고 또 얼마나 달라지겠냐. 내가 변하지 않는데. 로또 번호라도 외워 가면 모를까."

냉소적인 의견을 꺼내놓은 윤형은 자신의 잔을 홀짝였다.

"로또 번호를 외워 갈 수 있다고 쳐."

"그건 좀 매력적이다. 구미가 확 당기네."

"목걸이를 얻기 위해서 무슨 짓까지 할 수 있을 것 같아?"

"시간을 되돌릴 수 있다……. 다시 한번 살아보고 싶은 사람들의 욕망이 소재인 거야? 나쁘지 않네. 살인을 저질러도 목걸이를 얻으면 과거로 돌아가서 범죄 이력을 지울 수 있다는 거잖아."

"그럼, 형은 사람을 죽일 수 있겠어?"

잠시 생각해보던 윤형은 고개를 절레절레 저었다.

"아니. 일단 난 그런 목걸이가 있다는 걸 믿지 않을 테니까. 나 이과 나온 남자야."

"믿지 않는 게 당연하겠지? 그게 정상이지?"

"그렇게 허무맹랑한 말을 믿고 범죄를 저지르면 바보지. 아니면 엄청나게 몰려 있거나."

"몰려 있다면 가능한 건가."

"지금 인생이 지옥이라면, 차라리 죽는 게 나을 것 같다면 말이야. 사이비 종교에 빠져드는 마음으로 믿어볼 수는 있겠지. 음. 소설의 개연성을 위해 도입부에 자극을 때려 박자. 가족, 친구, 연인. 뭐 이렇게 배신 3종 세트를 깔고 시작하는 거야. 어때?"

공 작가가 빈 잔에 다시 술을 채우는 걸 보며 윤형이 말을 이었다.

"왜? 별로야? 그럼 누명을 쓴 범죄자로 만들까?"

취하고 싶은 밤이었다. 취하지 않고는 견딜 수 없을 것 같았다. 변해버린 류하를 생각하자, 가슴이 미어졌다. 그리고 또 하나, 맴도는 이름이 있었다.

"들어 봐. A가 목걸이를 얻으려고 B를 납치해. 납치 사실을 알아차린 B의 여동생이 A를 추적하는 거지. 그러다 여동생은 A의 친형을 만나게 돼. 둘은 같이 A를 찾기 시작해. 그 과정에서 A의 형은 B의 여동생을 사랑하게 되어버려. 둘이 잘될 수 있을까?"

"오! 이번엔 로맨스도 들어가? 그래. 잘 생각했어. 로맨스도 좀 들어가고 해야 2차 판권도 더 잘 팔리지. 보자. 그러면 로미오와 줄리엣 플롯인가? 해피엔딩은 좀 어렵겠네. 범인을 잡든, 잡지 않든."

"그렇겠지."

소설 속에서도 안 되는 거겠지.

"그대로는 안 돼. 설정을 조금 바꿔야지. 더 생각해 봐. 난 화장실 다녀올게."

공 작가는 몇 번째인지 모를 잔을 들었다. 비워낸 술잔에 브랜디를 마저 따르는데 테이블에 올려둔 휴대폰의 화면이 밝아졌다.

메일 도착 알림이었다. 공 작가는 신경을 곤두세운 채 휴대폰을 들었다.

'resemble man.'

그런데 그가 항상 보내던 메일계정이 아니었다. 아이디는 같았지만, 계정 주소가 달랐다.

'계정 보안 등급을 높인 걸 알고 있어?'

일거수일투족을 감시당하는 느낌이었다. 지금도 어디선가 지켜보는 건 아닐까. 괜히 주변을 두리번거리던 공 작가는 제 행동이 우스워 픽 웃었다.

메일에는 CCTV 영상이 첨부되어 있었다. 류하가 마약류 소지 현행범으로 체포되었던 클럽의 CCTV 영상이었다.

헛웃음이 나왔다. 적절한 때에 필요한 정보를 제공해준 셈이다. 메일에는 정보원 '강랜'이라는 사람의 전화번호도 적혀 있었다. 정이채를 살리고 싶다면 연락해보는 게 좋을 거라는 메시지가 신경을 긁었다.

'날 가지고 노네.'

그는 휴대폰을 테이블 위에 뒤집어놓고 잔을 비웠다. 술잔에 남은 얼음이 쩍 갈라지는 소리를 냈다.

○○○

    류하의 차는 고장 난 채 견인 차량 보관소에 방치되어 있었다. 블랙박스 메모리를 챙긴 이채는 내비게이션을 켰다.

    내비게이션에는 김포 컨테이너 창고와 대형마트, 황 박물관, 토마토 빌라를 오고 간 기록이 남아 있었다. 몇 달 전까지 거슬러 올라가자 낚시터와 별장 주소가 나왔다.

    따로 숨어들었을 만한 장소는 보이지 않았다.

    '어디로 간 거야. 공류하.'

    내친김에 글러브 박스도 열었다. 영수증으로 가득 차 있었는데, 대부분 마트나 식당 영수증이었다. 그중에서 눈에 띄는 것은 낚시터 영수증 정도였다.

    '낚시터?'

    내비게이션에 찍혀 있던 낚시터였다. 그녀는 영수증을 모두 챙겨서 가방에 넣었다. 마침 벨소리가 울려서 확인해보니 공 작가였다.

    "여보세요."

    휴대폰을 받자마자 울리는 그의 조급한 목소리.

    "어디야? 집에 없는 것 같은데."

    "견인 차량 보관소에요."

    "왜 혼자 돌아다니고 있어. 기다려. 지금 갈 테니까."

전화는 그대로 끊어졌다.

차에서 내린 이채는 관리인에게 인사하고 보관소 밖으로 나갔다.

하늘은 야속하게도 맑기만 했다. 이채는 도로 앞 벤치에 앉아서 영수증을 분류했다. 장소별, 날짜별로 분류를 마쳤을 때 익숙한 차가 정차했다.

짐을 주섬주섬 챙겨서 조수석에 올라타자 얼굴을 굳힌 남자가 보였다.

"차, 수리 끝났네요?"

"사건 해결될 때까지는 혼자 돌아다닐 생각하지 마. 어디든 같이 가자고 말해."

그는 조금 화가 난 것처럼 보이기도 했다. 이채가 대답하지 않자 그가 눈을 맞춰왔다. 고뇌가 담긴 그의 눈을 마주하니 심장이 물색없이 뛰었다.

"말하면, 어디든 가줘요?"

"원한다면 어디든."

그는 하루 사이에 공 작가와 도하 사이의 어떤 존재가 되어버린 듯했다.

"……괜찮아요?"

"아니. 안 괜찮으니까 말 좀 들어줘."

이채는 작게 고개를 끄덕이고 내비게이션에 주소를 입력했다.

"일단 여기부터 가요."

입력하고 보니 류하를 찾기 위해 갔던 별장과 그리 멀지 않았다.

"낚시터?"

공 작가가 의문을 제기하자, 이채는 가방에서 영수증을 꺼내 보였다.

"차에서 나온 영수증이에요. 내비게이션에도 찍혀 있었고요. 석 달 전까지는 자주 갔던 것 같아요. 일단 가 봐요. 작은 실마리라도 나올지 모르니까."

공 작가는 차를 출발시켰다.

정적이 찾아온 차 안에서 시선 둘 곳을 찾던 이채는 휴대폰 알림에 고개를 숙였다. 주아가 보내준 뉴스 링크였다. 헤드라인을 확인한 이채의 눈에 당혹감이 어렸다.

— 황 박물관 미스터리. 납치 미수와 피습.

기사를 읽어 내려갈수록 당혹감은 배가되었다.

기사는 마치 '납치 미수 사건의 피해자'와 '피습 사건의 피해자'가 동일인인 것처럼 얘기하고 있었다. 그리고 사건 사이에 나예희의 이름을 교묘하게 끼워 넣었다.

댓패치의 변 기자였다.

"얼마 전에 납치당할 뻔했던 거랑 성수가 피습당한 거요. 나예희가 사주한 것처럼 기사가 났어요."

"그게 무슨⋯⋯. 누가 그런 말도 안 되는 기사를 써."

"변 기자님 작품이에요."

공 작가는 한 손으로 마른세수를 했다.

"또 시끄럽겠네."

기사에 달린 댓글을 확인하는 이채의 표정이 시시각각 어두워졌다. 강력한 실드를 치는 예희의 팬과 음모론에 심취한 댓글러 사이에 공방이 이어지고 있었다. 곧 전쟁이라도 벌어질 기세라 괜히 걱정스러웠다.

"언론이란 건 참 무서운 것 같아요."

"신경 쓰지 마. 곧 해결할게."

ㅇㅇㅇ

"좋습니다. 자! 손을 조금만 더 올리고."

조명이 눈부셨다. 예희는 남자 모델의 가슴 언저리에 대고 있던 손을 어깨 쪽으로 가져갔다.

"좋아요. 눈빛은 더 강렬하게!"

그녀가 자세를 잡자 셔터가 연사 되었다.

"최곱니다. 라스트!"

예희는 적당한 텀을 두고 손의 위치와 고개의 각도를 틀었다.

"오케이! 좋아요. 식사 후에 촬영 재개합니다."

촬영 감독이 휴식을 선언하자 예희는 남자 모델의 품에서 벗어났다.

"더워."

막내 매니저가 내민 얼음물을 받아 든 그녀는 곧장 대기실로 향했다. 재빨리 앞질러 간 김 대리가 문을 열었다.

"식사, 먼저 하실래요?"

예희는 얼음물을 빨대로 쭉 빨고 말했다.

"아니. 좀 쉬었다가. 메뉴는?"

김 대리는 대기실 테이블 위에 있던 도시락 중 두 개를 들어 보였다.

"훈제오리 정식이랑 돈가스 정식이에요."

도시락치고는 반찬 가지 수도 많았고 포장도 고급스러웠다.

"둘 다 별로."

그녀가 소파에 눕듯이 기댔다.

김 대리는 얼른 도시락을 내려놓고 시간을 확인했다. 다행히 근처에 예희가 좋아하는 맛집이 있었다.

"파니니 포장해 올까요? 지난번에 맛있다고 하셨던 데요."

"H 호텔 가깝지? 일식당 도시락 먹을래."

"난초 세트 사 올게요!"

김 대리가 재빨리 선수 쳤다. H 호텔 일식당에서 파는 도시락은 네 가지였다. 매, 난, 국, 죽. 그중 두 번째로 비싼 도시락인 난초 세트는 무려 7만 원이었다.

"매화 세트."

예희는 결국 10만 원짜리 메뉴를 골랐다. 영수증을 내밀면 총무팀에서 눈치를 주겠지만, 그녀의 기분이 틀어지는 것보다는 나았다.

김 대리가 막내 매니저에게 눈짓하자, 그가 잽싸게 뛰어나갔다.

"나 배우님, 기다리시는 동안 의상부터 갈아입을까요?"

사전 고지된 점심시간은 한 시간이었다. H 호텔이 가깝다고는 해도 도시락을 공수해 오려면 30분은 소요될 것이다.

"밥 먹고."

"시간이 빠듯할 것 같아서요. 식사 여유롭게 하는 걸 좋아하시잖아요."

"밥 먹고."

김 대리는 빠르게 단념했다.

"넵."

예희가 한쪽 손바닥을 펼쳤다. 김 대리는 그녀의 손바닥 위에 휴대폰을 살포시 내려놓고 옆에 앉았다. 무료한 얼굴로 인터넷 기사를 훑어보던 예희가 뚱한 목소리로 말했다.

"못생긴 여자, 납치당할 뻔했었대. 피습당해서 사경을 헤매고 있대."

"못생긴 여자라니요?"

"그 박물관 여자 말이야."

"네? 어쩌다가요?"

"범인이 나래."

"네?!"

김 대리가 깜짝 놀라 제 입을 틀어막았다.

"나 배우님이 그러셨어요?"

"김 대리 미쳤어?"

"아, 아뇨. 당연히 아니시겠죠."

김 대리는 재빨리 의심의 눈초리를 거뒀다. 그리고 예희가 말한 기사를 휴대폰으로 찾아 읽었다. 댓글까지 하나하나 확인하고 있는데, 메시지가 도착했다.

예희가 기사를 읽지 못하도록 막으라는 대표의 지시였다.

- 이미 읽으셨어요.

답장을 보내고 나니 한숨이 절로 나왔다.

"마녀사냥이 시작되겠네요."

"난 미녀인데."

"네. 그러시죠."

"그러니까 걱정하지 마. 난 무죄야. 예쁘면 무죄랬어."

김 대리의 어깨에 근심이 차곡차곡 쌓였다. 기사 내용을 다시 꼼꼼히 확인하는데, 예희가 깨달음을 얻은 얼굴로 돌아보았다.

"역시! 그랬어."

"네? 뭐, 뭐가요?"

"인터뷰에서 귀찮은 여자가 이상형이랬잖아. 그게 문제였던 거야."

"네?"

"취향 너무 특이하다. 개인의 취향은 존중해줘야 하지만."

"설마 공도하 작가님 얘기예요?"

"응. 난 그동안 너무 쿨하게 행동했던 것 같아."

김 대리는 고개를 격렬하게 저었다.

"아뇨! 아니에요! 충분히! 귀찮게 행동하셨어요. 네. 더할 나위 없어요."

"연락이 안 오잖아. 이게 다 덜 귀찮게 해서 그래."

그녀의 말이 끝나기가 무섭게 전화벨이 울렸다. 발신인은 공도하였다.

"왔다!"

예희의 얼굴에 홍조가 돌았다. 그녀는 목소리를 가다듬고 전화를 받았다.

"여보세요."

"공도하입니다. 지금 통화 가능하십니까?"

예희는 눈부시게 웃었다.

"결국, 전화했네요. 영화 하차 건 때문이죠? 그건 걱정하지 마요. 도하 씨가 이렇게 전화까지 줬는데 다시 생각해 봐야죠."

"상관없습니다. 하차하고 싶으면 하세요."

냉담한 반응이었지만, 예희는 머리카락을 귀 뒤로 넘기며 새침하게 웃었다.

"센 척하는 것도 멋있긴 한데요. 난 달달한 도하 씨가 더 좋을 것 같아요."

"지금 이상한 기사가 돌고 있는데, 적당히 수습해야 귀찮아지지 않을 겁니다."

"……내가 귀찮아요?"

"네. 귀찮습니다."

예희는 '에헷' 하고 웃었다. 성공!

"그럼 지금 만날래요?"

느닷없는 전개에 김 대리가 다급하게 양손을 엑스 자로 만들었다. 하지만 예희는 아랑곳하지 않았다.

"만나요. 우리."

이해할 수 없는 대화의 흐름에 당황한 건 공 작가도 마찬가지였다. 그는 애써 담담한 척 말을 이었다.

"만날 이유 없습니다. 우연이라도 마주치지 않길 바랍니다. 담 출판사 대표도 그만 괴롭히세요."

"괴롭히긴요. 사소한 부탁이었을 뿐이에요."

"SNS에 이상한 사진 올려서 악질적인 여론몰이를 하는 것도 그만두는 게 좋을 겁니다."

"그날, 할 말이 있다고 했는데 그냥 가버렸잖아요. 내가 얼마나 민망했는지 알아요?"

"가짜 열애설을 내자는 말에는 분명히 거절 의사를 밝혔습니다. 나예희 씨와는 가짜 열애설을 낼 생각이 없습니다."

"알았어요. 가짜는 취소! 역시 뭐든 진짜가 좋죠."

"장난은 그만두시죠. 더는 참지 않을 생각입니다."

"싫은데. 계속할 건데요."

"휴대폰에는 통화 녹음 기능이라는 게 있습니다. 우리의 통화 내용을 댓패치 같은 곳에 보내면 재미있는 일이 일어날 것 같지 않습니까? 바라던 대로 연관검색어가 갱신되겠네요. 그러니 늦기 전에 알아서 해명 글 올리고, 상황 수습하는 게 좋을 겁니다. 아니면 내가 직접 수습할 테니까."

공 작가는 그대로 전화를 끊어버렸다.

"어?"

예희는 '통화 종료' 표시가 뜬 휴대폰 화면을 바라봤다. 그녀는 천천히 고개를 돌려 거울을 보았다. 거울 속의 여자는 예뻤다. 놀란 얼굴이기는 했지만 어떤 표정을 지어도 예쁜 얼굴이었다.

"말도 안 돼."

그녀는 제 얼굴을 보며 몇 번 더 눈을 깜박였다.

"김 대리야."

"넵!"

"나 까였어."

나예희, 27세. 태어나서 처음으로 남자에게 거절당했다. 그녀의 맑은 눈동자에 눈물이 그렁그렁하게 맺혔다.

"왜 그러세요. 나 배우님 지금 울면 화장 다시 하셔야 해요."

안절부절못하던 김 대리는 그녀를 폭 안고 가볍게 등을 토닥여 주었다. 예희는 김 대리의 품에 안긴 채 휴대폰 화면을 탭 했다. 그리고 SNS에 무언가를 업로드했다.

뒤늦게 그 사실을 인지한 김 대리가 떨리는 목소리로 물었다.

"지금, 뭘 올리신 거예요?"

"객관적인 시선이 필요해서."

"무슨 시선이요?"

그녀는 확인해보라는 듯이 자신의 휴대폰을 넘겨주었다.

두 손으로 휴대폰을 받아 든 김 대리는 막 올라간 게시글을 보고 현기증을 느꼈다. 예희의 화보 사진과 5만 원을 주고 사 온 정이채의 사진이 나란히 올라가 있었다.

그리고 멘트.

– 거울아, 거울아. 누가 더 예쁘니?

○ ○ ○

낚시터는 꽤나 한적했다. 서너 명 정도의 남자들이 낚싯대를 드리우고 앉아 있을 뿐이었다. 이채는 코를 간질이는 물비린내 때문

314

에 미간을 찌푸렸다.

괜히 흙바닥을 굴러다니는 자갈을 발끝으로 툭툭 차다 보니 공작가가 돌아왔다.

"통화는 잘했어요?"

웃으며 물어보려고 했는데 괜히 눈에 힘이 들어갔다.

"그쪽도 곤란할 테니 알아서 수습할 거야."

"……걱정돼요?"

"살짝 미친 것 같기는 하지만 죄를 지은 건 아니니까."

"걱정된 거구나."

휙 돌아선 이채는 나루터 가운데에서 낚시하는 노인에게 다가갔다.

"안녕하세요."

이채의 살가운 목소리에 앉아서 졸고 있던 노인이 고개를 들었다.

"응? 낚시하게? 입어료는 한 사람당 2만 원이야."

보아하니 그가 낚시터 관리인인 듯했다.

"아니요. 어르신. 사람을 찾고 있는데요. 혹시 이 사람, 보신 적 있으세요?"

그녀가 류하의 사진을 내보였다. 잠시 사진을 살피던 노인은 눈이 잘 안 보이는지 안경테를 들어 올렸다.

"이 학생, 알지. 알아."

이채는 공 작가와 눈빛을 주고받았다. 제대로 찾아온 것이다. 그 녀가 다시 물었다.

"여기 자주 왔나요?"

"자주 왔지. 최근엔 좀 뜸하지만 단골이야. 아버지랑 같이 낚시하 는 게 얼마나 보기 좋던지."

공 작가가 바짝 다가섰다.

"아버지요? 아버지일 리가 없습니다."

아버지는 한가하게 낚시를 즐길 만한 사람이 아니었다. 게다가 류하를 만났다면, 다른 이가 볼까 무서워 잔뜩 도사린 채 숨어서 대 화했을 것이다.

대화라기보다는 설교겠지만.

"그려? 같이 앉아서 낚시하길래 난 또 아버지랑 아들인 줄 알 았지……."

머쓱해진 노인이 말끝을 흐렸다.

이채는 공 작가의 옆구리를 툭 치고 다시 밝은 얼굴로 물었다.

"이 남자요. 혼자 온 적은 없나요?"

"오기는 항상 혼자 왔지. 그러고 보니까 항상 따로 왔어. 낚시는 둘이 같이했지만."

"함께 낚시한 사람은 인상착의가 어떻게 돼요?"

"인상? 글쎄. 그냥 평범하지 뭐."

베일에 가려진 그가 중요한 실마리가 되어줄 것 같다는 예감이 들었다. 이채는 몇 가지 질문을 더 하고 사진을 집어넣었다.

"말씀 고맙습니다. 어르신."

두 사람은 낚시터를 더 둘러봤다. 하지만 단서가 될 만한 건 나오지 않았다. 흔한 CCTV조차 없었다. 눈에 띄는 건 낚시터 입구에 자리 잡은 주차장뿐이었다.

"공류하 차 블랙박스에 찍혔을 수도 있어요. 돌아가서 확인해봐요."

그녀가 돌아서서 입구 쪽으로 걷기 시작할 때였다. 휴대폰이 울려서 받아보니 주아의 다급한 목소리가 흘러나왔다.

"너 어디야? 빨리 병원으로 좀 와야겠어."

이채의 심장이 덜컥 내려앉았다. 자동차로 향하는 걸음이 저절로 빨라졌다.

"무슨 일이야? 성수한테 문제라도 생겼어?"

"응. 아주 심각한 문제. 성수 지금 퇴원하겠다고 난리야. 어제는 말도 없이 병원 탈출했었대. 쟤 미쳤나 봐."

이채의 걸음이 다시 제 속도를 찾았다. 작게 한숨을 쉰 그녀가 말했다.

"지금 가는 중이니까 기다리라고 해. 꼭 해줘야 하는 일이 있다고 말하면 알아들을 거야."

"그런다고 말을 듣겠니?"

이채는 병원까지 이동하는 데 걸릴 시간을 가늠해보았다. 차가 꽉 막히는 퇴근 시간을 아슬아슬하게 비켜 갈 수 있을 것 같았다.

"금방 갈게. 단서 들고 가는 중이라고 말하면 얌전해질 거야."

"일단 말은 해볼게. 저 망나니를 잠재울 마법의 주문이길 바란다."

전화를 끊은 이채가 공 작가를 돌아보았다.

"병원에 좀 들러야겠어요."

○ ○ ○

복도에서는 진한 소독약 냄새가 났다. 이채는 노크도 하지 않고 문을 열어젖혔다. 그녀가 들어서자 주아와 성수가 동시에 돌아보았다.

"왔어?"

침상에서 반쯤 몸을 일으킨 성수가 두 사람을 반겼다. 이채를 뒤따라 들어온 공 작가를 발견한 주아도 눈을 빛냈다.

"어머, 안녕하세요!"

"안녕하세요. 공도하라고 합니다."

공 작가와 주아가 어색한 인사를 주고받는 동안 성수에게 다가간 이채는 메모리칩을 슬쩍 건넸다.

"네가 해줘야 할 거야."

"이게 뭔데?"

"공류하 차 블랙박스 영상이니까 꼼꼼하게 봐. 특히 낚시터 영상 나오면 나노 단위로 훑어. 낚시터에서 공류하가 만나던 남자가 있어. 그 남자를 찾아야 해. 차량 번호를 찾으면 더 좋고. 그 외에도 단서가 될 만한 게 있으면 바로바로 알려줘."

성수는 손바닥 위에 놓인 메모리칩을 꼭 쥐었다.

"알았어."

"꼼짝하지 말고 이것부터 확인해. 밤을 새워서라도."

"나만 믿어."

성수가 결연한 의지로 답하자 인사를 마친 주아가 곁에 와서 물었다.

"뭘 믿어? 그건 뭔데?"

"아무것도 아니야. 복원 관련 자료 부탁한 거야."

주아가 의심의 눈초리로 두 사람을 훑었다.

"너희 대체 무슨 일이야? 하나는 납치당할 뻔하질 않나. 하나는 칼을 맞고 누워 있질 않나. 쟤 처음에는 계단에서 굴렀다고 거짓말한 거 알아?"

"……계단에서 구른 거 아니었어?"

주아의 눈매가 더 가늘어졌다.

"어떻게 계단에서 구르면 배에 구멍이 나는 걸까."

"신비한 일이긴 하네. 종종 그런 일은 일어나잖아."

이렇게 어색한 변명으로 모면하는 것 말고는 방법이 없었다. 위험한 일에 주아까지 끌어들일 수는 없으니까.

"그냥 불어. 뭐야. 뭘 숨기는 건데. 바른대로 고해. 무슨 일이야."

"나중에 말해줄게. 나중에. 술술에서 크게 쏘면서. 네가 좋아하는 연어 샐러드 시켜줄게."

"정말 이러기야?"

"날치알 계란말이 추가."

"콜."

주아는 서운한 기색을 내비치면서도 적당히 넘어가주었다. 이채는 성수의 어깨를 툭툭 치며 시선을 맞췄다.

"부탁해. 우린 간다."

"어? 어, 그래. 가. 데, 데이트 잘해."

성수가 재빨리 이채에게 인사했다. 한 걸음 뒤에서 상황을 관망하던 공 작가도 둘에게 인사했다.

"빨리 쾌차하시길 바랍니다. 주아 씨도 다음에 또 뵙겠습니다."

다소 딱딱하게 느껴지는 말이었지만, 주아는 사르르 웃었다.

"네. 꼭! 또 봐요!"

성수도 인사했다.

"들어가세요."

이채가 복도로 나서자 조용히 따라 나온 공 작가가 바짝 다가섰다.

"내일은 어디 가지 말고 집에 있어."

"네?"

"할 일이 있어서. 생각해보니까 나만이 할 수 있는 일이 있더라고."

어쩐지 불길한 예감이 들었다.

"뭘 하려고요."

"내일이면 알게 될 거야."

"위험한 일, 하려는 건 아니죠?"

"아니야. 사실은 오래전에 해야 했던 일이야."

"불안하게."

"내가 그 일을 잘 끝낼 수 있게, 내일은 집에 있어줘. 오늘처럼 혼자 돌아다니지 말고."

당부하는 그의 눈빛에 이채의 불안이 조금 더 커졌다.

○ ○ ○

방 안은 환하게 밝혀져 있었다. 이채는 신발을 벗으며 안쪽을 기웃거렸다. 인기척은 느껴지지 않았다.

'다녀갔나?'

그녀는 냉장고에서 소다수를 꺼내 마셨다. 톡톡 터지는 탄산을 느끼며 무심코 고개를 돌리다가 눈을 크게 떴다.

집을 나설 때까지만 해도 포스트잇은 베란다 창에만 붙어 있었다. 하지만 지금은 영역을 넓혀 베란다 문과 연결된 벽면까지 점령하고 있었다.

"……이걸 다, 혼자 붙인 거야?"

이채는 침대 위에 가방을 던져놓고, 옷을 갈아입기 위해 블라우스의 단추를 풀었다. 막 블라우스를 벗으려던 찰나였다.

침대 반대편에 웅크리고 있는 그림자가 보였다. 소스라치게 놀란 그녀는 비명도 지르지 못하고 숨을 몰아쉬었다.

"아! 뭐야……. 놀랐네."

그림자의 정체는 도하였다.

조심스럽게 다가가 보니 그는 침대 매트리스 옆면에 머리를 기댄 채 잠들어 있었다. 손에는 포스트잇이 들려 있었고 주변에는 미처 정리하지 못한 서류가 어지럽게 흩어져 있었다.

한쪽 벽면이 포스트잇으로 가득 차자, 다른 벽으로 옮겨 가던 중에 잠든 듯했다.

"……왜 이러고 자."

혼잣말하듯 작게 중얼거려 봤지만, 그는 깨어나지 않았다. 깊게 잠든 얼굴이 너무 고단해 보였다. 이채는 그를 깨우는 대신 이불을 끌어다 덮어주었다. 스탠드 하나만 남기고 불도 모조리 껐다.

어둠 속에 서서 그를 보고 있으니 괜히 눈이 시큰했다. 상황은 점점 더 엉망진창으로 꼬여만 가고 있었다. 그래도 그가 있어서 겨우 버티고 있었다.

그에게 도움이 되고 있는 걸까.

이채는 도하의 곁에 쪼그리고 앉아 침대에 머리를 기댔다. 막상 기대고 보니 생각했던 것보다는 편안했다. 강도가 들었을 때 은신처로 삼았던 침대 옆의 공간이 이렇게 아늑할 줄이야.

가만히 앉아 잠든 도하를 마주하고 있는데, 의식하지 못한 눈물이 흘러내렸다. 씩씩한 척 돌아다녔지만, 정신적으로 몰려 있었다.

그녀는 재빨리 눈물을 훔쳐내고 다시 그를 빤히 보았다. 고요한 방 안에 속삭이는 듯한 이채의 목소리가 번져갔다.

"나, 그 사람을 사랑하게 된 것 같아요."

미래라는 건 함부로 예측해서는 안 되는 것.

어쩌면 지금 그녀는 가벼운 마음으로 운명에 도전한 벌을 받고 있는 건지도 모른다.

"……잘생겼다."

고단해 보이는 모습도 근사했다.

"어두워서 그런가. 더 잘생겼네."

그에게서 겨우 시선을 뗀 이채는 침대 위로 손을 뻗었다. 가방에서 새로 개통해 온 휴대폰을 꺼낸 다음 성수의 번호를 먼저 입력했다. 이어서 자신의 번호를 저장하려다 보니 이름을 어떻게 입력해야 할지 망설여졌다.

'정이채.'

이건 너무 딱딱한가.

'이채 씨.'

이것도 좀 그렇고.

'앞집 여자?'

엄밀히 말하면 앞집은 아니니까. 고심하던 그녀는 휴대폰을 손에 들고 침대 위로 기어 올라가 누웠다.

이런저런 호칭을 입력했다가 지우기를 반복했다. 별것도 아닌 일인데 좀처럼 정할 수가 없었다. '베란다 너머'까지 입력한 이채는 다음 단어를 입력하지 못하고 스르르 잠이 들었다.

○○○

베란다 창을 뒤덮은 포스트잇 틈새로 햇살이 스며 들어왔다. 계속되는 휴대폰 문자 알림에 이채는 몸을 뒤척였다. 문자 알림까지는 외면할 수 있었다. 하지만 이내 들려온 벨소리는 이채의 잠을 격렬하게 방해했다. 이불 밖으로 손을 내밀어 더듬더듬 휴대폰을 찾았다.

휴대폰을 쥐고 귀에 가져다 댔지만 아무런 말도 들리지 않았다. 벨소리도 여전히 울렸다.

"그 휴대폰, 아닌데."

도하의 목소리에 실눈을 떴다. 그녀의 손에 들린 건 새로 개통한 휴대폰이었다.

"어?"

얼떨떨한 얼굴로 고개를 들자 도하와 눈이 마주쳤다.

"벨소리는 여기서 울려."

그가 침대 위에 있는 가방을 가리켰다. 가방에 손을 넣고 휘적휘적 저으니 휴대폰이 잡혔다. 발신자 정보에 '박 여사'가 떠올라 있었다.

반사적으로 벌떡 일어난 이채가 전화를 받았다.

"어. 엄마."

"뉴스 봤다. 잘 다독여줘. 이럴 때일수록 네가 잘해줘야 해."

무슨 말인지 이해하지 못한 그녀는 눈동자를 굴리다가 일단 대답했다.

"……그럴게."

"난 그 친구 마음에 들어. 오늘 보니까 더 마음에 드네. 잘 보듬어주고, 시간 될 때 한 번 더 데려와. 몸보신 시켜줄게."

뉘앙스를 보니 공 작가에 대한 이야기인 듯했다.

"어. 알았어. 엄마."

전화를 끊은 그녀는 침대 맡에 서 있는 도하를 올려다보았다.

"아, 저……."

"잘 잤어?"

"……안 갔어요?"

"누가 이불까지 덮어줘서 푹 잤어."

다시 보니 그의 머리가 부스스했다. 하지만 막 일어난 건 이채도 마찬가지였다. 그녀는 부스스한 머리카락을 손가락으로 대강 정돈했다. 자다 막 일어난 꼴을 보인 셈이니 조금 창피했다.

하긴, 이런 꼴을 보인 게 처음은 아니니까.

"그보다요. 공 작가님한테 무슨 일이 있나 봐요."

그녀는 침대에서 내려와 노트북 앞에 앉았다. '뉴스'라고 한 걸 보니 단순 가십은 아닌 듯했다. 노트북 마우스를 움직여 포털사이트 창을 열자 실시간 검색어에 도배된 공 작가의 이름이 보였다.

관련 뉴스를 읽어 내려가는 그녀의 눈동자가 세차게 흔들렸다.

댓패치 독점 인터뷰 영상으로 올라온 기사는 온갖 언론사로 퍼져가고 있었다. 동영상을 클릭하자, 공 작가가 담담한 어조로 말을 시작했다.

"저는 혼외자입니다. 유모라고 알려진 분은 제 어머니이고, 제 동생인 공류하는……."

거기까지 본 이채는 영상을 멈췄다. 기사가 최초로 올라온 시각은 새벽 4시.

'이거였어. 이것 때문에 오늘 집에만 있으라고 한 거였어.'

이채는 도하의 눈치를 살피다가 다시 영상을 플레이시켰다. 그는《우리 집》이 자전적 소설이라는 것과 동생에 대해 애틋한 마음을 밝혔다.

"아버지에게 가치 있는 자식이 되고 싶어서 모든 걸 감내했습니다. 그런데 누군가 그러더라고요. 태어난 것만으로 가치 있으면 안 되겠느냐고요."

이채는 다른 뉴스도 확인했다. 류하의 마약 사건이 재수사에 들어갔다는 내용이 보였다. 그의 아버지에게로 주식이 양도된 정황은 물론 조작되기 전의 클럽 CCTV 영상도 버젓이 올라와 있었다.

이채의 원망 어린 시선이 도하를 향했다.

"왜 말 안 했어요."

"말릴까 봐."

역시 도하는 알고 있었다. 월지 밖에서 공 작가의 생각을 읽었다면 충분히 짐작할 수 있는 일이었다. 그녀는 공 작가에게 전화를 걸었다. 하지만 휴대폰은 꺼져 있었다.

"말렸어야 했어요."

익명에 가려진 사람들은 댓글 창을 빌려서 패륜이니 정의니 떠들어댔다. 이로써 공 작가의 인생은 완전히 바뀌어버렸다.

"해야만 하는 일이었어. 류하의 인생을 바로잡아 줘야지. 그게 소용이 있든 없든. 공 작가만이 할 수 있는 일이었으니까."

"……가족이잖아요."

제 손으로 아버지를 궁지로 모는 건 쉬운 일이 아니었다. 상황에 몰려 섣불리 선택한 거라면 두고두고 후회할 게 뻔했다.

"그래서야. 류하도 가족이니까."

"그건 그렇지만."

"아버지는 변할 사람이 아니야. 그건 누구보다 내가 잘 알아. 내가 본 많은 시간 속에서 가장 한결같았던 사람이 아버지였어."

"그래도."

"나는 미처 생각하지 못했어. 류하를 찾으려고 애쓸 게 아니라, 그 애가 세상 밖으로 나올 수 있도록 만들어줬어야 했는데. 공 작가는, 당신을 만났기 때문에 깨달은 거지."

"남의 일처럼 말하지 마요. 도하 씨 얘기예요."

도하는 그냥 웃어버렸다.

그 웃음은 공 작가의 나른한 미소와도, 평소 도하의 비틀린 듯한 미소와도 달랐다. 이채가 생각했던 것보다 훨씬 더 근사한 웃음이었다. 그래서 따지려던 것도 잊고 그의 얼굴을 빤히 보았다.

"방금, 웃었어요."

"언제는 안 웃었나."

"제대로 안 웃었어요."

그를 웃게 해주고 싶었는데, 이렇게 보게 될 줄은 몰랐다. 결국, 그를 웃게 한 건 이채가 아닌 공 작가인 셈이었다.

"그랬나. 아침 먹어야지."

이채는 식탁 앞으로 가는 대신 갈아입을 옷을 챙겼다.

"아무래도 공 작가님에게 가 봐야겠어요. 전화를 안 받아요."

"아마, 작업실에 없을 거야. 아버지한테 불려갔을 확률이 높아."

"안 말리네요?"

328

도하는 다시 근사하게 웃었다.

"다녀와."

언제는 서로 날 세우며 질투하더니, 이건 이거대로 기분이 이상했다.

"도하 씨는 꼼짝하지 말고 집에 있어요. 이젠 정말 어떻게 될지 모르잖아요. 월지 밖으로는 절대로 나가지 마요. 알았죠?"

"그럴게."

그의 웃음이 더욱 짙어졌다.

o o o

독립문을 닮은 대문은 사설 경호원들에게 가로막혀 있었다. 그 앞에는 기자들이 시위대처럼 진을 치고 있었다. 정치, 문화, 사회부 기자들이 고루고루 모여 수군댔다.

'어쩌지……'

이채는 눈앞에 있는 두꺼운 벽을 뚫고 들어갈 자신이 없었다. 돌파할지, 돌아갈지를 놓고 고심하는데 두리번거리던 기자 한 명이 그녀를 알아보았다.

"정이채 씨 아니야?"

그 말을 신호로 다른 기자들이 득달같이 달려들었다.

"한 말씀 해주시죠!"

"공류하를 소개받은 적이 있습니까."

"이번 일에 대해서 어떻게 생각하십니까!"

피할 새도 없이 둘러싸인 이채는 혼이 나가버렸다. 질문을 해대는 기자들의 기세도 위협적이었지만, 연이어 터지는 플래시도 정신없게 만드는 데 한몫했다.

"아, 저……."

"납치 미수와 피습 사건이 나예희 씨와 연관 있다는 게 사실입니까!"

"고개만 끄덕이셔도 됩니다."

이채는 입을 꾹 다물었다. 이 자리에서는 어떤 말도 해서는 안 될 것 같았다. 그래서 그대로 기자들 사이를 비집고 앞으로 나아갔다. 기자들에게 시달리느니 경호원을 뚫고 안으로 들어가는 게 나을 듯했다.

하지만 몇 걸음 옮기지도 못하고 팔을 붙잡혔다.

"공도하 작가의 인터뷰 내용을 미리 알고 있었습니까!"

"공도하 작가와는 만남을 계속 이어갈 생각이십니까."

이때다 싶어 달라붙은 기자들이 집요하게 물었다. 그때였다. 대문 앞을 가로막고 있던 경호원들이 우르르 몰려나와 이채의 주변을 감쌌다.

"들어가시죠."

순식간에 바리케이드를 형성한 그들은 이채가 대문 안쪽으로 피할 수 있도록 도와준 다음 다시 벽이 되었다.

그들 중 한 명이 무전으로 말했다.

"안쪽으로 모셨습니다."

이채는 짧게 숨을 몰아쉬며 흐트러진 옷매무새를 단정히 했다. 정원을 가로질러 현관 앞으로 들어서자 재희가 그녀를 맞아주었다.

"어서 와요."

근심이 가득한 얼굴이었다.

"아, 안녕하세요."

이채는 고마운 마음을 담아 깍듯이 인사했다. 무사히 들어올 수 있도록 도와준 게 그녀라는 사실을 눈치챈 것이다.

"밖에 기자들이 많아서, 다친 데는 없어요?"

"네. 괜찮습니다. 감사합니다."

"그런데 어쩌죠. 지금 집안 분위기가 좋지 않아요."

"네. 압니다. 방송 보고 왔어요. 도하 씨, 안에 있죠?"

재희는 곤란한 얼굴을 했다.

"오늘은 그냥 나랑 차 한 잔 마시고 돌아가는 게 좋겠어요."

"도하 씨만 보고 돌아갈……."

이채가 하려던 말은 무언가 부서지는 소리와 함께 들려온 노성으로 인해 끊어졌다. 그녀는 고함이 들리는 방향으로 고개를 돌렸다.

"……어디에 있는지 알겠네요. 실례하겠습니다."

예의에 어긋나는 행동이라는 건 알지만, 지금은 따지고 싶지 않았다. 이채는 재희를 뒤로하고 소리의 진원지를 향해 걸음을 옮겼다.

목소리는 서재 안에서 들려왔다. 이채는 문 앞에 섰다. 일단은 둘의 대화가 끝나기를 기다리는 게 나을 듯싶었다.

"제가 한 말 중에 거짓이 있으면 바로잡겠습니다. 그런데 모두 진실이지 않습니까."

"감히 이런 일을 벌여!"

무언가 날아들어 벽에 부딪혀 산산이 부서졌다. 아버지가 아끼던 만년필 함의 최후를 지켜본 공 작가는 씁쓸한 얼굴로 고개를 들었다.

"이제 류하를 찾아야 할 이유가 생기셨네요."

"가만히만 있었으면 내가 가진 모든 게 전부 네 것이 될 수 있었어! 그런 간단한 계산도 안 서는 거냐."

"아버지의 아들이 되고 싶었습니다. 단지 류하의 형이 되고 싶었고요. 어머니는 유모가 아니라 어머니이길 바랐습니다. 그 당연하고 평범한 일이 소원처럼 되어버린 건 모두 아버지의 욕심 때문이었습니다."

"네 바람은 평생 이루어질 수 없을 거다. 지금부터 넌 네 아들이 아니다. 너 같은 건 필요 없으니까 당장 이 집에서 나가! 네 어미도 데리고 나가라. 둘 다 꼴도 보기 싫다."

재희를 운운하자, 공 작가의 표정에도 금이 갔다.

"아버지."

"아버지라고 부르지 마라."

공 작가가 억누르고 있던 분노를 표출하려는 순간이었다. 서재
의 문이 열리고, 낭랑한 목소리가 들려왔다.

"안녕하세요. 아버님. 또 이렇게 뵙네요."

배시시 웃으며 공 작가의 곁에 선 이채는 고개 숙여 인사부터 했
다. 그녀의 갑작스러운 등장에 공 작가는 잠시 할 말을 잃었다.

"……여긴 왜. 오늘은 집에 있으라고 했잖아."

"나 원래 말 잘 안 듣잖아요. 걱정스러워서 오긴 했는데, 어쩌다
보니 문까지 열었네요."

그렇게 말한 이채는 그의 아버지를 똑바로 응시했다.

"아버님께서 원하시니 도하 씨는 제가 데려갈게요."

"버르장머리 없이."

"하, 지, 만, 어머님은 아버님께서 책임지세요. 이제라도 재혼하시
는 게 보기 좋겠네요. 요즘 유전자 검사가 참 쉽고 간편하더라고요.
잘못하면 진짜 곤란해지실 것 같아서 말씀드리는 거예요."

아버지의 얼굴이 구겨지는 걸 본 공 작가의 입에서 허탈한 웃음
이 새어 나왔다.

"넌! 어디서 이런 걸! ……지금 웃음이 나와?"

"나오네요. 웃음이."

이상하게도 그랬다. 그녀가 나타난 순간부터 웃음이 났다. 산소가 부족하다고 느껴질 만큼 정체되어 있던 서재의 공기도 흐르기 시작했다. 모든 것은 그녀에게로 흘러갔다.

이채는 공 작가의 손을 잡아끌었다.

"가요."

공 작가는 힘없이 그녀에게 이끌렸다.

"다신 발 들일 생각 마라. 너 같은 놈은 버리면 그만이지."

뒤에서 들려온 목소리에 멈춰 선 이채가 돌아보았다.

"아버님께서 뭔가 잘못 알고 계신 것 같아요. 도하 씨가 인터뷰를 결심했을 때는 이미 '아들 자리'를 내려놓을 각오를 했다고 생각해요. 양립할 수 없다면 류하 씨의 형으로 남기로 한 거죠. 그러니까 아버님이 버리신 게 아니에요. 버림받으신 거죠. 그럼 저희는 이만 나가보겠습니다."

그녀는 다시 공 작가의 손을 잡아끌었다.

공 작가는 온순한 양처럼 따라나섰다. 조금 전까지 전신을 지배하던 분노는 공기 중으로 흩어져버렸다.

"덕분에 웃으면서 나가네."

서재 문을 닫자, 공 작가는 후련한 얼굴을 했다. 반대로 이채의 얼굴에서는 웃음기가 사라졌다.

"어쩌자고 이런 대형 사고를 상의도 없이 쳤어요!"

"'대형'이 문제야? 아니면 '상의 없이'가 문제야?"

"둘 다 문제예요! 그래도 아버지인데, 다른 방법으로 해결할 수는 없었어요? 지금 집 밖이 얼마나 시끄러운 줄 알아요? 지켜보는 사람은 또 얼마나 많고요."

"미안해. 신경 쓰이게 해서."

공 작가는 흐트러진 이채의 머리카락을 넘겨주었다. 그녀의 말대로 지켜보는 사람이 많아질 것이다. 그만큼 그녀는 더 안전해진다.

"화 많이 났어?"

"화가 난 게 아니라 걱정한 거잖아요."

말을 이으려는데 등 뒤에서 재희의 목소리가 들려왔다.

"도하야."

이채는 황급히 손을 놓고 돌아보았다. 공 작가가 먼저 말했다.

"죄송해요."

"내가 미안하지. 여기 걱정은 하지 말고, 네가 원하는 대로 해. 이채 씨, 고마워요. 우리 애 잘 부탁해요."

이채가 다소곳하게 고개 숙였다.

"소란을 피워서 죄송합니다."

"두 번이나 왔는데, 차 한 잔을 못 췄네요. 다음에 식사 같이해요."

"네. 불러주세요. 어머니."

살가운 미소로 화답한 이채는 공 작가와 함께 정원으로 나섰다.

정원을 가로지르던 그녀가 걸음을 멈춘 곳은 무화과나무 앞이었다. 잎사귀를 바라보는 그녀의 눈빛이 곱고 예뻤다.

괜히 심사가 뒤틀린 공 작가가 넌지시 물었다.

"첫사랑, 찾고 싶어?"

"뭐 하려요?"

"그리운 눈이길래."

"그리운 기억은 흘러간 채로 두는 게 낫지 않아요?"

"그리워하는 지금이 좋다는 건가."

"그립다기보다는 고마워하는 거예요. 기회가 된다면 말해주고 싶기는 해요. 그 짧은 만남이, 작은 호의가 내 안에 크게 자라났다고요. 그래서 내내 고마웠다고요."

"거창하네."

"거창해야죠. 첫사랑인데."

이채는 다시 걸음을 옮겼다.

대문 쪽으로 다가가다 보니 기자들의 웅성거림이 느껴졌다. 앞서간 공 작가가 밖의 동태를 살폈다. 그가 들어왔을 때보다 기자가 더 늘어난 것 같았다.

"잘못하면 오늘 얼굴 제대로 팔리겠는데."

"난 이미 다 팔렸어요."

"……후회돼?"

"되려고 하네요. 이러고 3개월 있다가 결별 기사 내면 천하의 나쁜 년이 되겠죠."

결별 기사 아래 주렁주렁 달릴 댓글들이 눈앞에 선했다.

공 작가는 손을 뻗어 이채의 손을 잡았다. 그리고 자연스럽게 방향을 이끌었다.

"이쪽으로."

"네?"

"뒤쪽으로 돌아 나가는 게 좋겠어."

"개구멍이라도 있어요?"

"비슷해."

저택 뒤쪽으로 돌아가자, 더 넓은 정원이 펼쳐져 있었다. 다양한 수종의 나무와 꽃 너머로는 아담한 동산도 있었다.

"아니 무슨, 공원에다가 집을 지었어요?"

"응. 원래 공원이었대."

"더러운 세상."

투덜거렸지만 부럽지는 않았다. 그런 아버지와 함께라면, 공원이 아니라 놀이공원 위에 집을 지어도 즐겁지 않을 것 같았다.

걸음을 빨리한 공 작가는 동산 위로 향했다. 올라서서 보니 뒤쪽으로 담이 보였다.

"설마, 여기로 넘어가자고요?"

"응. 넘을 만해."

동산의 높이 때문에 상대적으로 담이 낮아지는 부분이 있었다.

하지만 담은 담이다. 애초에 넘어 다니라고 만든 게 아니었다.

게다가 담 너머는 다른 집이었다.

"남의 집인데요?"

"형네 집이야."

"형?"

이채가 알기로 그가 형이라고 부를 만한 사람은 한 명뿐이었다. 꿀단지를 든 곰같이 생긴.

"대표님이요?"

"못 넘겠으면 정문으로 나가고."

"갑자기 담이 낮아 보이네요."

"올려줄까?"

"아뇨. 이 정도는 넘을 수 있어요."

5층 베란다도 넘어 다니는데, 이 정도 담은 우스웠다. 그녀는 자신의 말이 허세가 아님을 보여주겠다는 듯이 양손으로 담을 짚었다. 가볍게 도움닫기를 하더니 단번에 담 위로 올라갔다.

먼저 올라간 이채는 담 위에 걸터앉아서 반대쪽 아래를 내려다보았다. 아찔할 정도는 아니었지만, 잘못 뛰어내렸다가는 발목이 나갈 것 같았다.

"이쪽은 좀 높은데요."

그사이 담을 훌쩍 넘어간 공 작가가 양팔을 벌렸다.

"내려와. 받아줄게."

그의 품으로 뛰어내린 이채는 익숙한 향기가 배어 있는 어깨에 얼굴을 묻었다. 야속하게도 심장이 뛰었다. 애써 표정을 갈무리한 그녀는 한 걸음 뒤로 물러섰다.

　"가자."

　공 작가가 먼저 발걸음을 돌렸다. 둘은 아무런 제지도 받지 않고 윤형의 집 마당을 가로질렀다.

　"차는 어떻게 가져오죠?"

　"멀리 대놨어."

　"아, 네."

　앞장서 골목길을 따라 걷던 공 작가가 돌아보며 물었다.

　"기사 보고 온 거야?"

　"화면발이 괜찮더라고요."

　"류하도 봤을까."

　"봤을 거예요. 지금 전 채널에서 나오고 있거든요."

　이채는 궁금해졌다. 뉴스를 본 류하는 지금쯤 어떤 마음일까.

○○○

　"가만히 좀 있어 봐!"

　다채가 윽박지르자, 류하는 움직임을 멈췄다.

　둘은 서로를 등진 채 옆으로 누워서, 손목을 묶고 있는 밧줄을 풀어보려고 애쓰는 중이었다. 하지만 어떻게 묶어놓았는지 좀처럼 풀리지 않았다. 손끝은 아렸고, 손톱은 빠질 것처럼 아팠다.

"더럽게 안 되네. 끊을 만한 도구가 있어야 할 것 같아."

고개를 쳐든 다채는 어두운 공간을 꼼꼼히 살폈다. 하지만 윤곽만 보이는 공간에서 도구를 찾아내는 건 무리였다.

"저 TV라도 켜면 좀 보이려나."

그때였다. 류하가 갑자기 흐느껴 울기 시작했다.

"우리 죽겠죠? 죽을 거야. 죽을 때 엄청나게 아플 거야."

다채의 입에서 저절로 한숨이 새어 나왔다. 이런 바보한테 납치당한 자신 역시 바보처럼 느껴졌다. 달래줄 의지도 기력도 없었던 그녀는 그대로 얼굴을 바닥에 댔다.

류하의 눈물이 잦아들었을 때쯤 덜컹거리는 소리가 들려왔다. 그리고 누군가 걸어오는 기척이 느껴졌다. 이내 문이 열리고 한 남자가 들어왔다.

밖에서 새어 들어온 빛 때문에 방 안은 한층 밝아졌다. 하지만 역광이라 남자의 얼굴은 제대로 확인할 수 없었다.

"사, 살려주세요!"

큰 소리로 외친 이는 류하였다.

"미안한데, 그건 좀 힘들 것 같아서."

그는 정말 미안하다는 듯이 손가락으로 볼을 긁적였다.

"제, 제발요. 부탁이에요. 죽고 싶지 않아요."

"어쩔 수 없어. 운명으로 받아들여. 그냥."

그는 묶인 채 옆으로 누워 있는 두 사람에게 다가섰다. 누워 있는 방향을 보니 손목을 풀려고 꽤나 노력한 것 같았다. 특히 여자 쪽의 손가락은 피가 배어나고 있었다.

"애썼네. 안됐지만 그건 못 풀어."

남자가 류하의 목을 오른발로 지그시 눌렀다. 류하는 저항도 하지 못하고 캑캑거렸다.

"가볍게 시작해볼까. 목걸이는 어디서 얻었지?"

류하의 억눌린 신음이 들리자, 다채가 다급하게 외쳤다.

"목걸이는 컨테이너 창고에 있잖아요. 테이블 위에 올려놓는 것까지 봤어요."

남자의 시선이 다채로 옮겨갔다. 여전히 류하의 목을 눌러 밟은 채였다.

"그거? 가짜잖아. 가짜 말고 진짜 말이야."

"가짜라고요?"

"그래. 가짜. 진짜 같은 가짜. 진짜보다 더 진짜같이 만들어놓은 가짜."

가짜였다니. 다채는 겁먹은 얼굴로 변명하듯이 말을 늘어놓았다.

"가짜인지 몰랐어요. 나도 우연히 얻게 된 거예요."

"아니, 아가씨가 가지고 있던 건 진짜. 난 원래 가지고 있던 목걸이를 어떻게 했는지 묻고 있는 거야. 물론 대답하지 않아도 돼. 그런데 아가씨, 사람 목이 부러지는 걸 본 적 있어? 소리가 좀 별로긴 한데 못 참을 정도는 아니야. 체험해볼래?"

그가 발에 힘을 주자, 다시 류하의 신음이 터져 나왔다.

"나, 납치되기 전에 분명 책상 위에 올려놨어요. 진짜예요. 그것 말곤 몰라요."

"그래? 그런데 난 왜 아가씨가 숨기는 게 있는 것 같을까?"

"숨기는 것 없어요. 진짜예요."

"자, 그럼. 그 가짜 목걸이는 어떻게 컨테이너까지 오게 된 걸까?"

남자는 발에서 힘을 조금 뺐다. 류하에게도 말할 기회를 준 것이다. 발밑에서 억눌린 목소리가 새어 나왔다.

"정이채요. 이 누나 동생이 가지고 있던 걸 내가 훔쳤어요."

히죽 웃은 남자는 다시 다채를 주시했다.

"동생은 왜 가짜 목걸이를 가지고 있었을까."

"그건 몰라요. 아는 건 다 말했어요."

"아니야. 알고 있잖아. 진짜는 동생이 가지고 있는 거야. 그러니 그렇게 똑같이 만들 수 있었겠지. 아무리 눈썰미가 좋아도 실물을 보지 않으면 그렇게 만들기 힘들잖아. 눈앞에 있는 걸 보고 만든 거야. 그렇지?"

"아뇨. 아니에요. 집에 찍어놓은 사진이 많아요. 연구 자료도 있으니까 그걸 보고 만들었겠죠. 그 애는 아무것도 몰라요."

"그래? 다들 아무것도 모르네. 누군가 한 명은 알아야 할 텐데 말이야. 내가 다시 올 때까지 잘 생각해 봐."

그는 류하의 목을 한 번 더 눌러 밟고는 뒤돌아 나갔다. 문이 닫히자, 다시 깜깜해졌다.

다채는 한 가지 사실을 깨달았다.

그는 류하와는 달랐다. 진짜로 위험한 냄새가 났다. 다채는 누운 채로 몸을 한 바퀴 굴렸다. 팔과 다리가 결박되어 있어 움직이는 게 쉽지 않았다. 방향을 틀어 움직이는 데 성공한 그녀는 발로 TV를 켰다. 조금 전 문이 열리고 빛이 들어왔을 때 TV의 전원 버튼 위치를 확인해두었다.

TV 화면이 밝아지자 방의 윤곽이 조금씩 드러났다. 음소거 상태라 소리는 들리지 않았다. 한가하게 TV를 보려고 켠 것은 아니니 상관없었다.

"창문 하나 없네."

원래부터 없었던 게 아니라 무언가로 가로막은 듯했다. 천장과 벽 전체가 방음재로 덧붙여져 있어서 소리를 질러도 새어 나가지 않을 것 같았다.

그녀의 시선이 옆으로 누워 있는 류하에게 닿았다.

"저 사람 알아?"

"몰라요. 처음 봐요."

"네가 전화 걸었던 사람 아니야?"

"아니에요."

그녀는 류하의 손목을 응시했다. 밧줄 외에도 두꺼운 케이블 타이로 겹겹이 조여져 있었다. 맨손으로는 절대 풀 수 없을 것 같았다.

류하가 다시 흐느껴 울었다.

"또 울어?"

그의 시선이 TV에 닿아 있는 것을 알아차린 다채도 자연스럽게 화면을 응시했다. TV 화면에는 공 작가의 얼굴이 나오고 있었다.

다채는 발가락으로 이런저런 버튼을 눌러 소리를 키웠다.

혼외자임을 밝히는 공 작가의 얼굴에서 망설임은 보이지 않았다. 쏟아지는 질문에 답하는 모습에선 여유마저 느껴졌다. 입장을 표명하지 않은 채 자택에서 칩거 중이라는 자막과 함께 그의 아버지 사진도 화면에 떠올랐다.

"이채가 남자는 잘 골랐네."

다채가 담담히 평가하자, 류하는 더 크게 흐느껴 울었다.

"……나 바보 같죠?"

"응."

"……우리, 이제 죽겠죠."

"응. 난 너 때문에 죽는 거고."

"미안해요. ……이렇게 될 줄은 몰랐어요."

"됐어. 사과한다고 달라지는 것도 아니잖아. 네 마음 편해지려고 사과하지 마."

류하의 흐느낌은 멈출 기미를 보이지 않았다.

"……미안해요. 미안해요."

"미안하면, 살아날 방법을 생각해 봐. 일단 아는 대로 말해 봐. 목걸이에 대해서는 어떻게 알게 된 거야?"

류하는 훌쩍이면서도 입을 열었다.

"아저씨를 낚시터에서 만났어요. ……낚시하면서 친해졌는데, 아는 건 별로 없어요. 대부분 낚시에 관해 얘기였거든요. 그러다 아저씨가 신비한 물건에 대한 이야기를 들려줬어요. 고서와 목걸이에 대해서요. 난 그 고서가 뭔지 알고 있었어요. 엄마의 소장품이었거든요. 번역을 못하니까 내용은 몰랐지만, 제목은 알고 있었어요."

"내가 번역하던 거?"

"네. ……처음엔 혼자서 사전을 펴놓고 해석 가능한 부분만 찾아서 읽었어요."

"그러다가 목걸이에 대해서 믿게 됐다고?"

"네."

다채는 어처구니가 없었다.

"바보 아니야? 보통은 그냥 전설처럼 내려오는 이야기라고 생각하잖아."

"진짜 있었잖아요. 누나 SNS에."

"있다고 해도 그런 능력이 있을 리 없잖아."

"아저씨가 그랬어요. 예전에 과거와 연결된 적이 있다고요."

"본인이? 직접?"

"네."

"제대로 약 팔았구나. 좋아. 그렇다고 쳐. 그럼 그 사람은 왜 너한테 접근한 거야?"

"접근한 게 아니라 우연히 만났어요. 낚시터에서."

"넌 아직도 우연이라고 생각하니? 전직 납치범이 너무 순진하네. 그 남자는 널 노리고 접근했을 거야. 뭘 노렸을까. 고서? 목걸이? 아니면 목걸이를 찾아줄 순진한 노동력?"

"모르겠어요."

"왜 너였을까? 속이기 쉬워 보여서? 혼자 찾긴 힘드니까 여러 명을 구워삶아서 목걸이를 찾게 해놓고 지켜본 건가? 그러다가 사람을 보내서 납치?"

"아저씨는 그런 사람 아니에요."

"그럼 저 남자는 누구야."

"모르겠어요."

"대체 아는 게 뭐니."

"……모르겠어요."

류하에게서 더 이상의 무언갈 기대하는 건 무리였다.

"시간을 끌어보자. 시간만 끌면 돼."

"……끌면요?"

"이채랑 성수가 우릴 찾아낼 거야. 그리고 네 형도 있잖아. 목걸이를 빼앗으려다가 들켰다면서. 그럼 경찰도 움직이겠네."

"무슨 수로 찾아요. 우리가 어디에 있는지 알고요."

"내가 수수께끼를 남겼었거든. 네가 가져왔던 목걸이가 가짜라는 걸 보면, 눈치채고 날 찾고 있었던 거야. 컨테이너를 찾고 나면, 다른 단서도 찾아낼 거야."

다채는 그렇게 믿었다. 그렇게라도 믿어야 무너지지 않고 버틸 수 있었다.

○○○

노을빛이 스며든 별장은 두 사람이 떠났을 때와 달라진 게 없었다. 텅 빈 공간은 외로운 공기가 차지하고 있었다. 고요한 분위기 때문인지 밖에서 지저귀는 새소리가 유독 크게 들렸다.

"공류하가 다녀간 흔적은 없네요."

이채는 실망감을 감추지 못했다.

"여긴 내가 알고 있는 곳이니까."

"인터뷰를 봤으면, 이곳이 그리워졌을 것 같았어요."

공 작가도 같은 생각이었다. 그래서 확인해보자는 그녀의 말을 따른 것이다.

"좀 더, 둘러보지."

그렇게 말한 공 작가는 벽에 걸려 있는 사진을 올려다보았다.

이채가 1층을 모두 둘러보고 돌아온 뒤에도 그는 그대로 서 있었다. 그 모습이 어쩐지 위태로워 보여서 곁으로 다가갔다.

먼저 입을 연 건 공 작가였다.

"난 이룰 필요가 없는 꿈을 꿨던 것 같아. 아버지의 아들이길 바란다니 이상하잖아. 난 원래부터 아버지의 아들이었어. 내가 무슨 홍길동도 아니고."

"오늘 친 사고에 대한 소감이에요?"

"후회하는 중이야. 진작에 떨쳐버렸어야 했다고⋯⋯. 그럼 류하도, 당신 언니도 괜찮았을 텐데."

공 작가는 제 곁으로 다가온 이채를 향해 시선을 돌렸다. 걱정스레 바라보는 모습이 사랑스러웠다. 사랑스럽다, 하고 말한다면 어떻게 반응할까.

하고픈 말을 전하지 못하고 입술만 달싹이는데 이채의 휴대폰이 울렸다. 발신인을 확인한 그녀는 휴대폰 액정을 보여주었다.

"대표님이에요."

공 작가가 별다른 반응을 보이질 않자 이채는 전화를 받았다.

"안녕하세요. 대표님."

"이채 씨, 별일 없으시죠. 도하 녀석이 사고를 쳐서 당분간 좀 시끄럽게 됐네요."

"네. 저도 봤어요."

"하하, 죄송합니다. 그런데 그 자식이 이 와중에 휴대폰을 꺼놔서 요. 혹시 어디에 있는지 알고 계신가 해서요."

"그게, 같이 있어요."

"그럼 죄송하지만, 스피커폰으로 좀 돌려주세요."

"아, 네. 그럴게요. 돌렸어요."

이채가 스피커폰으로 전환하자 윤형의 목소리가 쩌렁쩌렁하게 울려 퍼졌다.

"이 자식아, 사고를 쳤어도 내 전화는 받아라. 전달 사항이 있다. 나예희 소속사에서 열애설을 대대적으로 부인하고 나섰어. 이번 일로 너하고 선을 그으려는 것 같아. 소속사에서 알아서 수습한다 니까 이젠 신경 안 써도 될 거야. 그리고 인터뷰 잘했어. 잘했다고 말해주려고. 야, 듣고 있냐?"

공 작가가 답하지 않자, 이채가 냉큼 대답했다.

"공 작가님 잘 듣고 있어요. 감동받은 얼굴이에요."

무표정했지만 흔들리는 눈빛만 봐도 알 수 있었다. 윤형이 지지 해줄 줄은 몰랐던 모양이다.

"그래서 말인데 이번 일로 출판사에도 타격 있는 거 알지? 차기 작 인세 1%만 더 내리자. 알았지? 그럼 좋은 시간 보내라. 마감은 잘 지키고. 이채 씨, 녀석 좀 잘 위로해주세요. 그리고 나예희 SNS 건은 죄송합니다. 사진이 워낙 크게 올라가버려서요. 빨리 수습할 게요. 그럼 이만 끊습니다."

"네. 들어가세요."

하고 싶은 말을 쏟아낸 윤형은 먼저 전화를 끊었다. 다시 고요해진 공간에 두 사람의 시선이 얽혔다.

"대표님, 캐릭터는 확실하네요."

"좋은 사람이야."

"알아요."

윤형이 그의 곁에 있어 다행이었다. 그런데…….

"SNS는 무슨 말이죠?"

"양 다리 사진 말한 것 아닌가?"

그렇다고 하기엔 사진이 크게 올라갔다고 했다. 이채는 불안한 마음을 안고 나예희의 SNS를 확인했다.

- 거울아, 거울아, 누가 더 예쁘니?

어이가 없었다. 개인적인 취향이라는 건 있다. 하지만 절대적인 미 역시 존재한다. 이 시대의 절대적인 미를 가진 사람이 바로 나예희였다.

그런 예희와 이채의 사진이 나란히 올라가 있었다.

사람들은 당연하다는 듯이 입을 모아 나예희를 외쳤다. 이채가 보기에도 그녀의 미모는 여신급이었으니까 그것까지는 이해할 수 있었다. 기분 나쁜 건 오른쪽에 있는 오징어는 누구냐는 둥 막말을 일삼는 이들이 많다는 것이었다.

이채는 분노를 애써 가라앉혔다. 이런 일로 일희일비할 때는 아니니까.

"괜찮아요. 소속사에서 수습해준다니까. 이것도 내려주겠죠."

그렇게 말하면서도 기분 나쁜 티가 역력했다.

"뭔데 그래?"

궁금했는지 공 작가도 이채의 어깨너머로 게시글을 확인했다. 댓글까지 대충 확인한 그가 넌지시 말했다.

"더 예뻐."

"네?"

"네가 더 예쁘다고."

이채의 눈매가 가늘어졌다.

"지금 나 능욕하는 거죠."

"예뻐. 정말이야."

공 작가의 눈에 사랑이 담겨 있어서 이채는 어색하게 시선을 돌릴 수밖에 없었다. 그를 어떻게 대해야 할지 여전히 모르겠다. 밀어내기엔 늦어버렸고 끌어당기기엔 지뢰밭이었다.

갈피를 잡지 못하던 그녀는 돌연 눈을 치켜떴다.

"지금, 너라고 했죠?"

"응."

"내가 누나거든요."

"알아."

뭐가 문제냐는 듯 나른하게 웃어 보인 그는 꺼두었던 자신의 휴대폰을 켰다.

부재중 통화 알림과 문자 메시지가 연이어 수신되었다. 재희와
윤형이 절반 이상을 차지하고 있었다. 그 외에 처음 보는 번호도 있
었고, 몇 년간 연락하지 않던 이들도 더러 있었다.

하나씩 확인해보니 대부분 위로와 응원의 메시지였다. 기자들의
집요한 질문도 중간중간 끼어 있었다.

그리고 'resemble man'의 새 계정에서 보낸 메일이 도착해 있
었다.

ㅡ 인터뷰는 봤다. 수고했네. 그보다 강랜한테는 언제쯤 연락할
셈이지? 정이채의 안전은 신경 쓰이지 않는 건가? 하긴, 정이채는
일찌감치 포기하는 게 나을 수도 있지. 어차피 안 될 거라는 건 알
잖아.

공 작가의 속이 뒤집어졌다.

'……뭐 하자는 거지.'

고개를 들어보니 이채가 보이질 않았다. 대신 2층으로 이어지는
계단 위쪽에서 속삭이는 목소리가 들려왔다.

공 작가는 목소리에 이끌리듯 위층으로 향했다.

"네. 아뇨. 아직 같이 있어요. 여기 그 별장이에요. 네. 안 온 것 같
아요. 이제 들어가려고요. 조금 이따가 봐요."

얼핏 들리는 통화 상대는 남자인 듯했다.

공 작가는 그 목소리가 거슬렸다. 통화 중인 이채의 목소리에 친

근함이 깃들어 있는 것도 마음에 들지 않았다. 더 마음에 들지 않는 것은 '조금 이따가 보자'는 말.

소리 없이 2층으로 올라선 공 작가는 그녀에게 바짝 다가섰다.

"resemble man?"

떠보듯 물어본 것뿐인데, 이채는 눈에 띄게 당황했다.

"아, 저……."

"대답을 못 하네."

공 작가는 그녀의 손에 들린 휴대폰을 빼앗아 자신의 귀에 가져다 댔다.

"사람 가지고 장난치지 마. 당신은 당신대로 지켜. 나는 나대로 지킬 테니까."

상대방은 침묵했다.

휴대폰을 던지듯이 돌려준 공 작가는 외면하듯 그녀에게서 멀어져 등을 보이고 섰다. 이채는 아직 끊어지지 않은 휴대폰에 귀를 가져갔다.

"……공 작가님이랑 무슨 일 있었어요?"

이채는 한껏 목소리를 낮춰 물었다.

"터질 게 터진 거야."

도하는 태연했다.

"또 메일 보냈죠?"

"신경 쓰지 마."

상황을 이렇게 숨 막히게 해놓고 신경 쓰지 말라니.

"하여간 말 진짜 안 들어. 하아. 나중에 얘기해요."

전화를 끊은 이채는 공 작가의 곁으로 다가갔다.

막상 옆에 서고 보니 할 말이 없었다. 어떤 말을 해도 'resemble man'에 대한 질문이 돌아올 것 같았다. 이제는 변명하는 것도 지쳤다. 게다가 그의 옆모습은 몹시 화가 난 것처럼 보였다.

섣불리 말을 걸 수가 없어서 가만히 서 있는데 공 작가가 먼저 입을 열었다.

"보지 마. 나 지금 흉해."

그렇게 말하면, 더 볼 수밖에 없잖아.

이채는 그의 어깨를 어색하게 쓰다듬었다.

"안 그래도 오늘 좀 아슬아슬해 보였어요. 무리하나 보다 했거든요. 괜찮을 리가 없잖아요. 아버지랑 그렇게 하고 나왔는데. 공류하에 대한 실마리도 보이질 않고요……."

고개를 돌린 공 작가가 이채를 빤히 보았다.

"포기할 생각 없어."

"알아요. 나도 포기 안 해요. 언니는 꼭 찾을 거예요."

다짐하듯 말하는 이채의 모습에 공 작가는 가슴이 답답해졌다. 그녀는 여전히 다채 생각뿐인데, 자신은 치기 어린 소년처럼 질투나 하고 있었다.

하지만 이성이 뭐라고 하든.

"그만 돌아가요. 공 작가님은 좀 쉬어야 할 것 같아요."

당신이 뭐라고 하든.

"싫어."

그녀를 포기하고 싶지 않았다.

그와 눈이 마주친 이채는 심장이 덜컥 내려앉았다. 이런 느낌이 든 건 비 오던 날에 이어 두 번째였다. 시간은 또 멈춰버렸다. 밖에서 들려오던 새들의 지저귐도 사라지고, 공간도 사라졌다.

이 세상에 둘만이 남겨진 듯했다. 그의 표정은 물론이고, 속눈썹의 떨림까지도 고스란히 각인되었다.

목걸이만이 마법을 일으킬 수 있는 게 아니었다. 그도 마법처럼, 이렇게 순간순간 기적 같은 시간을 만들어냈다.

불시에 마주한 작은 기적은, 충동으로 이어졌다.

이채가 먼저 그의 입술에 자신의 입술을 포갰다. 왜 그런 행동을 했는지는 모르겠다. 그냥 물 흐르듯이 자연스럽게 다가서게 됐다.

공 작가는 조금 놀란 듯했다. 이채는 놀란 그가 귀엽게 여겨져서 쿡 하고 웃었다. 그가 그녀의 입술에 제 입술을 마주 댔다.

코끝에 감기는 싱그러운 향기와 입술에 스치는 부드러운 촉감에 이어 손끝에서 그의 손길이 느껴졌다. 그의 커다란 손은 이채의 손을 감아쥐었다.

뒤섞인 숨결이 뜨거웠다. 이채는 그의 목에 팔을 둘렀다.

2층의 쿠션은 예상했던 것처럼 푹신했다. 등에 닿은 쿠션의 감각에 그녀는 눈을 떴다. 천장에 난 창을 통해 하늘이 보였다.

아직 푸른빛을 잃지 않은 하늘에 하현달이 떠 있었다. 곧 해가 질 것 같았다.

그녀가 다시 눈을 감으려고 했을 때, 공 작가의 입술이 떨어져 나갔다. 길게 숨을 토해낸 그는 상기된 이채의 얼굴을 가까이서 바라봤다.

몇 번 더 잘게 입을 맞춘 그가 잠긴 목소리로 말했다.

"가자. 집에."

나지막이 울리는 목소리에 이채는 숨을 멈췄다.

○ ○ ○

해가 저물어가는 '경주 동궁과 월지'에 사람들이 하나둘씩 모여들었다. '동궁과 월지'는 낮보다 밤이 더 아름다운 곳이었다. 달이 노니는 시간을 기다리는 풍경 속으로 연인과 친구, 가족들이 녹아들었다.

그 가운데에 언성을 높이는 남녀가 있었다.

"너무하지 않습니까. 어떻게 그런 거짓말을 할 수가 있습니까."

"어머나! 내가 잘못 알았나 보네요. 그래서 뭐요. 설마 이채 따라온 건 아니죠?"

"맞다면 어떻게 하실 겁니까."

"미치셨어요? 고 팀장님, 이번 달에 결혼하신 거로 압니다만."

"이혼할 겁니다. 이채한테도 말했습니다."

"미친 새끼, 너 나이가 몇 개니? 개념이라는 게 있니!?"

주아의 목소리가 한 옥타브 더 올라갔다.

"미친 새끼는 좀 심하지 않습니까?"

"심하긴, 이 쓰레기. 이채한테서 얼쩡거리지 말고 꺼져! 냄새나."

"주아 씨."

"더러워. 내 이름 부르지 마요. 소오름."

주아는 정말 더러운 것을 보았다는 듯한 얼굴로 돌아섰다. 곁에서 안절부절못하고 있던 동료 직원이 그녀의 팔을 붙잡았다.

"고 팀장한테 왜 그래? 다른 팀이지만 팀장이잖아."

"팀장이기 이전에 쓰레기야."

"왜? 이채 씨랑 또 무슨 일 있어?"

"쓰레기한테 이유가 어디 있어. 공통점은 있지. 자기가 쓰레기인 줄 모른다는 거."

멀리서 그들을 지켜보던 정 화백이 중얼거렸다.

"좋을 때로군."

그의 눈엔 사랑싸움하는 남녀로만 보인 탓이었다.

천천히 월지를 거닐던 그는 연못 가장자리로 다가섰다. 어느새 밤이 내려왔고, 잔잔한 물결 위엔 달빛이 어른거렸다.

"잘 지내고 계신가?"

30년 전, 기적 같은 한 달을 보낸 이후로 그는 매일같이 월지를 찾았다. 아직도 눈을 감으면 천 년 전의 그 화려했던 밤이 생생하게 떠올랐다.

정 화백은 다시 걸음을 옮겼다.

동궁이라고 칭해진 이곳은 '시간의 객'이라 불리던 정 화백이 머물던 장소였다. 이곳에서 그녀를 처음 만났다. 그래서인지 월지를 천천히 거닐다 보면 그녀의 청량한 웃음소리가 들리는 듯했다.

머리가 희끗희끗한 나이가 되었음에도 그의 심장은 그때처럼 뛰었다.

'화수 공.'

그녀는 그를 그렇게 불렀다. 그 시절의 화수는 머리가 희끗희끗하지도 않았고 이마에 주름도 없었다. 열정과 자신감으로 가득한 청춘이었다.

30년 전 그날, 그는 말끔하게 정장을 차려입고 다용도실로 향했다. 낡은 세탁기와 캐비닛 사이로 싱그러운 바람이 불어왔다. 화수는 망설임 없이 캐비닛을 열고 안으로 들어섰다.

캐비닛을 통과하면 커다란 연못이 나왔다. 바닥이 훤히 들여다보일 정도로 맑은 물이었다. 연못의 한가운데에는 작은 섬이 조성되어 있었는데, 온통 푸름인 그곳엔 이름 모를 진귀한 새와 꽃이 가득했다. 그리고 철쭉도 한 그루가 자라고 있었다.

화수가 나타나자 잎사귀를 오물거리던 꽃사슴이 나무 사이로 숨어들었다. 짧은 만남을 아쉬워하는데 나비 한 마리가 나풀나풀 날아와 그의 어깨에 앉았다.

"뭘 보고 계셔요?"

향기로운 목소리에 고개를 돌리자, 놀란 나비가 훌쩍 날아가 버렸다. 그리고 부드러운 미소를 머금은 그녀가 화수에게 다가섰다.

그녀는 아름답고 고귀한 여인이었다.

금사로 수놓은 비단 표의를 두르고, 위로 빗은 머리를 하나로 틀어 올렸다. 옥과 금장식으로 고정한 머리는 시대의 화려함을 보여 주고 있었다.

화수는 눈부신 그녀를 눈에 담기 위해 애썼다.

그대와……

"월지는 언제 봐도 아름답습니다."

"천 년 뒤에도 이곳은 남아 있다고 하셨죠?"

그녀가 낭랑한 목소리로 물었다.

"예. 안압지라는 이름으로 일부 보존되어 있습니다. 저 섬은 사라졌지만요."

"공께서 들려주시는 이야기는 모두 신비해요."

그녀는 화수가 들려주는 현대의 이야기를 좋아했다. 특히 현대의 과학과 건축에 관심이 많았다.

화수는 그녀의 습득력이 신기하면서도 안타까웠다. 궁에 갇혀 살아가기에 그녀는 지나치게 영민했다. 그가 알려준 지식이 그녀에게 독이 될까 두렵기도 했다.

"오늘은 궁인들이 보이질 않습니다."

"물려두었지요. 오늘 이 월지는 우리 둘만의 곳이에요. 아버님
께서 따로 연회를 열어주신다 하셨지만, 제가 물려달라 청하였습
니다."

"저 역시 오붓한 것이 좋습니다."

그녀가 눈을 휘며 웃었다. 초승달 같은 미소에 마음이 녹아내릴
것만 같았다. 뭇 사내들의 마음을 설레게 할 만한 미소였다.

화수는 그녀에게 나무로 만든 머리 꽃이를 내밀었다. 꽃이 끝에
는 연꽃이 조각되어 있었다. 머리 장식을 받아 든 그녀는 화사하게
웃었다.

"어여쁩니다."

"그리고 이것은 폐하께 드리는 겁니다."

화수가 내민 것은 주령구였다. 경주 박물관이 소장하고 있는 복
제품을 본 따 만들었다. 이 시대의 것을 그대로 만든 것이니 미래에
영향을 끼치지 않을 것이다.

"아버님께서 좋아하실 거예요."

"이곳 월지의 나무를 조각해서 만든 것입니다. 그러니 사라지지
않겠지요. 그대에게 줄 수 있는 게 이런 것뿐이라 속상합니다."

"왜 주신 게 없다 여기세요."

그녀는 기다란 소맷자락 안에 감추고 있던 부채를 꺼내서 펼쳤

다. 그곳엔 화수가 그려 넣은 그림이 있었다. 오로지 이 시대의 재료를 이용해서 새롭게 만든 염료로 그린 것이다. 현대의 지식을 총동원해서 만든 염료는 나라를 번영케 할 보물이 될 것이다.

"화수 공은 신국의 은인이십니다. 이곳에서 찬란한 문화가 피어날 겁니다. 모두 공의 덕분이죠."

그녀는 또다시 눈부시게 웃었다.

둘은 천천히 이야기를 나누며 걷다가 작은 향나무 앞에 멈춰 섰다. 얼마 전 두 사람이 함께 심은 나무였다.

"이 나무가 천 년을 산다면 좋겠습니다. 화수 공께 닿을 수 있게요."

화수는 신을 원망할 수밖에 없었다. 내일부터 그녀를 볼 수 없다는 사실을 믿고 싶지 않았다.

"연결을 지속시킬 방법은 정녕 없습니까?"

"글쎄요. 화수 공 이전에 궁에 머문 시간의 객은 한 분뿐이었으니까요."

신라의 궁에 찾아든 이는 화수가 처음이 아니었다. 그보다 먼저 다녀간 이가 있었다. 그는 왕에게 당나라와의 동맹을 제안했다고 한다. 덕분에 화수에 대한 대우는 처음부터 좋았다. 그가 아니었다면 자객으로 오인되어 죽임을 당했을지도 모른다.

"조금 더 거닐까요?"

화수의 정중한 물음에 그녀가 고개를 저었다.

"당신의 월지로 가요."

그녀는 화수를 이끌고 연못 앞에 있는 저장고의 문을 열었다. 그 문을 통해 캐비닛으로 빠져나온 그녀가 다용도실 바닥에 사뿐하게 내려섰다.

둘은 나란히 다용도실을 지났다.

거실로 들어서자 그녀는 묵직한 비단옷을 훌훌 벗었다. 사박거리는 의복이 바닥에 사뿐하게 내려앉았다. 조금씩 드러나는 그녀의 곡선에 화수는 입안이 바짝 말랐다.

"어서요. 오늘이 마지막 날이잖아요."

재촉하는 듯한 눈빛에 화수의 마음 또한 달아올랐다. 여러 번 탐했던 여체였지만, 그의 눈에는 여전히 신비롭기만 했다.

"그대는 날 만난 걸, 후회하지 않으십니까."

"어느 누가 하늘의 분을 지아비로 맞이할 수 있을까요. 게다가 이 세상은 또 얼마나 찬란한지요. 화수 공께 속한 것 중에 놀랍지 않은 것은 하나도 없었답니다."

안료를 연구하는 가난한 화가였던 그에게 이런 평가는 낯설기만 했다. 그마저도 오늘이 마지막이겠지만…….

그녀가 마지막 남은 옷자락을 벗어 던졌고, 화수는 흐드러지게 피어난 아름다움을 향해 손을 뻗었다.

"다른 이의 품에서 춤출 당신이 싫습니다."

그녀는 화수의 눈가를 손끝으로 짚었다.

"인상 쓰지 마세요. 오늘은 웃는 모습만 보여주세요."

"그러겠습니다."

화수는 그녀의 입술에 짧게 입 맞추며 말을 이었다.

"당신이 영원히 나만의 여인이길 바라는 건 욕심이겠죠."

"한 달뿐인 인연을 가슴에 묻고 살아가기에 생은 너무 길답니다."

화수의 가슴에 비수를 꽂은 그녀가 싱그러운 미소를 지었다.

"실망하셨나요?"

"질투가 납니다. 앞으로 당신을 품을 이가 누구일지."

신라는 성이 개방적인 나라였다. 시간의 연결이 끊어지면 그녀는 다른 남자와 혼인을 올릴 수도 있었다. 궐내에서 하늘 님으로 알려진 화수와의 짧은 혼인은 공주인 그녀에게 흠이 되지도 않을 것이다.

그녀는 살며시 고개를 돌렸고, 화수는 말없이 하얀 목덜미에 입을 맞췄다. 향긋한 꽃내음이 배어 나오는 피부는 그녀가 벗어 던진 비단결 같았다.

화수는 그녀와 몸을 섞으며 깨달았다. 남은 생은 그녀를 그리워하며 살게 될 것이다. 영원 같고도 짧은 시간이 흐르고 난 뒤에야 그녀가 물었다.

"공을 다시 모실 날이 올까요."

그녀의 질문은 화수를 현실로 이끌었다.

"신이 존재한다면 빌어보겠습니다. 다시 만나게 해달라고."

"그럼 저는 신이 존재하길 빌겠습니다."

"……시간이 참으로 야속합니다."

그녀는 가녀린 손가락으로 화수의 입술을 가로막았다.

"작별 인사는 말아요. 저는 기적을 기다려 볼래요."

몸을 일으킨 그녀가 의복을 갖춰 입기 시작했다. 의복을 여미고 단정한 자태로 돌아선 그녀는 다시 예를 갖춰 인사했다. 고개를 든 그녀의 까만 눈동자가 처음 만난 날처럼 빛나고 있었다.

이제 작별해야 할 때였다.

"저도 공을 위한 선물을 준비해 봐야겠어요. 만약 전해진다면, 깊은 곳을 보세요."

그녀를 휘감은 거추장스러운 옷가지를 다시 벗겨내고 싶었다. 화수는 그녀에게 닿으려는 손길을 갈무리하며 의연하게 웃었다.

"깊은, 곳입니까."

다시 생긋 웃은 그녀가 걸음 소리를 내지 않고 멀어져 갔다. 이내 다용도실 문이 닫히고 그녀의 모습은 사라졌다.

"언제고 다시, 당신을 만나러 가겠습니다."

뒤늦게 속삭여봤지만, 그녀의 대답은 들려오지 않았다. 멍하니 문을 응시하던 그의 눈에서 눈물이 흘러내렸다. 눈물은 턱을 타고 목 언저리로 하염없이 흘러내렸다.

"이대로, 이대로 끝낼 수는 없어."

화수는 다급하게 다용도실 문을 열었다.

하지만 싱그러운 바람은 느껴지지 않았다. 섬유유연제 냄새가 가득한 다용도실에는 잡다한 물건들만 가득했다. 공허해진 가슴을 부여잡고 주저앉았을 때였다.

초인종 소리가 귓가에 닿았다. 현관문을 열어보니 낯선 청년이 서 있었다.

"정화수 씨 되십니까?"

"누구시죠?"

"이것을 받아주십시오. 저희 집안에 내려오는 숙제 같은 겁니다."

남자는 그에게 서류를 내밀었다.

"뭡니까?"

"이게 좀 이상한 말이긴 합니다만, 오늘 이곳에 사는 당신에게 전해야만 하는 물건입니다."

그제야 선물을 준비하겠다던 그녀의 말이 떠올랐다.

"서류의 부동산은 곧 정화수 씨 명의로 이전될 겁니다. 지금은 좀 얼떨떨하실 겁니다. 주소지에 가보신 뒤 궁금한 점이 있으시면 이 번호로 연락 주십시오."

그가 명함과 열쇠를 내밀었다.

"아. 네……."

"그럼 전 이만."

화수는 열쇠와 서류를 응시했다. 서류의 주소지는 그리 멀지 않은 곳이었다. 한동안 생각에 잠겨 있던 그는 외투를 챙겨 주소지로 향했다. 한 시간 남짓 걸어서 도착한 곳은 안압지에서 가까운 고택이었다. 열쇠로 대문을 열고 들어서자 소담한 한옥이 눈에 들어왔다.

뒷마당으로 이동하던 그는 향나무를 발견하고 우두커니 멈춰 섰다. 한눈에 알 수 있었다. 그녀와 함께 심은 나무였다. 크게 자라지 않게 하려고 오랫동안 괴롭힌 흔적이 역력했다. 담 밖에서 보면 평범한 향나무처럼 보일 것이다.

'깊은 곳을 보라고 했지.'

대문을 걸어 잠그고 향나무 아래를 파헤치기 시작했다.

파고, 파고, 또 파다가 포기하고 싶어질 때쯤 연꽃이 새겨진 벽돌 층이 나왔다. 벽돌을 들어내자 가장 먼저 사람의 뼈가 보였다. 그 옆에는 부장품으로 보이는 유물도 가지런히 놓여 있었다.

주령구와 머리 꽂이 그리고 뼈대만 남은 부채.

그녀는 죽음을 안은 채로 그에게 왔다.

화수의 눈에서 주체할 수 없을 정도의 눈물이 흘러내렸다.

○ ○ ○

이채는 소리가 나지 않도록 슬며시 현관문을 열었다. 다행히 집 안은 어두웠고, 도하의 모습은 보이질 않았다. 살금살금 들어와 신발을 벗고 보니 괜히 심술이 났다.

'내 집에 들어오는데 기분이 왜 이래.'

그녀는 불을 켜지 않은 채 커튼과 포스트잇 사이로 밖을 내다보았다. 도하는 건너편 베란다에 앉아 있었다. 하지만 이채는 선뜻 커튼을 칠 수가 없었다.

별장에서의 일 때문에 괜히 어색하고 민망했다. 그는, 봤을까.

"내가 미쳤지."

중얼거려 봤지만 상황은 달라지지 않았다. 그녀는 거울을 보며 표정을 갈무리하고 베란다 문을 열었다.

"왔어?"

그의 얼굴엔 아무런 동요가 없었다.

"혹시 밖에 나갔다 왔어요?"

"나가지 말라면서."

다행이다. 그의 대답을 듣고 나서야 조금 안심이 되었다. 여유를 찾은 이채가 배시시 웃었다.

"말을 좀 안 들어야 말이죠."

"나가면 정말 못 돌아올 것 같아서. 생각보다 늦었네."

이채는 눈동자를 굴렸다.

"으음. 그러네요."

"아버지 화, 많이 나셨지?"

"얼굴이 무시무시했어요."

"쫓겨났겠네."

"공 작가님이 제 발로 걸어 나왔어요."

"나인데, 상상이 잘 안 가. 그만큼 멀어진 것 같아. 공 작가와 나는."

그렇게 말한 그는 쓸쓸해 보였다.

둘이 멀어졌다는 건 맞았다. 이채는 이제 눈빛 한 자락만 보고도 두 사람을 구분할 수 있었다. 그렇다고 해서 다른 사람인 것은 아니지만.

"또, 해줄 말 있어?"

이채는 난간에 팔을 걸치며 밤바람을 느꼈다.

사실 이채는 모든 문제가 해결되면 고맙다는 말을 하고 싶었다. 다채의 일을 숨기고 속인 것에 대한 원망도 있었지만, 바로잡을 기회를 얻게 되었으니까. 당신을 만난 건 내 생애 최고의 행운이었다고 말하려 했다.

하지만 아직 아무것도 해결되지 않은 탓에 입 밖으로 꺼낼 수 없는 말이 되었다.

"없어요."

"별장은 왜 간 거야?"

"인터뷰를 본 공류하가 그리로 가진 않았을까 싶어서요. 공류하, 어떻게 반응할까요?"

"나도 잘 모르겠어. 류하를 잘 안다고 생각했는데."

"제 발로 나타날 수도 있겠죠?"

"두고 보면 알겠지. 나타나면 좋겠는데."

"단서도 계속 찾고 있어요. 분명히 단서는 있을 거예요. 아직 못 찾은 것뿐이죠."

"밖으로 나가지 못해서 큰 도움은 안 되겠지만 나도 할 수 있는 일을 찾아볼게."

"의지가 되고 있어요."

이채는 웃어 보였다.

"그럼 다행이고."

"난 이만 들어갈게요. 좀 피곤하네요. 잘 자요."

"잘 자."

그녀가 들어가고 텅 빈 베란다엔 차르랑거리는 풍경 소리만이 남았다.

남겨진 도하는 테이블을 손가락으로 톡톡 두드리며 생각을 정리했다. 아무래도 공 작가는 랜에게 연락하지 않을 모양이었다.

'할 수 없지.'

그가 움직이지 않는다고 해도 방법은 있었다.

3
두 사람의 베란다

　연옥 목걸이를 목에 건 여인은 그림 속에서 웃고 있었다. 이채는 그림 앞을 한동안 서성거렸다.

　'오늘은 안 오시려나.'

　혹시나 하는 마음을 안고 들렀지만 정 화백은 나타나질 않았다. 그녀는 심란한 마음으로 그림을 물끄러미 바라보았다.

　'방법이 없을까요.'

　간절하게 물어봤지만 그림 속 여인은 답을 주지 않았다.

　"또 왔군."

　기척을 느끼고 뒤돌아보니 정 화백이 서 있었다. 이채는 구세주라도 만난 것 같은 기분이었다.

　"안녕하세요!"

　반가운 마음에 큰 목소리가 나와버렸다.

갤러리임을 인지한 이채는 뒤늦게 입을 틀어막았다. 정 화백은 인자하게 웃으며 이채의 곁에 나란히 섰다. 그림을 올려다보는 그의 눈빛에는 그리움이 가득했다.

"언니는 찾으셨는가?"

"거의 찾았는데, 놓쳤어요. 친구도 크게 다치고……."

"일이 잘 안 풀릴 때는 처음부터 다시 차근차근 생각해보는 것도 도움이 되네."

"머릿속이 백지가 된 것 같아요. 월지로 숨어버리고 싶어요."

월지, 라는 단어에 반응한 정 화백이 그녀를 돌아보았다. 놀란 얼굴이었다.

"설마 시간이 뒤엉킨 경계를 말하는 건가?"

"네? 네."

"자네, 시간을 넘고 있었던 건가?"

처음 정 화백을 만났을 때 류하와 목걸이에 대해 이것저것 물었지만, 그녀가 직접 시간을 넘고 있다는 사실은 말하지 않았다. 그런데 어떻게 알아차린 걸까.

"……어떻게 아셨어요?"

의심 섞인 시선을 보냈지만, 정 화백의 얼굴에는 반가움만 가득했다.

"월지는 내가 붙인 이름이네. 하지만 지금까지 누구에게도 말한 적이 없지. 그렇다면 미래의 내가 누군가에게 말한 거겠지. 아마도 아가씨와 연결된 누군가려나."

"······맞아요. 그에게 들었어요."

"역시 그렇군. 난 다용도실 캐비닛과 창고였네. 자넨 어딘가."

"아, 전 베란다요. 베란다끼리 연결되어 있어요."

"재미있군. 어떤 시간과 연결되어 있나."

"미래요."

"미래? 그럼 미래 쪽이 목걸이의 주인이겠군."

"주인이요?"

엄밀히 말하면 소유주는 다채였다.

"연결될 때 목걸이를 가지고 있던 사람을 주인이라고 부르네."

"아, 그럼 목걸이의 주인은 저예요."

"자네가? 미래와 연결되는 건 아주 드문 일인데 신기하군."

"그런가요?"

"기록에는 있지만, 나는 본 적이 없네. 모두 과거로 연결되는 게 아닌가 생각한 적도 있었지."

"저 말고도 시간을 넘은 사람을 만난 적 있으신 거죠?"

"이 그림 때문인지, 간혹 날 찾아오는 이가 있어. 자네나 공류하라는 청년처럼."

"조언을 구하고 싶었어요. 한 달은 너무 짧거든요."

"그렇지. 자네는 얼마나 남았는가?"

"5일이요."

372

"촉박하군. 마음이 조급하겠어. 그래도 미래와 연결되어 있다면 언니를 찾는 데 도움이 되지 않겠나."

"처음엔 저도 쉬울 줄 알았어요. 하지만 이젠 잘 모르겠어요. 목걸이가 기회를 줬다고 생각했는데 함정이었던 건 아닌가 싶어요."

"목걸이가 기회를 준다라……."

"……아닌가요?"

그림을 올려다보는 정 화백의 입가에 미미한 미소가 걸렸다.

"난 만남이라고 생각하네. 운명을 바꿔버릴 만큼 강력한 만남이지. 연결된 건 과거나 미래가 아니야. 그 사람에게지."

"그 사람에게……."

"나에겐 30년이나 지난 일이야. 시간을 넘어 그녀를 만났고, 지금까지도 그녀를 사랑하고 있네. 앞으로도 그럴 테지. 누군가를 평생 가슴에 품고 사랑할 수 있는 건 크나큰 축복이지 않겠나."

"축복이죠."

한 달이 지난 다음, 베란다 너머의 그를 다시 만날 방법이 있는지 물으려고 했다. 하지만 묻지 않기로 했다. 그런 방법이 있었다면 정 화백의 눈에 저토록 깊은 그리움이 담기지 않았을 테니까.

"연결이 끝나도 생은 계속 이어진다네. 원래의 삶으로 돌아가는 것뿐이지. 살아가다 보면 다른 시간과 연결되어 있지 않아도 미래를 바꿀 기회가 올 거라네."

"그렇겠죠."

정 화백은 손목을 들어 시간을 확인했다.

"나는 이만 가 봐야 할 것 같은데, 더 있다가 갈 건가?"

"네. 조금 있다가 가려고요."

"행운을 비네."

정 화백이 밖으로 나가고 난 뒤에도 이채는 한동안 그림을 올려다보았다. 가방에서 메시지 알림이 울려서 확인해보니 성수였다. 빨리 오라고 보채는 걸 보니 정말 밤을 꼬박 새워가며 블랙박스 영상을 확인한 모양이었다.

이채는 갤러리를 나섰다. 오늘따라 하늘이 맑았다.

'언니도 이 하늘을 보고 있을까.'

아니면, 하늘조차 보지 못하는 곳에 있는 걸까. 울적한 마음을 안고 골목길을 돌아 나섰을 때였다.

"정이채 씨."

낯선 목소리에 고개를 돌린 순간, 그녀의 세상이 까맣게 물들었다.

∘∘∘

도하의 앞에는 두 개의 휴대폰이 놓여 있었다. 하나는 그가 사용하던 휴대폰이었고, 하나는 이채가 새로 개통해준 것이었다.

두 개의 휴대폰을 놓고 고심하던 그는 이채가 개통해준 휴대폰을 들었다. 그리고 랜의 대표전화로 전화를 걸었다. 짧은 신호음 뒤로 경망스러운 목소리가 흘러나왔다.

"안녕하십니까. 빠름빠름빠름한 서비스를 자랑하는 강랜입니다. 무엇을 도와드릴까요? 고객님."

그의 멘트는 3년 전에도 다르지 않았다. 도하는 반가움을 감추며 말했다.

"찾을 사람이 있습니다."

"좀 더 자세히 말씀해주셔야 합니다. 작업 난이도에 따라서 비용이 달리 책정되어서요."

"공류하와 정다채. 두 명을 찾고 있습니다. 둘은 함께 있을 겁니다."

"아, 저. 공류하면 지금 그 뉴스에 나오는……."

"네. 맞습니다. 제가 형입니다. 둘 다 무사히 찾길 바랍니다."

"이거 어쩌죠. 고객님. 현재 장기 프로젝트를 따로 진행 중이라서 그렇게 큰 규모의 의뢰는 받을 여력이 없습니다."

"큰 규모는 아닙니다. 조용히 해결하길 원하고 있습니다."

"언론에 노출된 사건입니다. 경찰 조사도 진행될 텐데, 조용히 움직이는 건 불가능합니다. 아시겠지만, 저희는 노출되면 끝이라서요."

"의뢰비 선입금하겠습니다. 일시불로요."

랜은 약간의 침묵 뒤에 답했다.

"정말, 죄송합니다. 당장은 움직이기가 힘이 듭니다. 사건이 좀 조용해진 다음이라면 모를까요. 거듭 죄송하다는 말씀을 드려야겠네요. 고객님."

"세 배 드리겠습니다."

"죄송합니다. 고객님. 그렇게 말씀하셔도 이번 의뢰는 받을 수가 없습니다."

전화는 그대로 끊어졌다.

랜은 돈을 좋아했다. 그러니 세 배를 부르면 못 이기는 척 의뢰를 맡을 거라고 여겼다. 게다가 의뢰 비용을 일시불로 보내주겠다는 의사도 밝혔다.

그런데도 그는 거절했다.

덕분에 도하는 머리가 복잡했다. 답답한 마음에 마른세수를 하고 보니 원래의 휴대폰에 메일 수신 알림이 떠 있었다.

정보 업체 저스티스가 보내온 메일이었다. 상당히 더딘 일 처리가 마음에 들지 않았다. 저스티스가 발송한 메일의 시작은 이채의 프로필이었다. 내용은 랜이 조사했던 내용과 거의 같았다.

도하가 집중해서 읽은 부분은 그녀의 입양 기록이었다. 그도 그럴 것이 입양된 주소지가 눈에 익었다. 그는 인터넷 지도에 접속해 로드뷰로 해당 주소지를 확인했다.

도하가 어린 시절 매일같이 오가던 길이었다. 몇몇 건물이 고급스럽게 바뀌긴 했지만, 골목 자체는 낯익었다. 그리고 어느 집의 대문을 본 순간 기시감처럼 앳된 목소리가 떠올랐다.

'이 사기꾼! 유괴범! 거짓말쟁이!'

무화과 나뭇가지를 들고 있는 자신과 어떤 여자아이 그리고 둘이 바라보던 파란 대문.

갑자기 밀려 들어온 기억 때문에 혼란스러웠다. 월지 밖을 드나들다가 생긴 기억인지, 원래의 기억인지 알 수 없었다.

여자아이에 대한 기억은 없지만, 그날의 기억은 있었다. 재희가 아끼는 나무를 가지째 꺾은 데다가 밤늦게까지 집으로 돌아가지 않아 호되게 혼났던 날이었다.

'이 기억은 뭐지?'

기억대로라면 그녀가 만났던 소년은 도하였다. 하지만 그 한 장면 말고는 떠오르는 게 없었다. 어렸다고는 하지만 두 사람의 기억이 한 명에게만 의미 있게 남았다는 게 신기했다.

도하는 다시 메일을 읽었다. 이어지는 내용은 TOP의 행적에 관한 것이었다.

- TOP는 정이채 납치 미수 사건 이후 사실상 해산되었다. 세 명은 실형을 선고받았으며 도주한 이는 강혜만, 박정환 두 명이다. TOP이 소유하고 있던 부동산 및 예금은 모두 강혜만에게 유입된 것으로 추정된다. 박정환은 행방이 묘연하다.

이 역시 랜을 통해 전달받은 내용과 비슷했다. 계속해서 읽어 내려가던 도하는 어느 순간 표정을 굳혔다.

- 강혜만은 새로운 정보 단체를 조직해 지금까지 '강랜'이라는 가명으로 활동하고 있다.

○○○

"얘는 왜 이렇게 늦는 거야."

성수는 점심으로 나온 멀건 죽을 한쪽으로 밀어두고 투덜거렸다. 그가 보고 있는 노트북 화면에는 자동차 블랙박스 영상이 플레이되고 있었다.

공류하와 모자를 눌러쓴 남자가 낚시터 주차장에서 만나는 장면이었다. 마지막 자리가 보이지 않았지만, 남자의 자동차 번호판도 찍혀 있었다.

영상을 반복 재생하고 있는데, 도하에게서 전화가 걸려 왔다.

"네. 형님."

"범인을 찾은 것 같다."

"네? 공류하 위치를 알아냈어요?"

"아니. 류하의 사주를 받아서 움직이는 사람을 알아냈어. TOP에서 사라진 남자 중 한 명이야. 이채 씨가 납치됐을 당시 승합차 보조석에 앉아 있었어. 본명은 강혜만. 지금은 랜 혹은 강랜이라는 이름으로 활동 중이야. 메시지로 대표 전화번호 보내놨어."

노트북을 덮으며 일어난 성수는 통증 때문에 옆구리를 부여잡왔다.

"알겠어요! 이제 우리한테 맡겨요."

그가 링거줄을 뽑았을 때였다. 병실 문이 열리고 공 작가가 들어왔다.

"……형님?"

성수는 눈에 띄게 당황하다가 휴대폰을 그냥 꺼버렸다. 공 작가의 시선이 막 링거줄을 뽑은 성수의 손에 닿았다.

"……이채 씨를 여기서 만나기로 했습니다."

그의 존대가 어색했던 성수는 그냥 웃어버렸다.

"아하하. 제가 급히 가볼 데가 있어서요. 여기서 편하게 기다리세요."

"……네?"

공 작가의 시선이 성수의 옆구리로 향했다.

"아하하. 전 신경 쓰지 마시고요."

"류하 일입니까?"

짧게 고민한 성수는 실토했다.

"네."

"같이 가시죠."

그때였다. 공 작가의 휴대폰에 문자메시지가 도착했다.

- SOS 긴급 메시지, [정이채]님께서 위치를 전송하였습니다.

○ ○ ○

"나 배우님, 이동하실게요."

김 대리가 말했지만, 예희는 미동도 하지 않았다. 그녀의 시선은 자신의 SNS에 못 박혀 있었다. 김 대리는 예희를 보채는 대신 조용히 옆에 앉았다. 온종일 서 있었더니 다리가 아팠다. 한동안 옆에 앉아 있던 김 대리는 예희의 기색을 살피다가 슬쩍 물었다.

"배고프지 않으세요? 다음 촬영까지는 여유가 있는데, 맛있는 거먹으러 갈까요? 아니면 차에서 한숨 주무실래요? 아니면 미리 이동해 있는 건 어때요? 그럼 편하긴 할 텐데요."

이번에도 예희는 답이 없었다.

궁금증이 생긴 김 대리는 예희가 보고 있는 휴대폰 화면을 살폈다. 그녀는 '거울아, 거울아'에 달린 댓글을 읽는 중이었다.

– 닥치고 왼쪽이라고 쓰고 주섬주섬 눕는다.

– 미친 요정이세요? 옆에 오징어는 치워주세요.

– 잠시만요. 지구 좀 부수고 올게요.

예희의 미모를 찬양하는 댓글 일색인데도 표정이 좋지 않았다. 다시 살펴보니, 이질적인 댓글이 하나 보였다.

– 오른쪽.

오른쪽에 자리하고 있는 건 이채의 사진이었다. 댓글 작성자 아이디가 공도하라는 걸 확인한 김 대리의 등 뒤로 식은땀이 흘러내

380

렸다.

"음, 아, 저 나 배우님? 아하하. 우리 달달한 거 먹으러 갈까요? 딸기 치즈 케이크? 자몽 타르트? 파베 초콜릿? 마카롱?"

김 대리가 '마카롱'을 외쳤을 때 예희가 자리에서 일어났다.

"가자."

잽싸게 따라서 일어난 김 대리가 덧붙였다.

"역시 달다구리계의 지존은 마카롱이죠."

"경주로 가."

"네? 마카롱을 경주까지…… 가서 드시겠다고요?"

김 대리는 머릿속으로 빠르게 시간 계산을 했다. 다음 촬영지는 대전이었다. 경주에 가서 마카롱을 먹고, 촬영장까지 간다면……. 빠듯하지만 가능하긴 했다.

"마카롱은 됐고, 그 여자 만날 거야."

김 대리의 눈이 휘둥그레졌다.

"네에?"

"그 여자 경주에 갔다며."

"왜, 왜요?"

"역시 실물을 봐야겠어."

"자, 잠깐만요. 나 배우님. 오늘 대표님께서 하신 말씀을 떠올려 보세요. 돌발 행동은 절대로, 절대로 안 된다고 하셨잖아요. 그리고! 지금 소속사에서 정이채 씨한테 연락하고 있으니까 기다리시면 만나실 수 있어요."

"연락? 왜?"

"나 배우님과 정이채 씨는 원래 베프였다. 장난친 거다. 뭐, 이런 콘셉트래요."

예희가 관심을 보였다.

"그래서 연락은 됐대?"

"아뇨. 아직……. 전화를 안 받는대요."

"그럼 가."

김 대리가 황급히 그녀의 팔을 붙잡았다.

"경주에 가서 어쩌시려고요. 그 넓은 데서 어떻게 그 여자를 찾아요. 네?"

예희가 움직임을 멈췄다.

"그러네."

김 대리는 안도했다. 하지만 섣부른 안심이었다. 예희는 SNS에 이채의 사진을 다시 올렸다.

– 그녀가 어디에 있는지 아는 사람? 힌트는 경주. 그녀를 찾는 사람에게는 나예희의 츄.

○ ○ ○

아무런 관련이 없어 보이는 일도 자세히 들여다보면 어떤 인과로 엮어 있을 때가 많다. 그래서 사람들은 제 잘못이 아닌 일에도 죄책감을 느낀다.

지금, 고속도로를 질주하는 차에 탄 두 남자가 그랬다.

이채의 SOS 문자를 받은 이후 공 작가는 제정신이 아니었다. 조수석에 탄 성수도 마찬가지였다. 자동차가 고속도로 제한 속도를 벗어난 지 오래였지만, 둘 중 누구도 언급하지 않았다.

성수는 옆구리를 감싸 쥔 채 내비게이션을 노려보았다. 목적지가 가까워질수록 입이 바짝 말라갔다.

"형님, 찾을 수 있겠죠?"

불안을 떨쳐내지 못한 성수가 물었다. 도하가 아닌 공 작가에게 '형님'이란 호칭은 적절하지 않았다. 하지만 둘 다 위화감을 느끼지 못했다.

"찾을 겁니다."

공 작가는 지독한 후회를 맛보는 중이었다.

병원에서 만나자고 했을 때, 왜 그러자고 대답했을까. 억지로라도 집으로 데리러 갔어야 했다. 지금 그녀가 어떤 상황일지, 얼마나 두려울지 생각하는 것만으로도 조금씩 미쳐가는 기분이었다.

"찾아야죠."

둘의 격양된 감정에 반응하듯 차는 점점 더 속도를 올렸다.

침묵을 깬 건 공 작가였다.

"아까, 경찰에 신고한 내용 말입니다."

"강혜만에 대한 거요?"

성수가 재빨리 답했다.

"성수 씨는 그가 류하의 사주를 받고 움직였다고 판단한 겁니까?"

"일단은 그렇게 생각하고 있어요."

"근거는요?"

"아, 그게……."

성수가 얼버무리자, 공 작가의 한쪽 입꼬리가 비틀린 듯 올라갔다.

"누군가, 정보를 주고 있는 겁니까?"

"아, 네, 뭐, 두루두루 도움을 받고 있죠."

"그 사람 혹시 저를 닮았습니까?"

"……닮은 것 같기도 하고 아닌 것 같기도 하고."

방어적인 태도로 둘러댄 성수는 공 작가의 눈치를 살폈다. 뭘 알고 묻는 건지 아니면 떠보는 건지 알 수가 없었다.

"그 사람을 믿습니까?"

"일단은요. 목적이 같다는 건 확실하니까요."

"그렇군요."

공 작가는 더 이상 묻지 않았다.

조금 속도를 줄인 그는 '고속도로 휴게소'로 빠지는 이정표를 보고 핸들을 틀었다.

두 사람이 도착한 곳은 고속도로 휴게소 주차장이었다. 이미 그곳엔 경찰차 한 대가 도착해 있었다. 차를 대충 주차한 두 사람은 누가 먼저랄 것도 없이 달려 나갔다. 휴게소 안을 오가는 이들 속에 이채의 모습은 보이지 않았다.

먼저 도착한 공 작가가 경찰에게 다가섰다.

"신고한 사람입니다. 어떻게 된 겁니까? 이채 씨는 어디에 있습니까."

경찰들은 공 작가와 옆구리를 부여잡은 채 헐떡이는 성수를 번갈아 보았다.

"이걸 이 차량에서 찾았습니다. 사이드미러에 걸려 있더군요."

경찰 한 명이 손에 들린 위치 추적 목걸이를 흔들어 보였다.

"이채 씨는요?"

"여기에 없습니다. 휴게소 CCTV를 좀 살펴봤는데, 사이드미러에 목걸이를 걸어놓고 가는 남자만 찍혔습니다. 아무래도 혼선을 주려고 버튼을 누른 것 같습니다. 얼굴은 확인이 안 됐고, 장갑을 끼고 있더군요."

공 작가는 표정을 굳혔다.

"차주는요?"

"저쪽에 흰옷을 입은 여성분입니다."

공 작가와 성수의 시선이 한쪽으로 옮겨 갔다.

흰옷을 입은 여자는 이채 또래처럼 보였다. 그녀의 옆에는 친구로 추정되는 일행이 있었는데 모두 잔뜩 긴장한 모습이었다.

공 작가가 경찰을 다그치듯 물었다.

"그럼 수사는 어떻게 되는 겁니까?"

"납치라고 단정 짓기는 어려운 상황입니다. 그래도 며칠 전에 납치 미수 건이 있어서 일단 실종 접수는 됐습니다. 너무 걱정하지 마시고 댁에 돌아가셔서 기다리세요."

화가 치밀어 오를 정도로 느긋한 말투였다. 성수가 신경질적으로 말을 받았다.

"범인은 강혜만이라니까요. 붙잡히지 않은 납치 미수범 중에 한 놈이라고 몇 번을 말해요. 전화번호도 알려드렸잖아요."

"수사에 참고하겠습니다."

"참고 말고요. 당장 뭐라도 해야 하는 것 아닙니까. 전화번호 조회는 해봤습니까?"

"담당 형사부에서 적법한 절차에 맞춰서 수사할 테니까 걱정하지 마세요."

"SOS 문자가 왔잖아요. 며칠 전에 납치당할 뻔했던 애가 전화도 안 받고, 위치 추적용 목걸이는 여기! 사이드미러에 걸려 있고! 그런데 걱정 안 하게 생겼어요?"

계속해서 소리쳤지만, 경찰은 성수의 말을 크게 귀담아듣지 않았다.

"납치 미수범이면 용의자는 될 수 있습니다. 그런데 그가 납치했다는 증거는 어디에도 없습니다. 강혜만이라는 사람이 납치 미수범 일당이라는 증거도 없지 않습니까."

공 작가는 성수가 경찰과 실랑이하는 모습을 지켜보며 이마를 매만졌다. 진동이 느껴져서 휴대폰을 꺼내보니 윤형이었다.

"형, 나중에 전화할게."

적당히 끊으려고 했지만, 이어지는 윤형의 말은 그의 움직임을 멈추게 했다.

"이채 씨 또 납치당했어?"

"……어떻게 알았어?"

"나예희 SNS 들어가 봐. 지금 난리 났다."

"나예희? 알았어. 일단 끊어 봐."

이채의 납치와 예희의 SNS 사이의 관계를 좀처럼 짐작할 수가 없었다. 확인부터 하려고 SNS에 접속하자, '나예희의 츄'로 시작된 이채 찾기 메시지가 보였다.

'나예희의 츄' 아래에는 이채를 목격했다는 수많은 댓글이 달려 있었다. 아무 말 대잔치로 시작된 이채 찾기는 일반 커뮤니티 사이트로 번져나가며 일종의 게임이 되었다. 이후에 그녀가 납치되었다는 정황이 드러나면서 큰 화제가 되고 있었다.

납치 사실을 어떻게 알았는지 파악하기 위해 댓글을 추적해 올라가다 보니 사진 한 장이 나왔다. 셀프 카메라 배경에 우연히 이채와 범인이 찍힌 것이다.

보정을 통해 확대한 이미지까지 올라와 있었다. 사진 속의 여자는 분명 이채였다. 그리고 축 늘어진 그녀를 업고 가는 남자의 얼굴 역시 눈에 익었다.

'조수석에서 내렸던 후드티.'

공 작가는 그 사진을 경찰에게 내밀었다.

"성수 씨의 말이 맞습니다. 납치 미수 사건 때 도망친 범인입니다. 오늘 올라온 사진이에요. 지금 SNS에서 추적 중입니다."

경찰들은 사진 속의 남자가 강혜만인지 알아볼 수 없었다. 애초에 납치 미수범에 대한 정보는 찾아보지도 않았다.

"이 남자가 강혜만이라고요? 이 사진은 오늘 찍힌 게 맞습니까?"

"못 믿겠으면 서에 돌아가셔서 편안하게 기다리시다가 뉴스 보세요. 이채 씨는 우리가 찾겠습니다. 느긋한 경찰보다는 네티즌 수사대가 더 도움 될 것 같네요."

분위기가 이상하게 흐르고 있음을 감지한 경찰 중 한 명이 몇 걸음 떨어져서 어딘가로 전화를 걸었다. 그사이 SNS와 커뮤니티 게시판을 번갈아 확인한 성수는 몸을 바짝 긴장시켰다. 랜의 본명과 전화번호는 알고 있었다. 하지만 얼굴은 그도 처음 봤다.

성수는 인터넷에 떠오른 정보를 캡처해서 도하에게 전송했다.

공 작가는 이어지는 댓글을 하나하나 확인했다. 강혜만과 이채에 대한 목격담이 속속 올라오고 있었다. 그중 유독 눈에 띄는 댓글이 있었다.

작성자 '예희한 하루'가 올린 댓글이었는데 이미 대댓글이 100여 개 이상 달려 있었다.

– 저 남자 요즘 우리 동네에 출몰하던데. 찾으면 츄?!

○○○

오래된 브라운관 TV가 보였다. 골동품 같은 TV만이 조명처럼 방 안을 밝히고 있었다. 정신을 차린 이채는 불안한 눈빛으로 고개를 들었다. 몸을 일으키려고 했지만, 뜻대로 움직여지질 않았다. 손과 발이 단단히 묶여 있었다.

'납치?!'

상황을 직시한 이채는 목에 걸린 목걸이를 끄집어내려고 바동거렸다. 손을 못 쓰면 입으로 깨물어서라도 버튼을 눌러야 했다. 그런데 아무리 발버둥 쳐도 목걸이는 나오지 않았다. 목에서 느껴지는 이물감도 없었다.

'목걸이가 없어?!'

바동거리다가 몸을 반대로 굴리자, 코앞에 남자의 얼굴이 있었다.

"꺄악!"

괴성에 가까운 소리를 지르고 보니 류하였다. 그녀는 더 크게 소리를 내질렀고, 비명에 놀란 류하 역시 고래고래 소리를 질렀다.

두 사람이 경쟁이라도 하듯이 비명을 질러대자 다채가 만류했다.

"조용히 해! 둘 다 소리 지르지 마!"

다채의 목소리를 인지한 이채는 비명을 멈췄다.

"……언니?"

"그래. 조용히 해. 이채야."

다채의 메마른 목소리에는 힘이 없었다.

"언니!"

"그래. 나야. 이채야. 진정해. 제발. 조용히 해야 해."

목소리가 나는 쪽으로 고개를 들어 보니 다채가 벽에 기대어 앉아 있었다. 손과 발이 묶인 건 그녀도 마찬가지였다.

"언니……."

다채를 보자 눈물이 핑 돌았다.

"언니. 정말 언니야?"

눈앞에 다채가 있었지만, 확답을 듣고 싶었다. 납치되었다는 공포와 다채를 만났다는 반가움이 맞물리며 이성을 날려버렸다.

"그래. 나야. 일단 진정하고. 조용히 하는 거야. 네가 깨어났다는 걸 알려서 좋을 게 없어."

"아, 나……."

"그래. 우리 모두 납치됐어."

이채는 불안한 기색으로 눈동자를 굴리다가 류하의 얼굴을 마주했다.

"공류하가 날 이미 봤어. 여기에 있잖아."

"걘 신경 쓰지 마."

"뭐?"

납치범을 신경 쓰지 말라니, 다채의 말은 무언가 이상했다. 그런데 가만히 보니 더 이상한 게 있었다. 류하 역시 이채처럼 몸을 웅크리고 옆으로 누워 있었다.

'묶여 있어?'

돌아가는 상황을 이해할 수가 없던 그녀는 류하를 빤히 바라보았다. 그는 얼떨떨한 얼굴이었다.

"언니, 공류하한테 납치된 거 아니었어?"

연옥 목걸이를 가져간 사람은 분명 류하였다. 공 작가도 그렇게 말하지 않았던가.

"맞아."

이채는 더욱 혼란스러워졌다.

"이게 지금 무슨 상황이야?"

"이중 납치된 상황. 류하가 날 납치했고, 누군가 다시 우리를 납치했어."

이중 납치라니? 이채는 상황을 이해하려는 노력을 잠시 미뤄두고 몸을 굴렸다. 간신히 상체를 일으킨 그녀가 다채를 살폈다.

"언니는 괜찮아? 다친 데는 없어?"

"아직은 괜찮아."

하지만 그녀의 안색이 좋지 않았다. 이번 납치범은 물 한 모금 주지 않았다.

"언니……."

"난 괜찮아. 너까지 여기 이렇게……."

다채의 목소리에 회한이 차올랐다.

"아니야. 언니, 우리 나갈 수 있어. 성수랑 공 작가님이 우릴 찾을 거야. 안 그래도 같이 언니를 찾고 있었어. 내가 사라진 것도 금방 알아차릴 거야."

"……셋이서?"

"언니가 수수께끼 남겼다면서. 성수가 언니 찾으려고 애 많이 썼어. 컨테이너까지 찾았다니까. 한발 늦긴 했지만."

"수수께끼를 풀었구나."

"응. 언니, 그런데 몸은 정말 괜찮아? 안색이 안 좋아."

"괜찮다니까. 팔목이 좀 아프긴 하다."

"다른 이상은, 없어?"

"응. 괜찮다니까 그러네."

주저주저하던 이채가 결국 물었다.

"그게, 언니 임신한 거 아니야?"

"임신이라니?"

"아니야?"

"왜 그런 생각을 한 거야."

"성수가……."

이채는 말끝을 흐렸지만, 다채는 곧 그녀의 뉘앙스를 알아챘다.

"그 입 싼 자식이 그날 일 말했어? 어디까지 말했어? 다 말했어?"

"어?"

필름이 끊겼다고 했었는데.

"이 자식 만나기만 해 봐라."

아무래도 필름이 끊겼다는 건 거짓말이었던 모양이다.

재회의 반가움은 오래가지 않았고, 이채는 상황 파악을 시작했다.

"누굴까? 우릴 납치한 사람."

"목걸이를 노린다는 것 말고는 아는 게 없어."

"연옥 목걸이?"

"응. 류하가 가져온 연옥 목걸이."

"그거 가짜였는데. 내가 만든 거야."

"알아. 납치범이 가짜라고 하더라. 그래서 너까지 납치한 거겠지."

이채는 머리를 한 대 맞은 것 같았다.

"……미안해. 언니를 찾으려고 한 건데, 더 위험으로 내몰았어. 내가 상황을 이렇게 망쳤나 봐."

"뭐래. 바보 같기는."

"내가 꼭 구해주려고 했는데……."

"됐어. 넌 네 걱정이나 해. 어차피 혼자 사는 세상이고, 각자 인생은 각자가 책임지는 거야. 그러니까 여차하면 너만이라도 살아. 알았지? 모른다고 잡아떼."

"언니."

"일단 살아 있어야 뭐든 하잖아."

그녀의 말이 맞다. 이채는 나약해지려는 마음을 다잡았다. 아직 아무것도 끝나지 않았다. 어떻게 될지는 아무도 모른다.

갇힌 곳을 둘러보던 이채는 류하와 눈이 마주쳤다. 모두를 죽음으로 몰아넣은 건 류하가 아니라 다른 사람일 것이다. 머리로는 그렇게 판단했지만, 여전히 류하가 두려웠다.

하지만 두려움과는 별개로 그에게 알려주어야만 하는 게 있었다.

"……도하 씨가 많이 찾았어요. 오랫동안."

"기껏해야 며칠 찾았겠지."

"그쪽이 모르는 시간도 있는 거잖아요. 대마 쿠키 사건도 재조사 들어갔어요."

"쓸데없는 짓은."

그의 반응에 이채의 심사가 꼬였다.

"쓸데없는 짓이었구나. 그쪽 집안은 완전히 뒤집어졌는데. 아버님 성격 알 테니까 어떻게 됐을지 짐작할 수 있을 거 아니에요."

"몰라요."

류하는 몸을 반대로 돌렸다. 상황을 외면하려는 움직이었다.

방 안이 잠시 고요해졌다.

무거운 침묵 사이로 발걸음 소리가 들리기 시작한 것은 얼마 지나지 않아서였다. 남자의 흥얼거리는 노랫소리도 들려왔다.

"빠름빠름빠름~ 빠름빠름빠름~ ♪"

흥얼거리는 소리에 다채와 류하가 바짝 긴장했다. 이채는 팽팽하게 당겨진 분위기를 느끼며 들려오는 소리에 귀를 기울였다.

'이 노랫소리.'

묘한 기시감이 느껴졌다. 분명 어디선가 들어본 적이 있었다. 목소리도 낯익었다.

문이 열리고 빛과 함께 남자가 들어왔다. TV 불빛 덕분에 남자의 얼굴이 좀 더 선명하게 보였다.

남자는 곧장 이채 앞으로 걸어왔다.

"또 보네?"

이채의 몸에 소름이 쫙 끼쳤다. 그는 처음 납치당했을 때 조수석에 타고 있던 후드티였다.

"당신."

"우리 자주 보는 것 같은데. 안 그래? 벌써 세 번째네."

"세 번째?"

"역시 아파트에서는 못 알아봤구나. 괜히 쫄았잖아."

아파트, 이상한 노랫말을 흥얼거리던 남자.

"호신용품점 앞에……."

"정답! 거기 우리 형이 하는 곳이야. 걸고 있던 위치 추적 목걸이는 내가 친절하게 작동시켜줬어. 안 쓰고 버리면 아깝잖아. 좋은 제품이거든. 아, 그렇다고 해도 누가 구하러 올 거라는 기대는 하지 마. 오다가 기분 내킬 때 눌렀거든."

이채는 후드티를 다시 살폈다. 처음 납치당했을 때는 그가 류하의 하수인이라고 여겼다. '의뢰'를 운운했으니까.

그런데 류하가 의뢰한 게 아니라면…….

"누가, 시킨 거죠?"

"누가 뭘 시켰다고 그래."

"의뢰받은 거잖아요. 돈이라면 우리도 줄 수 있어요."

그는 TOP 멤버 중 가장 합리적인 사고를 하는 사람이었다. 그렇다면 협상도 가능하지 않을까.

"의뢰 같은 거 아닌데."

"그럼, 동료들이 잡혀 들어갔다고 이러는 거예요? 복수예요?"

"에이, 복수는 돈이 안 되잖아. 다른 멤버는 잃었지만, 뭐 유감은 없어. 오히려 고마워. 새로운 사업 아이템을 알려줘서."

후드티는 이빨을 드러내며 웃었다.

"왜 이런 짓을……."

"일! 가족을 죽이겠다고 협박해서 어쩔 수가 없었어. 이! 조실부

모하고 딸린 동생이 많아서 어쩔 수가 없었어. 삼! 부모님이 날 정
보 단체에 팔아서 어쩔 수가 없었어. 셋 중에서 취향에 맞는 사연으
로 골라."

"……"

"자, 그럼 질문 끝났지? 이제 내가 질문할 차례인가? 진짜 목걸이
는 어디에 있지?"

이채는 외면하듯 고개를 돌렸다.

"말하기 싫으면 안 해도 돼."

후드티는 미련 없다는 듯이 돌아서서 다채에게 다가갔다. 그리
고 그녀의 얼굴을 손가락 끝으로 쓸었다. 이마에서 콧등을 타고 내
려온 손가락은 입술 언저리에서 맴돌았다.

"그럼 우리 언니가 대답해볼래? 목걸이는 어디에 있을까? 내가
다시 왔을 때 누군가는 알고 있어야 한다고 했잖아."

피부 위를 벌레처럼 스멀스멀 기어가는 손가락에 다채의 얼굴이
일그러졌다. 뭐라도 말해야 할 텐데 그가 주는 공포 때문에 머릿속
이 새하얗게 탈색되었다.

후드티의 손길은 턱선을 맴돌다가 목선을 타고 내려와 가슴께로
움직였다.

"그, 그만둬!"

먼저 소리친 건 류하였다. 이어서 이채가 다급하게 외쳤다.

"집에, 집에 있어요! 책상 위에 있어요!"

다채의 가슴선을 따라 내려온 후드티의 손가락이 배꼽 근처에서 멈췄다. 고개만 돌린 그가 씩 웃었다.

"현관 비밀번호는?"

바꾼 비밀번호는 도하를 베란다에서 처음 만난 날.

"0501이요."

"아쉽네."

정말 아쉽다는 듯이 손가락을 뗀 그는 다채의 귓가에 대고 모두가 들릴 법한 크기로 말했다.

"착한 동생을 뒀네."

후드티는 세 사람을 천천히 돌아보고는 밖으로 나갔다.

점점 멀어지던 발걸음 소리는 이내 들리지 않게 되었다. 그의 기척이 완전히 사라지자 세 사람은 누가 먼저랄 것도 없이 숨을 토해냈다.

"언니. 괜찮아?"

"괜찮아. 그보다 너, 저 남자 누구인지 알아?"

"며칠 전에 남자들한테 납치당할 뻔한 일이 있었어. 그중 한 명이야."

"뭐? 그럼 일행이 더 있다는 거야?"

"모르겠어. 놓친 건 두 명이라고 했는데 더 있을 수도 있어."

"의뢰라는 건 무슨 말이고."

"정보 단체라던데, 흥신소 비슷한 일을 해. 우린 공류하가 의뢰인인 줄 알고 있었어."

이채의 말에 류하가 대꾸했다.

"방금 의뢰 아니라고 했잖아요. 사업 아이템이라고."

"넌 그 말을 믿니?"

다채가 핀잔을 주자 류하는 금세 풀이 죽었다.

이채는 둘의 사이가 일반적인 납치범과 인질 사이 같지 않다는 걸 깨달았다. 조금 전에도 얼어버린 이채보다 먼저 류하가 소리쳤었다.

물론 중요한 일은 아니다. 지금 중요한 건.

"의뢰든 사업 아이템이든, 원하는 건 연옥 목걸이라는 거네……."

"왜 다들 그걸 찾는 거야? 대충 내막은 알겠는데, 어차피 미신이잖아. 그 목걸이가 시간을 되돌려줄 리도 없는데 왜 이렇게까지 하면서 찾는 거지?"

다채는 미신으로 치부했지만, 이채는 그럴 수가 없었다.

"어쩌면, 미신이 아닐 수도 있으니까."

"뭐? 설마 너도 믿는 거야?"

"믿는다기보다는……."

겪은 거였다. 하지만 류하가 앞에 있어서 제대로 말할 수가 없었다.

상황을 파악하려고 애쓰던 다채의 얼굴이 갑자기 창백해졌다.

"우리 저 납치범이 허탕 치고 돌아오기 전에 도망쳐야 하는 거 아니야? 돌아오면 무슨 짓을 할지 몰라."

"허탕은 안 칠 거야. 목걸이 집에 있어."

"뭐? 집에 있어?"

울컥, 화가 치밀어 오른 다채가 류하를 향해 소리쳤다.

"거 봐. 내가 집에 있다고 했잖아!"

어이없는 건 류하도 마찬가지였다. 토마토 빌라 501호를 몇 번이나 뒤졌던 것이다.

"정말 없었는데……."

"잠깐! 그럼 납치범은 진짜 목걸이를 찾아오겠네? 그것도 문제잖아. 우린 이제 쓸모없어지니까."

다채는 코앞에서 손을 흔드는 죽음을 느끼며 침을 삼켰다.

"목걸이가 집에 있는 건 맞아. 하지만 히든카드도 있어."

책상 위에 있는 건 도하의 시간에서 건너온 모조 목걸이였다. 그 목걸이는 현관문 밖으로 나올 수 없으니 시간을 끌 수 있었다.

그리고 운이 좋다면, 도하가 후드티의 침입을 눈치챌 것이다.

○○○

— 저 남자 요즘 우리 동네에 출몰하던데. 찾으면 츄?!

'예희한 하루'의 댓글엔 정확한 위치를 묻는 대댓글로 가득했다.

— 거기가 어딥니까?! 빨리 말해주세요. 현기증 난단 말이에요.

- 왜 우리 동네에는 납치범이 살지 않는 건가. 왜 때문인가.

- 납치범, 지금 만나러 갑니다♥

- 동네가 도대체 어디예요? 초성으로라도 말해줘요.

- 츄라니? 츄라니!! 죽은 자의 온기가 느껴지는 댓글입니다.

그리고 한 시간 후 재등장한 '예희한 하루'는 추가 댓글을 남겼다.

- 경주 낙원빌라요. 오늘 오전에도 거기서 나오는 거 봤는데.

공 작가와 성수는 댓글을 믿고 경주로 향했다. 공 작가가 운전하는 동안 성수는 SNS와 각종 커뮤니티를 수시로 확인하며 정보를 업데이트했다.

"다들 낙원빌라로 모이고 있어요."

"일이 커져서 강혜만이 눈치채면 안 되는데."

"이미 커졌어요."

사건 냄새를 맡은 기자들은 확인되지 않은 추측성 기사를 연달아 올리고 있었다. 그 과정에서 납치된 이채는 예희의 일반인 친구로 둔갑했고, '나예희의 츄'는 납치된 친구를 찾기 위한 미담으로 재탄생했다.

그즈음 예희의 팬클럽이 들고 일어났다. 그녀의 절친을 구한 영웅이 되고, '나예희의 츄'를 받겠다며 너도나도 경주행을 택한 것이다. 이미 SNS에는 경주에 도착했다는 인증 사진이 하나둘씩 올라오고 있었다.

공 작가가 운전하는 차도 낙원빌라 앞에 도착했다. 하지만 주차장 안으로 진입할 수가 없었다. 다섯 동밖에 안 되는 허름한 빌라 단지 앞에 기이한 광경이 연출되고 있었다.

다양한 연령층의 남자들이 휴대폰을 들고 빌라 입구를 배회했다. 몰려든 이들을 통제하기 위해 나온 경찰들까지 있었다. 안으로 진입하려는 이들과 안전을 핑계로 막아서는 경찰들 사이에서 실랑이가 벌어졌다.

공 작가는 차를 아무렇게나 주차하고 내렸다. 뒤따라 내린 성수는 귀에 대고 있던 전화기를 떼며 눈살을 찌푸렸다.

"대체 무슨 일이야! 이채가 왜 또 납치돼?! 너희 요즘 무슨 짓을 하고 다니는 거야!"

주아의 고함이 휴대폰 밖으로 터져 나왔다. 성수는 대충 대답했다.

"지금 바쁘니까 나중에 통화해."

"야! 나도 가고 있으니까 기다려! 위험한 짓 하지 마. 너 아직 환자야."

성수는 그냥 전화를 끊었다. 주아의 말이 맞긴 했다. 그는 아직 환자였다. 무리해서 움직인 탓에 숨을 쉴 때마다 옆구리가 결렸다. 꿰맨 자리가 터졌는지 피도 조금씩 배어났다.

먼저 움직인 공 작가가 경찰에게 다가가 물었다.

"정이채 씨 실종 신고자입니다. 지금 어떻게 되어가고 있는 겁니까."

경찰들 뒤에 서 있던 사복 차림의 형사가 다가왔다.

"안녕하십니까. 경주 경찰서 수사과 김대만입니다."

그는 공 작가와 성수의 모습을 훑으며 말을 이었다.

"수색팀이 빌라 동, 호수별로 확인하는 중입니다. 두 분은 잠시만 여기서 대기해주세요. 범인이 이 안에 있다면 빠져나가는 건 힘들 겁니다."

여론을 의식해서인지 처음 신고 때와 달리 경찰에서 적극적으로 수사에 나선 것이다. 이미 화제가 되어버린 납치 사건이라 잘못하면 줄줄이 모가지가 날아갈 위기였다. 게다가 낙원빌라는 철거 날짜까지 잡혀 있는 곳이었다. 자칫 잘못하면 안전사고로 이어질 수도 있었다. 말을 하는 동안에도 몇 대의 경찰차가 더 나타났다.

충분한 인력이 동원된 것처럼 보였지만, 공 작가와 성수는 마냥 손 놓고 있을 수가 없었다. 시선을 주고받은 두 사람은 슬쩍 움직여, 맨 끝에 있는 빌라 건물로 들어갔다.

빌라는 대부분 비어 있었다. 재개발 예정지라서 원래 빈집인 경우도 있었지만, 출근하거나 단순 외출인 경우도 많았다. 잠겨 있는 집의 내부까지 들여다볼 방법은 없었다.

경찰도 수색 영장이 없는 상황이라 움직임에 한계를 느끼고 있었다. 공 작가와 성수는 초조함을 억누르며 빈집을 하나하나 살폈다. 그들이 5층 복도를 지날 때였다.

어디선가 이상한 휴대폰 벨소리가 들려왔다.

– 빠름빠름빠름~ 빠름빠름빠름~ ♪

걸음을 멈춘 공 작가는 뒤를 돌아보았다.

잠겨 있던 507호의 문이 열리며 한 남자가 나왔다. 남자는 걸려 온 전화를 신경질적으로 수신 거절했다. 휴대폰을 다시 주머니에 넣고 고개를 든 순간 공 작가와 남자의 눈이 마주쳤다.

"씨발."

그는 다시 문을 쾅 소리가 나도록 닫았다. 현관문 안쪽에서 짧은 욕지거리가 연이어 들려왔다.

"강혜만!"

그를 알아본 공 작가가 뒤늦게 소리쳤다. 현관문이 굳게 닫힌 다음이었다.

– 빠름빠름빠름~ ♪

안에서 다시 휴대폰 벨소리가 울리기 시작했고, 공 작가는 주먹으로 현관문을 두드려댔다.

"강혜만! 문 열어! 강혜만!"

공 작가가 열릴 리 없는 현관문을 붙들고 씨름하는 동안 성수는 계단을 뛰어 내려갔다. 1층으로 허겁지겁 내려온 성수는 옆구리를 부여잡고 쓰러졌다.

"강혜만, 납치범을 찾았어요! 5층, 5층이에요. 507호."

성수의 외침에 경찰들이 우르르 위로 올라갔다. 예희의 팬 몇 명도 눈에 불을 켜고 경찰의 통제선 안쪽으로 진입하려고 했다. 덕분에 경찰력 상당수가 팬을 막는 데 동원되는 웃지 못할 상황이 펼쳐졌다. 차가운 바닥에 누운 성수는 끙, 앓는 소리를 내며 도하에게 전화를 걸었다.

"형님, 강혜만을 찾았어요. 경주에 있는 낙원빌라요. 정말 거기에 있었어요. 507호에서 나왔어요."

"알아. 나도 방금 확인했어. 그런데 이 새끼가 전화를 안 받네."

"전화? 강혜만한테 전화 건 게 형님이셨어요? 덕분에 찾았어요."

"강혜만은 오늘 옥상에서 붙잡혀. 하지만 문제는 그게 아니야. 이채 씨가 감금된 장소를 끝까지 불지 않아."

성수의 어깨에 다시 힘이 들어갔다. 아직 해결된 건 아무것도 없었다.

◦◦◦

'저 새끼들이 왜 여기에 있는 거지?'

현관문을 쾅쾅 두드리는 소리에 랜의 심장도 덩달아 뛰었다. 복도에서 마주친 사람은 분명 공 작가와 성수였다.

랜은 뭐가 잘못된 건지 알 수가 없었다. 그들이 자신의 임시 거처를 알아낼 확률은 제로에 가까웠다. 하지만……

"강혜만!"

현관문 밖에서 들려온 이름에 랜의 고개가 돌아갔다.

'본명을 알고 있어?'

랜의 눈동자에 살기가 어렸다. 그는 재빨리 계산했다. 본명을 알고 있다면 밖에 서 있는 게 우연은 아닐 것이다.

다시 의문이 생겼다.

'어떻게 안 거지? 내가 무슨 실수를 한 거지?'

이곳에 자리를 잡은 지 일주일 정도밖에 지나지 않았다. 아니다. 지금은 어떻게 알았는지가 중요한 게 아니다.

'끌고 들어올까. 필요한 정보를 확인하고 처리한 다음에 뜨면.'

상대는 둘이었지만 상관없었다. 한 명은 지금 걸어 다니는 게 신기한 상태일 테니까. 칼을 맞고 살아난 건 칭찬해줄 만했다. 돌발상황이라 대충 처리한 게 문제였다.

랜은 싱크대 위에 있던 식칼을 꺼내 들었다. 인터폰으로 동태를 살피려는데, 밖이 웅성거리기 시작했다.

"이 안에 강혜만이 있는 게 맞습니까?"

"들어가는 걸 봤습니다."

"물러나 계세요."

인터폰으로 보이는 남자는 총 셋이었다. 한 명은 공 작가였고, 다른 두 명은 처음 보는 남자였다. 뒤이어 경찰복을 입은 남자 몇 명이 더 합류했다.

'경찰?'

그는 중요한 것만 챙겨서 백팩에 밀어 넣고 거실 창문을 열었다. 그리고 손을 뻗어 외벽에 돌출된 가스 배관을 붙잡았다.

그의 시선이 무심코 아래로 향했다.

'저것들은 다 뭐야?'

빌라 주변을 수많은 인파가 에워싸고 있었다. 얼핏 보이는 경찰차만 다섯 대가 넘었다. 그는 쯧, 하고 혀를 찼다.

아래로 내려갈 셈이었는데, 발각될 확률이 너무 높았다.

'옥상을 통해서 계단으로 내려갈까. 그래. 내려가기만 하면 돼. 사람이 많으면 숨어들기도 쉬우니까 차라리 잘됐어.'

랜은 평정을 유지하려고 애쓰며 배관에 매달렸다.

그 순간 와장창, 하는 소리가 들렸다. 안방 창문이 깨진 듯했다. 이제 경찰이 들이닥치는 건 시간문제였다. 창문에는 방범창도 달려 있지 않았다.

"잘못하면 진짜 X 되겠네."

그는 빠른 속도로 배관을 타고 올라갔다. 5층이 꼭대기 층이었기 때문에 옥상으로 올라가는 건 어렵지 않았다.

옥상에 올라선 랜은 옥상 출입구로 뛰어갔다. 막 계단을 내려가려는데, 올라오는 발소리가 들렸다.

"옥상이라니까요. 확실해요."

성수였다. 랜은 다시 욕설을 뱉으며 옥상 문을 닫아걸었다.

'미치겠네.'

이제 날개라도 달지 않는 한 빠져나가는 건 불가능했다.

'뭐지? 고작 납치 미수로 이렇게 달려들지는 않을 텐데.'

– 빠름빠름빠름~ 빠름빠름빠름~ ♪

혼란이 찾아온 가운데 다시 벨소리가 울려 퍼졌다. 발신자를 확인해보니 이번에도 공도하였다.

'이 새끼……'

공류하와 정다채에 관한 의뢰를 해 올 때부터 이상하긴 했다. 수신 거절을 누르려는 순간 옥상 출입문 쪽에 나 있는 작은 환기구가 부서졌다.

경찰과 공 작가가 문을 열려고 무던히 애쓰고 있었다. 옥상 문이 열리는 건 시간문제였다. 더는 갈 곳이 없었던 랜은 전화를 받았다.

돌아가는 상황이라도 파악해보자는 심산이었다.

"옥상은 어때?"

느긋한 목소리에 랜의 표정이 기괴하게 일그러졌다. 그런데 무언가 이상했다. 환기구 너머로 보이는 공 작가의 손에는 휴대폰이 들려 있지 않았다. 랜의 시선이 날카롭게 움직였다.

"공도하, 너무 좋아하지는 마. 기분 나쁘니까."

"기분 나쁜 건 나도 마찬가지라서. 용건만 말하지."

이상하다는 걸 깨달은 랜의 눈동자가 흔들렸다. 환기구 너머의 공 작가는 초조한 얼굴로 경찰에게 무언가를 말하고 있었다.

'……공도하가 아니야?'

그럼, 공도하 행세를 하는 이 남자는 누구지?

랜이 휴대폰에 대고 물었다.

"용건이 뭐지? 내가 지금 바빠서 말이야."

"어차피 도망갈 구멍도 없잖아."

"왜 없다고 생각하지?"

"없으니까."

그는 단언하고 있었다.

"너, 누구냐?"

"새 의뢰인. 의뢰는 아주 간단해. 네가 자수하면 되는 거야. 어차
피 붙잡힐 상황이라는 건 알잖아. 자수하면 형량도 줄고, 돈도 벌고
좋지 않겠어?"

"어차피 붙잡힐 텐데, 왜 그런 요구를 하지?"

"의뢰비로 한 장이면 어때?"

"……싫다면."

"물론 자수니까 네가 아는 걸 모두 경찰에 말한다는 게 조건이
야. 감금해둔 사람들 위치도 모두. 그리고 하나 더 공도하, 공류하,
정다채, 정이채, 김성수에게 보복하지 말 것."

"더 싫어지는데."

"한 장이라니까."

"보복 쪽이 더 땡기는데."

"소박하기는. 머릿속에 있는 금액에서 동그라미 하나를 더 붙여."

랜은 상대가 의심스러웠다. 단지 자수하는 거로 그 정도의 금액을 주겠다는 건 이상했다.

"무슨 속셈이야?"

"쉽게 가자는 거지."

"넌, 누구지?"

"알 것 없잖아. 중요한 건 의뢰 금액이 많다는 거 아니겠어? 어차피 잡혀 들어갔다가 나오면 정보 상인 짓도 못해. 그냥 어디 흥신소 같은 데나 들어가서 굴러야지. 그전에 한몫 잡아."

통화 상대의 태도는 마음에 들지 않았지만 나쁜 제안은 아니었다. 어차피 붙잡힐 거 돈이라도 챙기는 게 이득이었다.

랜은 협상을 시도했다.

"선 입금, 후 자수."

"널 어떻게 믿고."

"50% 선입금."

상대는 대답이 없었다. 대신 랜의 휴대폰에 문자가 수신되었다.

- [Web발신] M 뱅크 입금 05/26 15:37 공도하 50,000,000원

공도하의 이름으로 정확하게 절반의 금액이 통장에 들어왔다.

문자를 확인한 랜은 얼굴을 굳혔다. 검증된 VIP 고객에게 제공하려고 개설해놓은 해외계좌로 입금된 것이다.

그는 어디까지 알고 있는 걸까.

"내 위치랑 본명, 고객님이 경찰에 찌르셨어요?"

"바보는 아니네."

랜의 눈에 진득한 살기가 어렸다.

"고객님. 의뢰를 받아들이겠습니다. 자수 후에 꼭 잔금도 보내주시고요."

"그러지."

"그리고 말입니다. 보복하지 말아야 할 다섯 명의 명단에 고객님은 포함되지 않는 것 같은데, 출소하면 찾아서 죽여버릴 거예요."

"그러든지. 안 그래도 만나보고 싶었거든. 2년이나 농락당한 게 억울해서 말이야."

"2년? 너 진짜 누구냐?"

"능력 있으면 찾아 봐. 빨리 찾아야 할 거야. 시간이 얼마 없거든."

"의뢰인님께서 또 이렇게 도발을 해주시면 기대에 부응해야죠. 조만간 봅시다. 찾아갈 테니까."

전화를 끊은 랜은 옥상 출입문 앞으로 다가갔다. 그리고 환풍구에 대고 말했다.

"자수할게요."

○ ○ ○

랜은 모든 죄를 자백했다. 납치한 이들이 감금된 장소도 알려주었다. 그가 지목한 곳은 건축된 지 50년은 되어 보이는 허름한 주택이었다.

경찰이 녹슨 대문을 열고 마당으로 들어갔다. 허리까지 자란 잡초는 이곳이 오랫동안 방치된 곳임을 말해주었다.

경찰은 공 작가와 성수의 진입을 저지했다. 어쩔 수 없이 두 사람은 밖에서 초조하게 지켜볼 수밖에 없었다.

경찰이 대동한 119 구급대원들이 잠겨 있는 현관문 손잡이를 부쉈다. 문이 열리자 눅눅한 공기가 밖으로 밀려 나왔다. 안으로 들어가서 불을 켜자, 거실 전체에 빼곡하게 붙은 방음재가 보였다.

그리고 밖에서 자물쇠를 걸어놓은 방문이 있었다.

다시 방문 손잡이를 부수자 어둠 속에 누워 있던 이들이 고개를 들었다. 다채가 믿을 수 없다는 듯이 중얼거렸다.

"경찰?"

"살았다……."

"허어어엉!"

류하의 흐느낌이 크게 들렸다.

119 구급대원들은 그들을 풀어주고 한 명씩 건강 상태를 체크했다. 제일 먼저 집 밖으로 나선 이는 다채였다.

"누나!"

성수가 허둥지둥 마당으로 달려 들어갔다.

"아."

메마른 다채의 입술 사이로 탄성이 새어 나왔다. 눈물이 날 만큼 반가웠다. 만약 그를 다시 만나게 된다면······.

다채는 생각을 행동으로 옮기기 위해 팔을 들었다. 그리고 달려 드는 성수의 옆구리를 팔꿈치로 찔렀다.

"너! 이채한테 뭐라고 한 거야!"

"악! 누나!"

성수는 옆구리를 부여잡은 채 쓰러졌다.

"이게 어디서 엄살을!"

뒤따라 나온 이채가 눈을 크게 떴다.

"언니! 성수 환자야! 칼! 칼에 찔렸어."

"칼?"

그제야 성수를 내려다본 다채의 얼굴이 하얗게 질렸다.

"괘, 괜찮아? 어디 봐. 뭘 어떻게 다쳤길래!"

다채가 성수를 붙잡자, 한 번 더 비명이 울렸다.

"아악! 누나!"

"언니, 만지지 마!"

소란스러운 그들에게 다가서는 발걸음이 있었다.

말없이 다가선 공 작가는 이채를 와락 끌어안았다. 그의 품에 안 겨버린 이채는 옴짝달싹하지 못했다. 숨도 쉬어지지 않았다. 격렬 하게 뛰는 그의 심장 소리가 들려왔다.

"아, 저기······."

그녀가 나지막이 말을 이었다.

"……돌아왔어요."

공 작가는 팔에 더 힘을 줬다. 그의 품은 마치 감옥 같았다. 밀실에 묶인 채 갇혀 있을 때보다 더 숨이 막혔다. 하지만 빠져나가고 싶은 생각은 들지 않았다. 느껴지는 압박감은 금세 안도감으로 바뀌었다. 그가 더 꼭 끌어안아 주었으면 했다.

"다친 데는……."

"없어요."

"고마워. 무사히 돌아와줘서."

그는 이채의 어깨에 얼굴을 묻었다. 그녀를 찾아다니던 시간은 지옥 같았다. 그래서 두려웠다. 그녀를 잃고 영영 지옥 속에서 헤매게 될까 봐.

뒤이어 류하가 경찰들에게 둘러싸인 채 나왔다. 류하의 시선이 이채를 품에 안은 공 작가에게 닿았다.

"형. 나……."

류하는 말을 잇지 못하고 고개를 떨궜다.

○○○

이채와 다채는 인근 종합병원 2인실에 환자복을 입고 나란히 누웠다. 탈진 상태인 다채는 수액을 맞고 있었고, 이채는 그 옆의 침대를 차지하고 있었다.

"다행이다."

"고마워. 찾아줘서."

둘은 재회의 기쁨을 만끽했다.

"나 혼자 찾은 게 아니야. 모두가 도와줘서 찾을 수 있었어. 성수도 그렇고, 공 작가님도 그렇고, 도……."

이채는 말을 멈췄다. 베란다 너머의 그를 제대로 설명할 방법이 없었다. 설명하느니 소개해주는 게 나을 것 같았다.

"또 한 명이 있어. 가장 많은 도움을 준 사람. 그 사람이 아니었다면 언니를 찾지 못했을 거야. 퇴원하면 소개해줄게."

"그래. 그렇게 해."

이채는 휴대폰을 들고 메시지를 입력했다.

– 도하 씨, 저 이채예요. 지금 병원이에요. 다들 무사하니까 걱정하지 말고 얌전히 기다려요. 공류하도 찾았어요. 언니를 납치한 건 맞지만, 우릴 죽였던 건 TOP 강혜만이었던 것 같아요. 곧 갈게요. 다 해결됐으니까, 제발 나가지 마요. 이번엔 말 좀 들어요. 알았죠?

이것으로 도하도 마음의 짐을 덜 수 있을 것이다.

랜이 말했던 새로운 사업 아이템은 '연옥 목걸이' 중개업이었다. 연옥 목걸이를 전 재산과 맞바꾸고 싶어 하는 사람은 차고 넘쳤다. 이미 구매 의사를 밝힌 사람도 꽤 있다고 했다.

다채는 이해할 수 없다며 고개를 절레절레 저었지만, 이채는 목걸이의 가치를 누구보다도 잘 알고 있는 사람이었다.

사랑하는 사람과 자신의 목숨까지 구할 수 있는데 전 재산인들 아까울까.

'난 운이 좋았던 건가.'

다행히 한 달이 지나기 전에 모든 게 해결되었다. 이제는 마음 놓고 그를 마주할 수 있을 것 같았다.

이채가 휴대폰을 내려놓자, 다채가 걱정스레 말했다.

"그나저나, 성수는 괜찮을까."

공교롭게도 셋 중에 건강 상태가 가장 좋지 않은 이는 성수였다. 그는 재봉합 수술을 기다리고 있었다.

"괜찮을 거야. 언니를 찾았으니까."

이채의 입가에 미소가 어렸다. 괜히 민망해진 다채는 화살을 이채에게 되돌렸다.

"너 공도하 그 남자랑은 어쩌다가 사귀게 된 거야?"

"열애설 가짜야. 언니 찾느라고 같이 있다 보니까 그런 식으로 엮이게 됐어."

"넌 내가 장님인 줄 아니?"

구조된 직후 이채를 끌어안은 공 작가의 표정을 보지 않았다면 속아 넘어가줄 수도 있었다. 하지만…….

"응?"

"아니야. 아니면 됐다."

다채는 내색하지 않기로 했다. 그는 공류하의 형이니까.

"이제 남은 문제는 하나야. 언니."

"무슨 문제?"

"우리 박 여사."

말뜻을 알아차린 다채가 결연하게 말했다.

"박 여사한테는 비밀로 하자."

"소용없어. 언니. 이미 기사 났어. 그것도 잔뜩."

"박 여사 뉴스 잘 안 보잖아. 인터넷 기사는 더 안 보고."

"요새는 보더라. 언니는 아마 머리 밀릴걸. 안 그래도 엄마가 단단히 벼르고 있었어."

"하아……."

다채가 긴 한숨을 내쉴 때였다. 병실 문이 열리고 담당 의사가 들어왔다.

"안녕하세요. 어디 불편한 데는 없으시죠?"

의사는 불편한 데가 없는지를 물어봐놓고, 대답할 새도 없이 이어서 말했다.

"검사 결과가 나왔습니다. 정이채 씨는 건강상의 문제가 발견되지 않았습니다. 바로 퇴원하셔도 되고요. 그리고 정다채 씨."

"네."

"정다채 씨는 일단 충분한 안정을 취하시고, 고영양 식단으로 체력을 보충하셔야 합니다. 약간의 탈수 증상이 있는데, 수액 외에는 약도 사용할 수 없으니까 조심하셔야 하고요. 임신 초기이기는 하지만 자리를 잘 잡았네요. 큰 걱정은 하지 않아도 됩니다."

"네?"

누워 있던 다채가 벌떡 일어났다. 그녀의 얼떨떨한 표정을 마주한 의사가 무미건조하게 말했다.

"모르셨나 보군요. 축하합니다. 5주 차입니다."

임신 사실을 통보한 의사가 병실을 나간 다음에도 다채는 한동안 얼어 있었다. 그녀의 눈치를 살피던 이채가 손가락을 꼼지락거렸을 때였다. 다시 병실 문이 열리고, 예희가 들어왔다. 뒤따라 들어온 이는 김 대리였다.

"어?"

갑자기 등장한 예희의 모습에 다채와 이채 모두 당황을 감추지 못했다. 둘을 번갈아 본 예희의 시선이 이채에게 고정되었다.

"못생겼네."

말을 툭, 뱉어낸 그녀는 망설임 없이 뒤돌아섰다.

"김 대리야. 가자. 역시 귀찮은 여자여야 했던 건가 봐. 납치될 만큼 귀찮은 건 무리야. 포기할래."

"저, 정말 가실 거예요?"

"응. 개인 취향은 존중해줘야지."

그녀가 조용히 돌아가려고 하자, 김 대리는 안도하며 가슴을 쓸어내렸다. 하지만 이왕 온 것 그냥 돌아가기에는 아쉬웠다.

"저기, 나 배우님. 모처럼 여기까지 왔는데요. SNS에 올릴 사진

한 장만 찍고 가시면 안 돼요?"

"어디서?"

"여기서요. 정이채 씨 앞에 앉아보세요. 제가 찍을게요."

"왜?"

"기념으로?"

"별로 기념하고 싶지 않은데."

김 대리는 다시 타이르듯이 말했다.

"이참에 연관검색어 세탁도 하고 좋잖아요. 지금 분위기 좋거든 요. 네? 배우님."

"음. 알았어. 그럼. 찍도록 해."

예희는 자연스럽게 보호자석에 앉아서 다리를 꼬았다. 그러자 김 대리가 여러 각도에서 사진을 찰칵찰칵 찍어댔다.

이채와 다채는 둘이 뭘 하는지 몰라서 얼빠진 표정으로 있을 수 밖에 없었다.

"됐지? 이제 가자."

예희는 인사도 하지 않고 병실을 나섰다. 대신 남겨진 김 대리가 이채에게 휴대폰 액정을 보여주었다.

"이 사진 어떠세요? 이채 씨 얼굴은 일부러 작게 찍었어요. 예쁘 게 뽀샵해서 올릴게요."

이채의 미간이 좁혀졌다.

"이게 지금 뭐 하는 거예요? 여긴 어떻게 알고 왔어요?"

"아, 아직 모르셨구나. 납치범이요. 나 배우님이 잡은 거나 다름 없는데. 그래서 말인데요. 조만간 소속사에서 인터뷰 같은 거 하자 고 연락이 갈 거예요. 긍정적으로 검토해주세요. 오늘은 이만 가볼 게요. 소란 피워서 죄송합니다. 쾌차하세요. 그래도 나 배우님의 돌 아이 짓이 도움 돼서 다행이에요. 아, 그리고 이건 마카롱이에요. 그래도 병문안인데 빈손으로 올 수가 없어서요. 그럼."

작은 상자를 침대 맡에 내려놓은 김 대리는 고개를 꾸벅 숙이고 나갔다.

"같이 가요. 나 배우님."

그녀가 나가자마자 이번엔 주아가 들이닥쳤다.

"이게 다 무슨 일이야!"

목소리를 높이며 들어선 주아는 다채를 보고 눈을 동그랗게 떴다.

"정 팀장님은 왜 여기 누워 계세요? 여행은요?"

이채는 머리가 지끈거렸다. 어디서부터 설명해야 할지 감이 잡 히질 않았다.

○ ○ ○

성수와 류하는 어두컴컴한 2인 병실에 나란히 누워 있었다.

응급 수술을 마친 성수는 계속 잠들어 있는 상태였다. 마취제의 영향인지, 긴장이 풀렸기 때문인지는 알 수 없었다.

반면 류하는 한참을 뒤척였다.

공 작가는 류하가 생각할 시간을 가질 수 있게 복도로 나왔다. 그리고 병원 엘리베이터 앞에 마련된 의자에 앉아 머리를 기댔다.

이채와 다채는 위층 병실에 입원해 있었다. 그녀를 살피러 가고 싶었지만, 발걸음이 떨어지지 않았다.

그는 휴대폰을 꺼내 문자를 다시 확인했다.

– [Web발신] H 뱅크 출금 05/26 15:37 LAN 50,000,000원

강혜만과 대치하는 중에 수신된 문자였다. 입금된 계좌의 예금 주는 'LAN'이었다. 그리고 뒤이어 수신된 문자.

– 강혜만을 자백시키는 데 썼다. 그동안의 정보비라고 생각해. 신고는 하지 마. 그가 돈을 토해내게 되면 출소해서 정이채한테 보복할 테니까. 강혜만이 모든 걸 자백하면 한 번 더 인출될 거다.

'resemble man'이 보낸 문자였다. 그리고…….

– [Web발신] H 뱅크 출금 05/26 18:49 LAN 50,000,000원

강혜만이 경찰서에서 범죄 사실을 자백한 직후에 한 번 더 인출 되었다. 헛웃음이 나왔다. 이해할 수 없는 정보력은 둘째치고 계좌 해킹까지. 계좌 해킹은 쉬운 일이 아니다. 공 작가는 바이오 인증서 만을 사용했다. 지문도 아니고, 홍채 인식 방식이었다.

'이걸 대단하다고 해야 할지.'

모두가 헷갈릴 정도로 닮았다던 그 남자는.

'도플갱어라도 된다는 건가.'

공 작가는 휴대폰 메모장을 열어 '홍채 인식'과 '또 다른 나'라는 단어를 추가했다.

'무슨 생각을 하는 거야.'

메모를 노려보던 공 작가는 판타지로 뻗어 나가려는 의식의 흐름을 끊어냈다.

"도하야."

고개를 들어보니 막 엘리베이터에서 내린 재희가 커다란 짐 가방을 들고 서 있었다. 공 작가는 엉거주춤 일어나 그녀의 묵직한 가방을 받아 들었다.

"······여긴 뭐 하러 오셨어요."

"류하는?"

공 작가는 조금 머뭇거리다 입을 열었다.

"잠들었어요. 지금은 안 만나시는 게 좋을 것 같아요. 아버지는요?"

"······넌, 괜찮은 거니? 어디 안 다쳤어?"

그녀는 답을 회피했다.

"네. 괜찮아요."

"그래. 그럼 됐다. 안 다쳤으면 됐어."

재희는 무사한 공 작가의 모습을 재차 확인하고 나서야 겨우 안심할 수 있었다.

"집 앞에 아직도 기자들 많죠?"

"몇 배는 늘어난 것 같던데. 그 사람의 몰락이 재미있나 봐. 조사도 받아야 한다고 하고……."

"화 많이 나셨겠네요."

그녀의 눈가가 붉게 물들어갔다.

"미안하다. 도하야."

"……아버지랑 싸우셨어요?"

재희는 고개를 저었다.

"네 아버지가 나랑 싸우는 분이니. 그냥 내가 다 미안해. 엄마가 잘못했어. 잘못된 걸 진작 알았으면서도 오기를 부리고 있었나 봐. 그래서 너랑 류하한테 상처를 줬어. 엄마가 다 잘못했다."

그녀의 기색에서 심상치 않은 기류가 감지되었다. 그녀가 들고 온 짐 가방도 달리 보였다.

"집, 나오셨어요?"

"……우리 집으로 돌아가려고. 오래 비워둬서 치우려면 고생 좀 하겠네."

곰팡이가 피던 고급주상복합 아파트가 떠올랐다. 간혹 사람을 보내 치우기는 했지만 20여 년을 비워둔 집이었다. 이제는 '고급'이 아니라 '오래된' 주상복합 아파트가 되어 있을 것이다.

"곰팡이가 문제겠네요."

"다 걷어내야지. 이제."

재희는 홀가분한 얼굴을 했다. 여자가 아니라, 엄마로 살아가야 할 때였다.

"괜찮으시겠어요?"

기이한 일이지만 재희는 여전히 아버지를 사랑하고 있었다.

"괜찮다니까. 너야말로 왜 그렇게 얼굴이 안 좋아. ……그 아가씨 때문이니?"

"……그런가 봐요."

"왜 남의 말 하듯이 해. 네 일이잖아."

"모르겠어요. 앞으로 어떻게 해야 할지."

"모르겠으면 알게 될 때까지 생각해 봐. 그게 얼마가 걸리든. 하지만 이미 알고 있는 거라면 외면하지 마. 도하야. 그럼 병나. 암도 고치는 세상이지만, 마음이 병들면 고치기 힘들어."

마음은 알고 있다. 이채의 곁에 남고 싶다. 모든 걸 감수하고서라도 곁에 있고 싶었다. 하지만 그녀도 그럴까.

"잘 모르겠어요. 자격도 없는 것 같고."

"내가 바보를 낳아서 키웠네. 사람이 사람이랑 함께 있는데, 왜 자격이 필요해. 사랑하는 마음이면 되는 거지."

그녀다운 발언이었다. 그리고 그 말은 공 작가를 조금 부추겼다. 어쩌면 누구든 면죄부를 주길 바랐던 건지도 모른다.

괜찮다고. 달려가도 된다고.

"마음이면, 되는 걸까요."

"마음이 시키는 대로 해. 네 선택이라면 난 무조건 지지할 테니까."

공 작가의 입가에 쓸쓸한 미소가 걸렸다.

"어떤 선택이라도요?"

"어떤 선택이라도."

재희는 힘주어 말했다.

"저, 다녀올 데가 있어요. 금방 올게요."

"그래. 다녀와. 병실은 엄마가 지키고 있을게."

공 작가는 엘리베이터를 뒤로하고 계단을 이용해 위층으로 올라갔다. 그녀가 도망갈 리도 없는데 괜히 마음이 조급했다.

이채가 있는 병실은 반쯤 문이 열려 있었다. 공 작가가 노크하려는 순간이었다.

"죽어! 그냥 죽어!"

병실 안에서 심상치 않은 고함이 들렸다. 놀란 공 작가가 문을 열었다.

"아파! 아프다고!"

"아프라고 때리지! 더 아프게 맞아! 미쳤어! 시집도 안 간 애가 임신? 아이고, 내가 못 살아!"

병실 안은 공 작가가 예상했던 상황과 조금 달랐다.

"아, 저."

병상에 앉아서 박 여사에게 등을 맞던 다채와 공 작가의 눈이 마주쳤다. 이윽고 박 여사도 돌아보았다.

"공 서방?"

박 여사는 막 다채의 등을 내리치려던 손을 어색하게 내렸다. 공 작가는 바로 허리를 숙였다.

"안녕하십니까."

"어, 어서 와요. 이채 보러 왔어요? 이를 어쩌. 엇갈렸나 보네. 이 채는 볼일이 있다고 서울로 올라갔어요."

상황을 보니 박 여사는 아직 류하와 공 작가의 관계를 알지 못하는 듯했다. 공 작가는 다시 허리를 숙였다.

"죄송합니다."

"아니, 왜 이래. 공 서방."

공 작가는 자신이 해야 할 말을 했다.

"제가 류하 형입니다."

"형? 갑자기 형이라니? 무슨."

"납치 사건과 연루된 범인 중 한 명이 제 동생입니다. 어머님."

박 여사는 그대로 돌이 되어버렸다.

○ ○ ○

택시가 토마토 빌라 앞에 도착했다. 택시에서 내린 이채는 5층까지 뛰어 올라갔다. 차오른 숨만큼 기분도 벅찼다. 그녀는 단숨에 비

426

밀번호를 눌렀다. 이윽고 문이 열리고, 그의 모습이 눈에 들어왔다.

"어서 와."

이채는 가볍게 웃어 보였다.

"다녀왔어요."

둘은 한동안 아무 말 없이 서로를 마주했다. 모든 것이 잘 해결됐는데도 먹먹했다.

"뭐 하고 서 있어. 들어와."

"아, 들어가야죠."

그제야 이채는 신발을 벗고 집 안으로 들어섰다.

"고생했어."

다정한 목소리에 이채는 그의 얼굴을 들여다보았다. 홀가분해 보이는 표정이었다. 덕분에 그녀도 아무렇지 않은 척할 수 있었다.

"뭐 하고 있었어요?"

"기다렸지. 여기서 빈둥거리면서."

사실은 내내 고민했다. 어떻게 사라져야 할지에 대한 문제가 남아 있었다.

"도하 씨는 빈둥거리는 거 안 어울려요."

"안 하던 짓도 하고 그래야지."

"밥은 먹었어요?"

"아니. 넘어가자. 준비해놨어."

"어? 빈둥거렸다면서요."

"빈둥거리는 건 나한테 안 어울리니까."

"안 그래도 배고팠는데, 기대해도 돼요?"

"기대해보든지."

"가요."

둘은 함께 베란다를 넘었다.

도하의 식탁에는 음식이 한가득 차려져 있었다. 빼곡한 음식 사이로 화이트 와인도 한 병 놓여 있었다. 신경 써서 준비한 티가 역력했다. 식탁 앞에 앉은 이채가 배시시 웃었다.

"뭐가 또 이렇게 많아요."

"기다리면서 하나씩 하다 보니까. 와인 괜찮지?"

이채는 와인 라벨을 살폈다. 어딘가 익숙한 것 같기도 했다.

"이런 날은 술이 빠지면 안 되죠. 화이트 와인이네요."

"지난번에 잘 마셨던 것 같아서."

"……아, 그때 그거구나."

어쩐지 조금 쑥스러워졌다.

"그때 그거지."

"사실은 맛이 기억나지 않아요. 그날 진짜 미쳤었거든요."

"볼만했어."

잊어달라고 말하려던 이채는 입을 꾹 다물었다. 그가 기억을 잃지 않는 방법은 없는 걸까. 시간 속으로 사라지지 않을 방법은.

그가 따라준 와인을 한 모금 마시자 달콤하고 청량한 향기가 입안을 채웠다. 그런데 시간이 지날수록 기분이 가라앉았다.

기쁨의 댄스라도 춰야 할 상황인데, 왜 이렇게 착잡한 걸까.

"우리, 처음 만난 날 기억해요?"

"아니. 잘 안 나더라."

"하긴. 베란다에서 나 처음 봤을 때도 단번에 못 알아봤죠? 3년 전에 한 번 본 거니까."

"그때가 아니야."

"네?"

"처음 만난 날 말이야."

이채는 고개를 갸웃했다.

"그전에도 날 본 적이 있어요? 그래서 편의점 앞에서 도와준 거예요?"

"그래서는 아니지만, 본 적은 있더라고."

"음. 난 왜 기억이 없죠?"

도하는 의미심장하게 웃었다.

"당신도 기억하고 있어."

이채의 눈동자가 또르르 굴러갔다. 하지만 좀처럼 생각나지 않았다. 스타 작가인 도하라면 원래부터 알고 있었다. 분명 따로 마주친 적은 없었다. 그런데 그의 말속에 이상한 점이 있었다.

"도하 씨는 우리 처음 만난 날, 기억 잘 안 난다면서요."

"나는 안 나지만, 당신은 기억하고 있더라고."

"……네? 그게 무슨 말이에요? 나 기억 안 나는데."

"숙제라고 생각해. 언젠가 풀어 봐."

"남은 날 안에 풀려면 힌트 좀 줘야 하는 것 아니에요?"

그는 마치 그림처럼 웃었다.

"정답은 공 작가한테 확인해도 되잖아."

"풀면 뭐 상이라도 줘요?"

"그럴지도 모르지."

이채는 어깨를 으쓱였다. 그리고 베이컨 말이 한 조각을 입에 넣었다. 내친김에 파스타도 한 입 먹었다. 식탁 위에 올려진 음식 모두 놀라울 정도로 맛이 있었다.

"맛있어요."

"나도. 같이 밥 먹으니 좋네."

이채는 아차 싶었다. 월지 밖으로 나가는 게 힘들어진 도하는 갇힌 듯이 지내야 했을 것이다.

"……계속 혼자 먹었던 거죠. 나가지도 못하고. 어? 밖에 못 나갔을 테니까, 오늘은 도하 씨의 솜씨겠네요?"

"아니. 윤형이 형 어머님 솜씨. 난 열심히 데웠어."

"아, 어쩐지 맛있더라."

"다행이네. 많이 먹어."

둘은 본격적으로 차려진 음식을 먹기 시작했다.

경주에서 서울까지 오는 동안 메시지를 주고받으며 충분히 상황을 공유했기 때문인지 류하나 강혜만에 대한 언급은 없었다. 아니, 어쩌면 이 순간을 망치고 싶지 않아서일지도 모른다.

이제야 겨우 둘의 이야기를 할 수 있게 되었으니까.

하지만 류하나 다채, 월지, 목걸이에 대한 이야기를 배제하고 나니 화젯거리가 없었다. 덕분에 이채는 조금 난감했다. 가뜩이나 할 얘기도 없는데 도하의 눈빛마저 신경 쓰이기 시작했다.

그래서 이채는 더 많이, 더 열심히, 더 빨리 밥을 먹었다.

"체하겠어. 천천히 먹지."

"배고파서 그래요. 배고파서."

도하는 계속해서 입안에 무언가를 밀어 넣는 이채를 빤히 보았다. 벌긋벌긋한 그녀의 손목이 눈에 들어 온 건 그쯤이었다. 무언가에 묶였던 자국이었다.

"손목, 아프진 않아?"

"괜찮아요. 보기에 좀 그렇긴 하지만요."

"아파도 괜찮다고 할 것 같아서 신뢰는 안 가는데."

"뭐. 그렇죠. 원래 괜찮다 괜찮다 하면서 사는 거니까요."

"……그랬지."

도하는 쓰게 웃었다. 재희가 입버릇처럼 하던 말이었다. 아마도 그건, 그가 일곱 살 난 이채에게 했던 말일 것이다.

대화가 다시 끊어졌다. 밥을 먹는 중이니 얘기가 매끄럽게 이어지지 않는 건 어찌 보면 당연했다. 하지만 그 짧은 순간, 각자에게 혼란이 찾아왔다.

지금 우리는 뭘 하고 있는 걸까. 이 자리는 우리에게 어떤 자리인 걸까. 우리는 어떤 얘기를 해야 하는 걸까.

침묵을 깬 건 도하였다.

"그냥 고맙다고 말해."

"네?"

"말할걸 그랬다고 후회하게 될지도 모르잖아. 미리미리 말해둬."

그의 말이 맞다. 그는 곧 사라질 테니까. 시간 속으로 사라질 그는 어떻게 되는 걸까. 그저 고맙다는 말을 하고 떠나보내도 되는 걸까.

이채는 포크를 내려놓았다.

"고마워요."

"오늘따라 말 잘 듣네."

"음. 역시 이건 무효로 할래요. 멍석 깔아서 했으니까 나중에 다시 할게요."

"그러든지."

도하는 다른 질문을 이어갔다.

"이제, 그와는 어쩔 거지?"

애매한 호칭이었다. 하지만 누굴 말하는 거냐고 되물을 만큼 눈치 없지는 않았다.

"모르겠어요."

어떻게 해야 할지 모르겠다는 게 솔직한 심정이었다. 다채를 찾을 생각만 하며, 모든 문제를 뒤로 미뤄둔 결과였다.

미루고, 미루고, 미루다 보니 여기까지 와버렸다.

"관계를 유지하는 건 쉽지 않을 거야. 괴로운 일도 많을 거고."

"알아요."

"내가 주제넘은 건가."

곧 사라질 주제에.

"아뇨. 아니에요. 무슨 말을 그렇게 해요."

이채는 잔에 남은 와인을 단번에 비워냈다. 도하가 빈 잔을 다시 채웠다.

"취하지 마. 주사 있잖아."

"주사가 있으면 또 얼마나 있다고 그래요."

"매번 새롭고 신선한 주사를 보여줬잖아."

"아, 그 필름 끊어진 날이요. 그날 내가 무슨 짓 했어요?"

"볼만한 짓."

볼이 발그레한 곰돌이 팬티를 떠올린 도하는 입꼬리를 올려 웃었다.

"말 안 해줄 거예요?"

"신선한 주사였다고만 해둘게."

"하아. 한 달도 안 된 일인데, 오래된 일 같아요. 바로 어제 일어난 일 같기도 하고."

"계속 정신없었으니까."

이채는 문득 생각에 잠겼다.

"……왜 우리였을까요? 왜 목걸이가 우리 둘의 시간을 연결해 줬을까요."

"그것도 숙제."

"무슨 숙제가 그렇게 많아요. 방학한 줄 알았네요."

도하는 또 근사하게 미소 지었다.

"어쩌면 두 숙제의 답은 하나일지 몰라."

"뭔데요. 궁금하잖아요. 그냥 말해줘요."

"궁금해하라고."

그래야 더 오래 기억해줄 테니까. 궁금해서 생각하고 또 생각하라고.

"심술이에요?"

"그럴지도 모르지."

도하는 미래로 통하는 현관문을 응시했다. 이제 저 현관문 밖에는 또 다른 모습의 이채가 살아가고 있을 것이다. 사실, 그것만으로도 충분하긴 했다. 이채의 시선도 현관문에 닿았다.

"이제, 도하 씨는 어떻게 되는 걸까요."

그녀는 미뤄두었던 질문을 결국 입 밖에 꺼내놓았다.

"신경 쓰지 마."

"어떻게 신경을 안 써요."

"남는 건 현재뿐이야. 과거도 그렇고 미래도 그렇고 다 허상이야. 꿈 같은 거니까. 허상을 신경 쓰는 건 현재를 낭비하는 꼴이지."

"또 남의 일처럼 말하네요."

이어서 불만을 쏟아내려는 찰나에 이채의 휴대폰이 울렸다. 공 작가였다. 이채가 괜히 눈치를 살피자 도하가 선수 쳤다.

"괜찮으니까, 받아."

그사이 벨소리는 끊어졌다. 차라리 다행이라고 여기는데 또다시 벨소리가 이어졌다. 이채는 마지못해 전화를 받았다.

"여보세요."

"서울은 왜 간 거야?"

그의 목소리에 걱정이 담겨 있어서 이채는 죄책감이 들었다.

"나, 찾았어요?"

"어디야? 무슨 일 있는 건 아니고?"

"집이에요. 아무 일도 없어요."

"집? 이 시간에 집엘 간 거야?"

공 작가는 황당해했다.

"네, 뭐 그렇네요."

"내일 경주 경찰서 가야 하는 거 잊었어?"

"알고 있어요. 첫차 타고 다시 내려갈 거예요."

전화기 너머로 작은 한숨 소리가 들려왔다.

"기다려. 데리러 갈 테니까. 네 시간 정도 걸릴 거야."

"아뇨. 괜찮아요. 오지 마요. 알아서 갈게요."

"아침이면 기자들 쫙 깔릴 거야. 새벽에 움직이는 게 나아."

"아뇨. 오늘은 여기에 있으려고요. 내일, 시간 맞춰서 내려갈
게요."

그 순간, 휴대폰 너머로 혼란이 감지되었다.

"그와 있어?"

"⋯⋯네."

"⋯⋯그래. 그럼."

전화는 그대로 끊어졌다. 씁쓸한 얼굴로 휴대폰을 내려놓은 그
녀가 고개를 들자 도하가 말했다.

"적당히 둘러댔어도 됐잖아."

"거짓말하지 않기로 했거든요."

이채는 자신도 모르게 손가락을 꼼지락거렸다.

"다시, 내려가야 해?"

"진술도 해야 하고, 언니랑 성수도 아직 그쪽 병원에 있고요. 하
루나 길면 이틀 정도 걸릴 거예요."

"고작 하루 이틀이면 상황부터 정리하고 왔어도 됐는데."

이채는 그냥 웃었다. 그냥 오늘만큼은 도하와 함께 있어야 할 것
같았다. 그녀가 먼저 와인 잔을 들었다.

"짠, 할래요?"

"뭘 위해서?"

우리가 베란다에서 함께한······.

"시간을 위해서."

도하도 잔을 들고 따라서 말했다. 당신을 사랑한······.

"시간을 위해서."

소주도 아닌데, 둘은 원샷을 해버렸다.

이채는 베란다로 시선을 돌렸다. 앞으로 베란다를 볼 때마다 그가, 이 시간이 떠오를 것 같았다.

"밥은 더 안 먹을 거지?"

"네. 배불러요. 잘 먹었어요."

이렇게 몇 번이나 더, 함께 식사할 수 있을까.

"쉬고 있어. 대충 정리하고, 2차 하자고."

"좋아요. 술 뭐 있어요?"

"······와인, 뿐인데."

"그럼 제일 도수 높은 거로요."

"그건 좀 겁나는데."

"걱정 마요. 오늘은 주사 안 부려요."

자리에서 일어난 이채는 그릇을 집어 들었다. 하지만 그에게 바로 빼앗겼다.

"쉬고 있으라니까. 판다곰이 사귀자고 덤비겠어."

이채는 다크서클이 잔뜩 내려온 눈두덩을 더듬었다.

"음. 그럼 잠깐만 쉬어볼까요."

그녀는 소파로 가서 기대앉았다. 폭신한 소파 때문인지, 납치의 스트레스 때문인지, 경주에서 서울까지 올라온 피곤함 때문인지 몸이 노곤했다. 그릇을 대충 정리한 도하는 안주로 먹을 과일을 보기 좋게 썰어 담았다. 와인도 한 병 챙겨서 거실로 나오자 오르락내리락하는 그녀의 어깨가 보였다.

그녀는 쌕쌕거리며 곤히 잠들어 있었다.

"겁도 없이 자네."

도하는 조명 밝기를 줄이고, 담요를 가져다 덮어주었다. 그녀는 뒤척이며 담요를 목까지 끌어다 덮었다. 그래도 그녀가 잠든 덕분에 원 없이 얼굴을 볼 수 있게 되었다. 고단함이 내려앉은 눈매 그리고 콧날, 살짝 벌어져 오물거리는 입술.

'이 정도는 괜찮지 않을까. 이 정도는.'

곤히 잠든 그녀의 이마 위로 도하의 입술이 내려앉았다.

○○○

공 작가와는 함께 보낼 수 있는 시간이 많다고 생각했다. 그러니 하루쯤은 괜찮을 거라고 여겼다.

이채는 눈앞의 사태를 마주하고 나서야 깨달았다.

낙관하고 있었다는 것을.

"죄송합니다. 제가 아들을 잘못 키웠습니다."

재희가 박 여사 앞에서 허리를 굽혔다. 곱디고운 얼굴은 초췌했고, 얼굴에는 근심이 가득했다. 공 작가 역시 그녀 옆에서 고개를 숙인 채였다.

　"정말 죄송합니다. 뭐라 드릴 말이 없습니다."

　다시 머리가 땅에 닿을 것처럼 허리를 숙이는 재희였다.

　박 여사는 류하의 가족인 그들을 죄인으로 몰아붙이지 않았다. 그러나 사죄하는 것을 만류하지도 않았다. 다채를 생각하면 울화가 치밀었고, 이채를 생각하면 심장이 차갑게 식은 탓이었다.

　"죄송합니다."

　재희가 세 번째로 사과했을 때, 어찌할 바를 몰라 하던 다채가 이채의 등장을 알아차렸다.

　"……이채야."

　모든 시선이 그녀에게로 몰렸고 상황은 급격하게 어색해졌다.

　이채는 아무런 말도 할 수 없었다. 돌처럼 굳어버린 제 딸을 응시하던 박 여사는 작게 한숨을 쉬었다.

　"그만 됐습니다. 서로 자식 키우는 처지인데. 그만하고 앉으십시다. 이채야. 너도 이리 와. 왔으면서 왜 그러고 서 있어."

　이채가 쭈뼛거리며 다가가 재희에게 인사했다.

　"안녕하세요. 어머님."

　"그래. 너도 고생했다고. 다친 데는 없니?"

　"네."

"정말 미안하구나."

재희는 이채에게까지 고개를 숙였다.

말할 수 없는 어색함이 공간을 잠식했을 때 두 명의 남자가 병실로 들어왔다. 변호사를 대동한 공 작가의 아버지였다.

"지금 뭘 하는 거지. 당신이 왜 고개를 숙이고 있어? 먼저 고개 숙이면 기어오른다는 것도 몰라?"

예고 없이 등장한 그는 재희를 향해 호통부터 쳤다.

순간, 병실 온도가 영하로 떨어진 듯한 착각이 들었다. 박 여사가 노려보자, 그는 목소리를 더욱 높였다.

"합의금은 충분히 줄 테니 적당히 합시다. 맹랑한 아가씨는 로또 운운하더니 이런 식으로 한몫 단단히 잡을 생각이었던 모양이구나."

"아버지, 그만하세요."

공 작가가 만류했지만, 그의 기세는 꺾이지 않았다.

"뭘 그만하라는 거냐. 이들이 원하는 게 이런 사과 같으냐. 순진해빠져서는. 그래서 네가 안 된다는 거다. 그냥 원하는 액수를 물어보면 될 것을, 한심하기는."

박 여사의 얼굴이 붉으락푸르락해졌다. 혈압이 걱정된 이채가 팔을 붙잡았을 땐 이미 노성이 터진 뒤였다.

"합의 안 합니다! 억만금을 줘도 안 할 거니까, 그리 알고 이 병실에서 나가요!"

"피곤하군. 한 변이 알아서 하지. 난 이만큼 있었으면 된 것 같은데."

"충분하십니다. 병원 밖에 기자들 있으니 표정 관리 하면서 나가시고요. 질문에는 어떤 대답도 하지 마세요. 눈물을 한 방울 정도 흘리시면 더 좋겠네요."

"알았네."

그는 상황을 최악으로 만들어놓고 그렇게 퇴장했다. 홀로 남은 한 변호사가 박 여사를 향해 돌아섰다.

"안녕하십니까. 변호사 한기주입니다."

박 여사는 고개를 돌려 외면했다. 듣지 않겠다는 의지였지만, 그의 미끈거리는 목소리가 이어졌다.

"여기 간단한 합의문을 작성해 왔습니다. 읽어보시고 괜찮다 싶으시면 피해자분의 인감을 찍어주시면 됩니다. 아, 서명도 됩니다. 분명 마음에 드실 겁니다. 얼마를 상상하시든 그 이상의 금액이니까요. 우리 의원님께서 통이 크십니다."

박 여사는 한 변호사가 내민 합의서를 읽지도 않고 반으로 찢었다. 그녀는 내친김에 한 번 더 찢었다. 조각난 합의서가 허공에 흩뿌려졌을 때, 이채와 공 작가의 눈이 마주쳤다. 이채는 공 작가의 눈동자에 스민 아스라한 떨림을 발견하고서야 깨달았다.

앞으로 그를 만나려면 가면무도회라도 열어야 할지 모른다. 함께하기 위해서는 독배를 나눠 마시는 수밖에 없었다. 바닥에 떨어진 합의서 조각을 바라보며, 이채는 그런 생각을 했다.

○ ○ ○

차르랑 차르랑…….

그녀의 베란다에서 풍경 소리가 넘어왔다.

베란다 난간에 기대어 선 도하는 머그잔을 입으로 가져갔다. 그는 느긋하게 커피를 음미하며 베란다 너머로 보이는 집을 눈에 담았다. 하지만 베란다 문 유리에 덕지덕지 붙어 있는 포스트잇 때문에 안이 잘 들여다보이지 않았다.

그녀를 만난 이후의 일들이 주마등처럼 스쳐 지나갔다.

"꿈 같네."

그녀는 오늘까지 경주에 머물러야 한다고 했다.

앞으로 그녀와 함께할 수 있는 시간은 길어야 3일.

커피를 한 모금 더 마셨을 때였다. 무언가에 반사된 빛이 도하의 눈을 자극했다. 고개를 숙여 베란다 아래쪽을 확인하니 공중에 떠 있는 카메라가 보였다. 일전에 이채가 떨어뜨린 카메라였다. 할부가 남아 있다고 했었던가.

'찾았다고 좋아하겠네.'

도하는 난간을 넘어 탄성이 느껴지는 허공에 내려섰다. 카메라를 집어 든 그는 그대로 월지 위에 누웠다.

아래가 훤히 내려다보였지만, 두렵다는 생각은 들지 않았다. 푸른 하늘은 본능적인 공포마저 지워버릴 만큼 찬란했다. 이 풍경을 그녀에게도 보여주고 싶었다.

그녀와 나란히 누워 하늘을 올려다볼 수 있다면 좋겠다.

도하는 누운 채로 카메라 액정을 켰다. 메모리 안에는 박 여사와 다채, 성수가 함께한 시간이 고스란히 들어 있었다.

그녀의 작은 세상이었다.

한 장 한 장 사진을 넘기다 보니 갤러리에서 찍은 사진도 나왔다.

'······이 여자는.'

도하의 눈빛이 흔들렸다.

'달라?'

그림 속의 여자가 달랐다.

도하가 정 화백의 집에서 봤던 그림 속의 여인은 중년 여성이었다. 반면 그녀의 카메라 속에 담긴 여인은 젊었다. 10대 후반에서 20대 초반 정도로 보였다. 자세히 들여다보니 같은 여자이긴 했다.

정 화백이 나이가 든 여인을 상상해서 그렸다고 여기기에는 모호한 부분이 있었다. 그런 류의 상상화라면 젊었을 때의 모습에서 크게 벗어나지 않는다. 하지만 두 점의 그림은 얼핏 보면 알아볼 수 없을 정도로 다르게 그려져 있었다.

마치, 나이 든 모습을 실제로 본 것처럼.

'설마, 방법이 있어?'

연결이 끊어진 다음에도 그녀를 만날 방법이 있는 건 아닐까.

도하는 몸을 일으켰다. 이채에게 이 사실을 알려주어야 했다. 가스 배관 쪽으로 향하는데 다리 한쪽이 아래로 쑥 빠지는 느낌이 들었다. 소리 지를 겨를도 없이 그의 몸이 월지 위로 나동그라졌다.

월지의 투명한 경계가 일렁이고 있었다.

그는 서둘러 가스 배관을 붙잡았다. 한숨 돌리려는데 발밑이 휑해졌다. 자칫 잘못했으면 추락했을 만한 상황이었다.

위험을 감지한 도하는 재빨리 베란다 위로 올라갔다.

맞은편 베란다가 일렁이며 '포스트잇이 가득 붙은 베란다 창'과 '아무것도 붙어 있지 않은 베란다 창'이 번갈아 보이고 있었다.

'아직, 시간이 남았는데…… 왜?'

○○○

병실에는 성수 혼자 누워 있었다. 옆자리인 류하의 침대는 줄곧 빈 상태였다.

'도망친 건 아니겠지.'

하지만 그가 도망쳤다면 병원이 이렇게 조용할 리 없었다. 때마침 간호사가 수액을 교체해주러 들어왔다.

"저, 옆 침대 환자요. 어디에 있어요? 계속 안 보이던데."

"아침 일찍 퇴원하셨어요. 경찰서 가셔야 한다고."

"아."

조사받으러 간 건가.

TV 채널을 돌리다 보니 오전 11시가 넘었다. 하지만 아무도 성수를 찾아오지 않았다. 가족에게는 일부러 소식을 알리지 않았으니 그렇다 쳐도 이채나 다채까지 깜깜무소식인 건 이상했다.

'무슨 일 있는 거 아니야?'

고민하던 그는 이채에게 전화를 걸었다. 통화 연결음이 채 울리기 전에 헐떡이는 그녀의 목소리가 들려왔다.

"여보세요."

"뭐야. 목소리가 왜 그래?"

"경찰서 가는 길이야. 기자들 따돌리느라고 좀 뛰었어. 왜 전화했어? 이제 좀 살 만해?"

"아, 그. 물어볼 게 있어서."

"들어가야 해. 빨리 물어봐."

성수는 쉽게 말을 꺼내지 못하고 뜸을 들였다.

"그. 저. 형님이랑 너랑 그 했던 얘기 있잖아. 그으…… 그거 있잖아."

"아, 그거어?"

"응. 그거!"

"나 이모 되게 생겼더라."

"뭐? 진짜야, 진짜? 나 아빠 되는 거야?"

"그렇게 됐던데."

상기되었던 성수의 목소리가 갑자기 침울해졌다.

"누나는…… 왜 나한테 말 안 해주는 걸까?"

"기다려 봐. 언니, 많이 놀란 눈치였어. 박 여사는 더 놀랐고."

"어머님도…… 아셨구나. 화 많이 나셨지?"

"그나마 네가 언니 찾은 일등공신인 데다가, 다치기까지 했다니까 좀 누그러지셨어."

"……고맙다. 좋게 말해줘서."

"몸조리나 잘해. 형부. 괜히 언니한테 갔다가 박 여사한테 걸리면 재수술해야 할지도 몰라. 얌전히 누워 있어. 진술 끝나면 들를게."

"응!"

통화를 마친 성수는 바보처럼 헤실헤실 웃었다.

'김성수 2세라니.'

그가 베개를 폭 끌어안고 몸을 비비적거릴 때였다. 휴대폰이 진동해서 확인해보니 주아의 메시지가 도착해 있었다.

– 너희 팀이 복원 맡을 그림 스포한다. 이번에 월지에서 발굴된 그림인데 지금 학계가 뒤집어졌어.

성수는 첨부된 이미지를 확대했다. 발굴되었다는 그림은 남녀를 그린 사실주의 인물화였다. 그림 속 남녀가 입고 있는 복식이 현대의 개량 한복과 비슷했다. 배경은 다양한 사각형이 이어 붙여진 형태였는데 스테인드글라스를 연상시키기도 했고, 몬드리안의 그림

같기도 했다. 하지만 성수의 시선을 끈 것은 다른 것이었다.

이해할 수 없지만, 그림 속의 남자가 눈에 익었다. 한참을 들여다보던 성수는 곧 깨달았다.

'낚시터?'

공류하와 함께 낚시하던 남자와 닮아 있었다.

성수는 휴대폰의 갤러리 폴더를 열었다. 블랙박스의 주요 장면을 따로 캡처해서 저장해뒀다. 낚시터 장면을 불러와 비교해보니 정말 그림 속 남자와 놀라울 정도로 닮아 있었다.

'뭐지? 찜찜하네.'

그냥 넘길 수도 있는 일이다. 하지만 알 수 없는 위화감이 발목을 붙잡았다. 그때 다시 휴대폰 진동이 느껴졌다. 이번엔 도하로부터 온 메시지였다.

메시지에는 두 개의 이미지가 첨부되어 있었다.

'이것도 초상화네.'

한 점은 젊은 여인의 모습을, 다른 한 점은 중년 여인의 모습을 담고 있었다.

– 이채 씨가 갤러리에서 찍어온 사진과 내가 정 화백의 집에서 찍어온 사진이야. 중요한 일은 아니지만, 나중에 필요할 일이 있을지 몰라서 보내둔다.

성수는 무언가에 홀린 것처럼 주아가 보내준 이미지를 다시 불러왔다.

세 점의 그림 속에 등장하는 '여인'은 동일인처럼 보였다. 단, 나이가 모두 달랐다.

"이게 뭐지?"

그림이 의미하는 바를 단번에 깨닫지 못한 성수는 눈을 몇 번이고 깜박였다.

○ ○ ○

하늘이 와르르 무너져 내렸다. 김 대리는 눈앞에서 삿대질하는 남자를 망연하게 바라보았다.

"네?"

"못 알아들었어? 해고라고."

그야말로 청천벽력 같은 말이었다.

"대표님, 갑자기 이러시면……. 그래도 잘 해결됐잖아요. 지금 언론 분위기도 괜찮아요. 나 배우님 덕분에 납치된 정이채 씨도 구했고요. 그동안의 일도 일종의 장난이었던 거로 잘 수습됐잖아요."

하지만 대표는 냉담한 반응을 보였다.

"우연이었던 거 너도 알고 나도 알아. 그렇지?"

사실이었다. 때마침 이채가 납치당한 상황이 아니었다면, 예희가 올린 SNS는 대중의 질타를 한 몸에 받았을 것이다. 심각한 이미지 손상으로 이어졌을 것이고, 이는 다시 회사의 수익 하락으로 연결되었을 것이다.

"다시는 이런 일이 없도록 하겠습니다."

김 대리는 공손하게 두 손을 앞으로 모으고 애처로운 표정을 지었다.

"다음은 없다. 배우 한 명 컨트롤 못하는 매니저는 필요 없어."

"대표님."

"이미 결정했고 인사팀에 통보해놨어. 번복하는 일은 일어나지 않을 테니까 짐 싸서 나가. 인수인계도 필요 없으니까 그냥 나가."

대표는 재고의 여지도 없다는 듯이 손을 휘적휘적 저었다.

김 대리는 눈앞이 깜깜해졌다. 그동안 그녀를 회사에 묶어두었던 적금과 카드값이 어깨를 짓눌렀다.

이제 뭘 해먹고 살지. 퇴직금이라도 있으니 다행이려나. 잘렸으니 실업급여도 받을 수 있겠구나.

하지만 회사 밖은 정글이었다. 엄청난 실업난이 아닌가. 잘렸다는 소문이라도 나면 다른 직업을 알아봐야 할지도 모른다.

실업급여가 끝나기 전에 재취업이나 할 수 있을까.

근심이 차곡차곡 쌓여가는 가운데 문이 열리더니 예희가 들어왔다. 잔뜩 인상을 쓰고 있던 대표의 표정이 단박에 환해졌다.

"왔어? 나 배우."

예희는 들어오자마자 대뜸 물었다.

"대표님, 김 대리 잘랐어요? 그런 소문이 들리던데."

"응. 안 그래도 말하려 했어. 나 배우는 신경 쓰지 마. 다 내 잘못이지 뭐. 대리 나부랭이한테 우리 나 배우를 맡긴 게 잘못이었던 거야. 박 팀장 알지? 우리 회사 에이스 박 팀장을 담당으로 돌려줄게."

김 대리는 예희의 표정이 변하는 걸 지켜보았다. 뚱한 걸 보니 기분이 좋지 않은 듯했다. 하지만 이제 상관없었다. 어차피 잘린 마당이 아닌가. 뭐라고 하면 들이받고 나가면 그만이었다.

"김 대리 잘린 거 확정이에요?"

"확정이야. 당장 내일부터 박 팀장 보내줄게. 신경 쓸 일 없게 할 테니까 걱정하지 마. 우리 나 배우는 좀 더 체계적인 관리를 받아야지. 소중하니까!"

"다시 생각해보시지 그래요. 난 김 대리 나쁘지 않은데."

김 대리의 눈이 번뜩였다. 무너진 하늘에서 동아줄이 내려온 기분이었다.

"일을 이렇게 키운 건 전적으로 김 대리 잘못이야. 잘 풀렸으니 망정이지, 나 배우 이미지에 무지무지 큰 스크래치가 날 뻔했다고."

"알았어요."

김 대리의 기대는 몇 초 만에 와르르 무너졌다.

어쩔 수 없다는 듯이 어깨를 으쓱거린 예희는 김 대리를 돌아보았다.

"김 대리야. 이제 어디로 갈 거야?"

"네? 뭐가요?"

"회사, 다시 안 구해?"

"구해 봐야죠. 놀고먹을 수는 없잖아요."

"옮길 때 연봉 배로 불러. 아니다. 김 대리 연봉 쥐꼬리만 했지. 다섯 배쯤 불러."

"네?"

"너무 후진 데로는 옮기지 말고. 나 9월에 계약 만료잖아. 김 대리 입사하는 데로 소속사 옮기지 뭐. 몸값 재주껏 튕겨서 가 있어. 아니면 회사를 하나 차리든지. 뭐, 김 대리가 알아서 해."

"네?"

"나 같은 말 두 번 하는 거 싫어하는데."

예희가 사르르 웃었다.

"네! 그렇죠! 싫어하시죠!"

"알았으면 가 봐."

"넵!"

인사를 꾸벅하고 김 대리가 나가자 얼어 있던 대표가 입을 열었다.

"장난이지?"

"아닌데요."

예희는 무슨 말이냐는 듯이 눈을 깜박였다.

"정말 쟤 따라서 옮긴다고?"

"말했잖아요. 김 대리 나쁘지 않다고."

뚱한 예희의 태도에 몸이 달은 대표가 재빨리 선언했다.

"다시! 다시 불러올게. 월급도 올려주고, 퇴사도 취소!"

"김 대리가 다시 올라나 몰라."

예희는 설렁설렁 대표실을 나섰다.

◦ ◦ ◦

도하는 이채의 집으로 훌쩍 넘어갔다.

포스트잇이 장악하고 있는 벽면에 프린트물을 대고 네 귀퉁이를 스카치테이프로 고정했다. 이채가 갤러리에서 본 '그림'과 도하가 정 화백의 집에서 본 '그림'을 프린트한 것이었다.

그림 속 여인의 나이가 다른 건 이상한 일이 아니다. 정 화백의 상상화일 수 있으니까. 하지만 상상화가 아니라면…….

열어놓은 베란다에서 바람이 불어 들어와 벽면 가득 붙은 포스트잇을 흔들고 지나갔다. 자연히 도하의 시선은 주변 포스트잇으로 옮겨갔다.

포스트잇 메모를 절반쯤 훑었을 때였다. 새 휴대폰으로 문자메시지가 도착했다. 메시지를 미처 확인할 겨를도 없이 성수로부터 전화가 걸려 왔다.

"여보세요."

"형님. 제가 사진 보내놨어요. 뭔가 이상해서요. 찜찜하기도 하고요."

"사진?"

"경주 월지에서 발굴된 그림이에요. 남자와 여자가 나란히 앉아 있는 그림인데요. 형님이 보내준 초상화 있잖아요. 그 여자랑 같은 여자예요. 근데 남자는 또 블랙박스 분석하다가 찾은 낚시터 남자 랑 똑같이 생겼고요. 일단 한번 보세요."

통화를 마친 도하는, 문자메시지에 첨부된 이미지를 확인했다.

그의 미간이 찌푸려졌다.

갤러리의 '그림'과 정 화백의 집에서 본 '그림' 그리고 성수가 보내온 '그림' 속에 등장하는 여인은 모두 동일인이었다.

하지만 도하가 미간을 찌푸린 이유는 다른 데 있었다.

'……이 남자.'

경주에서 발굴됐다는 그림 속의 남자를 본 순간, 정 화백이 떠오른 것이다. 성수가 보내온 이미지는 한 장이 아니었다. 블랙박스 영상을 캡처한 이미지도 있었는데, 그 속에서 류하와 정답게 이야기를 나누는 남자 역시 정 화백이었다.

'정 화백은 류하를 만난 적은 없다고 했어. 거짓말을 한 건가.'

아직, 무언가가 더 남아 있을지도 모른다는 생각에 모골이 송연해졌다. 그때였다. 현관 비밀번호를 누르는 소리가 들렸다.

'누구지?'

이채와 다채는 아직 경주에 있었다. 그러니 비밀번호를 누르고 들어올 만한 사람은 떠오르지 않았다. 도어락이 해제되고 정 화백이 안으로 들어왔다.

두 사람의 시선이 마주쳤다.

"자네는 누군가? 왜 이 집에 있지."

도하의 얼굴이 경직되었다. 반면 정 화백은 태연하게 신발을 벗고 안으로 들어섰다. 자연스러운 움직임이 꼭 제집 같았다.

도하는 대답하는 대신 정중하게 되물었다.

"어르신은 누구십니까?"

"난 이채 아비 되는 사람이네만."

그의 거짓말로 인해 도하의 머리가 맑아졌다.

"……처음 뵙겠습니다. 전 이채 씨의 남자 친구 공도하라고 합니다."

인사를 건넨 도하는 정 화백의 움직임을 하나하나 주시했다. 사건의 실마리가 제 발로 걸어 들어온 셈이었다.

월지 밖을 나설 수 없는 도하에게는 감사할 만한 일이었다.

"그래. 우리 아이랑 떠들썩하게도 만나더군."

"죄송합니다. 그런데 이채 씨가 지금 집에 없습니다."

"알고 있네. 병원에 짐을 좀 챙겨가려고. 나중에 술이나 한잔하지."

정 화백은 태연하게 도하를 지나쳐 옷장을 향해 걸어갔다. 옷가지를 몇 벌 챙긴 그는 다시 책상 쪽으로 움직였다.

도하는 그가 책상 위에 놓인 연옥 목걸이를 집어 바지 주머니에 넣는 것을 확인했다.

'목걸이를 노리고 있었어.'

퍼즐의 마지막 조각이 맞춰졌다.

"아버님, 사실 저는 이전에 뵌 적이 있는 것 같은데요."

현관 앞으로 움직인 도하는 자연스럽게 신발장 위에 놓였던 가스총을 집어 들었다.

"나를? 그런가?"

"경주에 있는 어르신 댁에서요. 물론 3년 후에 뵈었지만요."

책상 서랍을 뒤지던 정 화백의 움직임이 정지했다.

"시간을, 넘었군."

"그렇죠."

그가 일어서며 도하를 응시했다.

"재미있군."

도하는 정 화백을 향해 가스총을 겨눴다.

"앞뒤 상황이 잘 정리가 안 되긴 하는데, 한 가지는 알겠어. 당신이 진짜 범인이라는 거. 랜을 사주한 것도 당신이겠지."

"내가 실수를 했군. 일이 틀어져서 초조했어. 그래서 이 늙은이를 쏘기라도 할 셈인가."

"가능하면 사용하지 않고 잡을 생각이긴 해. 가스총으로 잡는 건 너무 시시하잖아."

"날 잡아서 어쩔 셈이지. 자네가 여기서 뭘 할 수 있다고. 어차피 미래의 사람 아닌가."

정 화백은 거리낄 게 없다는 듯이 말했다. 겨누어진 가스총을 보고도 여유를 잃지 않는 모습이었다.

"뭔가 착각을 하나 본데. 나는 밖과 연락을 하고 있어. 이 월지의 비밀을 아는 사람이 이채 씨 한 사람뿐이라고 생각해? 인터넷도 연결되어 있고, 이 시간에서 쓸 수 있는 휴대폰도 있지. 바로 신고할 수 있다는 뜻이야."

정 화백의 어깨가 움찔거렸다.

"피곤하게 됐군."

"돌아서."

정 화백이 손바닥을 보이며 천천히 돌아섰다. 하지만 포기한 얼굴은 아니었다. 오히려 입꼬리를 올려 웃고 있었다.

"자네, 사람을 죽여본 적 있나?"

"뭐?"

"난 있다네. 몇 차례인가."

"수작 부리지 마."

"내가 이렇게까지 하면서 목걸이를 찾는 이유가 궁금하지 않나?"

"그런 건 경찰서에 가서 말해."

"자네도 나처럼 이 시간의 누군가를 사랑하게 됐을 텐데. 아닌가?"

도하가 쥔 가스총의 총구가 살짝 흔들렸다. 정 화백은 은근한 목소리로 말을 이었다.

"다시, 만날 수 있다면 어떻겠나. 연결이 끊어진 다음에 그녀를, 다시 만날 수 있다면 말이야. 난 그녀를 몇 번이나 더 만났지."

정 화백은 태연하게 벽에 붙은 그림을 지목했다.

"그림까지 알아냈군. 그림들은 일종의 미끼지. 죽을 자리인 줄도 모르고 나방들이 날아들거든. 공류하도 그 나방 중 하나였어. 아쉽게 됐군. 올겨울이 되기 전에 한 번 더 시간을 넘었어야 했는데. 그럼 이 짓도 끝이었을 텐데 말이야. 늙은이의 마지막 바람이었지."

"끝?"

"그녀의 마지막을 지켜주고 싶었다네. 자네, 나와 협상하지 않겠나. 시간 연결이 끊어진 다음에도, 정이채를 만날 방법이 있네. 어떤가. 나를 놓아주면 알려주겠네."

"아니. 당신을 이 시간에 풀어놓으면, 이채 씨가 위험해지겠지."

"사람 말을 못 믿는군."

말을 끝낸 정 화백이 빠르게 돌아서며 팔을 뻗었다. 어느새 그의 손에는 나이프가 들려 있었다. 책상 위에 있던 류하의 나이프였다.

도하는 반사적으로 피했지만, 팔이 스치면서 피가 튀었다. 그대로 도하를 밀치고 달려 나가는 정 화백의 입가에 회심의 미소가 어렸다. 도하가 이 집을 벗어나지 못한다는 건 누구보다도 잘 알고 있었다.

현관문만 나서면 그의 승리였다. 하지만 현관문을 열고 밖으로 나가려는 순간이었다. 탄성이 느껴지며 투명한 벽에 가로막혔다. 정 화백이 당황하는 사이에 그의 어깨를 당긴 도하가 가스총을 발포했다. 정 화백은 손에 쥔 나이프를 놓치고, 얼굴을 감싸 쥔 채 쓰러졌다.

도하는 그의 멱살을 붙잡아 집 안쪽으로 밀어 넣으며, 주먹으로 얼굴을 내리쳤다. 그는 신음하는 정 화백의 팔을 뒤로 꺾고, 이채의 스타킹으로 단단히 묶었다.

"당신이 챙긴 목걸이, 모조품이야. 미래에서 만든."

그렇게 말한 도하는 112로 문자메시지를 보냈다. 정다채, 정이채 납치 사건의 진범이 토마토 빌라 501호에 있다는 내용이었다.

결박되어 옆으로 고꾸라진 정 화백은 최루액 때문에 눈도 제대로 뜨지 못했다. 그저 피 묻은 이를 보이며 웃을 뿐이었다.

'이렇게 끝나는 건가.'

최루액 때문에 흐릿해진 눈앞에 월지의 풍경이 그려졌다.

이 세상의 것이 아닌 것을 탐했으니 그 끝이 아름답지 않을 거라는 건 예감했다. 후회는 없지만, 이대로 순순히 끝낼 마음도 없었다.

한 번만 더 넘으면 되는데. 한 번만 더.

"시간 연결이 끊어지면 목걸이도 사라진다네. 새 주인을 찾아가는 거지."

"듣고 싶지 않은데."

"그녀를 다시 만날 방법을 알려주는 거네."

유혹에도 도하는 무너지지 않았다.

"흘러가야 할 건 흘러가야지. 그리운 기억인 채로 흘러가는 게 나아."

그녀가 했던 말이었다.

하지만 정 화백은 계속 말을 쏟아냈다.

"연옥 목걸이의 주인을 찾으면 죽여서 피를 받아. 핏속에 목걸이를 담그고, 자신의 피를 한 방울 떨어트리면 돼. 그럼 목걸이 주인의 남은 시간을 빼앗을 수 있지. 다른 사람과 연결될 걱정은 안 해도 돼. 연결되는 건 시간이 아니야. 오로지 한 사람에게로 이어지는 거지. 만남이야."

"……그런 짓을 할 것 같아?"

정 화백은 공 작가를 향해 웃어 보였다.

"할 만하다네. 대가가 달콤하거든."

"닥치는 게 좋을 텐데."

"어른에게 말버릇이 고약하군."

"계속 떠들면 내가 거칠어질 것 같아서 그래."

"소설가 양반이 거칠면 얼마나 거칠겠나."

"원한이 좀 많아서."

매일 월지 밖으로 나가 이채와 류하를 잃어버리고 미쳐가는 공작가의 미래를 보았다. 그간 쌓인 원한이 몇백 년어치는 될 것이다.

"그나저나 아쉽군. 열두 번째 만남을 기대하고 있었는데."

도하의 움직임이 멈췄다.

"……열한 명이나 죽였어?"

도하는 정 화백 멱살을 쥐고 흔들었다.

"처음이 힘들지. 두 번째부터는 쉽다네. 해보면 알아."

도하의 주먹이 그의 얼굴로 날아들었다. 베란다 문 쪽으로 나동그라진 정 화백은 입술에 묻은 피를 핥더니, 이를 드러내며 웃었다.

"미안하지만 자넨 나한테 안 돼."

비적비적 일어난 정 화백이 베란다로 뛰쳐나간 건 순식간의 일이었다. 그는 손이 결박된 채 난간 밖으로 몸을 던졌다.

도하가 급히 손을 뻗었지만, 옷깃도 붙잡지 못했다.

추락해서 월지 위에 나동그라진 정 화백은 끅끅거리며 웃었다. 약간은 모험이었다. 베란다를 통해 연결되어 있다는 건 이채에게 들어 알고 있었다. 그렇다면 이즈음까지 월지의 영역일 거라는 예상이 적중한 것이다.

정 화백은 월지에 누워 도하를 올려다보았다.

"이제 어쩔 셈이지. 나처럼 뛰어내려 보기라도 할 텐가."

정 화백이 이죽거렸다. 그는 도하가 뛰어내리지 못할 거라고 확신하고 있었다. 어떤 장치를 사용한 것인지, 목걸이가 보여주는 또 다른 기적인지 판단할 수 없을 테니까.

하지만 정 화백의 예상과 달리 도하는 담담했다.

"미안하지만, 이미 떨어져 봐서 말이야."

이제 정 화백은 독 안에 든 쥐였다. 그때였다. 월지가 또다시 일렁이더니 정 화백의 다리와 엉덩이가 아래로 쑥 빠졌다.

그의 입이 당황으로 벌어졌다.

"뭐, 뭐야. 왜……."

눈을 부릅뜬 정 화백은 몸을 비틀었다. 하지만 양손이 등 뒤로 묶여 있어서 움직임이 자유롭지 못했다.

"사, 살려줘!"

공포에 질린 정 화백이 도하를 올려다본 순간 그의 몸이 바닥으로 곤두박질쳤다. 그의 눈동자가 초점을 잃고 흔들렸고, 커다란 비명이 월지에 울렸다.

도하가 손쓸 틈도 없이 벌어진 일이었다. 아스팔트 위로 번져가는 피가 그의 생이 다했음을 암시했다.

"……안 돼."

그가 월지 밖으로 떨어져 죽었다.

문제는 경찰까지 불러놓은 상태라는 것이었다. 이대로라면 베란다의 비밀을 들켜버리게 된다. 시간 여행을 할 수 있게 해주는 목걸이가 있다는 사실이 드러나면 세상이 미쳐 돌아가게 될 것이다.

'연결을 끊어야 해.'

도하는 휴대폰을 들었다. 지금쯤 이채는 공 작가와 함께 있을 것이다. 그는 휴대폰을 다시 내려놓고 이채의 노트북 앞에 앉아 메일함을 열었다.

고심해서 메일을 보내고 나니 초인종 소리가 들려왔다. 숨을 죽이고 있었지만, 이내 현관문을 두드리는 소리가 들렸다.

"경찰입니다."

도하는 베란다 문 앞에 섰다. 알록달록한 포스트잇이 발길을 붙잡았다. 그는 포스트잇에 '진짜 범인은 정화수'라고 적어서 아무렇게나 덧붙였다.

잠시 망설이던 그는 한 장을 더 써서 붙였다.

"경찰입니다. 신고받고 왔습니다."

서둘러 베란다를 넘은 도하는 이채의 집을 마지막으로 눈에 담았다.

"서운해하겠네."

며칠이라도 함께 보낼 수 있을 줄 알았는데 이렇게 떠나게 될 줄은 몰랐다. 이제 남은 일은 그에게 맡기는 수밖에 없었다.

도하는 자신의 집 현관문을 열었다. 감당하기 어려운 통증과 함께 새로 바뀐 기억이 밀려 들어왔다. 그리고 그의 몸은 무언가에 삼켜져 어디론가 빨려 들어갔다.

"어?"

의자에 앉은 도하는 혼잣말을 했다.

"내가 뭘 하고 있었지?"

머리를 한 번 흔든 그는 어리둥절한 얼굴을 했다. 이유는 모르겠지만, 잠시 넋을 잃고 있었다. 손은 노트북 자판 위에 올려놓은 상태였다.

"잠이 부족한가."

중얼거린 도하는 노트북을 덮고 창가로 향했다.

그가 애지중지 키우는 무화과 화분에 열매가 맺혀 있었다. 노크 소리에 돌아보니, 작업실 문이 부드럽게 열렸다.

도하는 문을 열고 들어온 이를 향해 미소 지었다.

○ ○ ○

정화수 화백을 살해한 사람은 누구인가.

사고사는 아니었다. 발을 헛디뎌 떨어졌다고 하기엔 양손이 뒤로 결박된 채였다. 이채의 집에서 나온 흔적도 정화수의 것뿐이었다. 용의자의 것으로 추정되는 지문이나 족적, 혈흔은 없었다. 빌라 주변의 CCTV에도 정화수만이 잡혀 있었다.

신고에 사용된 휴대폰은 이채 명의였다. 유력한 용의자가 될 수 있었지만, 그녀는 경주에 있었다. 다채와 성수, 공 작가도 마찬가지였다. 그들의 알리바이는 모두 완벽했다.

사건이 미궁 속으로 빠져 들어가는 가운데, 강혜만은 혼자 계획해서 벌인 일이라던 기존 진술을 모조리 번복했다. 그는 사망한 정화수를 배후로 지목하고 관련 증거를 제출했다. 실제로 세 사람이 감금되어 있던 집의 소유주가 정화수로 밝혀지면서 사건은 더욱 난해해졌다. 그중에서 가장 황당한 것은 류하의 진술이었다.

"그래서, 목걸이의 전설을 믿고 납치했다?"

"네. 맞아요."

류하는 정말이라는 듯이 고개까지 주억거렸다.

"시간 여행을 하게 해주는 목걸이라니? 참나."

형사가 핀잔을 주자, 류하의 어깨가 축 처졌다.

"정말이에요. 낚시터에서 만난 아저씨는……."

류하가 기어들어 가는 목소리로 진술을 이어가려는데 노크 소리와 함께 문이 열렸다. 형사3과 담당 계장이 고개를 내밀었다.

"정다채 씨가 이야기를 좀 나누고 싶다는데."

담당 형사는 허락의 의미로 고개를 끄덕였다. 다채가 안으로 들어와 앞자리에 앉자, 류하는 고개를 푹 숙였다. 그녀가 물었다.

"왜 자백했어?"

"……새로 시작하고 싶어서요. 내 힘으로."

어눌한 대답이었다. 다채는 못마땅한 얼굴로 담당 형사에게 물었다.

"얘 형량이 어떻게 되는 거예요?"

"5년 이하의 징역이나 700만 원 이하의 벌금입니다. 하지만 자수를 한 데다가 본인이 반성하고 있고, 초범이기도 하고요."

그는 빙빙 돌려 말했다.

"그래서 얼마인데요."

"변호사 잘 쓰면 집행유예나 벌금형이 나올 수도 있습니다. 더럽지만 법이 그래요."

"합의하면 참작되는 거죠?"

"네, 뭐 그렇죠."

"그럼 합의할게요. 처벌을 원하지 않아요."

다채가 한 번 더 자신의 의사를 피력하자, 류하는 얼떨떨한 얼굴로 고개를 들었다.

"누나, 왜?"

"네가 찾고 싶었던 기회를, 신이 아니라 사람인 내가 줄 수 있을 것 같아서."

"그래도……."

"왜? 싫어?"

류하는 대답이 없었다.

"됐어. 너 예뻐서 주는 기회 아니야. 내 마음 편하자고 이러는 거지."

할 말을 마친 다채는 취조실을 나섰다.

정화수 화백의 소식을 전해 들은 이채는 곧장 서울로 돌아왔다. 도하는 계속 전화를 받지 않았다.

'경찰 때문에 넘어가 있는 건가.'

정화수가 추락한 곳은 토마토 빌라와 리버빌 사이의 공간이었다. 그 말을 듣고 심장이 내려앉는 줄 알았다.

'다친 건 아니겠지.'

그녀는 토마토 빌라 501호 입구를 막고 있는 경찰통제선 띠를 들추며 안으로 들어섰다. 다행히 경찰은 모두 철수한 듯했다.

그녀는 베란다 문부터 열어젖혔다. 하지만 맞은편에 있어야 할 도하의 베란다가 보이질 않았다.

'없어?'

이채는 달력을 확인했다. 날짜는 아직 이틀 넘게 남아 있었다. 그런데 왜.

그가 보이질 않는 걸까.

그녀는 침대 밑으로 손을 집어넣어 연옥 목걸이를 넣어둔 목함을 꺼냈다. 안은 텅 비어 있었다.

"사라졌어."

협탁 주변에는 500원짜리 동전이 너저분하게 흐트러져 있었다. 그가 선물해준 저금통도 함께 사라져버렸다.

이채는 그 자리에 털썩 주저앉았다. 꿈이 아니었다. 환상도 아니었다. 그는 분명 이곳에 있었다. 그런데도 보이질 않았다.

"시간이 아직 남았는데……."

고맙다는 말도 제대로 전하지 못했다. 나중에 제대로 하겠다며 미뤄뒀다. 웃으며 작별 인사를 할 수 있을 줄 알았다.

그가 이렇게 시간에 떠밀려 왔다 가듯 사라져버릴 줄 알았더라면.

"도하 씨……."

그가 사라진 토마토 빌라 501호에는 공허함만이 남았다.

◦ ◦ ◦

공 작가는 경찰통제선 띠가 겹겹이 둘려진 501호 현관문을 노려봤다. 그가 이곳을 찾아온 이유는 'resemble man'이 보내온 문자 메시지 때문이었다.

그가 마지막으로 보낸 문자에는 '부탁한다'라는 간략한 메시지만이 담겨 있었다. 그 짧은 당부가 공 작가의 어깨를 짓눌렀다.

상념을 떨쳐낸 그는 현관문 손잡이를 잡았다. 다행히 문은 잠겨 있지 않았다. 조심스럽게 안으로 들어서서 불을 켜자 텅 빈 집 안이 보였다.

바닥 곳곳에는 혈흔이 굳어 있었다.

그는 곧장 베란다로 나갔다. 그러자 건너편 집이 보였다. 역시 넘을 수 있는 거리가 아니었다.

베란다 난간 밖을 내려다보니 스프레이로 그려진 사람 모양이 보였다. 정화수는 왜 양손이 결박된 채로 떨어졌을까. 누가, 그를 밀었을까. 공 작가는 'resemble man'을 의심하고 있었다. 하지만 증거가 없었다.

바람이 불어오자 차르랑거리는 소리가 들려왔다. 주변을 두리번거리던 공 작가는 베란다 구석에 매달려 있는 인형 모양의 풍경을 발견했다.

바람이 불 때마다 치맛단이 고운 소리를 내며 흔들렸다.

다시 집 안으로 들어선 그는 베란다 문과 벽에 가득 붙은 포스트잇을 바라봤다. 사건의 구조를 짜놓은 듯했다. 시작은 정다채가 연옥 목걸이를 얻었다는 내용이었다. 포스트잇에 적힌 글귀를 읽어 내려가던 그는 분홍색 포스트잇 한 장을 떼어냈다.

'내 글씨?'

하늘색과 분홍색 포스트잇에 쓰인 메모는 대부분 공 작가의 필체로 작성되어 있었다. 그는 눈에 띄는 포스트잇 한 장을 더 떼어 냈다.

'바뀐 미래.'

도무지 내용을 이해할 수가 없었다.

알 수 있을 리 없는 3년 후의 정황이 일목요연하게 정리되어 있

었다. 심지어 그 미래는 계속해서 변해갔다. 꼼꼼하게 메모를 읽어
내려간 그는 한가운데 붙어 있는 포스트잇을 떼어냈다.

– 사랑해. 어떤 시간에서도

흘겨 썼지만, 그조차 공 작가의 글씨였다.

'사랑해'라는 세 글자가 그를 혼란케 했다. 그가 메모를 구겨 주
머니에 넣었을 때였다. 현관문이 큰 소리를 내며 닫혔다.

뒤를 돌아본 순간, 그를 향해 달려드는 사람이 있었다.

"도하 씨!"

그를 와락 끌어안은 사람은 이채였다.

"사라진 줄 알았어요. 다친 데는 없어요? 정 화백님이 진짜 범인
이라고 해서 얼마나 놀랐는데요. 난 그것도 모르고 몇 번이나 찾
아갔는데. 무사해서 다행이에요. 이대로 작별 인사도 못하는 줄 알
았어요. 고맙다는 말도 제대로 못 했잖아요. ……왜 아무 말도 안
해요?"

그가 아무런 말도 하지 않는 동안 이채는 조금씩 깨달아갔다. 그
녀에게 안긴 채 굳어 있는 사람은 도하가 아니었다.

이렇게 심장을 뛰게 하는 쪽은.

"공 작가님……."

고개를 들어 그를 확인한 이채는 한 걸음 물러섰다.

공 작가가 바로 이채의 팔을 낚아챘다.

"당신이 사랑한 남자는 나야? 아니면 그야?"

이채는 답할 수가 없었다. 도하 역시 그였으니까. 그를 부정할 수가 없었다.

그녀가 침묵하자 공 작가는 팔을 놓았다. 그리고 천천히 그녀를 지나쳐 갔다. 그녀가 원한다면 잡을 수 있는 속도였다. 하지만 그녀는 움직이지 않았고, 그는 그대로 토마토 빌라 501호를 벗어났다.

한동안 멍하니 서 있던 이채는 진동을 느끼고 휴대폰을 꺼냈다.

- [깔끔 세탁소] 맡겨둔 옷 찾아가세요.

아마도 그의 재킷은 돌려주지 못할 것 같았다.

○ ○ ○

토마토 빌라 501호는 팔기로 했다. 연쇄 살인범이 죽어 나간 집이라 팔릴지는 의문이었다. 집을 부동산에 내놓은 이채와 다채는 박 여사의 집으로 돌아왔다.

생활은 빠르게 안정을 찾아갔다.

휴가가 끝난 이채는 박물관에 복귀했다. 그리고 평범한 하루하루가 이어졌다. 문제가 있다면 밀린 업무가 많다는 것 정도랄까.

이채는 일을 마다치 않았다. 하지만 아무리 바삐 움직여도 마음이 텅 빈 것 같은 느낌은 사라지지 않았다.

공 작가에게서는 연락이 오질 않았다. 이채 역시 그에게 연락하지 않았다. 하지만 가끔, 휴대폰에 저장된 그의 전화번호를 노려보곤 했다.

휴일에는 집에서 빈둥거렸다. 침대에 엎드린 채 노트북을 사용하던 그녀는 인터넷 뉴스를 확인했다.

'복원사 자매 납치' 사건을 다루는 기사는 포털 뉴스 페이지에 카테고리처럼 분류되어 있었다. 그중 '현대판 로미오와 줄리엣'이라는 기사 타이틀이 유독 신경을 긁었다. 이채와 공 작가의 연애사를 메인으로 다룬 기사였다.

처음 찍힌 H 호텔 사진부터, 열애설 인정, 인터뷰와 키스 동영상, 납치 사건까지 일목요연하게 정리되어 있었다. 기사에는 이미 수천 개의 댓글이 달려 있었다. 사람들은 이채와 공 작가가 독배라도 들이키길 바라는 것 같았다.

연관 기사로 연쇄 살인범 정화수에 대한 기사도 있었다. 그가 소유하던 야산에서 발견된 사체만 여덟 구였다.

무엇이 그를 그렇게 만든 것일까.

뉴스를 훑어보던 이채는 작은 배너 광고를 발견했다.

'저금통?'

그녀의 시선을 사로잡은 것은 애니메이션 예고편 배너였다.

무언가에 홀린 듯이 클릭해보니 동영상이 재생되었다. 애니메이션의 주인공은 카피바라라는 동물이었다. 개나 고양이, 새, 악어 등 모든 동물에게 사랑을 받는다는 친화력 갑인 생명체였다.

애니메이션 예고편이 끝나자 캐릭터 상품 광고가 이어졌다. 도하가 사준 저금통의 정체는 개도 아니고 곰도 아니고, 수달도 아닌 '카피바라'였다.

이채는 지갑을 들고 일어났다. 거실로 나가자 딸기를 흡입하고 있던 다채가 고개를 돌렸다. 그녀의 앞에는 성수가 무릎을 꿇고 있었다. 요즘 성수는 매일같이 집에 찾아와 석고대죄를 했다. 석고대죄를 핑계 삼아 다채의 주변을 얼쩡거리는 것이었지만.

입안을 딸기로 가득 채운 다채가 이채의 행선지를 물었다.

"어디 가?"

"저금통 사러."

뜬금없이 저금통이라니 이상했지만, 성수와 다채는 딱히 언급하지 않았다. 요즘의 이채는 항상 이상했으니까.

그 이유 역시 알고 있었다.

"어디로 갈 거야? 시장 쪽?"

"아니. 마트 갈 거야."

"오는 길에 사거리 떡볶이집에 들러서 떡볶이랑 튀김 좀 사 와. 아, 순대도. 간 많이."

"알았어. 언니, 성수 그만 용서해줘. 어차피 둘이 같이 사고 친 거잖아."

다채는 무릎을 꿇고 있는 성수를 노려보았다.

"역시 그래야겠지."

풀 죽어 있던 성수의 얼굴에 화색이 돌았다.

"누나 나 그럼 용서……."

"알았어. 결혼하자."

"에에엑?"

성수가 기괴한 소리를 내며 놀라자빠졌다.

"싫어? 싫으면 말고."

"아냐. 해! 누나! 결혼해! 결혼한다! 결혼!"

갑자기 일어나 방방 뛰던 성수는 다채를 한 번, 이채를 한 번 끌어안으며 호들갑을 떨었다. 그러더니 자리에 풀썩 주저앉았다.

"아악! 다리! 내 다리! 쥐!"

당황한 다채가 성수의 다리를 주무르는 걸 지켜보던 이채는 그대로 집을 나섰다.

시간 속으로 사라졌던 저금통은 만 원을 내자 다시 그녀에게로 돌아왔다. 하지만 도하는 어떤 대가를 치르더라도 찾지 못할 것이다. 그는 사라졌지만, 공 작가는 새로운 삶으로 접어들었다. 그의 신작《퍼즐》이 나온다는 소식에 이채는 조금 설렜다.

일거수일투족이 공개되는 유명 작가라서 어렵지 않게 소식을 접할 수 있었다.

이채는 터덜터덜 걸음을 옮겼다. 바람을 타고 싱그러운 향기가 전해져 왔다. 어느덧 여름이 끝나가고 있었다.

토마토 빌라 501호는 아직 팔리지 않았다. 이채는 마지막 짐을 빼며 도하에게 편지를 썼다. 그리고 그 편지를 500원짜리 동전이

묻힌 화단에 함께 묻었다.

마법 같았던 그와의 시간은 이렇게 끝이 났다.

아마 잊을 수는 없을 것이다. 소중한 기억으로 남을 것이다. 아무리 시간이 지나도 소중했던 건 지워지지 않는다.

시간 속 어딘가에 남아 있을 두 사람의 베란다 역시 지워지지 않을 것이다.

○ ○ ○

횡단보도 앞에 선 그는 정면을 응시했다. 곳곳에서 '공도하'라는 이름이 들려왔다. 중간중간 섞여 있는 '정이채'라든지, '복원사' '나예희'라는 단어가 신경 쓰였지만 들리지 않는 척했다.

신호등이 푸른빛으로 바뀌자, 도하는 걸음을 옮겼다. 무심코 올려다본 하늘은 금방이라도 비가 쏟아질 것처럼 우중충했다.

습기를 가득 머금은 눅눅한 바람이 불어와 도하의 머리카락을 흐트러트렸다.

모든 것의 시작은 바로 이 습기를 머금은 바람이었다.

무심코 돌린 도하의 눈에 한 편의점이 들어왔다. 그는 그곳에서 그녀를 만났다. 만취한 그녀는 없었지만, 간이 테이블은 그대로 남아 있었다.

편의점에는 빨대를 꽂아 간편하게 마실 수 있는 소주 팩을 팔고 있었다. 도하는 소주 팩을 몇 개 사서 간이 테이블에 앉았다. 소주 팩에 빨대를 꽂고 쭉 빨자 시름이 조금 없어지는 것도 같았다. 이런 기분 때문에 술을 마시는 건가.

'비나 왔으면 좋겠다.'

그럼, 친절한 편의점 아주머니가 그녀에게 연락해주지 않을까.

빈 소주 팩 서너 개를 쓰레기통에 밀어 넣은 그는 발걸음을 옮겼다. 산책이나 할 겸 걸어 나온 길이었는데 너무 멀리까지 와버렸다.

비적비적 걸음을 옮기다가 정신을 차려보니 토마토 빌라의 화단 앞이었다.

"또 왔네."

이상하게도 술만 마시면 이 화단 앞이었다. 새로 생긴 주사였다. 화단에서는 풀 내음이 강하게 났다. 그녀가 흙장난하던 곳이었다.

'흙장난?'

무심코 살펴보니 화단 언저리에 움푹 들어간 곳이 있었다. 흙 속에서 삐져나온 비닐 끄트머리가 보였다. 도하는 그것을 쑥 잡아당겼다. 묻혀 있던 지퍼백이 밖으로 빠져나오며 흙이 사방으로 튀었다.

'이게 뭐지?'

지퍼백을 연 그는 그 안에 들어 있는 500원짜리 동전을 꺼냈다. 동전의 양면에 각기 다른 서명이 되어 있었다.

'내 사인이잖아?'

그는 따로 동봉된 봉투도 열었다. 안에는 귀엽고 동글동글한 글씨로 쓰인 손편지가 들어 있었다.

잘 지내고 있어요? 시간 속 어딘가의 당신에게 전해지길 바라면서 편지를 씁니다.

베란다에서 처음 당신을 만났어요. 당신을 보며 설렜던 시간도 있었고, 미워했던 시간도 있었고, 무심하려고 애썼던 시간도 있었어요.

고작 한 달도 채우지 못한 시간인데 참 많은 일이 있었네요. 그 많은 일을 함께하고도 고맙다는 말을 제대로 하지 못한 게 마음에 걸렸어요. 그냥 고맙다는 말로 끝내기에는 너무 고마우니까.

고맙다는 말을 미루지 말걸 그랬어요. 제대로 말했어야 했는데.

겁나지 않은 척, 괜찮은 척했지만 사실은 무서웠어요. 언니도 나도, 성수까지 죽게 될 거라니 무서운 게 당연하잖아요. 그래도 도하 씨가 있어서 버틸 수 있었어요.

우리에게 새로운 시간을 줘서 고마워요. 그리고 날 사랑해줘서 고마워요. 알고도 모른 척해서 미안해요. 우리에게는 너무 많은 문제가 있었고, 상황은 점점 꼬여만 갔잖아요.

당신에게 느낀 감정을 그때그때 말했다면 우리의 관계는 달라졌을까요. 지금에 와서는 아무런 소용없는 말이겠지만요. 지금 당신에게 전하고 싶은 건 고맙다는 말뿐이네요.

고마워요.

베란다 너머의 당신이 시간 속 어딘가에서 행복하길 바랍니다.

우리, 언젠가 베란다에서 다시 만나요.

편지 중간에 적힌 호칭이 눈길을 끌었다.

그녀가 '도하 씨'라는 호칭을 거절했던 이유를 알 것 같았다. 그녀에게는 이미 '도하 씨'라고 부르는 사람이 있었으니까.

"보지 말걸 그랬다."

이젠 정말, 연락할 수 없게 되어버렸다.

○○○

"엄마, 나 언니 좀 보고 올게."

투피스 정장을 차려입은 이채는 도망치듯 예식홀 로비를 빠져나갔다. 박 여사의 옆에 서서 같이 하객을 맞이하려니 허리가 뻐근했다.

"언니!"

신부 대기실 안으로 고개를 밀어 넣은 그녀의 모습에 사람들의 이목이 쏠렸다.

"이채야. 너도 이리 와. 사진 찍자."

이채는 자연스럽게 다채의 뒤에 서서 포즈를 취했다. 가까이에서 보니 다채의 어깨가 잔뜩 경직되어 있었다.

"긴장돼?"

"이게 뭐라고 떨리네."

납치된 상황에서도 의연했던 다채였지만, 결혼식을 앞두고 평정심을 잃어버린 상태였다.

"그래도 좀 웃어. 언니 나중에 사진 보고 후회해."

"사진 안 보면 돼."

찰칵, 스냅 사진사가 두 사람을 찍었을 때였다.

"어라? 여기도 없네."

막 신부 대기실 안으로 들어온 주아가 두리번거리자 이채가 물었다.

"뭐 찾아?"

"성수 못 봤니?"

"성수 없어? 조금 전까지 로비에서 인사하고 있었는데. 화장실 간 거 아니야?"

"화장실에도 없대. 대체 어딜 간 거야. 어른들 찾으시는데."

"나도 찾아볼게."

이채는 신부 대기실을 벗어나 예식홀 쪽으로 움직였다.

주아의 말대로 입구에 서서 인사하고 있어야 할 성수가 보이질 않았다. 주변을 둘러보던 이채는 비상계단으로 통하는 문을 열었다.

얼마 전 윤우와 공 작가, 셋이서 대치했던 비상계단이었다. 마침 예약이 취소된 예식장이 있어서 냉큼 잡았다지만, 참으로 센스 없는 선택이었다. 몇 계단을 내려가자 센스 없는 남자가 쭈그려 앉아 고개를 숙이고 있었다.

"여기서 뭐 해? 인사 안 하고."

"이채야……"

"미쳤어? 너 턱시도 구겨져! 일어나."

성수의 얼굴은 하얗게 질려 있었다.

"토할 것 같아."

"왜 그래? 다친 데가 아파? 병원 갈래?"

"떨려."

아무래도 갑작스러운 결혼에 정신이 나간 듯했다.

"왜 그래. 내 형부가 되는 게 장래희망 아니었어?"

"그랬지. 그런데 누나는 임신해서 어쩔 수 없이 나랑 결혼하는 거 잖아."

"사실이잖아."

성수가 이채의 옷깃을 붙잡고 늘어졌다.

"그렇지? 역시 그렇지? 임신해서 나랑 결혼하는 거지. 누나는."

"바보냐."

"응?"

"언니가 임신했다고 결혼할 사람이야? 네가 마음이 없었으면, 그냥 싱글 맘으로 살았을 거야. 아직도 언니를 몰라?"

듣고 보니 그랬다.

"그, 그런가?"

이채가 토닥이듯 말했다.

"네 정성에 마음이 움직이지 않았을까. 너 다치기까지 하고서도 우릴 찾아냈잖아."

"아무리 그래도……. 누나는 기억에도 없는 일인데 이렇게 책임져야 하잖아."

이채는 배시시 웃었다. 그리고 얼굴을 가까이 가져갔다.

"형부야. 결혼 선물로 비밀 하나 알려줄게. 언니, 그날 필름 안 끊겼어."

고개를 돌린 그녀는 그대로 비상계단을 올라갔다. 뒤늦게 성수의 고함이 들려왔다.

"뭐어?"

이채는 다시 박 여사 옆으로 돌아왔다. 한동안 정신없이 하객을 맞이하다 보니 성수의 우렁찬 목소리가 들려왔다. 제자리에 복귀한 성수는 예식홀이 들썩일 만큼 큰 소리로 인사했다.

하객들은 긴장한 신랑의 모습에 미소를 지었고, 부끄러움은 양가 부모님과 이채의 몫이었다.

예식 준비를 위해 혼주들이 자리를 떠났을 때였다. 혼자 남은 이채를 향해 정장을 말끔히 차려입은 윤우가 다가왔다.

이채는 그가 그냥 지나가기를 바랐다. 하지만 그는 기어코 이채의 앞에 섰다.

"잘 지내는 것 같네."

"보다시피."

"공도하가 널 구했다면서."

"맞아."

이채는 대충 대꾸했다. 그가 아는 건 이상한 일이 아니었다. 언론에서 대대적으로 떠들어댔으니까.

"그래서 같이 다닌 거였지? 다채 씨랑 공도하 동생을 서로 구하려고. 그동안 내가 오해한 거였네. 철없이 굴어서 미안."

"미안하면 좀 사라져. 좋은 날 와서 이러지 말고."

"그래. 오늘은 그냥 간다. 네 전화 항상 기다릴 거야. 오늘 밤도 좋고, 내일 밤도 좋고, 그다음 날 밤도 좋아. 생각나면 전화해. 언제든지."

저 하고 싶은 말을 마친 윤우는 그대로 식장을 벗어났다. 이채는 그의 뒷모습을 보며 소금이라도 뿌려야 하는지 진지하게 고민했다.

결혼식은 시끌벅적하게 진행되었다. 성수는 만세삼창을 했고, 다채는 조금 울었다. 박 여사는 어느 때보다도 기분 좋아 보였고, 이채는 그 모습을 보고 활짝 웃었다.

결혼식이 끝나고 피로연 자리로 하객들이 이동하는 가운데 소란이 벌어졌다. 로비에서 비명을 비롯한 고함 같은 것들이 들려온 것이다. 상황을 파악하려고 뛰쳐나간 이채는 그 자리에 멈춰 섰다.

로비 가운데에 예희와 김 대리가 서 있었다. 사람들은 둘을 빙 둘러싸며 휴대폰으로 사진을 찍어댔다. 예희와 이채의 시선이 마주친 건 찰나였다.

인파를 헤치고, 예희와 김 대리가 이채 앞으로 다가왔다.

"미안. 나 때문에 좀 시끄럽네."

"여긴…… 왜?"

예희가 대꾸하기도 전에 김 대리가 끼어들었다.

"신부가 주목받아야 하는 날인데, 나 배우님이 식장 안으로 들어가시면 시선이 분산될 것 같아서 일부러 밖에서 기다렸어요."

"아니, 그러니까 왜 여기에 있느냐고 물은 건데요."

"밥은 먹고 왔어요. 피로연장은 안 가도 돼요. 아하하."

김 대리의 애절한 표정을 보니 무슨 속셈인지 대충 알 것 같았다.

며칠 전에 올라온 '나예희의 츄' 동영상도 보았다. 공 작가와 성수가 사양했기 때문에 위치 정보를 제보한 '예희한 하루'가 츄의 영광을 누리게 되었다.

이채는 그냥 속아 넘어가주기로 했다. 그녀가 은인인 건 맞으니까. 게다가 마음에 걸리는 것도 있었다.

"일단 정신 사나우니까 내려가 있어요. 1층 커피숍에 있으면 정리하고 갈게요."

"넵. 가요. 나 배우님."

둘이 사라지자 소란스러움도 함께 멀어졌다.

박 여사와 다채에게 상황을 설명한 이채는 1층으로 내려갔다. 예희가 어디에 있는지는 금방 알 수 있었다. 사람들의 이목이 쏠려 있기도 했지만, 공교롭게도 공 작가와 이채가 앉아 있던 자리였다.

다가가자 김 대리가 자리에서 일어났다.

"김 대리야. 옆 테이블에 가 있어."

"저 이제 김 대표인데요. 오늘 사업자등록 냈다니까요."

"김 대리가 더 입에 붙어. 그냥 김 대리 해."

"넵."

김 대리는 옆 테이블로 이동했다.

괜히 헛기침한 이채는 예희의 맞은편에 앉았다. 시선이 집중된다는 게 어떤 느낌인지 새삼 실감이 났다.

"잠깐 앉아 있다가 가면 되겠죠?"

이채가 물었지만, 예희는 뚱한 얼굴로 동문서답을 했다.

"마음에 안 들어."

"네?"

"김 대리가 그대로 가면 민폐 하객 된다고 해서 최대한 안 예쁘게 하려고 노력했는데도 예뻐. 노력해도 이렇게 예쁘니 큰일이야. 앞으로 다른 결혼식은 가지 말아야 할까 봐."

"네에."

그녀가 또라이라는 걸 잠시 망각하고 있었다.

"왜? 아니라고 생각해?"

"맞아요."

그녀가 예쁘다는 사실에는 반론의 여지가 없었다.

"역시 큰일이네."

이채는 이상하게도 예희가 귀엽다는 생각이 들었다.

"고마워요. 이렇게 결혼식에 와줘서."

"축하하려고 온 건 아닌데. 그쪽이 내 일반인 절친이 되어야 한대서 온 거야. 김 대리가 절친이면 언니 결혼식에 가야 한다잖아. 귀찮게."

병원에 왔을 때도 느낀 거지만, 김 대리는 예희를 능수능란하게 조련하고 있었다. 가끔 제어가 안 되는 것 같기는 하지만.

"그래도 고마워요. 언니도, 나도, 이 자리에 있는 건 예희 씨 덕분이기도 하니까."

"딱히 도와주려고 한 건 아닌데. 그쪽 운이 좋은 거지."

"그것도 알아요. 그래도 고마운 건 고마운 거니까요. 고맙다는 말 미루지 않기로 했거든요."

이채는 눈을 휘며 웃었다.

예희는 눈앞의 여자를 이해할 수가 없었다. 이채의 두 눈에는 예희에 대한 여러 가지 감정이 담겨 있었다. 하지만 그 안에서 부정적인 감정은 찾아볼 수 없었다.

"내가 밉지 않아? 난 그쪽 미웠는데."

"안 미워요. 오히려 미안하기도 하고."

"뭐가?"

"그냥요."

당신이 그와 보냈어야 할 시간을 빼앗았으니까. 원래는 있었지만, 지금은 사라져버린 그 시간이 빚으로 남았으니까.

그사이 예희가 미리 주문해둔 커피와 알록달록한 마카롱이 서브되었다.

"여기 마카롱 나쁘지 않아. 먹어 봐."

그녀는 마카롱을 입에 넣으며 만족스러운 미소를 지었다.

"마카롱을 좋아하나 봐요."

"예쁘고 달콤하잖아. 나처럼."

"네에."

"그런데 도하 씨는? 사람들이 안 왔다고 수군거리던데."

"안 왔어요."

"헤어졌어?"

"그런 것 같기도 하고요."

"세상에, 차였어?"

"네, 뭐. 그런 것 같기도 하고요."

"불쌍해. 그렇게 귀찮게 했는데도 차였어."

예희는 정말 불쌍하다는 얼굴로 이채를 바라보았다. 맥락을 이해하지 못한 이채는 그냥 웃어 보였다. 그녀의 언어를 전부 이해하는 건 불가능하니까.

"괜찮아요."

"울어도 돼. 나도 차이고 울었어."

이채는 또 웃어버렸다.

그녀가 이런 사람인 줄은 몰랐다. 제멋대로기는 하지만 악인은 아니었다. 어쩌면 베란다 너머로 사라진 남자의 말대로 순수한 것 같기도 했다.

아니, 순수보다는 무지 쪽이려나.

진짜 악인은 정화수처럼 드러나지 않는다. 우리 주변에서 선량한 사람인 척 녹아 있는 이들이 진짜 악인이다.

"울고 싶지는 않아요. 그럼 진짜 끝난 거니까."

"안됐어. 어떻게 해. 그 남자, 게이 아니야? 나도 싫고, 그쪽처럼 귀찮은 여자도 싫다는 거 보면."

"차라리 남자를 좋아했으면 좋겠네요."

나 말고 다른 여자는 안 만나게.

"너무 원망하지 마. 성적 취향은 존중해줘야 해."

이채의 미소가 진해졌다.

"왜 그렇게 웃어?"

"그냥. 재미있다는 생각이 들어서요. 예희 씨랑 이렇게 마주 앉아서 커피를 마실 날이 올 줄은 몰랐거든요."

"나쁘진 않잖아. 나도 나쁘진 않아."

"그러네요."

이채는 앞에 놓인 커피를 한 모금 마셨다. 호텔의 비싼 커피는 향이 별로였다. 하지만 예희의 말대로 나쁘지는 않았다.

○○○

류하는 소장하고 있던 어머니의 고서를 모두 황 박물관에 기증했다. 고서는 전문가들에 의해 해석되어 특수 서고에 보관되었다.

임시 출입 카드를 댄 이채는 특별 서고에 들어갔다.

해석본은 어렵지 않게 찾을 수 있었다. 연옥 목걸이에 대한 내용을 찾아 천천히 읽어 내려가던 이채는 숨을 멈췄다.

– '달이 차고 기우는 시간'이라는 구절이 반복해서 등장한다. 여기서 나오는 달의 주기는 항성월이 아닌 삭망월일 것으로 추정된다.

'음력이었어?'

그럼 연옥 목걸이에 쓰여 있던 한 달은 30일이 아니었다. 삭망월의 주기는 27.3일.

– 달이 기우는 27일이 되면 시간의 경계가 일렁이는 현상을 보인다고 한다. 시간의 경계가 무엇을 의미하는지에 대해서는 의견이 분분하다.

'정화수 때문이 아니었어.'

그녀가 서울로 돌아온 날은 28일이었다. 이미 달이 허락한 시간이 지나 있었다.

'단정 지어서는 안 되는구나. 아무것도.'

해석본을 모두 읽은 이채는 특별 서고를 나섰다.

집에 돌아오는 길에 그녀는 《퍼즐》을 샀다. 내용은 이전에 도하의 집에서 읽었던 소설에서 크게 달라지지 않았다. 차이가 있다면 복원사인 주인공이 여자로 바뀌었다는 것 정도였다.

그리고 그의 소설은 조금 따뜻해졌다.

○○○

첫눈이 내리는 날 그의 영화가 개봉했다. 예고편에 나온 예희는 남자 주인공에게 사랑을 속삭였다. 어쩐지 남자 주인공이 그와 겹쳐 보였다.

'잘 지내고 있을까.'

작업대 앞에 앉아 있던 이채는 뭉친 어깨를 풀었다.

"욕구불만이냐."

퉁명스러운 목소리에 돌아보니 성수가 팔짱을 끼고 서 있었다.

"왜 시비야."

"퇴근도 안 하고, 그런 거나 들여다보고 있으니까 그러지."

이채는 컴퓨터 화면을 확인했다. 빗속의 키스 동영상이었다. 그녀는 창을 내리고 뻔뻔하게 말했다.

"그냥 본 거야."

"그게 무슨 신종 청승이냐."

"보고 싶나 봐."

"그럼 보러 가든지."

"만나서 뭐라고 설명해야 할지 모르겠어. 눈치챈 것 같아서 더 문제고."

"그냥 다 말하면 되잖아. 짐작이 맞다. 연옥 목걸이는 진짜였고, 3년 후의 당신과 연결됐던 거다. 왜 말을 못 해."

"내가 대답하지 못했거든."

"뭘."

"내가 사랑한 사람이 공 작가님인지 도하 씨인지."

"뭐래. 너 뭔가 착각하고 있는 거 아니야? 네가 사랑한 남자는 공도하야. 공 작가도 아니고, 베란다 형님도 아니야. 어떻게 과거와 미래를 구분해서 좋아할 수가 있어? 사람을 사랑한다는 건, 그 사람의 과거나 현재, 미래를 모두 사랑하는 거잖아. 그 사람이 선택하지 않은 미래까지도 말이야."

"알아. 하지만 언니 문제도 있고."

성수는 답답하다는 듯이 제 가슴을 툭툭 두드렸다.

"너 바보냐? 잠깐 같이 갇혀 있었다고, 누나가 납치범을 용서해 줄 사람이야?"

"아니."

"그런데 왜 합의해줬다고 생각해. 10원도 안 받고."

"……."

내내 이상하긴 했었다. 나중에 합의해준 이유를 물어봤지만, 다채는 웃기만 했다.

"그럼 스톡홀름 증후군 같아?"

"설마. 그건 아니지."

"그래 아니야. 누나는 아직도 어두운데 들어가면 공류하 욕부터 해. 태교는 안중에도 없어. 그런데 왜 합의해줬겠어. 너 때문이잖아. 너랑 공도하 때문에."

"……그런 거였구나."

"알았으면 이제라도 달려가보든지. 퇴근 시간도 지났는데 왜 돌덩이처럼 박혀 있어. 공도하한테 갈 거야? 아니면 나랑 치맥하러 갈 거야? 결정해."

"차라리 돌멩이가 되어버렸으면 좋겠다. 데굴데굴 굴러가다가 아무 데서나 멈추게. 그러면 그냥 거기 정착해버리면 되잖아."

"아서라. 처제가 돌멩이로 변하는 기적은 별로다."

"있잖아. 기적이 한 번 더 일어나지는 않겠지?"

"자주 일어나면 그게 기적이냐. 욕심도 많네."

"기적, 마트에서 팔았으면 좋겠다. 오며 가며 사게."

"쓸데없는 소리 하지 말고 그냥 만나러 가라니까."

"자신이 없어. 내가, 자신이 없어서 그래."

"애가 왜 이렇게 쭈구리가 됐냐."

이채는 한숨을 폭 쉬었다.

"나 쭈구리 맞아. 본전을 못 찾을까 봐 겁내는 거거든."

"무슨 본전?"

"지금은 그래도 열린 결말 정도는 되는 거잖아. 그런데 찾아가면 비극으로 끝날 것 같아. 로미오와 줄리엣처럼 독약 먹는 쇼는 하고 싶지 않거든."

"그냥 청승 떨어라. 계속 떨어. 난 먼저 간다. 치맥 땡기면 전화해."

성수는 고개를 절레절레 저으며 퇴근했다.

그녀는 답답한 마음에 책상 구석에 있던 타로를 꺼내 섞었다. 그러다 뒤늦게 '물'이 상징하던 것이 무엇인지 깨달았다. 도하와 류하, 범인인 정화수. 공교롭게도 모두 '물'과 관련된 이름이었다.

카드를 배열하고 뒤집어 보려던 이채는 동작을 멈췄다. 그녀는 카드를 한데 모아 쓰레기통에 버렸다.

지금도 순간순간 미래는 바뀌고 있었다. 그러니 점이니 운명이니 하는 건 의미 없는 일이다.

"퇴근이나 하자."

이채는 메일 계정에 로그인해서 못다 쓴 연구 일지 문서를 첨부했다. 집에 가서 마저 작성할 요량이었다. 자신의 계정으로 문서를 전송하고, 제대로 보내졌는지 확인하기 위해 '내게 쓴 메일함'을 열었다.

그곳에 그녀가 보낸 적 없는 메일이 있었다.

메일 수신 날짜는 5월 27일. 제목은…….

– 베란다 너머에서

그녀는 떨리는 손으로 메일을 클릭했다.

작별 인사를 못하고 가게 되었어. 약속했던 로또 번호야. 아버지 앞에서 당당해지라고 세금 제외하고 100억으로 맞췄어.

당신이 이 메일을 볼 수 있다면 좋을 텐데. 이 메일은 사라질까, 아니면 당신에게 닿게 될까. 닿는다면 당신은 지금 웃고 있겠지.

100억이나 받았으니, 부탁 하나만 들어줘.

당신의 세상에 들어가고 싶어. 당신과 같은 시간을 살아가는 나를 사랑해줘.

3년 후의 내가 웃을 수 있도록.

나를, 잘 부탁해.

○ ○ ○

다시 5월이 찾아왔다. 토마토 빌라 앞 화단에는 샤스타 데이지가 흐드러지게 피었다.

토마토 빌라 501호의 모습은 그대로였다. 이채의 가족사진이 걸려 있던 자리에 그녀가 쓴 편지가 붙어 있다는 것만이 달랐다.

고요한 501호의 현관문이 열렸다. 그리고 양손에 쇼핑백을 든 윤형이 투덜거리며 들어왔다.

"이사 좀 가자. 이게 무슨 악취미야. 연쇄 살인범이 떨어져 죽은 집을 왜 사서는. 투자 가치도 없고, 찝찝하고, 보안도 엉망이고."

도하는 윤형을 돌아보지 않은 채 노트북 자판을 두드렸다.

"형은 엘리베이터 없어서 싫어하는 거잖아."

"그게 제일 싫긴 해. 그리고 여기 너무 좁아. 왜 청승이야. 내가 인세 정산을 제때 안 해주는 것도 아니고. 왜 때문이야. 왜."

입력하던 문장을 마무리한 도하가 그를 돌아보았다. 그리고 그의 손에 들린 쇼핑백을 확인했다.

"뭘 또 그렇게 많이 가져왔어."

"내 말이. 우리 엄마는 너 먹이는 걸 너무 좋아하신다."

"감사하다고 전해드려."

"오냐."

냉장고를 정리하던 윤형은 더운지 손 부채질을 했다.

"이사 안 갈 거면 에어컨 하나 사자. 덥다."

그는 곧장 베란다를 향해 걸어갔다.

"환기도 좀 시키면서 살아."

"열지 마. 앞 건물 공사 중이야."

"공사?"

"며칠 됐어. 리모델링하는 것 같던데."

"아, 몰라. 일단 더우니까 좀 열자."

윤형은 커튼을 치고 베란다 문을 활짝 열었다. 그러자 뜻밖의 얼굴이 보였다.

"어?"

맞은편 베란다 티 테이블에 이채가 앉아 있었다.

"아. 어. 그."

헛것을 본 건 아닌지 당황스러워하는 윤형을 향해 이채가 가볍게 눈인사했다.

"아. 어. 그. 도, 도하야! 도하야."

윤형이 황망한 얼굴로 도하를 불러댔다. 돌아보는 도하의 움직임이 굼뜨게 느껴지자 윤형이 재차 말했다.

"야! 빨리 와 봐."

"왜 그래? 귀신이라도 본 사람처럼."

"그, 그 이채 씨."

"이채 씨가 왜."

"베란다에, 베란다에."

도하는 의아한 얼굴로 베란다를 향해 걸음을 옮겼다.

바람에 날리던 커튼을 젖히자, 맞은편 건물에 새로 생긴 베란다가 보였다. 베란다 난간에 기댄 이채가 웃고 있었다.

"오랜만이에요. 잘 지냈어요?"

도하는 잠시 말문이 막혔다. 왜 그녀가 눈앞에 있는 걸까.

"이게, 베란다가 왜……."

"이사 오면서 리모델링을 했는데요. 베란다가 너무 가깝죠? 착오가 있었나 봐요. 어엄청난 우연이네요. 고소하실래요?"

"이채 씨."

"베란다 문이 열리기를 얼마나 기다렸는지 알아요? 우리 이렇게 베란다에서 마주 보니까 진짜 로미오와 줄리엣 같지 않아요?"

당황으로 굳어 있던 도하의 얼굴이 이내 펴졌다. 그의 입매가 나른하게 휘어 올라가는 걸 바라보며 이채는 더욱 환하게 웃었다.

"세레나데라도 부르려고?"

"그런 거 좋아해요? 원하면 준비해볼게요."

"그런데 베란다는 왜 이렇게 만든 거야?"

이 정도면 정말 넘어갈 수도 있겠다 싶은 거리였다.

"넘어오라고요."

"여기 5층이야."

"이 정도 넘으면요. 다른 것도 넘을 수 있지 않을까요."

어디선가 불어온 바람이 두 사람을 감싸 안고 흘러갔다.

이채는 그와 미래의 그에게 말했다.

"사랑해요."

이 말이 시간을 넘어 그에게도 닿았으면 좋겠다.

베란다에서의 만남은 이제 다시 시작이었다. 이번에는 마음을 미루지 말고, 감추는 것 없이, 원 없이 그를 사랑하자.

느닷없는 고백에 도하는 얼빠진 얼굴이 되었다. 뒤에 숨어 이야기를 엿듣던 윤형의 표정도 크게 다르지 않았다.

먼저 정신을 차린 이는 윤형이었다. 슬금슬금 뒷걸음질 친 윤형은 '나 간다'라는 짧은 말을 남기고 도망치듯 집을 빠져나갔다.

혼자 남은 도하는 일종의 패닉 상태가 되었다. 베란다 너머에 그녀가 나타난 것도 이상한데 느닷없이 사랑한다니.

"우리 1년 만에 보는 거야."

그녀는 배시시 웃으며 딴청을 부렸다.

"날씨 되게 좋다. 그죠?"

"비 올 것 같은데……."

도하의 말이 끝나기가 무섭게 빗방울이 떨어지기 시작했다.

"음, 그럼 비 그치면 봐요."

"뭐?"

"비가 그치면 다시."

우리, 베란다에서 만나요.

〈끝〉

작가 후기

어느 날, 베란다에서 빨래를 널다가 창밖을 보게 되었습니다. 맞은편 아파트를 멍하니 바라보고 있으니 참 삭막하다는 생각이 들었어요. 매일 바라보는 이 일상적이고 무미건조한 공간에 '환상'적인 일이 일어난다면 좋겠다, 라는 바람에서《우리 베란다에서 만나요》는 시작되었습니다.

우선 고백할 게 있습니다. 이야기 속에 등장하는 판타지 공간인 '월지'는 사실 '베란다'가 아니라 '발코니'라고 불러야 하는 구조입니다. 하지만 '우리 발코니에서 만나요'는 좀 낯설잖아요. '우리 테라스에서 만나요'도 좀 그렇고요. 그래서 '베란다'가 되었습니다.

너그럽게 용서해주시길.

《우리 베란다에서 만나요》는 '만남'에 대한 이야기입니다. 시공간 왜곡을 소재로 하고 있고, 기회에 관한 이야기로 흘러가지만 결국에는 '만남'입니다.

생각해보면 지금까지는 혼자 소설을 써왔습니다. 그런데《우리 베란다에서 만나요》를 준비하면서는 여러 '만남'을 가지게 되었어요. 그 '만남'들이 지금의 이야기가 만들어지도록 이끌어주었습니다. 조금 더 근사한 이야기가 될 수 있도록 도와주신 분들에게 감사를 전하고 싶어요.

부족한 제 글을 읽어주신 독자님에게도 운명을 바꿀 만큼 특별하고도 아름다운 만남이 기다리고 있기를 바라며.

벚꽃 피는 계절에
김주희

국립중앙도서관 출판시도서목록(CIP)

우리 베란다에서 만나요. 2 / 지은이: 김주희. — 고양 :
위즈덤하우스 미디어그룹, 2018
    p. ;   cm

한국콘텐츠진흥원 '2016 콘텐츠 원천스토리 창작과정'
지원작임
ISBN 979-11-6220-570-9 04810 : ₩13800
ISBN 979-11-6220-568-6 (세트) 04810

한국 현대 소설[韓國現代小說]

813.7–KDC6
895.735–DDC23   CIP2018012106

우리 베란다에서 만나요 2

초판 1쇄 인쇄 2018년 5월 4일 **초판 1쇄 발행** 2018년 5월 11일

지은이 김주희
펴낸이 연준혁

멀티콘텐츠사업본부 이사 정은선
책임편집 오가진

펴낸곳 (주)위즈덤하우스 미디어그룹
출판등록 2000년 5월 23일 제13-1071호
주소 경기도 고양시 일산동구 정발산로 43-20 센트럴프라자 6층
전화 031-936-4000 **팩스** 031)903-3893
홈페이지 www.wisdomhouse.co.kr

값 13,800원
ISBN 979-11-6220-570-9 04810
ISBN 979-11-6220-568-6 (세트)

※잘못된 책은 바꿔드립니다.
※이 책의 전부 또는 일부 내용을 재사용하려면
  사전에 저작권자와 (주)위즈덤하우스 미디어그룹의 동의를 받아야 합니다.
※이 작품은 한국콘텐츠진흥원 이야기창작발전소 스토리 창작과정의 지원을 받은 작품입니다.